Maurício Gomyde wurde 1971 in São Paulo geboren und lebt heute in Brasília. Er ist Musiker, Kolumnist und Schriftsteller und hat bereits vier Romane veröffentlicht.

«Maurício Gomyde ist ein Autor, den Sie nicht verpassen dürfen.» *Publishers Weekly*

«Dieser Roman ist eine zauberhafte Mischung aus *Schlaflos in Seattle* und *Harry und Sally* ... Ein wunderbares, zauberhaftes Buch. Unbedingt lesenswert.»
Ruhr Nachrichten

«Berührend.» *Neue Presse*

«Eine Streicheleinheit für Herz und Seele, eine Lektüre wie ein einziger Glücksrausch!» *literaturmarkt.info*

«Bildstark und voller Poesie ... Maurício Gomyde hat einen Roman geschrieben, der einen glauben lässt, die Liebe überwindet alle Hindernisse.» *Siegener Zeitung*

MAURÍCIO GOMYDE

Die schönste und die traurigste aller Nächte

ROMAN

Aus dem Portugiesischen von
Johanna Schwering und
Viktoria Wenker

ROWOHLT
TASCHENBUCH VERLAG

Die Originalausgabe erschien 2018
unter dem Titel «Todo o tempo do mundo»
im Verlag Astral Cultural, São Paulo.

Veröffentlicht im Rowohlt Taschenbuch Verlag,
Hamburg, August 2020
Copyright © 2019 by Rowohlt Verlag GmbH, Hamburg
«Todo o tempo do mundo» Copyright © 2018 by Maurício Gomyde
Covergestaltung und Abbildungen
HAUPTMANN & KOMPANIE Werbeagentur, Zürich
Satz aus der ITC Legacy bei Pinkuin Satz und Datentechnik, Berlin
Druck und Bindung CPI books GmbH, Leck, Germany
ISBN 978-3-499-00049-2

Die Rowohlt Verlage haben sich zu einer nachhaltigen Buchproduktion
verpflichtet. Gemeinsam mit unseren Partnern und Lieferanten setzen
wir uns für eine klimaneutrale Buchproduktion ein, die den Erwerb von
Klimazertifikaten zur Kompensation des CO_2-Ausstoßes einschließt.
www.klimaneutralerverlag.de

*Glück
ist die Gewissheit,
dass die Menschen,
die wir lieben,
für immer bei uns sein werden.*

1.
Amanda

Brasília, 7. Dezember 1997

Die letzte Nacht war die glücklichste und die traurigste meines Lebens.

Und die einzige Person, die den Grund für meine unübersehbare Nervosität kannte, war meine Mutter. Denn wie alle Menschen auf der Welt war auch sie mindestens ein Mal in ihrem Leben unsterblich verliebt.

Auf der Party forderte Victor mich zum Tanzen auf. Es lief ein Lied von Cyndi Lauper. Meine Beine zitterten wie Wackelpudding, und ich tanzte noch schlechter als sonst. Zwei Schritte hierhin, zwei dorthin ... Victor tanzte sehr gut. Aber eigentlich war das auch ganz egal – das Wichtigste war, dass wir zusammen waren und uns berührten. Ich war ja so was von aufgeregt! Als das Lied endete, zog Victor mich noch enger an sich und sah mir fest in die Augen. Dann küsste er mich. Endlich. Auf diesen Kuss hatte ich seit einem Jahr gewartet. Und ich war mir sicher, dass ich niemanden auf der Welt je toller finden könnte als ihn. Es war der glücklichste Moment meines Lebens. Aber auch der traurigste, denn wie sollte ich ihm sagen, dass wir wegziehen? In einen völlig anderen Teil der Welt.

Meine Mutter hat mich dann später gedrängt, noch mal zurückzugehen und ihm meine neue Adresse zu geben. Ich schrieb sie auf ein Stück Papier, aber ich konnte Victor nirgends mehr finden. Er war wie vom Erdboden verschluckt. Ich lief bestimmt dreimal durch den Saal und konnte ihn nicht finden.

Wie kann jemand einfach so verschwinden?

2.

Amanda

Nairobi (Kenia), 7. August 1998
Acht Monate später

Es war bereits spät in der Nacht, und ich konnte noch immer nicht einschlafen. Das Kissen fühlte sich härter an als sonst, die Bettdecke schien kürzer zu sein, und der Deckenventilator bewegte sich gefühlt tausendmal langsamer als gewöhnlich. Mit trockenem Mund und unruhigen Beinen lag ich da, in meinem Kopf der immer wiederkehrende Refrain eines Songs, den ich lange nicht gehört hatte. Ich drehte mich zur Seite und starrte den digitalen Radiowecker an. Er brauchte ungewöhnlich lange, um die Minutenanzeige zu ändern. Ich versuchte die Sekunden mitzuzählen, von 1 bis 59, und war jedes Mal früher fertig. Schon zweimal in dieser Nacht war ich ins Schlafzimmer meiner Eltern geschlichen und hatte bewegungslos in die Dunkelheit gestarrt und beobachtet, wie die beiden wie immer Arm in Arm schliefen. Keine Frage, alles war in Ordnung. Sie waren unbesiegbar, meine Superhelden.

Gegen halb sechs, als der Morgen bereits durch die Fensterläden in den Raum sickerte, kam mir endlich eine Titelidee für mein Buch – die Erlösung aus der nächtlichen Unruhe. Ich schrieb den Titel auf den Rand eines vollgekritzelten Blattes. Dann griff ich nach meinem Tagebuch, mit dem Lesezeichen in Form eines roten Blumenorigamis und den Initialen V&A auf dem Deckblatt, und schrieb: «Ich bin ein Mensch ohne bestimmte Richtung, eine Weltenreisende. Heute hier. Morgen wo immer das Schicksal mich hinführt. Möge dies der erste Tag eines perfekten Lebens sein.» Die Sätze kamen einfach so, ohne Warnung, aus mir heraus.

Eine Weltenreisende, Weltreisende ... auf einer Reise zu dir ... Diese sich wiederholende Idee ließ mich schließlich in einen tiefen Schlaf fallen.

Ich hatte den Eindruck, dass nur der Bruchteil einer Sekunde vergangen war, als mein Vater den Raum betrat. Er öffnete die Fensterläden und rief: «Wach auf, BB! Schau dir das Vitamin D an, das hier reinkommt.»

«Ey!», protestierte ich mit heiserer Stimme. «Ich bin grad erst eingeschlafen.»

«Du musst raus in die Sonne, Amanda, denn ohne Vitamin D werden ...»

«... die Knochen schwach, ja, ja.»

«Habe ich das schon mal erwähnt?»

«Mehrfach.»

Er streichelte mir über den Kopf. «Willst du nachher mitfahren oder nicht?»

«Hm. Ja, schon. Ich bin mit Niara verabredet, wir wollen ein Abschiedsgeschenk für unsere Lehrerin kaufen.»

Er nickte. «Deine Mutter und ich haben um elf einen Termin in der amerikanischen Botschaft und lassen dich unterwegs raus.»

«Danke.» Ich vergrub meinen Kopf unter dem Kissen und schloss die Augen wieder.

«Vitamin D!» Er zog am Laken und verließ dann lachend das Zimmer.

Der Gedanke an den Botschaftstermin meiner Eltern ließ

mich unruhig werden. Ich würde wohl für immer eine Weltenreisende bleiben, dachte ich seufzend und stand auf.

Weltreisende war das Wort, das mein Leben am besten beschrieb und gerade wieder einmal, mit voller Wucht, einschlug. Die Leitung der brasilianischen Botschaft in Österreich war während seiner gesamten diplomatischen Karriere der Traum meines Vaters gewesen. Die unerwartete Berufung kam als Belohnung für seine exzellente diplomatische Arbeit. In weniger als einer Woche würde ein neuer Botschafter nach Nairobi kommen und seinen Platz hier übernehmen. Und wir würden nach Wien abreisen. Nach nur acht Monaten in Kenia hieß es also schon wieder Abschied nehmen. Was meine Eltern weitaus mehr erfreute als mich.

Wir frühstückten zwischen Umzugskartons und einer Menge Luftpolsterfolie, die auf dem Fußboden verteilt herumlag. Während mein Vater die internationalen Nachrichten las, kümmerte sich meine Mutter um den Toast.

Ich betrachtete das Gebirge, das auf dem Titelblatt der *New York Times* abgebildet war.

«Was machst du denn für ein Gesicht, Amanda?», fragte meine Mutter. Wir sprachen Portugiesisch in der Familie, und obwohl meine Mutter schon ewig nicht mehr in ihrem Heimatland Argentinien lebte, war ihr Akzent immer noch unüberhörbar.

Ich sah sie an. «Wahrscheinlich das Gesicht von jemandem, der keine abgebrochenen Projekte mag.»

«Von welchem Projekt sprichst du?»

«Na, vom Kilimandscharo.»

«Das Thema schon wieder? Wir haben es doch besprochen: Wir werden die Reise machen, wir müssen sie lediglich verschieben.»

«Aber das war unser Familienprojekt! Wozu haben wir denn das alles geplant?» Sie sollte meine Enttäuschung ruhig zu spüren bekommen. «Ich wette, wir werden nie wieder nach Afrika zurückkehren.»

Ihr Ausdruck wurde weicher. «Du solltest dich bereits an die Umzüge gewöhnt haben.»

«Ich werde mich nie daran gewöhnen, Mama. Jedes Mal, wenn ich anfange, mich an einen Ort oder an die Menschen dort zu gewöhnen, ziehen wir schon wieder um. Ich bin siebzehn Jahre alt und habe schon in drei Ländern gelebt. Findest du nicht, dass das ein bisschen zu viel des Guten ist?»

«Die nächste Station wird ganz bestimmt länger sein.» Sie kam mit den Toasts und setzte sich zu uns.

«Na toll. Ich kann es gar nicht erwarten, endlich die ganzen Burgen und Schlösser zu sehen. Wien ist bestimmt grottenlangweilig und noch dazu arschkalt.»

«Darauf kannst du wetten», lachte meine Mutter. «Der Winter dauert sechs Monate und lässt den von Buenos Aires wie einen Sommer aussehen.»

Mein Vater sah mich über den Rand seiner Zeitung hinweg an. «Österreich ist das Land Mozarts, Amanda. Das allein sollte jedes Opfer wert sein.»

«Vergiss es. Ich habe in der Schulbibliothek nach österreichischen Musikern gesucht und bin zu dem Schluss gekommen, dass seit Mozart nicht mehr viel Interessantes entstanden ist.»

«Ich weiß nicht, ob ich es dir je gesagt habe, aber Mozart ...»

«... schrieb seine erste Symphonie im Alter von acht Jahren», vervollständigte ich seinen Satz und lachte laut auf. «Erzähl mir mal was Neues!»

Er faltete die Zeitung zusammen und legte sie auf einen Karton. «Du bist dran mit Erzählen. Was macht dein Buch über das Mädchen, das um die Welt reist?»

Ich richtete mich auf. «Heute Morgen hatte ich eine Idee für den Titel: *Verschwende deine Träume nicht*. Und ich habe auch darüber nachgedacht, dass meine Heldin die symbolträchtigen Bäume jedes von ihr besuchten Landes erforschen könnte. Das Mädchen pflanzt und bewässert sie mit den Tränen ihrer Sehnsucht, so wachsen die Bäume wie von Zauberhand.»

«Ich frage mich, wie so viele Ideen in einen so kleinen Kopf passen.» Mein Vater hob amüsiert die Augenbrauen. «Wie wäre es mit einer Literaturstunde heute nach dem Abendessen?»

«Abgemacht.» Ich lächelte.

Der schwarze Mercedes mit dem blauen Nummernschild des brasilianischen diplomatischen Korps fuhr durch die Stadt. Ich saß auf dem Beifahrersitz, neben dem Fahrer der Botschaft, meine Eltern auf der Rückbank.

«Es ist immer gut, den Tag mit dem großen Mozart zu beginnen. Symphonie Nummer ...» Mein Vater las die Rückseite der CD. «... Nummer 40. Drittes Stück. Drück auf Play, Liebes.»

Bald kamen wir auf die belebte Haile Selassie Avenue, in der sich die US-amerikanische Botschaft befand. Die Uhr am Armaturenbrett zeigte bereits halb elf an. Wie vereinbart, wartete Niara an der Bushaltestelle auf mich. Neben ihr stand ihre ältere Schwester Isabel.

Mein Vater ließ die Fensterscheibe herunter und grüßte auf Englisch: «Hallo, Mädels. Alle unterwegs zum Einkaufen heute?»

«Nur ich», antwortete Niara. «Isabel hat mich hergebracht und nimmt den Bus zurück.»

Ich drehte mich nach hinten. «Papa, kannst du Isabel nicht bis zum Ende der Straße mitnehmen?», fragte ich, auch auf Englisch. «Von dort aus fahren mehrere Buslinien.»

«Das ist doch nicht nötig», sagte Isabel.

«Aber das ist doch kein Problem», sagte ich. «Oder, Dad?»
«Kein bisschen. Steig ein, Isabel.»
«Danke.»
«Sehen wir uns zu Hause, Liebes?», fragte er, als ich aus dem Wagen kletterte. «Vergiss unseren Literaturabend nicht. Lasagne?»
«Oh ja. Mit extraviel Käse. Ich hab euch lieb.»
«Wir dich auch», antworteten meine Eltern fast gleichzeitig, und der Wagen fuhr los.

Niara und ich gingen in die andere Richtung und blieben stehen, um ein paar Schaufenster anzusehen. Dann bogen wir um die Ecke zu den Läden mit den traditionellen Kleidern und schlenderten an ihnen vorbei.

«Hey, Ni, ich habe überlegt, Miss Bertha ein ...»

Plötzlich gab es eine mächtige Detonation, und meine Worte verhallten unter einem ohrenbetäubenden Knall. Eine Explosion, als ob die Erde selbst vor Schmerzen aufschrie. Es fühlte sich an, als verschluckte ein Monster alles um sich herum. Dann bebte plötzlich der Boden. Wir wurden zu Boden geschmissen und von umherfliegenden Gesteinsbrocken und Glassplittern getroffen. Zahlreiche Sirenen und Alarmanlagen kreischten los. Und mit einem Mal befanden wir uns in einer riesigen Staubwolke, die fast alles verdeckte. Innerhalb von Sekunden zog ein Film in Schwarz-Weiß vor meinem inneren Auge vorbei: Argentinien, Brasilien, Kenia und Österreich – Buenos Aires, Brasília, Nairobi und Wien – Kälte, Trockenheit, Hölle und Winter – Tango, Rock, Benga und Symphonie – Familie, Freunde, Chaos und Unsicherheit.

Ich rappelte mich auf, suchte Niara und fand sie ein paar Meter von mir entfernt. «Was war das, Ni?», schluchzte ich.

Sie sah mich panisch an. «Ich weiß es nicht, ich weiß es nicht. Oh mein Gott, Amanda, dein Gesicht blutet.»

«Was? Wo denn? Ich ...» Meine Worte überschlugen sich. Ich schwankte und griff mir instinktiv ans Ohr.

«Bleib stehen. Halt mal still.» Vorsichtig zog Niara an meiner rechten Schläfe eine dicke Scherbe heraus. Ein stechender Schmerz breitete sich aus, dann spürte ich, wie Blut über meine Wange triefte. Niara hielt mir ein Taschentuch hin, und ich drückte es mir ins Gesicht.

Um uns herum herrschte absolutes Chaos: Schutt, Glassplitter, weinende Kinder und Erwachsene. Niemand verstand, was vor sich ging. Niemand wusste, ob es weitere Explosionen geben würde, ob man sich unter das Vordach irgendeines Gebäudes flüchten oder mitten auf der Straße stehen bleiben sollte. Plötzlich breitete sich eine unendliche Leere in meinem Magen aus.

«PAPA! MAMA!»

Niara schrie fast gleichzeitig: «ISABEL!»

Wir rannten, so schnell wir konnten, zurück zur Haile Selassie Avenue. Als wir um die Ecke bogen, bot sich uns ein furchterregender Anblick: Ein Teil der breiten Straße war zerstört, etliche Gebäudeteile lagen in Trümmern, verletzte Menschen irrten umher. Ein Schlachtfeld. Aus der Ferne konnte man sehen, dass das vierstöckige Gebäude neben der US-amerikanischen Botschaft fast vollkommen eingestürzt war. Ich warf das Taschentuch weg, ließ das Blut einfach über mein Gesicht fließen und riss Niara hinter mir her. Wir liefen über den Schutt, der die Straße bedeckte, und versuchten, den blutenden Menschen aus dem Weg zu gehen, die uns entgegenkamen. Zwischen den Trümmern brannten Autos, Motorräder, Busse. Schwarzer Rauch stieg in den Himmel. Wir suchten hinter der Staubwolke nach dem schwarzen Mercedes und beteten, ihn nicht unter Betonblöcken und Ziegelresten begraben zu finden. Gleichzeitig versuchten wir, die leblosen Körper auszublenden, die unter dem Schutt begraben waren, aber es war unmöglich, den Schreien des Terrors zu entkommen.

«Papa, Mama!» Ich stöhnte, rannte weiter und weinte. «Papi, Mami.»

3.

Victor

Serra Gaúcha (Brasilien), 4. November 2017
Neunzehn Jahre später

Wie an jedem ersten Samstag im Monat, sobald der Abend anbrach und Pater Bonatti in der Kapelle Santo Antônio de Pádua den Schlusssegen gesungen hatte, füllte sich der Treviso-Platz in dem kleinen Dörflein Nova Vêneto in der Nähe von Bento Gonçalves. Touristen und Einheimische kamen in diese hochgelegene Region, die umgeben war von den Bergen Velho, Sol und Lua, um die Köstlichkeiten der zwölf italienischstämmigen Familien der Gemeinde zu probieren und zu feiern. Das Holztor am Ortseingang ließ keinen Zweifel am gesunden Selbstbewusstsein der Novavenetenser: «Willkommen in der Heimat des besten Schaumweins der Welt.»

Auf dem runden Marktplatz waren zwölf Holzstände aufgebaut, deren gestreifte Markisen nicht nur Schatten spendeten, sondern auch die Farben der jeweiligen Produktionsstätte verkündeten. Es wurden hausgemachte Schaumweine, Süßwaren, Marmeladen, Säfte, Käse und Schinken verkauft und Grillhähnchen mit Polenta gereicht.

Wie auf dem Ziffernblatt einer Uhr symbolisierte jeder Stand eine der zwölf Stunden. Lampiongirlanden führten von den Holzmasten an jeder Hütte zum Dach des Pavillons in der Mitte des Platzes und verwandelten diesen in ein Zirkuszelt unter offenem Himmel. Um den Pavillon herum standen Dutzende Tische und Stühle, die bereits bis auf den letzten Platz besetzt waren.

Jeden Monat wanderten die Standinhaber um eine Stundenposition auf dem Platz weiter. Auf der Zwölf, gegenüber der Kirche, war der prominenteste Standplatz markiert, und die Familie, die ihn besetzte, fungierte jeweils als Gastgeberin des Festes. Jetzt, im November, gebührte diese Ehre dem Haus Gianti mit seinen Familienfarben Rot und Grün. Im Dezember würde Gianti auf die Eins weiterrücken, und die Familie Giorno, die an diesem Abend mit ihrer schwarz-gelb gestreiften Markise auf der Elf platziert war, würde auf die Zwölf vorrücken. Ein kleiner Flyer, der von Mädchen in italienischen Trachten an die Besucher verteilt wurde, stellte alle Gastgeber der kommenden zwölf Monate vor.

Der Tradition folgend, eröffnete das Oberhaupt der Gastgeberfamilie die Feier mit einem Toast von der Mitte des Pavillons aus, genau in dem Moment, als die Kirchenglocke acht Uhr schlug.

«Gianti Perola 2012 Extra Brut! *Salute*!», rief Francioli Gianti ins Mikrophon, erhob das Glas mit seiner edelsten Kreation und gab damit den Startschuss zu Marktverkauf und Livemusik.

Der Stand von Ferazza mit seiner türkis-orangefarbenen Markise war in letzter Zeit der bestbesuchte. Und Ferazza ist, wie ich stolz und ohne falsche Bescheidenheit verkünden darf, mein Weingut. In diesem Monat standen wir auf der Zehn. Der Grund für unseren momentanen Erfolg war ein kleiner Preisregen von internationalem Format für unseren Ferazza 2010 Gold Brut. Dieser Tropfen hatte in den vergangenen anderthalb Jahren Goldmedaillen in mehreren wichtigen Wettbewerben bekommen. Bei unserer ersten Teilnahme an einer dieser internationalen Ausschreibungen in Frankreich – ein Schuss ins Blaue, bei dem wir bedeutende Winzereien aus aller Welt schlugen – wurden wichtige Kritiker auf uns aufmerksam. Und in der Folge kamen viele Leute extra hier hinauf in die Serra, um unseren Schaumwein zu kaufen.

Zehn Jahre war es mittlerweile her, dass ich gegen den hartnäckigen Widerstand der Gemeinde das Ferazza-Gut gekauft hatte, nachdem der Winzer gestorben war und sein einziger Sohn das Geschäft nicht weiterführen wollte. Zunächst schlug mir Misstrauen entgegen, weil ich keine italienischen Wurzeln besaß und erst 27 Jahre alt war. Aber als ich bewiesen hatte, dass ich die lokalen Traditionen in der Schaumwein-Produktion respektierte und fortführen würde, änderte sich die Stimmung langsam.

Nachdem mein Sekt auch über die Region hinaus bekannt geworden war, hatte ich begonnen, zu jedem Monatsfest nur noch exakt einhundert Flaschen mitzubringen und nur eine Flasche pro Abnehmer zu verkaufen. Über den Verkauf am Stand hinaus bestanden Verträge mit zwei Restaurants in São Paulo, einem in Rio de Janeiro und einem in New York, die den Sekt auf ihrer Karte anboten. Die Flasche kostete zweihundert Reais, und der Vorrat von einhundert Stück pro Marktabend war in der Regel nach einer Stunde abverkauft. «Der 2010er Gold ist eben für besondere Anlässe», sagte ich gern.

«Der letzte 2010er ist raus, Dodo. Haben wir unseren Rekord gebrochen?», fragte ich Domenico, der meine rechte Hand auf dem Weingut war.

Er wischte sich beide Hände an seiner türkis-orangefarbenen Schürze ab und sah auf die kleine Plastikuhr in der Standecke. Dann rief er stolz in dem für diese Region so typischen

Singsang: «Aber hallo, Senhor Victor! Siebenundvierzig Minuten. Das ist in der Tat ein neuer Rekord.»

Wir stießen unsere Fäuste aneinander, und ich nickte ihm dankbar zu. Er war mein Fels in der Brandung, er und seine Frau Giuseppa waren wie liebevolle Eltern für mich.

Beim Anblick der langen Schlange vor dem Stand rief ich den Wartenden zu: «Liebe Leute, der 2010er ist leider aus. Aber der 2011er ist auch sehr empfehlenswert. In der kommenden Stunde ist die Flasche für nur 35 Reais zu haben. Und probieren Sie unbedingt auch die neue Kreation der Familie Gianti. Man hört, sie sei ganz wunderbar. Ich gehe gleich selbst mal rüber, um mir eine Flasche zu sichern.»

Das Fest ging bis kurz vor Mitternacht und endete wie immer mit einer Tarantella, dem erschöpfenden süditalienischen Volkstanz. Ich ruhte mich an einem Tisch aus, weil wir gerade erst die Standmarkise zusammengelegt hatten, und schaute den letzten Gästen beim Tanzen zu. Dann holte ich den Gianti und füllte zwei Gläser.

«Dodo, komm, setz dich zu mir.» Ich klopfte neben mir auf den Tisch.

«Wirklich?» Die beeindruckenden Brauen des alten Mannes schossen in die Höhe.

«Warum nicht? Meinst du nicht, dass wir uns eine kleine Pause verdient haben?»

«Jetzt, wo Sie der Prinz des Schaumweins sind, Patrão, sollten Sie die Flasche für einen besonderen Anlass aufsparen. Ich muss hier noch zu Ende aufräumen.» Er stemmte die Hände in seine umfangreichen Hüften.

«Jetzt sei nicht albern.» Ich winkte ihn herbei. «Wir haben heute einen Rekord gebrochen und uns durchaus ein gemeinsames Schlückchen verdient. Nun komm schon.»

Er zuckte mit den Schultern, setzte sich aber doch und

stieß endlich mit mir an. Eine Weile genossen wir den Sekt und betrachteten schweigend die immer wilderen Tänzer.

Dann räusperte ich mich und fragte: «Dodo, was ist wahres Glück für dich?»

«Wahres Glück?»

«Ja. Glück, das von tiefstem Herzen kommt.» Ich sah ihn aufmerksam an. «Was macht dich glücklich?»

«Ach, Senhor Victor ... Mit Ihnen zu arbeiten, das macht mich glücklich.»

«Danke, mein Lieber.» Ich lächelte. «Aber ich meine *wirkliches* Glück.»

Domenico schürzte die Lippen und überlegte. «Ich brauche eigentlich nichts, was ich nicht schon hätte. Meine Giuseppa, unsere Tochter und meine Enkel sind das Beste der Welt für mich. Ja, ich denke: Kinderlärm im Haus macht mich glücklich.»

Ich hob mein Glas und versuchte zu verstehen, was er fühlte.

Domenico betrachtete den perlenden Wein und flüsterte: «Patrão, dieser Gianti ist ja ganz lecker, aber an Ihren kommt er nicht heran.»

«An *unseren*, Dodo», korrigierte ich ihn. «An unseren.»

Wir prosteten uns zu und leerten die Gläser. Dann entschuldigte sich Domenico und stand auf, um die restlichen Gläser zu spülen und alles einzupacken.

Kurz darauf hörte ich eine Stimme in meinem Rücken: «So allein am Ende der Party?»

Ich drehte mich um, und vor mir stand in weißem Rollkragenpulli, langem Rock und Lederstiefeln der brünette Traum vieler Männer der Region.

«Antonella Cornacchini ...» Ich lächelte sie an.

«Darf ich?» Sie präsentierte ein Holzbrett, auf dem ein großes Stück Käse lag, und zeigte auf den Stuhl neben mir.

«Aber sicher.»

«Ich habe dir ein Stück Grana Stravecchione mitgebracht.» Sie stellte das Brettchen auf den Tisch und setzte sich.

«Ah, ja, euer berühmter Käse. Ich verlasse den Markt eigentlich nie, ohne mich an eurem Stand einzudecken.»

«Nicht ganz so berühmt wie dein Sekt ... Gerade letzte Woche habe ich in einer Zeitschrift gelesen», sie hob die Hände und simulierte mit einer Geste einen Werbeschriftzug, «Victor Pickett Fernandes, der –»

«*Der Schaumweinprinz*, ja, ja. Mann, ich fand das schrecklich!»

«Ich fand's super.»

Ich winkte ab. «Meine Ernte 2010 war einfach ein Glücksfall.»

«Es heißt, du hast dein Handwerk in Italien eben gut gelernt.»

«Dann war es wohl ein italienischer Glücksfall», erwiderte ich spöttisch.

Domenico unterbrach unser Gespräch, indem er an den Tisch trat und eine Flasche 2011er in meine Richtung hob. «Kann ich gehen, Patrão?»

«Na klar. Und die Flasche köpfst du mit Giuseppa, versprochen? Wir sehen uns dann am Montag. Aber pass auf, dass du nicht den Berg runterkugelst, du wirkst schon ein wenig duselig.»

Domenico lachte vergnügt und machte sich auf den Weg.

Ich drehte mich um und goss Antonella ein Glas Sekt ein. «Und du? Wie kommt's, dass *du* am Ende des Abends allein bist?»

«Ich bin nie allein, da haben meine Eltern schon ein Auge drauf», stöhnte sie.

«Sie geben eben acht auf ihren größten Schatz.»

«Pah! Ein Schatz, der zwanzig Jahre alt ist und Lust hat,

einen Haufen Dinge zu tun, den seine Eltern nicht gutheißen würden.»

«Ach ja? Was denn zum Beispiel?»

«Von hier abhauen, die Welt bereisen, dich küssen ...»

Ich setzte mich aufrecht hin. So direkt war sie noch nie gewesen, bisher hatten wir einander nur Blicke zugeworfen und ein bisschen miteinander geflirtet.

«Antonella», sagte ich vorsichtig, «Antonella, ich glaube, es ist besser, wenn wir ...»

Aber da beugte sie sich schon zu mir herüber und gab mir einen langen, feuchten Kuss. Mein Herz wurde weich, und ich schloss die Augen.

Als ich sie wieder öffnete, hörte ich mich erneut fragen: «Und du? Wie kommt's, dass *du* am Ende des Abends allein bist?»

Und dann – erlebte ich den Moment noch einmal.

«Ich bin nie allein, da haben meine Eltern schon ein Auge drauf.»

«Sie geben eben acht auf ihren größten Schatz.»

«Pah! Ein Schatz, der zwanzig Jahre alt ist und Lust hat, einen Haufen Dinge zu tun, den seine Eltern nicht gutheißen würden.»

«Ach ja? Was denn zum Beispiel?»

«Von hier abhauen, die Welt bereisen, dich küssen ...»

«Antonella ... Antonella, ich glaube, es ist besser, wenn wir ...»

Wieder beugte sie sich vor und gab mir einen langen, feuchten Kuss.

Ich gebe zu, dieser wiederholte Kuss hat mir durchaus gefallen, es war einfach schon sehr lange her, dass ich einen bekommen hatte. Der Kuss wirkte wie eine Krönung für diesen erfolgreichen Abend.

Antonella lehnte sich wieder zurück, und wir sahen einander einen Moment lang in die Augen. Dann nahm sie einen Schluck aus ihrem Glas, stand auf und ging zurück zum Stand ihrer Familie. Auf halbem Wege drehte sie sich noch mal um und rief: «Jetzt muss der Schatz zurück in seinen Tresor. Denn wenn der alte Prospero Cornacchini mitkriegt, dass ich bei dir bin, liegt er mir wieder einen Monat lang in den Ohren damit.»

Ich winkte ihr lächelnd, sagte dazu aber lieber nichts. Um ehrlich zu sein, empfand ich über eine physische Anziehung hinaus nichts für Antonella. Und mit der Tochter eines der einflussreichsten Patriarchen der Region anzubandeln, würde sowieso nur Ärger bedeuten.

Ich blieb noch ein bisschen sitzen und schaute den anderen Ständen beim Schließen zu. Dann klappte ich auch unseren Tisch und die Stühle zusammen und zog den Stecker. Die Nummer Zehn erlosch, zusammen mit den Lampions, die den Stand mit dem Pavillon verbanden.

Auf dem Weg zu meinem Auto traf ich den Pfarrer, der von drei alten und offenbar ziemlich betrunkenen Männern umgeben war, die sich lebhaft unterhielten.

«Pater Bonatti», rief ich. «Haben Sie Lust, morgen zum Mittagessen rauszukommen?»

«Gerne.» Er lächelte mich an und rieb sich seinen beeindruckenden Bauch.

Ich hob eine Hand zum Gruß und ging weiter. Die Nacht schien sich jetzt bis zur Unendlichkeit zu strecken. Vom sternenklaren Himmel wehte ein kühler Wind herab. Das Rumoren des Festes war nur noch in der Ferne zu vernehmen. Ich war endlich allein.

Kaum hatte ich meinen Wagen erreicht, näherten sich jedoch schnelle Schritte, und ich wurde unsanft geschubst.

«He, was …?»

«Ups! Na, wenn das nicht der kleine Sektprinz ist!» Die Stimme von Enrico Balistiero troff vor Sarkasmus.

Ich rollte mit den Augen. «Der Abend war ja auch zu makellos verlaufen bisher.»

«Und? Hat dir der Strovecchione-Kuss geschmeckt?», fragte er und bohrte mir seinen Zeigefinger in die Brust. «Antonella ist *meine* Braut, du Waschlappen. Wenn du sie noch einmal anfasst, mach ich dich fertig.»

Ich atmete tief durch und zählte innerlich bis zehn. «Gut, ist notiert. Und jetzt lass mich bitte durch, ich hab noch zu tun.»

Ich marschierte um den Wagen herum und hörte nicht mehr, was der angetrunkene Enrico noch von sich gab. Zum Glück entfernten sich seine Schritte und überließen mich wieder der Dunkelheit.

Auf der Motorhaube meines Pick-ups entdeckte ich Mister, meine kleine dicke Promenadenmischung, auf dem Bauch liegend und alle viere von sich gestreckt.

«Meine Güte, Mister! Zum Glück wird hier nicht geklaut, sonst wäre ich jetzt dich und das Auto los.»

Wie auf Befehl knurrte er mich an.

«Mach dich nicht lächerlich», sagte ich. «Gerade eben hätte ich deine Unterstützung gut gebrauchen können, aber du hast dich nicht mal gerührt.»

Ich öffnete die Fahrertür und schnipste mit den Fingern, woraufhin Mister von der Motorhaube sprang und dann ins Auto auf den Beifahrersitz. Ich ließ den Motor an und fuhr nach Hause.

4.

*V*ictor

Das Anwesen war gebaut aus Holz, Glas und Stein und zu allen Seiten umgeben von einer Veranda, von der aus man das gesamte Weingut Ferazza überblicken konnte. Es stand 150 Höhenmeter über dem Dorf Nova Vêneto am Hang des Berges Lua und lag am Ende eines Schotterwegs, der sich durch einen Wald von Araukarien und Bananenstauden schlängelte. Hier oben wehte stets ein kühler Wind, der von der anderen Seite des Tals durch den Wald den Berg hinaufkroch.

Als ich das Weingut kaufte, war der Keller zu warm gewesen, weshalb mir nichts anderes übrig geblieben war, als ihn in einen Lagerraum für allerlei Gerätschaften und leere Flaschen umzuwandeln und stattdessen eine Idee umzusetzen, die alle Welt für reinen Wahnsinn hielt: Ich ließ einen unterirdischen Lagerstollen in den Osthang des Berges graben und legte dort einen neuen Weinkeller an. Nach sechs Monaten Feilschen um die Baugenehmigung, einem Jahr Bauphase und einem sehr hohen Bankkredit zeigte sich, dass ich einen guten Riecher gehabt hatte. Mit fünf Metern Höhe, zwölf Metern Breite und dreißig Metern Länge hielt der Stollen die Feuchtigkeit konstant. Die Temperaturschwankung betrug nur ein Grad im Verlauf des Jahres – es war im Winter 8 °C kalt und im Sommer 9 °C, perfekt für das Lagern von Schaumwein. Eine massive Schiebetür führte in das Reich aus Beton und Stein, das von Stahlträgern gehalten wurde und mit Holz ausgekleidet worden war. Das Ungewöhnlichste des Reifungsprozesses der Casa Ferazza aber hallte mit Hilfe einer hypermodernen Musikanlage von den Wänden wider: Meine Flaschen ruhten zum Klang der besten Stücke aus der brasilianischen Musikgeschichte.

Aber das war noch nicht alles. An der Wand am Ende des Stollens, hinter der letzten Reihe Rüttelpulte, in denen die Sektflaschen kopfüber lagern, damit die Hefe sich absetzt, versteckte sich eine 1,20 m hohe Schiebetür aus Stahl, die man nur sah, wenn man sich bückte. Sie war verschlossen mit einem digitalen Code. In der Kammer dahinter lagerten die Flaschen eines Sekts, den ich für noch wertvoller hielt als den 2010er Gold – er war von einer Qualität, die die Casa Ferazza vielleicht eines Tages auf ein Niveau heben könnte, das noch kein brasilianisches Weingut erlangt hatte. Ein hinter sieben Siegeln verborgener Schatz, dessen Zeit noch nicht gekommen war.

Kaum dass ich die Autotür geöffnet hatte, war Mister schon durch die Klappe am Fuß der Tür in den Stollen geflitzt. Er war acht Jahre alt und hier zu Hause, seit er als Welpe zu mir gekommen war. Von Anfang an hatte Mister die Hundehütte verschmäht, die ich ihm gebaut hatte. Ich vermutete, dass er sich diesen dunklen Ort als sein Zuhause auserkoren hatte, weil er die Musik so sehr liebte.

«Gute Nacht, du Undankbarer. Wie wäre es mit etwas Höflichkeit?», murrte ich ihm hinterher, als ich die Haustür aufschloss, über der unter einer Uhr ein Sprichwort aufgemalt war: *Das Glück ist Moll, die Traurigkeit Dur.*

Trotz all des Guten an diesem Fleckchen Erde lebte ich allein in dieser Weite. Denn es war mir unmöglich, normale Beziehungen mit anderen Menschen zu führen. Der Grund dafür? Ich war ein Fisch auf dem Trockenen.

Das Thermometer zeigte 13 °C an. Ich machte mir eine Tasse heiße Schokolade und goss einen Schuss Brandy dazu. Dann nahm ich mein zerschlissenes grünes Notizbuch von der Holztruhe, die als Tisch auf dem Teppich in der Mitte des Wohnzimmers stand. Mit einem feinen Füller und einer dicken Wolldecke ging ich zurück auf die Veranda. Eine Zeitlang saß ich einfach nur da und blickte auf die wenigen Lichter, die auf den Nachbargrundstücken zu sehen waren. Die Frösche am Bach, der mein Land von dem der Familie Vanzetto trennte, unterhielten sich lebhaft, und der verwirrte Hahn der Gianti begann mal wieder weit vor Sonnenaufgang zu krähen. Der Vollmond wirkte wie ein Kronleuchter, bereit, eine weitere einsame Nacht mit mir zu teilen.

Ich nahm einen Schluck Kakao, öffnete das Notizbuch und blätterte vor bis zum letzten Eintrag, dem «Ereignis Nr. 413». Ich blätterte um und notierte:

Ereignis Nr. 414
Datum: Samstag, 4. November 2017
Intensität: 1 von 7
Zeitsprung: 30 Sekunden in die Vergangenheit
Schlüsselwörter: Treviso-Platz, Gianti-Markt, Antonella
Soundtrack: Tarantella
Beschreibung:

Ich beschrieb den Moment, in dem Antonellas Kuss, der Geschmack des Gianti-Sekts, das ganze Ambiente und der erfolgreiche Marktabend so zusammengekommen waren, dass ich an den Punkt gelangt war, den ich Schwelle zum Glück getauft hatte und der den Hebel umlegte, der mich in die Vergangenheit katapultierte.

5.
Victor

Ich habe noch nie von irgendetwas Ähnlichem gehört wie dem, was mir seit jener verhängnisvollen Nacht vor fast 20 Jahren passierte. Es gab niemanden, mit dem ich hätte Erfahrungen austauschen können, der mir hätte helfen können, jenes Phänomen zu beherrschen, das ich nicht kontrollieren konnte. Es war eine Störung, ein Produktionsfehler, ein Defekt. Das waren jedenfalls die Begriffe, die mir am treffendsten schienen. Und die Entscheidung, mit niemandem darüber zu sprechen, diente schlussendlich dem Selbstschutz.

An der Uni wehrte ich alle Annäherungsversuche ab. Ich flüchtete vor allem Möglichen, trat keinem Sportverein, keinem Literaturkreis und keiner Theatergruppe bei. Ich studierte mal dieses Fach, mal jenes. Ich vermied Partys, Feiern, Empfänge und Verabschiedungen. Meine Kommilitonen hielten mich für *sonderbar*. Und das war ich wohl auch. Eines Tages verschwand ich vor den Augen einer Dozentin, und die Arme erlitt einen psychotischen Schub. Man diagnostizierte einen stressbedingten Erschöpfungszustand und suspendierte sie für sechs Monate vom Dienst. Sie nahm die Diagnose hin, aber ich wusste, dass sie kerngesund war. Bis ich verstand, was das Schicksal mir aufgebürdet hatte, dachte ich, dass ich verrückt geworden sei. Es war erschreckend und schmerzhaft, aber auch faszinierend und verlockend. Ich erlebte besonders schöne Momente immer gleich doppelt. Aber wenn ich traurig war, auf schmerzhafte Weise unglücklich, dann übersprang ich Sekunden, Minuten oder Stunden. Es war unmöglich zu verbergen, wie sehr mich das alles verwirrte. Meine Physiologie war anders als die vom Rest der Welt, so war es einfach. Aber warum? Ich litt unter den seltsamen Zeitsprüngen genauso wie unter den langen, ziellosen Streifzügen durch die Stadt, dem stillen Heimschleichen im Morgengrauen, den Tagen und Nächten, die ich eingesperrt in meinem Zimmer der Lektüre von H. G. Wells, Arthur C. Clarke und Isaac Asimov oder den wissenschaftlichen Erkenntnissen von Einstein und Hawking widmete. Ständig fehlte mir die Luft zum Atmen, wie einem Fisch auf dem Trockenen eben.

Mein Vater schien sich nicht um meinen Rückzug zu sorgen, vielleicht tat er es als postpubertäre Nebenwirkung ab. Meine Mutter aber war umso beunruhigter. Doch je öfter sie nachhakte, desto mehr zog ich mich zurück. Bis sie mir eines Sonntags beim Essen unter dem nachsichtigen Schweigen meines Vaters einen wütenden Vortrag voller moralischer Vorhaltungen hielt. Sie endete mit den Worten: «Wir unterstützen, was immer du tun möchtest, welchen Weg du auch einschlagen möchtest, aber du musst deinem Leben endlich eine Richtung geben. Es kann nicht ewig so weiterplätschern. Finde deinen Weg, deine Leidenschaft. Such dir einen Beruf aus, und wir zahlen, was immer für die Ausbildung nötig ist. Aber es ist das letzte Mal, und wenn es nicht funktioniert, musst du alleine weitersehen.»

Das war wie ein Blankoscheck, der Traum eines jeden 20-Jährigen. Die Gelegenheit, den Dingen, die mir passierten, einen Sinn abzugewinnen.

Meine Eltern hätten sich die Entscheidung, die ich traf, niemals träumen lassen, aber das großmütige «Wir unterstützen, was immer du tun möchtest» mussten sie jetzt auch umsetzen. Nach einigen Tagen intensiver Recherche entschied ich mich für eine Ausbildung zum Winzer in Brescia in Norditalien. Es gab nicht sehr viele Gründe für diese Wahl, ich trank damals nicht einmal Wein. Meinen Eltern erzählte ich von Zeitschriftenartikeln über die vielversprechende Zukunft dieser Branche, die in Brasilien noch nicht so entwickelt war. Der wahre Grund aber war, dass ich einfach ganz weit wegwollte. Ein neues Land, eine andere Kultur und Sprache, mein bisheriges Leben hinter mir lassen. Es war eine als Lebensprojekt getarnte Flucht, die nach Wein duftete und schmeckte.

Kurze Zeit später, im Angesicht der italienischen Alpen und im Schatten der zweiten Satzhälfte meiner Mutter («Aber es ist das letzte Mal, und wenn es nicht funktioniert, musst du alleine weitersehen»), lernte ich die Geheimnisse des Rebenanbaus und der Weinreife. Und zwar konzentrierter und ehrgeiziger als alle anderen. Bald schon begann ich, Gefallen am Wein- und Sektuniversum zu finden, und ich wurde zu einem von Dozenten und Winzern gelobten Studenten und Praktikanten. *«Un ragazzo brillante, un futuro luminoso»*, hieß es über mich in einem Artikel über aufstrebende Talente der Region in *La Provincia di Varese*.

Als ich die italienische Sprache sicher genug beherrschte, pilgerte ich schließlich doch zu den verschiedensten Ärzten, um herauszufinden, was mein Problem mit der Zeit war. Die Diagnosen waren nicht gerade vielversprechend. Es hieß, es handele sich um irgendeine psychiatrische Störung, die Halluzinationen hervorrufe. Niemand glaubte mir, das ist die traurige Wahrheit. Man verschrieb mir Pillen gegen Angstzustände, die ich bald wieder absetzte, weil sie absolut nichts bewirkten. Von dort war es nur ein Katzensprung in den Schoß der Religion, um herauszufinden, ob es sich um eine gottgegebene Gabe oder einen Fluch handelte. Ich war sogar in Rom und nahm an einem Gottesdienst des Papstes auf dem Petersplatz teil. Unter Tausenden von Menschen fragte ich die Heiligen, ob ich eine besondere Mission hätte. Aber ich fand keine Antworten, kein Heiliger sprach zu mir. Dann versuchte ich alternative Therapien mit Tees, Wurzeln, diversen Blättern und Kräutern, Yoga, Meditation, Isolation und dem Rückzug in eine Berghütte, allerlei Behandlungen für Körper und Geist – nichts half. Am Ende akzeptierte ich die Ordnung des Schicksals: So war ich eben, Ende und aus. Ich würde alle glücklichen Momente doppelt erleben und musste akzeptieren, dass die Last der traurigen Momente mich viel härter traf als jeden anderen.

Glück ...
das ist reine Mathematik:
ein edles Lebensziel
plus denkwürdige Momente
plus Gesundheit -
multipliziert mit Weltreisen
und geteilt durch richtig gute Freunde.
Das Ergebnis hoch zwei,
das ist wahres Glück.

6.

*V*ictor

Ein paar Tage vor Weihnachten im Jahr 2007, während des Besuchs eines Pinot-blanc-Weinbergs, als ich gerade ein sehr attraktives Jobangebot von einer vielversprechenden italienischen Winzerei bekommen hatte, erhielt ich einen Anruf aus Brasilien. Meine Mutter, die geschätzte, ehrgeizige, unbesiegbare Lungenärztin, war soeben verstorben. Das städtische Krankenhaus, bei dem sie angestellt war, war nicht gerade bekannt für seine Sorgfalt im Umgang mit Infektionen, und der direkte Kontakt mit todkranken Patienten hatte für sie ein fatales Ende. Der multiresistente Erreger ließ ihr keine Chance. Kopfschmerz, Fieber, Einweisung, eine sich ausbreitende Infektion, Herzstillstand und schließlich der Tod. All das geschah in nur neunzehn Stunden.

Ich setzte mich an einen Weinstock und umschlang meine Knie. Ein unkontrollierbarer Heulkrampf überkam mich, ich konnte nicht mehr atmen, fühlte mich machtlos in dieser weiten Ferne, spürte einen furchtbaren Abgrund im Herzen. Ich wusste sofort, was kommen musste. Mein Herz beschleunigte sich rasend schnell: 75, 80, 100, 120, 140, 175, 180 ... 184 Schläge pro Minute – das war die magische Grenze, die ich als Schwelle identifiziert hatte. Für den Bruchteil einer Sekunde setzte mein Herz aus. Ich schloss meine Augen in Italien.

Als ich sie wieder öffnete, lag ich auf einer Bank auf dem

Esperança-Friedhof in Brasília. Mein Puls ging normal. Und wie gewöhnlich spürte ich eine unsägliche Beklemmung in der Brust, in meinem staubtrockenen Mund den Geschmack verdorbener Früchte, ein Brennen in den Augen und furchtbaren Schmerz in allen Gliedern. Es dauerte, bis ich auch nur einen Muskel bewegen konnte. Ich trug die Kleidung, in der ich den Weinberg in Italien besucht hatte, Schürze und Lederstiefel. Als ich die Kontrolle über meinen Körper zurückerlangt hatte, blickte ich mit verschleiertem Blick auf meine Armbanduhr und sah, dass achtundzwanzig Stunden vergangen waren. Es war der zweitgrößte Zeitsprung, den ich erlebt hatte, seit all das angefangen hatte.

Ich lehnte die Stelle in der Franciacorta in Italien ab. Stattdessen beschloss ich, mir ein neues Leben in Brasilien aufzubauen, die Sachen meiner Mutter zu ordnen und mich um die Erbschaft zu kümmern, die sie in dreißig Berufsjahren als eine der besten Medizinerinnen Brasiliens angehäuft hatte und die zu gleichen Teilen an meinen Vater, meine zwei Jahre jüngere Schwester Juliana und mich fiel. Ich nahm meinen Anteil, nutzte das günstige Kaufangebot aufgrund des heruntergekommenen Zustands und kaufte die Vinícola Ferazza.

Am Tag vor meinem Umzug von Brasília nach Nova Vêneto bat ich meine Schwester um einen Spaziergang im Stadtpark. Wir gingen lange quasi schweigend nebeneinanderher und setzten uns dann auf eine Bank in der Nähe eines Kiosks, um Kokoswasser zu trinken.

«Ich werde diesen Ort hier vermissen», sagte ich beim Blick auf den kleinen Vergnügungspark vor uns. «Ich hätte viel öfter herkommen sollen.»

«Findest du es nicht überhaupt etwas gewagt, dich mitten im Nirgendwo niederzulassen?», fragte Juliana.

«Wieso gewagt?»

«Na ja. Was, wenn du mir dort vereinsamst?»

«Einsamkeit bin ich längst gewöhnt. Und du sagst doch selbst, ich bin einfach sonderbar.»

«Allerdings.» Sie strich sich die langen, kastanienbraunen Haare aus dem Gesicht und zeigte mit dem Finger auf mich. «Der seltsamste Typ unter der Sonne.»

Ich grinste und schaute einem Vater zu, der langsam auf einem Fahrrad mit Kindersitz an uns vorbeifuhr. Seine kleine Tochter und er trugen Helme im Partnerlook.

«Ju, was ist wahres Glück für dich?»

«Hä?» Sie runzelte die Stirn. «Was ist das denn für eine Frage, Pickett?»

Ich mochte es, wenn sie mich so nannte. «Überleg doch mal.»

Sie druckste herum. «Nun, also, Glück ... das ist ... reine Mathematik: ein edles Lebensziel plus denkwürdige Momente plus Gesundheit – multipliziert mit Weltreisen und geteilt durch richtig gute Freunde. Das Ergebnis hoch zwei, das ist wahres Glück.»

«Wow! Super Antwort. Etwas anderes hätte ich von einer Mathematikerin auch nicht erwartet.»

«Warum fragst du überhaupt?»

Ich räusperte mich. «Na ja ... also ... ich wollte dir was erzählen, und das geht so in die Richtung.» Der Knoten in meiner Zunge passte nicht gut zu dem Kloß im Hals, den ich lösen musste, um ihr zu erzählen, was mich seit meiner Jugend belastete. «Ich weiß nicht, wem ich es sonst sagen soll.»

«Du stirbst doch nicht etwa?»

«Nein.»

«Willst du heiraten?» Als ich amüsiert den Kopf schüttelte, fuhr sie fort: «Single-Vater sein? Hast du entdeckt, dass du schwul bist? Keine Sorge, Victor, ich unterstütze dich, egal was es ist.»

«Nichts von alledem. Es ist ein bisschen ... außergewöhnlicher. Schwer zu glauben, um genau zu sein.»

«Und wieso denkst du, dass ich es glauben werde?»

«Weil du mich liebst.» Ich strich über die Sommersprossen auf ihrer Wange. «Aber du musst mir versprechen, es für dich zu behalten. Das ... das Ganze hat vor zehn Jahren angefangen. Niemand weiß davon.»

«Meine Güte! Jetzt sag schon.»

«Du musst es erst versprechen.»

Sie schlug sich mit der Faust auf die Brust und hob dann Zeige- und Mittelfinger. «Großes Pfadfinderehrenwort.»

«Ich ...» Unsicher sah ich zum Riesenrad auf, atmete tief durch und sagte schnell, bevor ich es mir noch einmal anders überlegen konnte: «Ich erlebe Zeitsprünge.»

«Wie bitte?» Julianas Mund blieb offen stehen, sie sah mich etwas erschrocken an. Dann hob sie das Kinn an und fragte: «Was soll das heißen, *Zeitsprünge*?»

«Was ich gesagt habe.»

Sie legte einen Handrücken an meine Stirn. «Hast du Fieber, Brüderchen?», fragte sie und begann zu kichern.

«Lach ruhig, ich habe selbst ziemlich lange gebraucht, bis ich es glauben konnte.» Der Ton meiner Stimme war ganz ruhig, dahinter versteckte sich allerdings ein dramatisches inneres Flattern.

Sie lehnte sich zurück und trank aus dem Strohhalm ihrer Kokosnuss. «Ach komm. Verarsch mich nicht.»

«Ich weiß, es klingt seltsam. Und ich verstehe ja auch nicht, warum das passiert. Ich habe nur rausgefunden, dass es immer ein Muster und einen Auslöser gibt. Ich kann das nicht kontrollieren, es passiert nicht willentlich und ...»

«Jetzt hör auf!», schrie Juliana plötzlich und sah mich entsetzt an. «Zeitreisen? Erzähl keinen Scheiß, Pickett. Bist du verrückt geworden?»

Ich hob einen dünnen Zweig vom Boden, zog einen Linie in den Sand und begann zu erklären. «Als sich die Sprünge wiederholten, begriff ich irgendwann, dass mich glückliche und traurige Momente in der Zeit transportieren. Wenn mein Glück bis zu einem gewissen Punkt gelangt, den ich Schwelle zum wahren Glück nenne ...» Ich malte einen Pfeil nach links in den Sand. «... dann springe ich zurück. Und umgekehrt, wenn ich so traurig bin, dass ich die Schwelle zu größter Trauer erreiche», sagte ich und malte einen Pfeil nach rechts, «dann springe ich in die Zukunft.»

Juliana verschränkte die Arme vor der Brust und starrte vor sich hin. Eine halbe Ewigkeit lang blieb sie still, ein schwarzes Loch tat sich zwischen uns auf.

«Nein», sagte sie dann. «Nein, so was gibt es gar nicht.»

Ich seufzte. «Manchmal sind es nur ein paar Sekunden, aber wenn ich sehr glücklich bin, können es auch mal ein paar Stunden sein. Und wenn ich unfassbar traurig bin, passiert das Gleiche in die andere Richtung. Als Mama gestorben ist, war ich so traurig, dass ich die Augen in Italien geschlossen habe und erst in Brasilien wieder aufgewacht bin, achtundzwanzig Stunden später. Aber für mich ist nur ein Wimpernschlag vergangen.»

Meine Schwester runzelte die Stirn. «Ja, du warst wirklich wie vom Erdboden verschluckt damals. Keiner wusste, wo du bist, telefonisch konnten wir dich nicht erreichen. Und dann standest du nach der Beerdigung plötzlich auf dem Friedhof, mit dieser komischen Schürze, total verdreckten Stiefeln und umgeben von einem schrecklichen Gestank nach vergorenen Trauben.»

Ich nickte. «Und da hast du auch den Grund für meine ganzen unerklärlichen Abwesenheiten in unserer Jugend.»

«Mann ... Du willst doch irgendwas von mir, oder? Brauchst du Geld?» Juliana packte mich an den Schultern und schüttelte mich. «Jetzt hab ich's – du hast hier irgendwo eine Kamera versteckt.» Sie stand tatsächlich auf und schaute unter die Bank.

«Was für eine Kamera, Ju? Setz dich wieder hin. Ich schwöre dir, das ist die Wahrheit.»

«Okay. Dann lass mal sehen, ob ich alles richtig verstanden habe.» Sie kratzte sich am Kopf und setzte sich wieder neben mich. «Angenommen, es ist die Wahrheit, was natürlich nicht sein kann. Denn das wäre echt zu verrückt. Aber gehen wir einmal von der nicht bestehenden Hypothese aus, dass es stimmt. Also: Wenn du sehr glücklich bist, reist du in die Vergangenheit? Und wenn du sehr traurig bist, in die Zukunft?» Plötzlich musste sie lachen.

«Ich hab dir ja gesagt, dass es schwer zu glauben ist.»

«Dann beweis es mir», forderte sie wieder vollkommen ernst.

«Das kann ich nicht. Ich kontrolliere es ja nicht.»

«Dann ... Dann lass uns ins Kino gehen und einen megalustigen Film angucken. Wenn du lachst und in die Vergangenheit reist, musst du mir erzählen, was im Film passiert, bevor wir ihn dann zusammen sehen. Dann glaube ich dir.»

«Einfach nur lachen reicht dafür nicht. Es muss viel stärker sein als ein bisschen Spaß oder ein paar Tränen. Es sind Level von Glück und Unglück, die ich nicht kontrollieren kann.»

«Kannst du zurückreisen und die Zahlen spielen, die gestern im Lotto gezogen wurden?» Sie lachte wieder. «Das wäre ziemlich cool.»

«Nein. Ich kann überhaupt nichts verändern oder beeinflussen, ich erlebe nur alles erneut, mit völligem Bewusstsein darüber, dass ich es schon kenne. Wie so eine Art verlängertes Déjà-vu.» Ich hielt einen Moment inne. «Wobei, einmal konnte ich etwas verändern. Bei meinem allerersten Sprung in die Vergangenheit. Aber da hab ich überhaupt noch nicht verstanden, was passiert. Danach konnte ich das Geschehen nie wieder beeinflussen.»

«Wann war denn das erste Mal?»

«Damals, in der Schule. Es hatte mit Amanda zu tun, einem Mädchen, in das ich verliebt war und das später gestorben ist.»

«Welche Amanda?», fragte Juliana spitz. «Warum weiß ich nichts von ihr?»

Ich senkte den Blick. «Ich möchte nicht über sie reden.»

«Okay. Mal sehen.» Juliana richtete sich auf. «Kannst du Jesus kennenlernen?»

«Nein.»

«Die Entdeckung Amerikas miterleben?»

«Sicher nicht.»

«Die Französische Revolution?»

«Nope.»

«Ein Konzert der Beatles? Ramones oder Queen?»

«Leider auch nicht.»

«Und wer der nächste Präsident wird, ob die Welt in einem Atomkrieg zugrunde geht oder ob man ein Mittel gegen Krebs findet?»

«Fehlanzeige. Die längsten Sprünge waren zwölf Stunden in die Vergangenheit und zweiundsiebzig Stunden in die Zukunft. Es geht immer nur um mein Leben, nicht um die Allgemeinheit.»

«Und wozu ist es dann gut?»

«Keine Ahnung.» Ich fuhr mir durch die Haare. «Es ist überhaupt nicht gut. Ich hasse es, dass mir das passiert.»

«Also, soooo schlecht stelle ich es mir nicht vor, Pickett, schöne Momente doppelt zu erleben.» Sie hob eine Augenbraue.

«Ja, wenn ich in die Vergangenheit springe, ist es an sich immer schön, komplett friedlich. Das passiert ja auch vor lauter Glück, hab ich dir doch gesagt. Das Problem sind die Zukunftssprünge. Alle Trauer ist einfach tausendmal tiefer und schmerzhafter. Deshalb bin ich nach Italien geflüchtet, und deshalb ziehe ich jetzt in die Einsamkeit von Nova Vêneto. Je weniger Kontakt ich zu anderen Menschen habe, desto besser.»

«Und wenn du in der Zukunft landest, wo findest du dich dann wieder?» Juliana lachte und ergänzte: «Gott, ich kann nicht fassen, dass ich das frage!»

«Ich lande an einem Ort, wo ich eh hingehen würde.»

Sie sah mich prüfend an und schien die ganzen absurden Informationen zu verarbeiten. «Dann ist es eine Reise durch Zeit und Raum.»

«Wenn man's genau nimmt, schon.»

«Ist das auch wirklich kein Filmplot oder so?» Juliana beugte sich nah zu mir und inspizierte meine Augen. «Bist du besoffen? Auf Drogen?»

«Hör auf, Ju.» Ich schob sie sanft von mir. «Fakt ist, dass die Zeit für mich einfach anders läuft als für alle anderen. Wenn ich jetzt in die Vergangenheit springen würde und alles noch mal erlebe, würdest du davon gar nichts mitbekommen. Für dich würde das Leben ganz normal weitergehen, ich verschwinde ja nicht, wenn ich in die Vergangenheit reise.»

«Aber wenn du plötzlich sehr traurig wärst, dann würdest du vor meinen Augen verschwinden?» Sie sah mich äußerst skeptisch an.

«Jep.»

«Dann werde traurig, Victor! Ich will es sehen.»

Ich musste lächeln. «In deiner Gegenwart werde ich niemals traurig genug sein, um zu verschwinden.»

Meine Schwester sah mich stumm an.

«Verdammte Scheiße, Pickett!», schrie sie dann. Sie stand auf und hüpfte vor mir herum. «Verdammte Scheiße, das ist echt zu abgefahren! Wenn ich dir sage, dass ich es glaube, ist es gelogen. Tut mir leid.»

«Du musst es nicht glauben. Schon okay.» Ich betrachtete das Riesenrad, das sich langsam in Bewegung gesetzt hatte. Dann murmelte ich: «Aber akzeptier es bitte, denn es ist die reine Wahrheit. Und wer weiß, vielleicht brauche ich eines Tages deine Hilfe.»

7.
Victor

Am Tag nach dem Monatsmarkt erwachte ich später als gewöhnlich, erst gegen Mittag. Meine Smartwatch zeigte 70 Herzschläge pro Minute. Ich stand auf, kochte Kaffee und machte mich daran, ein einfaches Mittagessen zuzubereiten. Normalerweise kümmerte sich Domenicos Frau Giuseppa um Haushalt und Küche, aber ich mochte es, für meine Gäste selbst zu kochen. Auch wenn es noch so schlicht war.

Ich probierte gerade eine Nudel, als ich stotternde Motorengeräusche hörte. Ich warf mir das Geschirrtuch über die Schulter und sah durchs Fenster.

Der rote Roller kam gerade den Hang hinauf und wirbelte die heruntergefallenen Blätter der Bananenstauden zum Tanz auf. Ich musste schmunzeln, als ich den alten braunen Sturzhelm erkannte. Pater Andrea Bonatti war eine echte Type: etwas dicklich, mit Knollennase und immer an gutem Essen und gutem Wein interessiert.

Mister begann zu bellen und drehte aufgeregte Kreise vor der Tür.

«Aber pinkel ihm nicht wieder auf den Fuß!», rief ich ihm hinterher, als ich aufgemacht hatte und er sofort losflitzte.

Ich ging zurück in die Küche, verquirlte die Eier mit zwei Gabeln und warf den gewürfelten Speck in die Pfanne, während die Nudeln abtropften. Als der Pater hereinkam, sah ich gleich, dass Mister meine Anweisung nicht befolgt hatte.

«*Maledetto!*», schimpfte Bonatti. «Er hat mir schon wieder auf den Schuh gepinkelt. Der heilige Franziskus möge mir verzeihen, aber dieser Köter geht sicher direkt in die Hölle, ohne Fegefeueroption.» Wie gewöhnlich kamen die Worte in einem Schwall aus seinem Mund. Um Pater Bonatti zu verstehen, musste man immer ganz genau hinhören.

«Aber Mister macht das wirklich nur bei Ihnen, Pater, er will da wohl sein Revier markieren. Nehmen Sie es als Liebesbeweis.»

Pater Bonatti hängte seine Jacke an die Garderobe, legte seinen Helm auf den Beistelltisch an der Tür und deutete ein Kreuzzeichen in jede Ecke des Raumes an.

«Das riecht himmlisch», sagte er dann. «Carbonara?»

«Ich hab ein neues Rezept ausprobiert. Kommen Sie, ich mach uns eine Flasche auf.»

«Phantastisch.» Er rieb sich die Hände. «Nach einer Woche voll nichtiger Jammerei im Beichtstuhl könnte ich mir nichts Erfrischenderes vorstellen als einen Schluck deines köstlichen Schaumweins.»

«Wieso nichtig?»

«Ach. Es ist einfach immer dasselbe. Ich höre Woche für Woche eine gesprungene Platte. Kaum etwas verdient wirklich den Namen Sünde, aber die alten Damen verstehen das einfach nicht. Ich denke schon ernsthaft darüber nach, eine Liste der Nicht-Sünden am Beichtstuhl aufzuhängen. Es ist nichts als reine Zeitverschwendung. Ich gebe ihnen jedes Mal mehr Vaterunsers und Ave-Marias auf, aber das hilft gar nicht, ganz im Gegenteil, sie kommen eher noch öfter.»

«Dann verteilen Sie doch stattdessen mal Arbeitseinsätze in der Gemeinde: Suppenausschank, Socken stricken für die Bedürftigen, Kirchhof fegen ... Was meinen Sie, wie schnell Sie die alle los sind.»

Er lachte. «Keine schlechte Idee.»

Ich öffnete den Schaumwein und stieß mit ihm an.

Bonatti nahm einen langsamen Schluck. «Außerordentlich!» Zufrieden leckte er sich die Lippen. «Mein Sohn, was verschafft mir die Ehre dieser Einladung?»

«Ach, Pater. Ich wollte einfach nicht schon wieder am Sonntag alleine essen. Und es tut immer gut, Ihren Rat zu hören, wenn ...»

«Ich ahne es.»

«Ja, genau. Es war ja schon eine Weile her.» Ich wiegte den Kopf langsam von links nach rechts. «Gestern ist es wieder passiert, bei der Party.»

«Glück oder Trauer?»

«Glück. Aber nicht so wahnsinnig aufregend. Nur dreißig Sekunden.»

«Und wie ging es dir dabei?»

«Wie es mir ging, als ich realisiert habe, dass ich zum ersten Mal seit Ewigkeiten wieder glücklich war? Nicht gerade erbaulich, oder?»

«Na, na, na. Deine Wahrnehmung ist an dieser Stelle ein wenig pessimistisch. Es ist doch immerhin gut, dass du in der letzten Zeit nicht wirklich traurig gewesen bist. So musst du das sehen!»

«Meinen Sie? Ein Leben, das einfach so dahinplätschert, ohne große Emotionen – also, das ist doch nicht erstrebenswert.»

«Das Leben der allermeisten Menschen plätschert weitgehend unaufregend vor sich hin. Du darfst dich nicht so quälen, Victor.»

«Ich wäre einfach gerne frei.»

«Aber das bist du doch.»

«Von wegen. Wenn es eines gibt, das ich nicht bin, dann frei. Ich bin gefangen in dieser Spirale, die mich hin und her wirft und aus der ich nicht herauskomme.»

«Gott hat einen Plan für jeden von uns, glaub mir.»

Ich sah ihn skeptisch an. «Gott möge mir verzeihen, aber den Plan für mich finde ich echt lausig.»

«Beruhige dich, mein Sohn.» Bonatti senkte die Stimme und sprach für seine Verhältnisse sogar ein wenig langsamer. «Du bist jung. Du wirst noch jede Menge Glücksmomente erleben. Und zwar doppelt. Das ist doch wunderbar.»

Ich gab die Nudeln auf das Eiergemisch und rührte sie unter. Dann streute ich den Speck darüber, befüllte zwei Teller und bat den Pfarrer zu Tisch.

«Einverstanden, Pater. Das Problem sind auch eher die traurigen Momente. Bis auf meine Dozentin damals und Sie selbst hat mich noch niemand verschwinden sehen. Und da habe ich ziemliches Schwein gehabt bisher, es würde wohl nicht jeder ein übernatürliches Phänomen so gut wegstecken wie Sie.»

«Glaubst du denn, dass es ein übernatürliches Phänomen ist?»

«Also, *natürlich* ist es sicher nicht», erwiderte ich spöttisch und füllte uns auf.

«Gott allein kann unerklärliche Dinge tun, mein Sohn, und wenn er dich auserwählt hat, so ist das ein gutes Zeichen.»

«Ich wünschte, es wäre wenigstens zu irgendetwas nütze! Aber ich war einfach immer nur der Freak, der ständig einen polnischen Abgang macht. Und die Sprünge in die Zukunft sind wirklich belastend. Mein Körper schmerzt danach, als wäre ich unter die Räder geraten.»

«Wer weiß eigentlich noch davon?», fragte Bonatti mit vollem Mund.

Ich ließ meine Gabel wieder sinken. «Vor zehn Jahren habe ich es meiner Schwester erzählt, aber sie hat es nicht geglaubt. Sie hat mich für verrückt erklärt, und wir haben nie wieder darüber gesprochen. Außer Ihnen gibt es nur noch einen

Menschen, der es weiß: mein Freund Rico, der den Foodtruck in Bento Gonçalves betreibt. Er hält das alles allerdings eher für einen spirituellen Trip, aber er ist auch selbst ziemlich abgedreht. Trotzdem steht er mir immer bei. Strenggenommen sind Sie also der Einzige, der mir wirklich glaubt.»

Er nickte. «An jenem Morgen, als ich die Kirchentür öffnete und du davorlagst, wie ein göttliches Zeichen vom Himmel gefallen ... Da konnte es für mich keinen Zweifel geben.»

«Ich werde es Ihnen nie vergessen, dass Sie mich aufgenommen haben.»

«Ich glaube an die Weisheit des Herrn, mein Sohn. Aber ich kann nicht aufhören zu betonen, dass du nicht allein bleiben solltest. Die Einsamkeit ist die Rohmasse der Trauer. Übrigens: Genau darüber sprach heute die junge Cornacchini mit mir im Beichtstuhl ...»

Ich lachte laut los. «Ach, daher weht der Wind, Sie alte Plaudertasche!»

«Sie kommt aus gutem Hause, Victor.»

«Der Zeitsprung gestern hatte zwar mit ihr zu tun, aber ich weiß, dass zwischen uns – wie sagt man? – *kein tieferes Band gespannt ist.*»

Bonatti schien nicht einverstanden, zuckte aber nur milde lächelnd die Schultern. Wir stießen erneut an und aßen weiter.

«Wussten Sie, Pater, dass der Mensch vor Glück weint, wenn zuerst das rechte Auge tränt? Und wenn die erste Träne aus dem linken Auge kommt, dann ist es ein Zeichen der Trauer.»

«Wer sagt das denn, Victor?»

«Das Internet.»

«Versteif dich nicht so sehr auf dieses Thema.» Pater Bonatti legte sein Besteck zur Seite. «Trauer und Glück sind keine geeigneten Forschungsgegenstände.»

«Ja, das weiß ich, Pater. Aber es ist einfach unmöglich, die Sache nicht rational zu betrachten.» Ich legte ihm eine Hand auf den Arm. «Nur noch eine Frage, in Ordnung? Ich verspreche, dass wir danach das Thema wechseln können.»

«Nur zu.»

«Was ist wahres Glück für Sie?»

Er tupfte sich mit der Serviette sanft den Mund ab und nahm einen Schluck Schaumwein. «Nun ... *Den Abend lang währt das Weinen, aber des Morgens ist Freude*, so geht doch der Psalm.» Sorgfältig wickelte er Spaghetti um die Gabel und fügte hinzu: «Glück ist das Leben selbst, das denke ich jedenfalls.» Eine Weile aß er genüsslich, dann fragte er: «Und du, hast du schon herausgefunden, was dich wirklich glücklich macht?»

Ich schüttelte den Kopf. Bonatti respektierte mein Schweigen, er ahnte wohl, dass ich weit davon entfernt war, es herauszufinden.

8.

Victor

Telefon- und Internetempfang waren bei uns in der Serra Gaúcha Luxusgüter. Je höher das Grundstück und je tiefer im Wald es lag, desto schlechter wurde der Empfang. Auf meinem Weingut: komplette Fehlanzeige. Das Versprechen der Telefongesellschaft, einen Sendemast aufzustellen, der die Region mit der Welt verbinden würde, wurde wieder und wieder aufs kommende Jahr verschoben und schien von Mal zu Mal unwahrscheinlicher. Ich fand das allerdings nicht nur schlecht. Je weniger Zivilisation, desto besser. Erst an einem bestimmten Punkt auf dem Weg zwischen Nova Vêneto und Bento Gonçalves stellte sich der Handyempfang verlässlich ein, und zwar auf einer Anhöhe kurz vor einer scharfen Linkskurve, von wo aus man auf einer Brachfläche eine einsame Araukarie von bestimmt 40 Metern Höhe bewundern konnte. Dort parkte ich auf dem Standstreifen, wenn ich telefonieren musste. Für eine Internetverbindung fuhr ich in die Stadt.

An jenem Montag nach dem Weinfest verließ ich das Haus gegen fünfzehn Uhr. Auf dem Weg nach Bento Gonçalves passierte ich einige der größten brasilianischen Weingüter – wahre Giganten unserer Branche, neben denen die Ferazza sich ausnahm wie ein Zwerg. Die Straße war voller LKW, die den Schaumwein der Region am Ende der Saison auf den Weg in die Welt brachten.

Nachdem ich meine Erledigungen bei der Bank und im Supermarkt hinter mir hatte, parkte ich den Pick-up an einer Ecke des Rauthausplatzes. Seit Rico vor zwei Jahren in der Stadt aufgetaucht war, die Luft aus den Reifen seines Busses gelassen und die «HamBUSgerei» eröffnet hatte, wollte das Ordnungsamt seinen Foodtruck schon mehrfach vom Platz verweisen. Aber Rico hatte jedes Mal erfolgreich dagegen geklagt, denn der Bus stand auf einem legalen Parkplatz – außerdem nutzte ihn das gesamte Rathauspersonal als Kantine. Sogar der Bürgermeister selbst aß oft bei Rico. Die Leute standen Schlange, um einen der sechzehn Sitzplätze im Inneren des umgebauten alten Schulbusses zu ergattern. Was Ricos Burger so besonders machte, waren die drei Zentimeter dicken Steaks, die er briet. Und dann gab es da noch seine Spezialsoße aus Mayonnaise, Shoyu, Muskatnuss und einer vierten, höchst geheimen Zutat. Rico hatte eigentlich auch nur drei verschiedene Burger im Angebot: den CheeseBUSger, den HamBUSger und den HellBUSger, der in Pfeffermarinade kam.

Ich liebte es, dort zu essen, und nutzte außerdem regelmäßig Ricos WLAN, das strenggenommen das WLAN des Rathauses war, wie Rico mir eines Abends verraten hatte. Eine gewisse Selena, ihres Zeichens städtische IT-Angestellte und Hobby-Hackerin, hatte ihm das Passwort im Gegenzug für ein lebenslanges Burger-Abo angeboten. Rico meinte, seine augenblickliche Faszination für Selena hätte ihn vermutlich alles unterschreiben lassen. Ich hatte diese Frau allerdings noch nie gesehen und war mir gar nicht sicher, ob sie nicht vielleicht ein Konstrukt seiner überbordenden Phantasie war. Vielleicht hatte er selbst – rein zufällig – das Internet des Bürgermeisters gehackt. Aber ich hatte kein moralisches Problem, das zu nutznießen, im Gegenteil, ich freute mich jedes Mal über die gute Verbindung beim Essen.

«Rico!», rief ich ihm zu, als ich die Stufen des Busses hochkam.

«Hallo, mein Bester!», erwiderte Rico mit seiner heiseren Stimme und trocknete sich die Hände an einem Geschirrtuch. Er schüttelte seinen Pferdeschwanz, wobei die unzähligen Ketten um seinen Hals herumklapperten, dann duckte er seinen schlaksigen Körper unter der Klapptheke hindurch und nahm mich in den Arm. Ricos Umarmungen dauerten immer eine gefühlte Ewigkeit.

«Wie war der Markttag gestern?», fragte er, als er sich endlich wieder von mir löste. «Alles abverkauft?»

«Jep. Schon wieder.»

«Tja, das ist der magische Kreislauf des Kosmos, Bruder. Wer im Einklang mit der Natur arbeitet, der wird immer belohnt.» Er beugte sich vor und raunte mir zu: «Dann war das wohl ein glücklicher Moment?»

«Tatsächlich.»

«Und, wieder in der Zeit gereist?», flüsterte er grinsend.

«Schon, aber nicht so weit.»

Er klopfte mir auf die Schulter. «Das ist auch alles Teil des kosmischen Kreislaufs. Diese Wurmloch-Geschichte ist deine Mission im Universum, Mann. Ziemlich abgefahrene Mission, allerdings.»

Was sollte ich dazu sagen? Ich hatte schon öfter versucht, die Wurmloch-Theorie, von der Rico immerzu sprach, zu begreifen. Aber außer dem Wurm, der sich durch einen Apfel frisst und damit zwei Orte im Universum miteinander verbindet, verstand ich gar nichts.

«Vielleicht bin ich ja ein Wurm im Menschenkleid», sagte ich amüsiert.

«Oder ein Außerirdischer!?» Er riss die Augen auf. «Neulich habe ich im Internet Fotos vom Volk der Maya gesehen, bei deren Prozessionen so alienhafte Figuren auftreten. Eine einzige intergalaktische Symbiose. Ein paar Gefäße, ein paar Steine mit Zeichnungen von außerirdischen Kreaturen darauf, solche Wesen mit riesigen mundlosen Köpfen und Glotzaugen und ...» Er sah sich um und senkte die Stimme. «Damit ist nicht zu scherzen, denk nur an die UFOs der Area 51, *Men in Black*, die Richtung, weißt du, was ich meine? Es ist erwiesen, dass es Kontakte zwischen den Völkern gab, und ich bin sicher, in irgendeiner Galaxie auf der anderen Seite der Milchstraße gibt es eine Höhle voller Maya-Masken. Die Nasa hat doch Fotos von allem Möglichen. Es ist nur alles so schrecklich unverständlich für die Menschheit. Wir kennen sicher nur die halbe Wahrheit.»

«Und so kann es meinetwegen auch bleiben», sagte ich seufzend. «Wir haben ja schon genug Chaos auf der Erde ...»

«Allerdings. Furchtbares Chaos regiert die Materie.»

Ich deutete auf seine kleine Küche hinter der Theke. «Und bei dir so? Wie laufen die Geschäfte? Alles gut?»

«Anscheinend nicht mehr lange. Ich hab schon wieder einen Räumungsbefehl bekommen. Hier hinter dem Bus soll eine Bankfiliale aufmachen. Ganz ehrlich, Kumpel, mit Leuten kann man ja immer reden. Aber mit dem Kapital? Vergiss es.»

«Was soll das heißen? Willst du nicht um dein Bleiberecht kämpfen?»

«Ich bin es leid, um mein Recht auf diesen Platz an der Sonne zu kämpfen. Ich überlege ernsthaft, die Reifen wieder aufzupumpen, den Anker zu lichten und mir irgendeinen schönen Strand zu suchen, weit weg von der Stadt und ihren ganzen Krawattenträgern. Mein eigenes Gemüse anbauen, surfen, meditieren und mich irgendwie engagieren. Du wirst sehen, eines schönen Tages will diese Stadt zum Mittagessen kommen – und ich bin weg. Geld ist doch nicht alles, Mann.» Er fuchtelte mit den Armen. «Ach, was sag ich. Geld ist gar nichts, bloß müffelndes Papier. Geld ist das Übel der Welt, so sieht's aus. Seit wir das Tauschgeschäft hinter uns gelassen haben und in diese bescheuerte Geldspirale geraten sind, geht's doch steil bergab mit der Welt.»

«Da hast du wohl recht, Kumpel.»

Wir klatschten uns ab.

«Und, was darf's heute sein?», fragte Rico und nahm wieder seinen Platz hinter der Theke ein. «Das Gleiche wie immer?»

«Medium gebraten, bitte.»

Während Rico meinen Burger briet, suchte ich mir ein freies Plätzchen und fuhr mein Notebook hoch. Ich bearbeitete eine Handvoll Bestellungen, die über die Website reingekommen waren, überprüfte die Lieferungen an die Restaurants und bestätigte ein paar Terminanfragen. Der Burger kam, ich arbeitete weiter und aß nebenbei. Ich checkte den Ferazza-Mail-Account und begann bei den ältesten Mails mit dem Lesen. Ich beantwortete Fragen zu unseren Produkten und versendete unsere Marketing-Flyer. Nachdem ich ein paar Newsletter überflogen hatte, waren schließlich nur noch zwei ungelesene Mails übrig.

Die eine kam vom Weingut Orofino, dem mächtigsten der gesamten Region. Es war eine Bitte um ein Treffen mit der Marketingleitung am kommenden Montagnachmittag. Ich hatte keine Ahnung, was die von mir wollten, und sagte das Treffen zu. Dann klickte ich die zweite Mail an, deren Betreff «Zwanzig Jahre» lautete.

> Mein lieber Victor Pickett! Es grenzt an ein Wunder, dass ich dich noch rechtzeitig gefunden habe! Ich bin's, Leonardo, von der Alvorada-Schule. Alle haben mich Zottel genannt, erinnerst du dich? Ich bin in einer Zeitschrift über deine Winzerei gestolpert. *Prinz des Schaumweins*?! Aus dir ist ja richtig was geworden ... Hahaha!
>
> Aber jetzt zu meinem Anliegen: Ende des Monats feiern wir das Zwanzigjährige unseres Jahrgangs hier in Brasília, in dem

gleichen Saal, wo wir auch die Abschlussfeier hatten. Melde dich mal, dann schick ich dir die Daten. Ich häng dir noch ein paar Fotos von damals an. Wäre cool, wenn du kommst! Viele Grüße!

Ich musste schlucken. Die Alvorada-Schule ... Mit schwitzigen Händen klickte ich den Anhang an, um die Fotos anzusehen. Auf einem davon erkannte ich mich selbst zwischen meinen Klassenkameraden von damals, lauter pickelgesichtige, dünne Spiddel in Anzug und Krawatte mit zu viel Gel in den Haaren. Und da erkannte ich auch Zottel. Eigentlich wäre es schon interessant, die alle mal wiederzusehen. Zu hören, was sie jetzt so machten. Alte Geschichten auszutauschen und neue zu erfahren. Aber die einzige Person, für die sich aus meiner Sicht diese Reise wirklich lohnen würde, war tot. Ich wollte mir Amandas Abwesenheit nicht vor allen anderen vor Augen führen, ausgerechnet an dem Ort, wo wir uns zuletzt gesehen hatten. Das war genau die Art Gefühlsauslöser, die ich besser vermied.

Meine Hände schwebten über der Tastatur, bis ich entschied, gar nicht zu antworten. Schweigend aß ich meinen Burger auf. Meine Gedanken schweiften ab und machten sich auf eine weite Reise, zurück zu dem Tag, an dem ich von Amandas Tod erfuhr. Jener Nachricht, die mir jegliche Möglichkeit nahm herauszufinden, warum ich diese Zeitsprünge erlebte.

9.
*V*ictor

Die Fahrt zurück nach Hause war seltsam. Ich kann mich nicht erinnern, welche Musik im Autoradio lief, ob ich mich anschnallte, ob ich jemanden überholte und wie viel ich tankte.

Bevor ich ins Haus ging, warf ich einen Blick in den Stollen. Als ich die Tür öffnete, streckte Mister sich ausgiebig.

«Na, alter Freund, was gibt's Neues?», fragte ich ihn. «Hast du auch gut auf unsere Schätze aufgepasst?»

Aus der Anlage erklang ein Bossa-Nova-Stück von Tom Jobim. Ich lief zwischen den Flaschenregalen entlang bis zur versteckten Stahltür, gab den sechsstelligen Code ein und betrat die geheime Kammer. Ich bekam einfach nicht genug vom Anblick der Flaschen dieses Schaumweins, der unter so günstigen Bedingungen produziert wurde, wie man sie vielleicht nur ein Mal im Leben bekommt. Die Temperatur war genau richtig und vor allem konstant gewesen in jener Saison, der Reifegrad der Trauben perfekt, die Feuchtigkeit des Bodens und der Luft und das Timing der Ernte, alles schien synchronisiert gewesen zu sein. Ich hatte mich noch nie so sorgfältig, um nicht zu sagen fanatisch, um einen Wein gekümmert. Kein anderer Tropfen war so sehr meiner gewesen. 5000 Flaschen eines Schaumweins, den nur die Bescheidenheit mir verbot, ein Meisterwerk zu nennen. Es war die pure Sehnsucht in Form eines Getränks. Ich hatte den Sekt schon getauft: A&V. Kein anderer Name war möglich. Es fehlte nur noch das Design für das Etikett.

Zärtlich strich ich über einen Flaschenhals, bevor ich die Kammer wieder verschloss und mit Mister hinüber ins Haus ging. Auch den Rest des Tages kriegte ich die E-Mail von Zottel nicht aus dem Kopf. Nach dem Abendessen, ein bisschen angetrunken und mit Mister zu meinen Füßen auf dem Sofa, öffnete ich das grüne Notizbuch und blätterte zu einer ganz bestimmten Seite.

Ereignis Nr. 59
Datum: Samstag, 8. August 1998
Intensität: 7 von 7
Zeitsprung: 72 Stunden in die Zukunft
Schlüsselwörter: Kenia, Attentat, Ende
Soundtrack: Stille
Beschreibung:
Ich hab im Fernsehen gesehen, wie ein Auto explodiert ist und einen ganzen Häuserblock mitgerissen hat. Es gab unfassbar viele Tote und Verletzte. Darunter das Auto des brasilianischen Botschafters mit vier Toten darin. Du, deine Eltern und euer Chauffeur, ihr wart am falschen Ort zur falschen Zeit.

Ich kann es immer noch nicht glauben. Wie konnte das passieren? Warum gibt es solche Menschen auf dieser Welt? Warum ist der Mensch so grausam? Die Gründe sind mir so egal. Wie kann man das tun, eine Megabombe zünden in einem Viertel voller Unschuldiger? Menschen mit in den Tod reißen, die das ganze Leben noch vor sich haben? Wie viele Träume magst du noch gehabt haben? Wie viele Menschen hättest du noch glücklich machen können? Wie vielen ist die Möglichkeit geraubt worden, dich wunderbaren Menschen kennenzulernen? Und all die Bücher, die du nicht wirst schreiben können, die Geschichten, die niemand mehr lesen kann!

Als ich es erfahren habe, spürte ich eine derart abgrundtiefe Traurigkeit, dass ich so weit in die Zukunft gesprungen bin wie noch nie zuvor. Ich war drei Tage lang verschwunden, meine Familie glaubte mich schon entführt oder tot. Als ich aufwachte, war der immense körperliche Schmerz trotzdem nichts gegen den untröstlichen Gedanken, dir nun nie mehr sagen zu können, wie sehr ich dich geliebt habe. Ein Teil von mir ist mit dir gestorben. Ich möchte nie wieder von diesem Attentat hören. Ich verdränge die schrecklichen Fernsehbilder aus meinem Kopf. Der ganze Schutt, die brennenden Autos, all die Leichen, die Polizei, Feuerwehr und Sanitäter wegschleppen ...

Ich will nur die schönen Erinnerungen an dich behalten, wie den Tanz und den Kuss auf unserer Abschlussfeier.

Denn ich weiß einfach, dass du die Ursache für alles bist, Amanda.

10.

Amanda

Buenos Aires (Argentinien),
am selben Montagnachmittag

«Das El Ateneo gilt als die schönste Buchhandlung der Welt», erklärte ich der Schülergruppe, die in einem Kreis auf dem Boden der Kinderbuchabteilung saß. «Es gibt vier Stockwerke, nur mit Büchern. Früher einmal war das hier ein Theater. In den 1920er Jahren, also vor fast hundert Jahren, hat Carlos Gardel ... Hat einer von euch schon einmal von ihm gehört?»

Keines der Kinder rührte sich. Vermutlich waren sie von der Pracht des Ortes eingeschüchtert.

«Nun, er war ein berühmter Tangosänger. Und er stand damals da oben auf dieser riesigen Bühne, wo heute das Café ist.»

Ein Junge mit rötlichen Haaren hob seinen Arm. «War er berühmter als *One Direction*?»

Ich musste schmunzeln. «Das kann man gar nicht vergleichen.»

«Und warum tritt hier jetzt niemand mehr auf?»

«Weil die Räume zu einem Buchladen wurden. Eines Tages kaufte eine Firma das Theater, baute es um und verwandelte es in diese Schönheit. Was sehr gut war, denn wir dürfen nie vergessen, dass Bücher ein Schatz sind, der ...»

«Bücher sind voll langweilig», unterbrach mich der Junge. «Ich spiele lieber auf dem Tablet.»

«Glaub mir: Kein Computerspiel ist so faszinierend wie die bunten Bücher hier.» Ich zeigte auf ein Regal mit Bestsellern. «Ein Buch führt dich in andere Welten und ...»

«Bei Minecraft kann ich meine eigene Welt erschaffen. Das ist viel cooler. Ein Buch ist schwer, hat so viele Blätter und Buchstaben, und nichts bewegt sich.»

Ich wollte gerade in die Diskussion einsteigen, als ich von den Anfangsakkorden von «Smells Like Teen Spirit» unterbrochen wurde. Der Klingelton meines Handys.

«Amanda, komm doch mal bitte ins Lager», bat mein Chef.

«Bin gleich da.»

Ich legte auf und wandte mich wieder an die Schulklasse. «Leider, meine lieben Freunde, muss ich jetzt gehen.» Ich deutete auf meine Kollegin. «Florencia wird den Rest übernehmen. Und spielt weiter Minecraft, wenn es euch Spaß macht.» Ich richtete meinen Blick auf den Rotschopf. «Aber vergesst nicht, auch Bücher zu lesen, denn ein gutes Buch nimmt euch mit auf Weltreise.»

Als verantwortliche Leiterin von Ateneo Júnior, der Kinder- und Jugendbuchabteilung, war ich dafür zuständig, Kunden bei Fragen zu Titeln, Autoren und Veröffentlichungen behilflich zu sein. Aber Nicolás, der Geschäftsführer, verließ sich auch immer auf mein Gefühl, wenn es darum ging, welche Bücher wir bestellen sollten, welche ins Regal gehörten und welche auf die prominenteren Plätze der Tische und Schaufenster.

«Hallo, Nico», sagte ich, als ich den Lagerraum betrat.

«Das oder das hier?» Nicolás hielt in jeder Hand ein Buch. Wie immer sah er wie aus dem Ei gepellt aus mit seinen zurückgegelten, dunklen Haaren und seinem schicken Anzug – auch wenn die Stoffe bisweilen arg schrille Farben und Muster hatten.

«Für welches Alter?»

«Sechs Jahre.»

«Hmmm ... dieses hier.» Ich zeigte auf das rechte. «Die Illustrationen sind schön bunt, die Sätze weder zu lang noch zu kurz. Das Thema Inklusion ist in Mode, und das Buch wird nächstes Jahr garantiert ein Erfolg sein.»

«Ich weiß nicht, was ich ohne dich machen würde. Am liebsten würde ich dich gleich heute heiraten. Dich und deine charmante Zahnlücke. Wenn ich nicht ...» Er begann, an seinen Fingern abzuzählen. «Wenn ich nicht erstens total verrückt wäre, zweitens, es nichts Produktiveres zu tun gäbe und wenn drittens ein Blitz in meinen Kopf einschlagen würde und mich auf den *Pfad der Tugend* zurückbringen würde.»

«Lass das bloß nicht deinen Wikinger-Freund hören», erwiderte ich amüsiert. «Sonst wird es gleich zwei Schläge geben: einen auf meinen Kopf und einen auf deinen.»

Er lachte. «Darum habe ich dich auch nicht gerufen. Eigentlich wollte ich dir nur sagen, dass du deine Arbeitszeit für heute längst überschritten hast und nach Hause gehen kannst.»

«Aber ich muss noch die Kollegen über die Umgestaltung der Regale bei den Erstlesebüchern informieren und ...»

«Amanda, Amanda.» Nicolás stemmte seine Hände in die Hüften. «Du willst wieder nicht nach Hause gehen, oder?»

Ich seufzte. «Ist das so offensichtlich?»

«Du bist so durchschaubar wie ein geputztes Fenster. Sobald Feierabend ist, scheint die Welt für dich unterzugehen. Aber du kannst nicht zehn Stunden hier sein, meine Liebe. Du bist heute um acht Uhr gekommen, und jetzt ist es fast achtzehn Uhr. Du musst in deinem Leben auch mal etwas Sonne abbekommen.»

«Vitamin D ...»

«Ach, dir fehlt das gesamte Alphabet.» Er machte eine wegwerfende Geste. «Aber wenn du an Anämie stirbst, werde ich das hier alleine nicht überleben.»

«Oh, Nico.» Ich umarmte ihn. «Ich werde mich bessern, ich verspreche es.»

Er schob mich von sich. «Jetzt verschwinde, bevor ich dich wegen deiner Überstunden noch feuere.»

Bevor ich das Ateneo verließ, ging ich meinem täglichen Ritual nach. Auf dem Weg zum Ausgang blieb ich willkürlich an einem Regal stehen, schloss die Augen, ließ meine Hand die Reihen entlanggleiten und zog wahllos ein Buch heraus. Ich schlug es auf und las die ersten Worte: «Ich wollte ja nichts, als das zu leben versuchen, was von selber aus mir herauswollte. Warum war das so schwer?»

Hermann Hesse. Ich stellte das Buch ins Regal zurück und dachte beim Hinausgehen über diese Sätze nach, die wie ein Schlag ins Gesicht waren. Denn sie beschrieben sehr genau meinen Gefühlszustand.

Zweimal die Woche kam ich zu Fuß zur Arbeit, die einzige Form der Bewegung, die mir Spaß bereitete. Ich ging die immer noch belebte Avenida Santa Fe entlang, ließ mir den Frühlingswind von Buenos Aires um die Nase wehen und dachte darüber nach, wie schwer es mir fiel, jeden Tag nach Hause zu gehen. Ich vermochte die Abneigung ganz offensichtlich auch nach außen nicht zu verbergen. Zwei Straßen weiter betrat ich ein Café und bestellte an der Bar einen Submarino, die argentinische Form der Trinkschokolade, bei der ein Schokoriegel in heißer Milch geschmolzen wird. Mein Gesicht spiegelte sich in der Fensterscheibe, und ich zupfte mir ein paar Locken ins Gesicht. Juan hatte mich den ganzen Tag über nicht angerufen, was gar nicht zu seiner kontrollwütigen Art passte. Kurzerhand wählte ich die Nummer meiner besten Freundin Alejandra. Sie klang außer Atem.

«Ist es gerade schlecht?», fragte ich.

«Nun, in Anbetracht der Tatsache, dass ich in diesem Moment einen völlig erledigten griechischen Gott neben mir liegen habe, hätte ich wohl nicht abgenommen, wenn du eine Minute früher angerufen hättest.» Sie lachte ihr tiefes Lachen. «Wo bist du?»

«Bei dir an der Ecke.»

«Auf einen Submarino?»

«Kommst du?»

«Bin in fünf Minuten da.»

Ich legte auf und suchte uns einen Platz. Aufgewärmt durch die Heizungsluft des Cafés, hängte ich meinen Mantel über die Stuhllehne und rollte die Ärmel meiner Bluse auf. Gedankenverloren starrte ich aus der großen Fensterfront. Nach kurzer Zeit sah ich Alejandra, die mit zerzausten Haaren die Straße überquerte und über einem knappen Rock nur ein Sweatshirt der argentinischen Basketball-Nationalmannschaft trug. Vor dem Café blieb sie kurz stehen, zog noch zweimal an ihrer Pall Mall und warf die Kippe dann auf den Boden. Die Submarinos dampften bereits auf dem Tisch, als sie eintrat. Wir umarmten uns, wobei meine Freundin den immergleichen Satz wiederholte.

«Nektar der Götter ... Nektar der Götter ...»

«Du wirst noch daran sterben», spottete ich.

«An Zigaretten, Schokolade oder Sex?»

«An allen drei Dingen zusammen.»

«Dann werde ich glücklich sterben.»

Ich lachte. Es tat gut, in ihrer Gegenwart zu sein.

Alejandra betrachtete aufmerksam mein Oberteil. «Ich liebe diese bunten Streifen auf deiner Bluse. Seide?»

«Ja, Mulberry.»

«Wirklich schön!» Sie strich mit ihrer Hand über den glänzenden Stoff. «Ein Geschenk des Ehemannes?»

Ich zuckte mit den Schultern. «Jedes Mal, wenn er auf Reisen ist, bekomme ich eins.»

«Charmant. Auf seine Weise. Der Mann hat also immer noch diesen ...» Alejandra imitierte Anführungszeichen. «Diesen *gravierenden Defekt*, seine Frau mit teuren Geschenken zu überhäufen? Du Glückliche!»

«Kann ich dir gerne mal ausleihen.»

«Den Ehemann?» Sie machte große Augen.

«Die Bluse.»

«Ich komme darauf zurück.» Verschwörerisch blinzelte sie mir zu und nahm einen Schluck von ihrem Submarino. «Also, ich an deiner Stelle wäre garantiert käuflich.» Als ich nichts erwiderte, sah sie mich mitleidig an. «Anscheinend wolltest du wieder nicht direkt nach Hause gehen.»

«Ich ...» Ich ließ die Schultern hängen.

«Du musst das wieder hinbekommen, Amanda. Es bringt nichts, vor der Situation davonzulaufen. Du bist eine verheiratete Frau und trägst Verantwortung.»

«Für jemanden, der sich überhaupt nicht darum schert, was ich in meinem Leben mache?»

«Du solltest etwas nachsichtiger sein, bei dem ganzen Druck, den er hat.»

«*Meine* Idee war es nicht, diesen Weg zu gehen.» Aber ich wusste, was ich Juan schuldig war. Er hatte mich damals gerettet, mir wieder auf die Beine geholfen.

«Willst du wirklich den Rest deines Lebens in einem staubigen Buchladen verbringen? Willst du dich damit zufriedengeben?» Alejandra strich sich ein paar Strähnen aus dem Gesicht. «Ich meine, du musst langsam mal erkennen, dass die Realität nicht im Entferntesten deinem Traumleben entspricht. Bücher! Für dich könnte der Tag ewig dauern, wenn du nur gedruckte Seiten vor der Nase hast.»

«Während du einen Montagnachmittag am liebsten im

Bett verbringst mit ... Wie war das gleich noch mal? Einem griechischen Gott?»

«Wohl eher einem potenten Krieger aus Sparta!»

«Na, das zeigt mir nur, wie beschissen die Dinge bei mir wirklich stehen.» Lustlos rührte ich in meinem Submarino.

«Juan wird es in der Politik noch weit bringen. Er wurde gerade wiedergewählt, ist ambitioniert und wird nicht aufgeben. Er ist ein beliebter Kerl, die Presse liebt ihn. Die Frage ist nur, ob du dich damit begnügen kannst, die Schönheit an seiner Seite zu sein? Oder willst du Öl ins Feuer gießen?»

«Mein Feuer ist eher ein Funken auf einem Stück Kohle.» Ich lächelte traurig.

«Was du brauchst, ist ein Liebhaber.»

«Spinnst du?»

«Ich kann dich einem griechischen Philosophen vorstellen.»

«Danke, Frau Kupplerin. Ich verzichte auf deine Dienste.»

«Eine so hübsche junge Frau sollte jedenfalls nicht zu einer zwanghaften Submarino-Konsumentin werden. Zu viele angestaute Hormone, was für eine Verschwendung!», rief sie theatralisch.

«Ich werde darüber nachdenken.»

«Nun, ich schlage vor, dass du jetzt erst mal über deinen Heimweg nachdenkst.» Alejandra trank ihre heiße Schokolade aus und stand auf. «Ich muss in die nächste Schlacht meines Peloponnesischen Krieges ziehen.»

«Viel Spaß», erwiderte ich lachend. «Der Submarino geht auf mich.»

11.
Amanda

Die Strecke zwischen dem Café und unserer Maisonettewohnung in Recoleta legte ich in einem rekordverdächtig langsamen Tempo zurück. Das ständige Autohupen, die Abgase, die vorbeihetzenden Menschen, die Bettler und Jongleure an den Ampeln, die aufdringlichen Blicke der Akkordeonspieler – Buenos Aires machte mir keine Freude mehr. Das Klagen des allgegenwärtigen Tangos wurde zu einer schmerzlichen Erinnerung an eine Zeit, deren Wunden niemals heilen würden.

Als ich an einer Apotheke vorbeikam, blieb ich auf dem Bürgersteig stehen. In meiner Handtasche befand sich, in einem mit Reißverschluss verschlossenen Fach versteckt, ein altes Rezept, das sich ab und an meldete und darum bat, verwendet zu werden. Und wieder spürte ich den Drang, auf so scheinbar einfache Weise den alten Wunden zu entkommen. Wie bereits viele andere Male zuvor war ich kurz davor, die Apotheke zu betreten, ließ das Rezept dann aber doch, wo es war, und ging weiter.

Zwei Straßen weiter weckte ein altes Filmplakat in einem Schaufenster meine Aufmerksamkeit. *La Vérité* – Die Wahrheit. Ich verschränkte die Arme und betrachtete die Schauspielerin vor schwarzem Hintergrund, deren Blick in die Ferne schweifte. So wie meine Gedanken. *Brigitte Bardot*. Wie lange ich ihren Namen schon nicht mehr gelesen hatte. BB.

Ich erinnerte mich an die Widmung, die mein Vater auf das Vorsatzblatt meines Tagebuchs geschrieben hatte: «Für meine furchtlose, abenteuerlustige und unglaubliche BB.» Von ihrem Filmplakat schien Brigitte Bardot mir genau diese Worte zuzuflüstern: «Furchtlose, abenteuerlustige und unglaubliche –»

Das Hupen eines Lastwagens holte mich zurück in die Realität. Ich steckte meine Hände in die Manteltaschen und lief weiter, weder furchtlos noch abenteuerlustig, sondern mit einer unglaublichen inneren Leere.

Als ich die Wohnung betrat, erschrak ich, denn Zigarettengeruch lag in der Luft.

«Du bist früh dran heute», murmelte ich und betrat das Wohnzimmer.

«Die Sitzung war nicht beschlussfähig.» Juan nahm die Augen nicht von der Zeitung, sondern trank in aller Ruhe einen Schluck Whisky und stellte das Glas auf der Sofalehne ab. «Gibt es was zu essen?»

Ich gab ihm einen Kuss, der meine Pflicht als Ehefrau erfüllen sollte – eine Rolle, die ich kein bisschen gerne spielte. Dann ging ich in die Küche, ohne zu antworten. Ich nahm den Teller, den unser Hausmädchen im Kühlschrank gelassen hatte, und goss mir aus der offenen Weinflasche ein. Seufzend trank ich das Glas in einem Zug leer und starrte gedankenlos auf die Lampe, die über dem Tisch hing. Nachdem ich das Glas weggeräumt hatte, lief ich durch das Wohnzimmer und die Treppe hinauf.

«Dein Essen steht in der Küche», rief ich Juan zu. «Ich habe Kopfschmerzen und gehe ins Bett.»

Er antwortete nicht. Leider wunderte mich das kein bisschen.

12.
*V*ictor

Nur selten im Leben habe ich mich so verloren gefühlt wie in jener Nacht. Und das, wo ich doch Meister der Verlorenheit war. Ich versuchte immer, die alten existenziellen Fragen zu vermeiden: «Wozu das alles?» oder «Wie viel Zeit bleibt mir noch?» Und erst recht die schlimmste von allen: «Warum ich?» Aber diese Mail von Zottel holte eine Geschichte ans Licht, die ich mit sieben Siegeln verschlossen und tief in meinem Herzen vergraben hatte. Die wichtigste Geschichte meines Lebens. Und plötzlich kamen all diese Fragen mit so viel Wucht an die Oberfläche meines Bewusstseins, dass ich an Schlaf nicht einmal denken brauchte. Stattdessen dachte ich an Amanda. Und eine heftige Sehnsucht übermannte mich. Wenn doch nur das Schicksal nicht so grausam gewesen wäre. Wenn sie doch nur am Leben wäre und genau in diesem Moment, an irgendeinem Ort der Welt, wach liegen und an mich denken könnte!

*Das Glück kommt nur zu denen,
die alles auf eine Karte setzen
für etwas, das nicht weniger
als perfekt sein darf.*

13.

Amanda

Die Sonnenstrahlen strömten durch die Ritzen der Fensterläden und warfen einen gestreiften Schatten über das Laken, das Juan bis zur Taille bedeckte.

Ich saß auf der Bettkante und zog mir eine langärmelige rote Bluse über, während ich mich wieder einmal fragte, wie ich in dieses elende Leben geraten war.

Er öffnete kurz die Augen und murmelte: «Halt dir den Samstagabend frei, ja? Du gehst mit mir auf eine Party.» Dann drehte er sich um und schlief weiter.

Ich saß ein paar Sekunden regungslos da und sagte dann: «Dir auch einen guten Morgen.»

Als ich an der Buchhandlung ankam, waren die Türen noch verschlossen. Ein paar Lichter brannten, denn in den Morgenstunden ging das Reinigungspersonal durch die Flure.

Ich schloss auf und ging direkt in Nicolás' Büro.

«Du bist früh dran.» Er saß am Schreibtisch und studierte eine Liste mit Zahlen. Sein heutiges Outfit war rot-braun kariert, und ein farblich passendes Einstecktuch lugte aus seinem Jackett.

«Und du bist der einzige Chef auf der ganzen Welt, der sich darüber beschwert.» Ich küsste ihn zur Begrüßung auf die Wange.

«Wie war dein Abend?»

«Der Herr Abgeordnete war in seine Zeitung versunken und hat sich betrunken. Ich bin früh ins Bett gegangen.»

«Wie leidenschaftslos!» Er stand auf und sah mir direkt in die Augen. «Ich habe gestern viel über dich nachgedacht, meine Teure, und bin heute vor Sonnenaufgang aufgestanden, um mein Runenorakel zu befragen. Ich wollte dir nicht ohne gute Antworten auf die Fragen begegnen, die du mir *nicht* gestellt hast und auch dir selbst *nicht* stellen wirst.»

«Und ...?» Ich verschränkte meine Arme.

«Tja, dank des lieben Thors habe ich großartige Neuigkeiten.»

«Eine Gehaltserhöhung?»

«Vielleicht nicht ganz so großartig, freu dich nicht zu früh.» Er schob mich auf einen Stuhl. «Setz dich erst mal hin, damit ich dir erklären kann, wie die Odins-Runen funktionieren. Also, du hast drei Steine, okay? Der erste zeigt dir die aktuelle Situation, der zweite den Weg, um diese Situation zu verändern, und der dritte sagt dir, was du bekommst, wenn du dem vorgeschlagenen Pfad folgst. So. Und jetzt rate mal, was herauskam, als ich die Steine zu dir befragt habe.»

«Keine Ahnung.»

Nicolás verstellte seine Stimme und flüsterte: «Berkana, Raido und Kano.» Er nickte bedeutungsschwanger, seine Augen weiteten sich.

«Was bedeutet das?»

«Berkana: Ein Zyklus wird enden, Raido: die Rune der Reise und Gelegenheit und Kano: neue Ereignisse, Licht und Leidenschaft.»

«Du meinst also, drei Steinchen werden den Lauf meines Lebens verändern?»

«*Du* wirst ihn verändern. Die Steine geben nur die Richtung an. Und, was noch besser ist, diese Woche haben wir Neumond. Weißt du, was das bedeutet?»

«Dass es an der Zeit ist, sich die Haare zu schneiden?»

«Das auch.» Er rieb sich die Hände. «Neumond steht für Erneuerung. Was man jetzt plant, hat eine höhere Erfolgschance. Das heißt, die Kräfte der Natur vereinen sich, damit du dein Leben verändern kannst.» Stolz sah er mich an.

«Ich hoffe, das stimmt.» Ich nahm seine Hand und wechselte das Thema. «Und wie geht es dem charmanten Mats Jönsson?»

«Er wird zunehmend blonder, gutaussehender und wikingerhafter.»

«Das freut mich für dich, Nico, du Glückspilz.»

«Süße, das Glück kommt nur zu denen, die alles auf eine Karte setzen für etwas, das nicht weniger als perfekt sein darf. Merk dir das: Berkana, Raido und Kano.» Während er rückwärts aus dem Raum ging, schnipste er mehrfach mit den Fingern in meine Richtung und flüsterte: «Berkana, Raido und Kano.»

Wieder verließ ich das El Ateneo erst nach Feierabend. Genau genommen erst dann, als Nicolás eine rote Karte hochhielt und mit dem Zeigefinger der anderen Hand auf die Ladentür deutete. Am Ausgang blieb ich vor einem Eckregal stehen, schloss die Augen, griff nach einem Buch und schlug die erste Seite auf: «Ich suche, ich suche. Ich versuche zu verstehen. Ich versuche, jemandem das zu geben, was ich erlebt habe, und ich weiß nicht, wem, aber ich will nicht behalten, was ich erlebt habe.»

Der «literarische Glückskeks» stammte von Clarice Lispector. In einer bestimmten Phase als junge Erwachsene hatte ich ihre Bücher verschlungen.

Um nicht direkt nach Hause gehen zu müssen, nutzte ich Nicolás' Inspiration als Anlass, um mir die Haare schneiden zu lassen. Der Friseursalon war voll, was bedeutete, dass das

Warten glücklicherweise länger dauern würde. Ich nahm ein Promi-Magazin der letzten Woche, konnte mich aber nicht auf die oberflächlichen Bilder darin konzentrieren. Also legte ich es auf den Stapel zurück und dachte stattdessen über die Worte von Clarice Lispector nach. *Ich will nicht behalten, was ich erlebt habe ...*

Als ich schließlich an der Reihe war, fragte mich die Friseurin: «Was darf es heute sein, Amanda?»

«Wie immer, Emilia. Nur die Spitzen schneiden.»

«Mehr würde ich auch nicht machen wollen. Dein Haar ist so wunderschön, mit diesen großen, schwarzen Locken.»

Während Emilia meine Haare kämmte und den Schnitt vorbereitete, zog ich mein Handy hervor und öffnete meinen Facebook-Account, was ich schon lange nicht mehr gemacht hatte. Eigentlich aktualisierte ich meine Seite nämlich kaum, postete nie Fotos, kommentierte oder likte auch die Posts der wenigen Freunde in meinem Profil nicht. Ich hatte bisher nur ein paar schöne Sätze geteilt, auf die ich bei meiner Angewohnheit mit der ersten Seite in der Buchhandlung gestoßen war, und nutzte den Account ansonsten nur, um meinen Lieblingsbands und Schriftstellern zu folgen. Eigentlich wusste kaum jemand, dass das Profil mir gehörte. Die Frau eines wichtigen Politikers musste doppelt vorsichtig sein. Ich hatte einen falschen Nachnamen angegeben, und das Profilfoto zeigte eine Rose. Soziale Netzwerke erschienen mir im Grunde eine vergebliche Art, seine Mitmenschen und den Rest der Welt zu betrügen, indem ein tadelloses Leben in atemberaubender Szenerie vorgegaukelt wurde, festgehalten auf Fotos mit einer stets perfekten Beleuchtung und einem passenden Hintergrund. Anders als die große Mehrheit der Milliarden von Menschen weltweit wollte ich nicht vorgeben, ein perfektes Leben zu führen. Ich hätte es selbst nicht geglaubt.

Als Emilia zu schneiden begann, entdeckte ich eine Nachricht, die zwei Wochen lang unbemerkt im Posteingang geblieben war. Sie war von Thiane, einer Schulfreundin, die ich vor etwas über einem Jahr wieder getroffen hatte. Wie eine Erscheinung war sie im El Ateneo plötzlich vor mir aufgetaucht und hatte mich angesprochen. Wir hatten uns nett unterhalten, und ich hatte ihr meinen Facebook-Kontakt gegeben.

Ich öffnete ihre Nachricht und las:

Hi Amanda, du Verschollene! Geht's dir gut? Was gibt's Neues? Hier läuft alles super. Ich werde Mutter!!! Wie geht es dir in der Buchhandlung und der Familie? Melde dich doch mal. Ach ja, am 24. November feiern wir in Brasília das zwanzigjährige Jubiläum unseres Jahrgangs. Es wäre wirklich toll, wenn du kommen könntest. Ich habe mein Ticket schon gekauft und gehe mit meinem Mann. Es haben schon viele Leute zugesagt. Wenn du kommst, sag mir einfach Bescheid. Liebe Grüße!

«Wow, das ist ja mal ... eine Überraschung», flüsterte ich.

«Was ist denn los, Amanda?», fragte Emilia. «Gute Neuigkeiten?»

«Vielleicht.»

Ich dachte an die Zeit, in der meine Eltern im Außenministerium in Brasília gearbeitet hatten. Damals war die Welt noch in Ordnung gewesen. Bis meine unbeschwerte Jugend, ausgelöst durch den plötzlichen Umzug nach Kenia, ein jähes Ende nahm. Thiane war meine einzige Verbindung zu dieser fernen Vergangenheit. Ich dachte einen Moment nach und merkte, dass ich irgendwie Lust hatte, zu der Feier zu gehen. Trotzdem sagte ich nicht zu, denn die Reise würde mir zu viel abverlangen.

Stattdessen schrieb ich:

Hallo, Thi. Zuallererst: herzlichen Glückwunsch, Mama! Wie aufregend! Erzähl mir bald mehr, okay? Wegen der Party: Ich weiß noch nicht, ob ich kommen kann, aber danke für die Einladung. Ich werde es mir überlegen und es dich wissen lassen. Liebe Grüße zurück!

Ich war absolut sicher, dass Juan auf keinen Fall fahren wollen würde. Die Party sollte in drei Wochen stattfinden, zu kurzfristig, um ihn zu überzeugen. Wir würden uns anzicken, Türen knallen, und alles würde in einem Streit gipfeln, der sich in unsere endlose Liste von Streitereien einreihen könnte. Letztlich würde ich selbst keine Lust mehr haben, zu dem Fest zu gehen. Allerdings war ich bereits von einer seltsamen Sehnsucht überfallen worden, die sich aus drei Wörtern nährte. Drei Wörter, die mich ermunterten, den Blick zu heben und mir selbst in die Augen zu schauen: Berkana, Raido und Kano. Mein Blick flackerte. Die Entscheidung, die ich jetzt traf, würde zu Hause nicht gut ankommen, aber ich hielt den Atem an und sprach es einfach aus, während ich mich im Spiegel ansah: «Emilia, bitte schneide die Haare schön kurz.»

Emilia sah mich mit großen Augen an.

Kurze Zeit später wurden zwei Spuren meiner Vergangenheit wieder sichtbar: das Tattoo einer roten Blume auf meinem Nacken und eine lange Narbe zwischen meinem Ohr und meinem rechten Auge.

14.

Victor

Meine Mitarbeiter schufteten wie die Bienchen. Die Vorbereitungen für die Präsentation des 2012er Gold liefen auf Hochtouren, es fehlten nur noch Kleinigkeiten. Keine zwei Monate mehr, bis die Ferazza den Stand auf der Position Nummer zwölf beim Markt in Nova Vêneto einnehmen würde. Eigentlich kümmerte sich um das Aussehen meiner Flaschen und Etiketten und um alle anderen Designfragen eine Werbeagentur. Normalerweise verließ ich mich auf ihr Urteil. Aber bei unserem neuen Jahrgangssekt wollte ich eine Ausnahme machen.

An einem Samstag lud ich alle Mitarbeiter und ihre Familien zum gemeinsamen Mittagessen auf der Wiese vor dem Haus ein. Pater Bonatti war mein Ehrengast. Dona Giuseppa machte Pasta für alle, und Domenico holte Bierbänke und Tische aus dem Gemeindehaus, die wir ausleihen durften. Um halb zwölf wurden Bruschetta und Schaumwein zur Vorspeise gereicht.

Als wenig später der rote Roller die Einfahrt hinaufgefahren kam, flitzte Mister ihm entgegen. Alle lachten, als sie sahen, wie Pater Bonatti – noch mit dem Helm auf dem Kopf – dem Hund sein Kruzifix entgegenhielt und erfolglos versuchte, dessen Pinkelattacke abzuwehren. Als der Geistliche schließlich bei uns saß, klopfte ich mit einer Gabel gegen mein Glas und bat um Ruhe.

«Ihr Lieben, mit dem 2012er Gold haben wir einen weiteren sehr besonderen Tropfen kreiert. Diesen Weg sind wir alle gemeinsam gegangen, und ich danke jedem Einzelnen von euch für seine Hingabe und Loyalität. Das Ergebnis ist phantastisch.» Der Applaus wärmte mein Herz. Irgendwann sprach ich weiter: «Das Etikett für diesen Schaumwein möchte ich zum ersten Mal per Mitarbeiterabstimmung auswählen. Jeder hat eine Stimme, auch die Kinder.»

Ich öffnete einen großen Umschlag und holte die Entwürfe heraus, die die Agentur geschickt hatte. Alle waren in Türkis und Orange gehalten, aber ansonsten sehr unterschiedlich ausgestaltet. Um aus der gleichen Position wie alle anderen heraus abzustimmen, hatte ich sie mir vorher selbst auch noch nicht angesehen. Ich klebte jedes Etikett auf eine Flasche.

«Es sind fünf Entwürfe», erklärte ich. «Während des Essens könnt ihr sie euch in Ruhe ansehen, und dann stimmen wir ab.»

Das Mittagessen verlief lebhaft und war geprägt von hitzigen Debatten über die Etikett-Entwürfe. Nach dem Dessert rief ich zur Abstimmung und freute mich, als der Entwurf gewann, der auch mir am besten gefiel.

«Ich präsentiere: das Antlitz unseres 2012er Gold.» Ich hob die Flasche, die das gewählte Etikett trug, wie einen Pokal in die Höhe. Darauf war der verschnörkelte Schriftzug *Ferazza* zu lesen, dessen orangefarbene Buchstaben auf einem türkisblauen Meer zu tanzen schienen. Der Farbkontrast war ein echter Hingucker. «Ein gebührender Wegweiser zu dem exquisiten Geschmackserlebnis, das in dem Tropfen steckt.»

Noch mehr Applaus und Jubelpfiffe. Über fünfzig Personen feierten das Ergebnis ihrer eigenen harten Arbeit. Ich fühlte mich verantwortlich für das Wohlergehen meiner Mitarbeiter und irgendwie auch für die Zukunft ihrer Kinder, die zwischen den Tischen herumwuselten. Voller Stolz erwiderte ich das Lächeln auf ihren Gesichtern. Ein warmes Glücksgefühl breitete sich in meinem Inneren aus – und ich ahnte, was kommen musste.

Ich schloss die Augen, und als ich sie wieder öffnete, sah ich Mister auf den Schuh von Pater Bonatti pinkeln. Der Unterschied war nur, dass ich jetzt schon wusste, welches Etikett das Rennen machen würde.

15.

Amanda

Am Samstagabend bat mich Juan, mich für die Party von seinem Parteifreund Franco schick zu machen, dem Vizepräsidenten des Senats und wichtigen Verbündeten meines Mannes im Kongress.

Bereits die gesamte Woche über hatte Juan mich seine Verachtung spüren lassen: Wie zu erwarten war, missfiel ihm der Kurzhaarschnitt, der die Narbe in meinem Gesicht entblößte. Für Juan bestand meine einzige Aufgabe momentan darin, andere zu bezaubern und bei Freund und Feind Bewunderung zu erregen, wie eine Trophäe. Im Interesse des politischen Aufstiegs waren meine langen Haare immer ein wichtiger Teil dieses Verführungspakets gewesen. Auf den Partys drehten sich die Gespräche der Berater- und Politikergattinnen immer um derartige Oberflächlichkeiten: eine Schauspielerin, ein Moderator, eine Prominente ... ein schöner Rock, eine Affäre, eine Trennung ... ein Beautyresort, eine Pferdefarm, ein Skigebiet ... ein Restaurant, ein Wein, ein Menü ... ein Kleid, ein Schuh, eine Handtasche ... Barcelona, Paris, New York ... Nie ging es um die Ideen oder Erfahrungen von Menschen. Ich hatte bereits versucht, Gespräche über Literatur oder gesellschaftliche oder soziale Fragen anzuregen, doch es blieb beim Smalltalk und gipfelte höchstens in einer hitzigen Debatte über ein nichtiges Thema. Ich machte mir nichts vor. Bei jedem Lächeln und jedem freundlichen Kommentar wusste ich, dass man sich hinter meinem Rücken das Maul über mich zerriss. «Die Frau eines berühmten Politikers erniedrigt sich und steht acht Stunden am Tag im Laden, um Bücher zu verkaufen!?» Ich musste es nicht hören, um genau zu wissen, was sie dachten, während sie abschätzige Blicke wechselten. Aber das bestärkte mich noch mehr in meiner Gewissheit, den besten Job der Welt zu haben.

Die Partygäste an diesem Samstag waren wie immer: die Crème de la Crème der politischen Elite und ihre Lakaien, dazu die üblichen Schmarotzer auf der Suche nach einem Platz am Promihimmel der High Society von Buenos Aires. Juan trug einen makellos geschnittenen Armani-Anzug mit lockerem Krawattenknoten, goldener Rolex, zurückgegelter Frisur und dazu das breite Lächeln eines Siegers. Im Schlepptau: seine junge, vermeintlich glückliche Ehefrau, die neidische Blicke, bewundernde Unterstützer und – das Wichtigste von allem – Wählerstimmen einbringen sollte. Nach kurzer Zeit lief Juan bereits mit dem zweiten oder dritten Glas Whisky in der Hand durch den Saal. Er blieb nirgendwo lange stehen, seine Schritte und seine Aufmerksamkeit waren berechnend. Er brachte sich in ein Gespräch ein, ließ einige wirkungsvolle Sätze fallen und ging weiter. Den weiblichen Gästen schenkte er bewundernde Blicke. Gelegentlich zog er mich zu sich heran und drückte mir einen Kuss ins Gesicht, als Teil einer Aufführung, in der er der Protagonist war und ich die Statistin.

Nach dem Abendessen entfernte ich mich unauffällig und ging auf die Terrasse, um ein wenig zu verschnaufen. Ich schaute auf die Dächer der Nachbargebäude und fragte mich, ob die Menschen, die dort lebten, glücklich waren, als ich eine Stimme dicht hinter mir hörte: «Die eleganteste Frau auf dieser Party kann doch nicht alleine sein.»

Ich drehte mich um und blickte überrascht den Gastgeber an, eine Flasche und zwei Gläser in der Hand.

«Danke, Senator. Ich wollte nur etwas frische Luft schnappen.»

«Nenn mich doch nicht Senator. Warum so förmlich?», fragte er, während der Korken über die Stadt flog.

Er schenkte die Gläser ein und bot mir eines an.

«Danke, Senator Franco, aber heute trinke ich nicht.» Ich konnte mein Unbehagen nicht verbergen.

«Das ist ein preisgekrönter Sekt, streng limitierter Verkauf. Ich habe ihn geschenkt bekommen. Ferazza, eine der besten Winzereien der Welt.» Er zeigte mir das Etikett.

«Ich habe noch nie davon gehört. Aber danke.» Es wäre eine Beleidigung gewesen, nicht anzunehmen – also akzeptierte ich und nahm das Glas.

Er prostete mir zu und trank.

«Und wo ist Ihre Frau?», fragte ich, um ihm ein schlechtes Gewissen zu machen.

«Wahrscheinlich unterhält sie sich gerade mit einer Freundin über irgendetwas sehr Unwichtiges.»

Ich wusste nicht, was ich darauf erwidern sollte, aber er schien auch gar nicht auf eine Reaktion zu warten.

«Hübsche Blumentätowierung auf deinem Nacken. Hat sie irgendeine besondere Bedeutung?» Beiläufig strich er mit seiner Hand über den Ärmel meiner Bluse. «Sie ist sehr schön. So wie du.» Und dann flüsterte er: «Du bist sehr sexy, weißt du das?»

«Was ...!?» Ich war so empört über diese Zudringlichkeit, dass ich den Inhalt meines Sektglases in sein Gesicht schleuderte.

Als ich im nächsten Moment in den Saal stürzte, stand Juan gerade neben einer blonden Frau in einem gelben Kleid und flüsterte ihr etwas ins Ohr. Die Szene wirkte seltsam intim. Vielleicht war es bereits die Wirkung des Whiskys, aber Juan schien die Blicke der anderen Partygäste angesichts der unverhohlenen Offensichtlichkeit seiner Absichten nicht mehr zu bemerken.

Auch registrierte er mich nicht einmal, als ich an ihm vorbeiging, vermutlich flüsterte er der Blondine gerade die gleichen Worte zu, die ich kurz zuvor gehört hatte. Ich holte meinen Mantel und meine Tasche und verließ den Saal. An der Straße stieg ich in ein Taxi und fuhr nach Hause.

Eine halbe Stunde später, ich konnte nicht einschlafen, hörte ich das Zuschlagen der Wohnungstür und Schritte auf der Treppe. Juan begann bereits im Flur herumzubrüllen. Ich setzte mich im Bett auf und hielt das Kissen vor meine Brust.

«Du willst meine Karriere beenden, ja?» Der Alkohol machte Juan immer aggressiv. Er kam näher, beugte sich zu mir herab und bohrte seinen Zeigefinger in meine Brust. «Musstest du den Senator so verärgern, du Miststück?»

Ich hätte niemals erwartet, dass er mich verteidigt, aber erniedrigt zu werden, als ob alles meine Schuld wäre, ließ mich meine Angst vergessen. «Ihr seid doch alle gleich! Du, dieser ekelhafte Senator, eure Berater und all die anderen Großmäuler, die sich einfach immer nehmen, was sie haben wollen!»

«Du hältst dich wohl für was Besseres, was?», schrie Juan. «Senator Franco und die anderen Leute auf dieser verdammten Party entscheiden über das Schicksal dieses beschissenen Landes!»

«Indem sie sich besaufen, das Geld zum Fenster hinauswerfen und sich damit rühmen, mit der Frau von jemand anderem geschlafen zu haben!? Ihnen ist die Meinung der Bevölkerung doch völlig egal.»

«Ach, glaubst du etwa, dass die Buchhändler und Autoren die Welt verändern werden, mit so albernen Kindergeschichten wie deinen?»

«Es ist mir egal, was du denkst. Ich bin nicht deine Beute, die du aus politischen Interessen in die Arme eines anderen Mannes geben kannst.»

«Ach nein?» Er hielt meinen Arm fest.

«Fass mich nicht an!», rief ich und entriss mich seinem Griff.

Wütend stampfte Juan aus dem Zimmer und trat dabei gegen alles, was ihm in den Weg kam. Ich rannte zur Tür und verschloss sie. Dann lauschte ich auf die Schritte auf der Treppe und das Zufallen der Wohnungstür. Ich vergrub mich unter der Decke und schluchzte unkontrolliert, bis ich irgendwann vor Erschöpfung einschlief.

16.

Amanda

Am nächsten Morgen stand ich früh auf, um Juan so gut wie möglich aus dem Weg zu gehen. Ich hatte keine Ahnung, wann er zurückgekommen war. Aber ich ahnte schon, dass der Streit wie alle anderen unzähligen Konflikte der letzten Jahre enden würde: Juan würde sich kleinlaut entschuldigen und den Druck bei der Arbeit für seine Grobheit verantwortlich machen. Außerdem würde er mich mit seiner Kreditkarte oder einem Geschenk um Verzeihung bitten. Bereits als ich das Zimmer verließ, fand ich eine Rose auf dem Boden, die er wahrscheinlich einem noch minderjährigen Blumenverkäufer in irgendeiner Bar abgekauft hatte. Daneben lag ein kleines Stück Papier, auf das er in betrunkenem Zustand gekritzelt hatte: «Es tut mir leid. Ich liebe dich mehr als alles andere.»

Lange Zeit dachte ich, ich schulde Juan etwas. Ich trug diese Last jahrelang mit einer geradezu religiösen Hingabe, als könnte ich den Lauf der Dinge verändern. Ich liebte ihn, so gut ich konnte. Aber es war mehr eine Art Gegenleistung für das, was er mir am Anfang unserer Beziehung gegeben hatte: Halt und ein Zuhause. Mit der Zeit verwarf ich jedoch meine schönsten Träume, gab Projekte auf, die zu herausfordernd schienen, ignorierte, was mein Verstand mir sagte, und erstickte das aufrichtige Flehen meines Herzens. Alles im Namen einer vermeintlichen Stabilität. Denn ich kam aus einem tiefen, tiefen Loch. Das Leben war eine einzige Enttäuschung gewesen, und ich hätte alleine nie die Kraft gefunden, einen weiteren Neustart zu wagen. Als ich Juan kennenlernte, war ich siebenundzwanzig, und er zeigte mir, dass mein ganzes Leben noch vor mir lag, genau wie die Möglichkeit, von vorne zu beginnen. Auch deshalb spürte ich noch immer eine lähmende Angst davor, das von meinem Mann geschriebene Drehbuch zu verlassen.

Juan schlief auf dem Sofa im Wohnzimmer. Der Geruch nach Alkohol, der im Zimmer lag, bewies mir, dass er nicht so bald aufwachen würde. Ich hinterließ eine Notiz auf dem Tisch, dass ich bei meinem Onkel zum Mittagessen sei, und fuhr nach San Telmo.

Zu dieser Zeit war der Wochenmarkt in dem lebendigen Viertel bereits voller Touristen. Ich parkte den Wagen zwei Straßen vor der Plaza Dorrego und spazierte vorbei an den Flohmarktständen mit Souvenirs, Gemälden, Handarbeiten und Antiquitäten. Ein Tango-Orchester, bestehend aus zwei Akkordeons, einem Kontrabass, einer Geige und einem auf dem Bürgersteig platzierten Schrankklavier, spielte Klassiker, während ein Paar in traditionellen Kostümen unter dem Applaus eines älteren Publikums zu der Musik tanzte. Ich legte eine Zehn-Peso-Note in den offenen Geigenkasten, der auf dem Boden lag, kaufte an einem Stand noch zwei Blumensträuße und ging weiter. Drei Straßen später erreichte ich das alte, zweistöckige Gebäude, in dem mein Onkel lebte. Der Duft nach Choripán-Sandwiches stieg die Treppen hinab und vermischte sich mit fröhlichem Geschrei.

Ignacio, der eigentlich mein Großonkel war, hatte offenbar seine Kartenrunde zu Gast. Alberto, Carmen und Stella waren die anderen drei Mitglieder des untrennbaren Quartetts, das jeden Sonntag Canasta spielte und nebenbei leidenschaftlich um Fußball stritt. Die vier hatten ihre Herzen an vier verschiedene Clubs der Hauptstadt gehängt: Ignacio war Fan des Racing Clubs Buenos Aires, Alberto fieberte für River Plate, Stella für CA Independiente und Carmen für Boca.

«Klopf, klopf. Darf ich reinkommen?» Ich steckte meinen Kopf in den Raum.

«Hilfe! Wo ist meine Nichte? Gib sie mir zurück, du verdammter Marsmensch!», rief Ignacio bei meinem ungewohnten Anblick, gefolgt von einem Lachen.

«Übertreib es nicht, Onkel Ignacio! Ich habe mir nur die Haare geschnitten.» Ich begrüßte alle vier mit einer Umarmung und gab die Blumen in zwei mit Wasser gefüllte Vasen. Den einen Strauß reichte ich Ignacio. «Für dich.»

«Danke! Wir haben schon mit der Arbeit begonnen.» Er stellte die Blumen auf den Tisch, öffnete den Kühlschrank und zeigte stolz das mit Bier gefüllte Fach.

Ich rollte mit den Augen. «Wenn ihr schon nüchtern streitet, wie wird es dann erst, wenn ihr betrunken seid?»

Ignacio winkte ab. «Nach dem letzten Streit haben wir entschieden, dass die Themen Fußball und Politik nicht mehr an diesen Tisch gehören.»

«Toll, aber welches Thema bleibt euch dann noch?»

«Religion natürlich. Noch dazu, weil die Mannschaft von Papst Franziskus der Club San Lorenzo ist, diese bemitleidenswerten Anfänger, die erst gegen die Independentes gewonnen haben, nachdem *Er* sich dafür eingesetzt hat.» Ignatius zeigte in den Himmel.

«Das erste Wunder des amtierenden Papstes!», warf Carmen ein, als sie ihr Brötchen mit Wurst und Chimichurri-Soße belegte.

«Ihr seid schrecklich!», erklärte ich amüsiert. «Er ist der größte Papst aller Zeiten, und das sage ich nicht, weil er Argentinier ist. Aber ich habe nur wegen ihm angefangen, für San Lorenzo zu sein.»

«Ich stimme dem religiösen Teil zu», erklärte Alberto, «aber nicht dem fußballerischen. Vergib ihr, Herr. Denn sie weiß wirklich nicht, was sie sagt.» Er hob die Hände, und alle lachten.

Die Ablenkung durch die vier ließ mich vergessen, wie schrecklich die letzte Nacht gewesen war. Es war ein sehr lustiges Mittagessen. Aber als sie gegen fünfzehn Uhr mit dem Kartenspielen beginnen wollten und mich dazu einluden, lehnte ich ab.

«Ich werde Papa und Mama besuchen gehen», sagte ich und griff nach dem zweiten Blumenstrauß.

Mein Onkel nickte und brachte mich zur Tür, während Stella bereits die ersten Karten austeilte. «Ist alles in Ordnung, meine Liebe?»

«Nicht wirklich, Onkel Ignacio, aber es wird schon.»

«Liegt es wieder an deinem Ehemann?» Er nannte Juan niemals beim Namen.

«Er ist Teil des Pakets», erklärte ich achselzuckend.

«Und was ist noch in diesem Paket?»

«Ach, viele Dinge, die es nicht einmal wert sind, dass ich sie aufzähle. Es ist alles meine Schuld, aber ich werde einen Weg finden. Und –»

«Hör auf, das zu sagen, es ist nicht alles deine Schuld!», unterbrach mich Onkel Ignacio. Dann wandte er sich um und rief durch die offene Wohnzimmertür: «Stella, gibt es irgendwo ein schöneres Mädchen als dieses hier?»

Für mich war der Japanische Garten immer gleichbedeutend mit der Sehnsucht nach meinen Eltern. Nach der Erinnerung an meine Mutter, die amüsiert die Stirn runzelt, während mein Vater von dem Tag erzählt, an dem sie sich kennenlernten:

«Ich war geschäftlich in Buenos Aires und besuchte am

Wochenende den Japanischen Garten. Dort sah ich eine wunderschöne Frau eine kleine Brücke überqueren – und wusste in dem Moment, dass wir heiraten würden. Die Brücke stellte den Weg zum Paradies dar.»

In Erinnerung an das Glück meiner Eltern, das hier seinen Anfang genommen hatte und das keine Bombe je zerstören könnte, pflanzte ich bei der Rückkehr aus Kenia ein Jacarandabäumchen an den Fuß der Holzbrücke und mischte die Asche meiner Eltern unter die Erde. Während des qualvollen ersten Jahres nach dem Bombenattentat ging ich fast jeden Tag dort hin. Immer in Schwarz gekleidet, schwänzte ich die Uni und lief zum Japanischen Garten. Ich setzte mich auf die Bank unter dem Baum, zeichnete und versank in der Welt der Bücher. Hier las ich Ernest Hemingway, Florbela Espanca, Clarice Lispector, Virginia Woolf und Sylvia Plath. Ich rauchte eine Zigarette nach der anderen und beobachtete, wie der Baum wuchs, während ich Joy Division, Nick Drake, Nirvana und INXS hörte. Da ich den Jacarandabaum ohne Zustimmung der Parkverwaltung gepflanzt hatte, hätten sie ihn jederzeit entfernen können. Aber eines Tages setzte sich ein alter Gärtner neben mich und offenbarte mir, dass er mich seit jenem Tag beobachtete, an dem ich den Baum gepflanzt hatte. Er schlug vor, sich um den Baum zu kümmern, wenn ich dafür mit dem Rauchen aufhörte. Seitdem hatte ich mir nie wieder eine Zigarette angesteckt.

Vom Eingang des Parks aus war das violette Blätterdach des blühenden Jacarandabaums bereits zu sehen. Ich konnte nie genug bekommen von all den Bonsais, bunten Azaleen, Kiefern und runden Steinen, die es hier zu bewundern gab. Ich überquerte die kleine Brücke und versank in Gedanken an meine Eltern. Die letzten Jahre waren sehr schwierig für mich gewesen, und ich musste stärker sein als das wiedererstarkende Gefühl von Verlust, Verzweiflung und Leere, das ich trotz eines jahrelangen Kampfs kaum überwunden hatte und das hartnäckig versuchte zurückzukehren.

«Papa, Mama, wie sehr ich euch vermisse!» Ich legte die mitgebrachten Blumen an den Fuß des Baumstamms und setzte mich auf die Bank daneben. «Ich komme gerade von Onkel Ignacio. Es geht ihm gut, er hat so nette Freunde. Er wirkt glücklich, und ich freue mich für ihn. Ich wünschte, aus mir wäre inzwischen auch so eine furchtlose, lebenslustige Erdenbürgerin geworden, wie ihr sie euch gewünscht habt. Aber mein Leben mit Juan wird immer schlimmer. Gebt mir Kraft. Zeigt mir den Weg ...»

Das Handy klingelte, aber ich ging nicht ran. Ich stellte den Ton aus und sah kurze Zeit später Juans Nachricht: «Wann kommst du nach Hause?»

Gerade als ich eine Antwort tippen wollte, kam ein starker Wind auf und ließ die dünnen Zweige des Jacarandabaums hin und her schwanken. Mehrere violette Blütenblätter flogen durch die Luft, und eine Blüte fiel neben meinem Fuß auf den Boden. Ich hob sie auf, hielt sie einen Moment in der Hand und flüsterte: «Berkana, Raido und Kano.»

Aus einem Impuls heraus suchte ich auf meinem Handy die Webseite der Fluggesellschaft Aerolíneas Argentinas und kaufte ein Ticket nach Brasília in zwei Wochen. Doch kaum hatte ich den Kauf abgeschlossen, ergriff mich plötzlich ein Angstgefühl.

Ich schickte Alejandra eine Nachricht: «Kannst du reden?»

«Ist es wichtig?»

«Willst du in zwei Wochen mit mir verreisen? Ein Treffen mit Leuten aus meiner Jugend, und ich möchte nicht alleine fahren. Darf ich dir auch ein Ticket buchen?»

Alejandra ließ sich Zeit mit der Antwort.

«Wo ist das denn?»

«In Brasília.» Ich leitete ihr die Einladung weiter.

«Ich kann nicht. Sorry. Erzähl mir später, wie es war.»
Ich presste die Lippen aufeinander, wollte meine Entscheidung jedoch nicht wieder zurückziehen.
Stattdessen antwortete ich Juan: «Bin schon auf dem Weg.»

17.

*V*ictor

Das Treffen mit dem Weingut Orofino war für Montag vereinbart, und ich hatte den Sonntag damit verbracht, darüber zu spekulieren, was dieser Marktgigant von einem kleinen Fisch wie mir wohl wollen könnte.

Nach dem Mittagessen fuhr ich runter nach Bento Gonçalves. Zwei Kilometer vor der Stadt, hinter der Kurve bei der großen Araukarie, musste ich plötzlich scharf bremsen. Ein Sattelschlepper bog gerade aus der Einfahrt zum Orofino-Anwesen auf die Straße und versperrte die gesamte Fahrbahn. Ich riss das Steuer herum, wobei der Pick-up mit quietschenden Reifen ins Schleudern geriet. Es gelang mir nur um Haaresbreite, ihn auf der Fahrbahn zu halten.

Mein Atem beschleunigte sich, und mein Herz klopfte bis zum Hals. Ich atmete ein paarmal tief durch, dann umfuhr ich den LKW auf dem Standstreifen und bog mit zitternden Knien in die Abzweigung.

Das Weingut Orofino war so groß, dass jeden Tag ausgeliefert wurde. Eine spiegelglatt asphaltierte Privatstraße führte zum Gut, das umgeben war von Weinhängen, so weit das Auge reichte. Weil ich langsam hindurchfuhr, erkannte ich aufgrund der Form der Weinblätter Chardonnay zu meiner Rechten, Pinot noir zu meiner Linken. Der Anblick der Reben war so schön, dass er mich nach dem Beinahe-Unfall wieder beruhigte.

Ich war erst ein Mal auf dem Gut Orofino gewesen, bei einer geführten Tour. Das Haupthaus war aus Naturstein gebaut und erinnerte an ein Benediktinerkloster. Heute erschien es mir noch beeindruckender, als ich es von damals in Erinnerung hatte. Die Schlichtheit des alten Gebäudes mit seinem hübschen Glockenturm kontrastierte mit dem modernen Hubschrauberlandeplatz, der mit grellblauen und -gelben Markierungen an das Anwesen anschloss und an dem zwei Arbeiter gerade ein Schild in den Farben der Firma anbrachten: schwarz und silber.

Während ich den Wagen parkte, überlegte ich, wozu man wohl einen Helikopter an einem so friedvollen Ort brauchte, außer vielleicht, um die eigene Macht noch ein bisschen mehr zur Schau zu stellen.

In der Eingangshalle wurde ich von einer Sekretärin empfangen.

«Guten Tag, mein Name ist Victor Pickett Fernandes. Ich bin mit dem Marketingleiter verabredet.»

«Willkommen bei Orofino! Ihren Ausweis, bitte.»

Während die junge Frau meine Daten auf ihrem Computer überprüfte, ließ ich den angeberischen Empfangstresen auf mich wirken. Er roch nach Pinie, und der große Schreibtisch dahinter war so leer, dass das Ensemble wenig praktikabel schien. Die ganze Atmosphäre in der Halle war makellos, aber kühl und unbelebt.

Nach etwa zehn Minuten erschien mit aufrechtem, schnellem Gang und offenem Lächeln ein groß gewachsener, weißhaariger Mann in der Halle.

«Willkommen, Prinz des Schaumweins!», rief er mit rauer Stimme und leicht italienischem Akzent.

«Stefano Orofino?!» Ich musste aufpassen, nicht vor Ehrfurcht zu erstarren, als ich der lebenden Legende gegenüberstand, die ich bisher nur aus Zeitschriftenartikeln kannte.

«Vielen Dank fürs Kommen.»

«Äh ... Ich dachte, ich wäre mit Ihrem Marketingchef verabredet. Ich ... ich war gar nicht darauf vorbereitet, Sie persönlich zu treffen.»

«Ich *bin* der Marketingchef, mein Lieber, sowie der kaufmännische und Vertriebschef in einem. All das hier ist auf meinem Mist gewachsen.» Er vollführte eine ausladende Geste. «Genauso wie alles, was Sie da draußen sehen, auf meinen Feldern, in den Supermarktregalen und in den besten Restaurants des Landes. Nicht umsonst nennt man mich den *König* des Schaumweins.»

«Ich kenne Ihren Ruf, Senhor Orofino.»

«Sehr gut. Kommen Sie, ich will etwas mit Ihnen besprechen.» Er gab mir ein Zeichen, ihm zu folgen, und ging mit langen Schritten den Flur entlang, von dem er gekommen war.

Das Büro des Eigentümers eines der mächtigsten brasilianischen Weingüter war beinahe so groß wie mein gesamtes Haus. Der Raum war protzig eingerichtet mit dekorativen Weinfässern, Spiegeln, schweren Teppichen und einem wuchtigen langen Holztisch, an dem nur vier Stühle standen. Der Stil bewegte sich auf dem schmalen Grad zwischen raffiniert und kitschig. Eine Wand war komplett verglast und bot einen beeindruckenden Ausblick auf die Weinhänge.

«Setzen Sie sich, mein Bester.» Es klang wie ein Befehl.

Ich betrachtete die Stühle und überlegte, wo ich mich hinsetzen sollte, was ich sagen, wie ich lächeln sollte. Musste ich lächeln?

«Hier bitte», bestimmte Stefano Orofino und wies auf den Stuhl, der seinem am nächsten stand.

«Ein schöner Schreibtisch», sagte ich.

«Frucht harter Arbeit.» Er klopfte auf die Tischplatte. «Wir sind die Größten, die Besten und die Erfolgreichsten.»

Ein Mitarbeiter kam herein und brachte ein Tablett mit

einer goldenen Sektflasche ohne Etikett an den Tisch. Senhor Orofino befüllte zwei Gläser.

«Probieren Sie mal und sagen Sie mir, wie Sie ihn finden.»

Ich fühlte mich bereits sehr unwohl, kam aber der Aufforderung nach. Fachmännisch hielt ich die Sektflöte gegen das Licht, um die Farbe des Schaumweins zu betrachten. Dann roch ich daran, nahm einen Schluck in den Mund, spürte den Geschmack und schluckte herunter. Der Alte beobachtete mich mit einem Blick, der Arroganz, Überheblichkeit und Pedanterie ausstrahlte.

«Der ist perfekt», sagte ich.

«Ich weiß.» Er klopfte noch einmal auf den Tisch und zeigte dann mit dem Finger auf mich. «Erzählen Sie mir etwas Neues.»

«Äh ... Ich ...»

«Dreißig Millionen.»

«Wie bitte?»

«Das ist mein Angebot für Ihr Gut und Ihre Marke, wenn Sie in Zukunft für mich arbeiten.»

«Was?» Ich schluckte schwer und musste husten.

«Kommen Sie. Sie sind doch nicht taub.» Er trommelte ungeduldig mit den Fingern auf den Tisch.

«Nein. Aber ich verstehe nicht, wovon Sie sprechen.»

«Ich will eine Premium-Linie aufziehen.» Er öffnete die Hände zu einer pompösen Geste und rief: «Ferazza-Orofino! Oder besser: Orofino-Ferazza, klingt stimmiger, finden Sie nicht?»

«Aber ich möchte nicht ver-»

«Ihre Hänge liegen optimal, und der Boden hat wohl das gewisse Etwas. Es fällt mir schwer anzuerkennen, dass es einen besseren Sekt als meinen eigenen geben kann, aber Ihr 2010er Gold hat mich sehr beeindruckt. Man hat mir gesagt, dass Sie im Januar einen neuen Jahrgangssekt herausbringen werden, bei eurem Dorffestchen da in Nova Vêneto. Man hat mir auch gesagt, er sei ebenso vielversprechend wie der 2010er Gold. Wir könnten ihn schon unter dem neuen Firmenlogo vermarkten.» Erwartungsvoll sah er mich an.

«Hören Sie, Senhor Orofino, Ihr Angebot ehrt mich sehr, aber ich bin wirklich nicht ...»

«Dreißig Millionen! Wir können meinen ... also, *unseren* Sekt in die ganze Welt hinausbringen. Alleine kriegen Sie das doch logistisch gar nicht gestemmt: Europa, Asien, Nordamerika! Ich kann den Orofino-Ferazza marktfähig machen für die Tafeln dieser Welt.»

«Ich mag es eigentlich übersichtlich.»

«Ach, so ein Unsinn. Denken Sie doch mal größer! Wir könnten die Produktion ausweiten und zweihunderttausend Flaschen pro Ernte abfüllen. Wir bauen Ihren Tunnel da aus, der war ja letztlich doch eine gute Idee, gebe ich zu. Und unter uns: Wir haben sogar versucht, Ihr Modell nachzubauen, hat aber nicht geklappt. Also, wie viele Flaschen fasst Ihr Tunnel?»

«Etwa hunderttausend.»

«Wir müssen ihn ausbauen.»

«Das ist gar nicht möglich, es könnte den Berg gefährden. Die Umweltbehörde würde das nicht genehmigen.»

«Schon wieder Unsinn.» Er winkte müde ab. «Da findet sich schon ein Weg. Wer wird denn in der Behörde ein großzügiges Angebot ausschlagen? Mit genügend Kleingeld kann man alles bauen.» Er leerte sein Glas. «Ich werde vor der Übernahme natürlich einen Blick in Ihre Bücher werfen müssen, wann lässt sich das einrichten?»

An diesem Punkt stand ich auf und erklärte: «Senhor Orofino, wie gesagt, Ihr Angebot ehrt mich. Aber ich werde nicht –»

«Sagen Sie das nicht. Denken Sie in Ruhe darüber nach, junger Mann.» Er stand ebenfalls auf, tätschelte mir die Schulter und ging gemächlich zur Tür. Dann sagte er mit überheblicher Stimme: «Trinken Sie ruhig noch einen Schluck und sehen Sie sich ein bisschen um. Das Haus gehört Ihnen.»

Damit knallte er die Tür zu, und der Klang hallte in dem großen Raum nach.

Ich war völlig vor den Kopf gestoßen, wartete ein Weilchen ab und betrachtete den unendlich wirkenden Weinberg durch das Fenster. Dann verließ ich irritiert das Anwesen.

Anstatt nach Hause zurückzukehren, fuhr ich ins Zentrum von Bento Gonçalves. Ich parkte am Rathaus, klopfte zweimal auf die Karosserie der HamBUSgerei und ging die Stufen hoch. Rico saß in seiner Schürze auf einem Stuhl und las ein dickes Buch.

«Hey, Rico!»

«Seht her, der Prinz des Schaumweins gibt sich die Ehre! Hör mal zu ...» Er hob das Buch und las vor: «Wünsch dir nicht, dass die Dinge geschehen, wie du sie dir wünschst, sondern wünsch dir, dass die Dinge geschehen, wie sie geschehen sollen, dann wirst du glücklich sein.»

«Wie jetzt?»

«Genau, was du gehört hast. Ist das nicht ein abgefahrener Gedanke? Deshalb sag ich ja auch immer: Der beste Ort der Welt ist der, wo du gerade bist. Auf das Hier und Jetzt muss man sich konzentrieren.»

«Das unterschreib ich gern.»

Rico stand auf und ging in die Küche. «Burger?»

«Auch sehr gern. Und ich check mal meine Mails, ja?»

«Logisch.»

Unter den ungelesenen Mails war schon wieder eine von Zottel, der um Antwort bat. Und er hatte noch ein Foto mitgeschickt.

Victor! Ich weiß nicht, ob du meine erste Mail gesehen hast.
Wir feiern unser Zwanzigjähriges mit der Abschlussklasse. Gib
doch mal Bescheid, ob du kommst, wir müssen die Teilneh-
merzahlen an den Veranstalter geben wg. des Caterings. Anbei
ein Gruppenfoto von damals. 20 Jahre, Mann! Viele Grüße,
Zottel

Ich öffnete das Foto und sah mehr als neunzig Schüler, die auf drei Treppenstufen verteilt standen, alle in festlichen Roben und mit Zeugnis in der Hand. Ich musste nicht lange suchen: Ich fand Amanda in der mittleren Reihe. Zwanzig Jahre, ohne sie anzusehen! Ich zoomte sie heran. Bilder und Klänge von der Abschlussfeier tauchten in meinem Kopf auf, und ich wurde plötzlich ganz wehmütig. Aber meine Entscheidung war längst gefallen. Ich tippte:

Zottel, Mensch, das ist echt lange her! Ich hatte deine Mail
gesehen und noch nicht geantwortet, weil ich nicht wusste,
ob ich es schaffen würde zu kommen. Aber ich kann hier
leider gerade nicht weg, wir haben zu viel Arbeit auf dem
Gut, stehen kurz davor, ein neues Produkt auf den Markt zu
bringen. Grüß alle herzlich von mir und danke fürs Bescheid-
sagen! Victor

18.

Amanda

Die nächsten zwei Wochen waren geprägt von meiner Unentschlossenheit. Ich war mir nicht sicher, ob ich das Ticket nach Brasilien hätte kaufen sollen. Immer wenn ich Juan auf die Reise ansprechen wollte, hielt ich mich im letzten Moment zurück, aber ich wusste, irgendwann würde ich mich der Situation stellen müssen. Andererseits war mir längst klar, dass ich die Reise ohnehin alleine würde antreten müssen.

Juan hatte die Party bei Senator Franco nicht mehr thematisiert, und ich wusste nicht, ob die Sektdusche des Gastgebers persönliche oder politische Folgen für Juan gehabt hatte. Seit jenem Abend waren wir uns noch mehr aus dem Weg gegangen als sonst.

Am Donnerstagabend, zwei Tage vor der Jubiläumsfeier, kam ich von der Buchhandlung zurück und war fest entschlossen, das Problem zu lösen. Als Juan nach Hause kam, saß ich im Dunkeln auf einem Drehstuhl und schaute durch die deckenhohen Fenster, die fast den gesamten Wohnraum umgaben, auf die Lichter der Stadt. Die Nervosität lähmte meine Nerven, aber ich würde keinen Rückzieher machen, auch wenn ich einen weiteren heftigen Streit riskierte. Unsere Ehe war schon lange auf Lügen aufgebaut, es brauchte nicht viel, sie vollends zu ruinieren.

Als Juan unsere Maisonettewohnung betrat, war es bereits

nach zehn Uhr. Er machte das Licht im Wohnzimmer an und klang erstaunt.

«Was machst du hier im Dunkeln?»

«Ich schaue auf die Stadt.»

«Aha. Gibt es noch was zu essen?»

«Ich muss dir etwas sagen.» Ich drehte mich im Stuhl in seine Richtung. «Setz dich bitte.»

Er zog seine Jacke aus und warf sie auf einen Stuhl.

«Ich bleibe lieber stehen.»

Ich versuchte, ruhig zu atmen.

«Ich werde verreisen.»

Juan runzelte die Stirn und verschränkte die Arme.

«Reisen wohin? Wann? Was soll das heißen?»

«Übermorgen. Es ist nur für eine Nacht, ich bin am Sonntagnachmittag zurück. An meiner alten Schule in Brasília wird das zwanzigjährige Jubiläum meiner Abschlussklasse gefeiert.»

«Zwanzig Jahre?» Er lächelte sarkastisch. «Menschen, die du nie wieder gesehen hast, zu denen du nicht den geringsten Kontakt hast und die dich wahrscheinlich gar nicht mehr kennen? Was willst du denn da?»

«Sie waren meine Freunde, vor Kenia. Sie gehören zu einer glücklichen Phase meiner Jugend. Ich möchte mich daran zurückerinnern.»

«Das hatten wir doch schon: Das bringt dir nichts. Diese Art von Wiedervereinigung macht überhaupt keinen Sinn. Da gibt doch jeder bloß vor, in seinem Leben alles richtig gemacht zu haben, und erzählt nur die Dinge, die geklappt haben. Dabei haben die meisten versagt, ich wette mit dir.»

Das Blut in meinem Hals pochte, und ich starrte ihn wütend an.

«Schau mal, Kleine: Die meisten Menschen auf dieser Welt scheitern in ihrem Leben. Das ist Statistik. Ich bin sicher, dass keine deiner sogenannten Freundinnen da angelangt ist, wo du jetzt bist.» Er schaute sich um. «Sieh dir diese Wohnung an, die Juwelen und das Königinnenleben, das ich dir biete.»

Ich atmete tief durch und presste die Zähne aufeinander, um nicht all die erstickten Wahrheiten auszusprechen, die an die Oberfläche drängten. Dann ließ ich den Satz los, vor dem ich am meisten Angst hatte: «Ich habe das Ticket schon gekauft.»

Juan setzte sich hin und verschränkte die Beine.

«Ach so?», fragte er verachtend. «Dann berichtest du mir also nur.»

«Ja.»

«Bitte. Du darfst fahren.» Er zuckte mit den Schultern. «Aber ich habe Wichtigeres zu tun, als mich mit einer Horde Losern zu unterhalten. Am Sonntag bin ich ohnehin zu einem Lunch eingeladen.» Er funkelte mich böse an. «Mit wirklich wichtigen Leuten. Mit den Leuten, die den Kurs dieses Landes definieren.»

«Herzlichen Glückwunsch.» Ich klatschte langsam in die Hände.

«Es wird mir guttun, eine Pause von deinem ewigen Zynismus zu haben. Das kleine rebellische Mädchen gegen das ganze System ...! Du solltest langsam erwachsen werden.»

Er nahm sein Jackett und ging nach oben ins Schlafzimmer. Keines der Szenarien, die ich mir vorgestellt hatte, hatte eine derart kühle Reaktion beinhaltet. Alle Szenen in meinem Kopf endeten in Streit und eifersüchtigem Gehabe. Während der Vorbereitung auf das Gespräch hatte ich mir ausgemalt, wie Juan alles kaputt machte, wie er Möbel demolierte und schrie, dass ich auf keinen Fall fahren dürfe. Doch nun war es anders gekommen. Meine vermeintliche Bestimmtheit hatte sicher dazu beigetragen. Andererseits verbarg sie natürlich nur, wie unsicher ich tatsächlich war. Denn ich überspielte nicht nur meine Angst vor Juans Eifersucht, sondern auch meine Sorge vor dem, was ich in Brasilien vorfinden würde. Doch es war zu spät, um es mir anders zu überlegen. Kurzerhand schickte ich eine Nachricht an Thiane und bestätigte meine Teilnahme.

Als Juan zum Abendessen herunterkam, ging ich nach oben, um meinen Koffer zu packen.

19.

*V*ictor

Das Dreißig-Millionen-Dollar-Angebot flog mir in den Schoß wie eine Bombe, die die Wucht hat, jedes rationale Denken auszuheben. So viel Geld würde ich in drei Leben nicht verdienen. Es war unmöglich, den unverschämten Reiz dieser Summe zu ignorieren. Ich musste immer noch jede Menge Kreditzahlungen leisten. Wenn ich dieses Angebot annehmen würde, müsste ich nie wieder über Geld nachdenken. Aber Ferazza war das Ergebnis sehr harter Arbeit, nicht nur von mir, sondern auch von meinen Mitarbeitern. Die Kontrolle darüber abzugeben würde auch bedeuten, das Schicksal von mehr als zwanzig Familien in die Hände eines profitsüchtigen Unternehmers zu legen.

Diese Gedanken schwirrten mir auch ein paar Tage später noch im Kopf herum, als ich eine Mail von meiner Schwester las.

Pickett, ich bin echt sauer auf dich. Ruf mich an.

Also hielt ich auf der Rückfahrt von Bento Gonçalves bei der Araukarie und atmete tief durch, bevor ich Julianas Nummer wählte. Wenn sie schon sagte, dass sie sauer war, konnte ich mich auf etwas gefasst machen.

«Hallo, Ju.»

«Ich bin so enttäuscht von dir!», sprudelte sie sofort los.

«Ich hab eine Freundin getroffen, und die hat mich gefragt, ob du auch zu der Megaparty kommst, die für euer Abschlussjubiläum nächstes Wochenende geplant ist.» Sie verschluckte vor lauter Aufregung die Hälfte der Silben. «Sie ist mit Diógenes verheiratet, dieser verrückte Kerl, der aussah wie Lurch von der Addams Family, weißt du noch? Er war der Einzige damals, der dich nicht komisch fand, Pickett. Egal. Es kann jedenfalls nicht sein, dass du mir a) nicht sagst, wenn du in die Stadt kommst, oder dir b) die Gelegenheit entgehen lässt! Ich weiß gar nicht, was ich schlimmer fände!»

«Hey. Wie wär's erst mal mit Hallo?»

«Hallo.»

«Geht's dir gut?» Ich musste lachen. «Und Papa?»

«Genau das ist dein Problem, Pickett», schimpfte Juliana. «Dir reicht's anscheinend zu wissen, dass keiner gestorben ist. Du hast dich da unten auf deinem Weinberg vergraben und rufst nie an. Du kommst uns auch nie besuchen. Dein Neffe ist fünf Jahre alt und kennt dich nur von dem Foto aus der Zeitschrift. Findest du das nicht erbärmlich? Diese Feier wäre doch jetzt wirklich mal ein guter Grund, auch die einzige Familie zu besuchen, die du nun mal hast.»

«Aber ich stecke bis zum Hals in Arbeit.»

«Ach, erzähl mir doch nichts! Deine Trauben werden schon nicht vergammeln, nur weil du sie ein Wochenende lang alleine lässt. Ich weiß nicht, ob es dich interessiert, aber Papa macht sich echt Sorgen um dich. Und er vermisst dich genauso doll wie ich.»

«Seht ihr euch?»

Sie schnaubte. «Ab und zu. Papa macht sein Ding, so wie immer.»

«Dann hast du doch jemanden, an dem du dich abarbeiten kannst», erwiderte ich lachend.

«Kann sein. Aber er ist wirklich ganz schön alt geworden,

und wenn du dich jetzt nicht aufraffst, jammer mich hinterher nicht voll! Er schafft es jedenfalls nicht mehr, sich in ein Flugzeug nach Porto Alegre zu setzen, dann in einen Bus bis Bento Gonçalves und in ein Taxi nach Nova Vêneto. Das ist als Herausforderung ungefähr so groß, als müsste er mit einer Liane über den Fluss schwingen, in ein Kanu steigen und dann noch einen verschneiten Berg bezwingen, um seinen Sohn zu besuchen.» Sie redete sich in Rage. «Verstehst du, Pickett? Während du deine Trauben streichelst, kann hier drüben jeden Moment jemand den Löffel abgeben. Und dann bist du es, der bis an sein Lebensende bereut, nicht gekommen zu sein. Also: Wenn du nicht zu dieser bescheuerten Party kommst, fahre ich dich überhaupt nie mehr besuchen.»

«Ju, du übertreibst maßlos.»

«Wann hast du ihn das letzte Mal angerufen?»

Ich seufzte und ließ die Schultern hängen. Natürlich fühlte ich mich schuldig, weil ich meinen Vater tatsächlich so gut wie nie anrief oder besuchte und mich nicht um seine Belange kümmerte. Unsere Beziehung war eigentlich nicht kompliziert oder belastet, es gab nur einfach nichts, was uns verband. Wir hatten keine gemeinsamen Interessen. Er kam mir auch nicht in den Sinn, wenn ich etwas zu erzählen hatte oder mit jemandem reden wollte. Ich hatte nie auch nur darüber nachgedacht, ihm von meinen Zeitsprüngen zu erzählen und von all dem Ärger, den sie mir seit meiner Jugend machten. Wir sprachen manchmal monatelang nicht miteinander, und ich glaubte eigentlich nicht, dass ihm das mehr ausmachte als mir. Am Ende waren wir uns vielleicht doch ziemlich ähnlich.

«Also, Pickett, was ist?»

«In Ordnung, Ju. Ich komme.»

Ich buchte einen Flug nach Brasília für Samstagmorgen. Das Risiko, die Party letztlich zu verpassen, weil ich unsagbar traurig wurde und einen Zeitsprung nicht verhindern konnte, war zwar ziemlich groß. Aber was konnte schon passieren? Wenn ich plötzlich vom Fest verschwand, würden meine Klassenkameraden sich eben bestätigt sehen, dass ich nach der Schule ziemlich seltsam geworden war. Als Fisch auf dem Trockenen musste ich einfach akzeptieren, dass ich anders war als alle anderen. Mein Schicksal hatte in jener Nacht seinen Lauf genommen. Eine Nacht, die ich auf den ersten Seiten meines grünen Notizbuchs die «verhängnisvolle Nacht» getauft hatte.

Glück ist das Leben selbst.

20.
Victor

Ereignis Nr. 1
Datum: Samstag, 6. Dezember 1997
Intensität: 5 von 7
Zeitsprung: 8 Stunden in die Vergangenheit
Schlüsselwörter: Abschlussball, die verhängnisvolle Nacht
Soundtrack: Cyndi Lauper «Time after time»
Beschreibung:
Es gibt Momente im Leben, die wir als einschneidend bezeichnen, als Wendepunkte oder Meilensteine, als Brücken, die nach dem Überqueren einstürzen – Momente, die alles, was zuvor geschehen ist, unbedeutend machen.

Diese Nacht war mein großer Wendepunkt.

Wir waren sechzehn Jahre alt, und ich suchte schon lange nach einem passenden Moment, um dir zu sagen, wie sehr du mir gefielst. Ich fand dich hübsch, lustig und tausendmal interessanter als alle anderen Mädchen. In deiner Gegenwart fühlte ich mich glücklich. Unsere Abschlussparty wollte ich endlich nutzen, um dir meine Liebe zu gestehen – nach so vielen Chancen, die ich vor lauter Angst und Schüchternheit verpasst hatte. Wie oft hatte ich dich im vergangenen Jahr auf den Schulpartys doch nicht zum Tanzen aufgefordert!? Es war immer das Gleiche: Meine Kehle wurde trocken, die Worte wollten nicht herauskommen, und ich wurde immer nervöser, wenn ich nur daran dachte. Genauso erging es mir, wenn wir in der Pause miteinander redeten oder wenn ich dich im Unterricht heimlich beobachtete.

Auf den Abschlussball bereitete ich mich sorgfältig vor. Ich trug zum ersten Mal Anzug und Krawatte, schwarze Lederschuhe und jede Menge Gel im Haar. Vor dem Spiegel übte ich x-mal, dich zum Tanzen aufzufordern – und auch das Tanzen selbst. Wie meine linke Hand deine rechte halten würde, die Höhe, auf der meine andere Hand auf deinem Rücken liegen würde. Und worüber sollte ich dann mit dir reden, wenn wir tanzten? Oder sollte ich besser überhaupt nichts sagen währenddessen? Ich überlegte mir ein paar Fragen und intelligente Antworten, um als selbstsicherer, reifer und optimistischer Typ rüberzukommen. Und ich spürte, dass heute wirklich mein großer Moment kommen würde.

Du sahst so toll aus. Wahnsinn! Als ich dich den Saal betreten sah, blieb mir beinahe das Herz stehen. Ich organisierte mir einen Sitzplatz in deiner Nähe, aber der Abend schritt voran, und ich schaffte es nicht, dich anzusprechen. Bis die langsamen, romantischen Songs kamen. Das waren immer nur ein paar Lieder, dann drehte der DJ wieder auf, ich hatte also nicht viel Zeit. Ich kippte den ersten Schnaps meines Lebens runter, schüttelte mich wegen des bitteren Geschmacks, atmete tief durch und ging zu dir. Ich so: «Willst du mit mir tanzen?», und du so: «Ja.» Das lief also schon mal nach Plan. Aber ich war wahrscheinlich der verklemmteste Tänzer aller Zeiten. Mann, war ich nervös! Du dagegen hast wunderschön getanzt. Cyndi Lauper sang: «You say, go slow, I fall behind, the second hand unwinds ...», und ich hätte mir niemals vorstellen können, dass mir genau das kurz darauf passieren würde: Ich blieb zurück, und die Zeit geriet durcheinander.

Während des Tanzes küssten wir uns. Meine Hände wurden schwitzig, und ich war total verkrampft. Als das Lied zu Ende war, sagte ich nichts zu dir, ich wusste nicht, was. Wir gingen zurück zu den Tischen. Ich war völlig blockiert und wusste überhaupt nicht, was ich jetzt machen sollte. Aber du nahmst meine Hand, hast deine Finger mit meinen verschränkt und meine Hand fest gedrückt. Ich spürte das Glück eines noch ganz unbestimmten Erfolges. Ich schwankte ein wenig und war so benommen, dass ich vor lauter Unsicherheit deine Hand losließ und zurück zu meinem Tisch ging. Ich brauchte noch ein bisschen mehr Mut, vielleicht könnte ich noch ein Bier trinken, ohne dass meine Eltern mich dabei beobachteten.

Dann standen du und deine Eltern plötzlich auf. Deine Mutter nahm ihre Tasche, dein Vater zog sein Jackett an. Ich wunderte mich, denn die Party war ja noch lange nicht vorbei. Aber ihr wolltet offensichtlich aufbrechen, und das machte alle meine Pläne, mich dir zu offenbaren, zunichte. Noch nie war ich so weit gekommen ... dir so nah gekommen, besser gesagt. Und dann hast du mich mit diesem unvergesslichen Blick angesehen und dir auf die Lippe gebissen. Eine gefühlte Ewigkeit sahen wir uns über die Tische hinweg in die Augen. Ich lächelte dich an, und du lächeltest zurück. Ich legte mir eine Hand aufs Herz, und du tatest das Gleiche. Es war ein unschuldiges Spiel – und doch voller Leidenschaft. Es war der Moment, der mein Leben veränderte.

Ich weiß zwar nicht, ob das nur ein Wunschtraum war, aber ich sah dich mit den Lippen «Ich liebe dich» formen. Zu gerne hätte ich gewusst, ob du es wirklich gesagt hast. Aber ich konnte nicht ahnen, dass ich niemals die Chance haben würde, dich zu fragen. Ich wollte zu dir rennen und dich küssen, vor deinen Eltern, vor allen, aber ich traute mich nicht. Du hast mich dann noch einmal gerettet: Du bist zu meinem Tisch gekommen und hast mir ein gefaltetes Zettelchen in die Hand gedrückt. Dann hast du mir zugezwinkert, dich umgedreht und bist weggegangen. Du warst so schön. Und obwohl du in jener Nacht tatsächlich gegangen bist, wusste ich, dass alles gut werden würde, weil ich mich noch nie so sicher gefühlt hatte.

Ich sah dir nach und entfaltete das Papier, das du mir gegeben hattest. Und dann passierte es. Noch bevor ich deine Zeilen lesen konnte, wurde ich von einem so starken Glücksgefühl durchflutet, dass es den großen Knall auslöste.

Jene Nacht änderte die Regeln meines Spiels. Sie war der Beginn einer Reihe von Ereignissen, die so seltsam und unglaublich sind, dass ich sie nur diesem Notizbuch anvertraue. In einem Sekundenbruchteil brach ich alle Gesetze der Physik, Chemie, Mathematik und Biologie, jede Wahrscheinlichkeitstheorie und jeden gesunden Menschenverstand, alle philosophischen und theologischen Prinzipien ...

Ich schloss die Augen, und als ich sie wieder öffnete, stand ich in meinem Zimmer vor dem Spiegel und studierte die Worte ein, die ich dir bei der Party sagen wollte. Verdammt! So eine verrückte Scheiße! Was war denn hier los? Das hatte ich doch schon erlebt! Ich hörte mir erneut die Ratschläge meines Vaters über den perfekten Krawattenknoten an, sagte meiner Schwester noch mal, dass ich ihr Kleid zu kurz fand, und hörte meine Mutter noch einmal sagen, dass Alkohol für uns absolut tabu sei. Alles passierte haargenau so wie schon einmal. Sogar ich selbst sagte den ganzen Tag lang exakt das Gleiche, Wort für Wort. Ich musste verrückt geworden sein. Die Welt musste aus den Fugen geraten sein. Ich konnte nichts verändern, die Ereignisse waren sehr viel stärker als mein Wille, sie zu beeinflussen. Jeder Satz, jede Geste und jede Sekunde – alles verlief genau wie beim ersten Mal. Ich sah dich den Saal betreten, forderte dich zum Tanz auf, du sagtest ja, es lief Cyndi Lauper, und wir küssten uns beim Tanzen.

Aber dann, als wir zu den Tischen zurückgingen und du meine Hand drücktest, genau in dem Moment konnte ich das Geschehen verändern. Diesmal ließ ich deine Hand nicht los. Ich hielt dich fest und küsste dich erneut. Anschließend zog ich dich aus dem Saal, vor dem ungläubigen Blick deines Vaters. Ich hatte noch keinen Satz herausgekriegt, so verstört war ich von diesem verrückten zweiten Durchlauf des Abends. Dem wohl durchgeknalltesten Abend meines Lebens.

Warum? Wieso? Ich weiß es nicht. Ich weiß nur, dass du die Ursache für das alles bist, Amanda.

Ereignis Nr. 2
Datum: Sonntag, 7. Dezember 1997
Intensität: 5 von 7
Zeitsprung: 9 Stunden in die Zukunft
Schlüsselwörter: Abschlussball, die verhängnisvolle Nacht
Soundtrack: Alanis Morissette «You learn»
Beschreibung:

Ich war verwirrt, ich verstand diesen Zeitsprung nicht. Wieso erlebte ich alles zweimal? Oder war das vielleicht nur Einbildung, wegen des Alkohols, den ich getrunken hatte? Fakt war allerdings, dass du beim ersten Mal mit deinen Eltern den Raum verlassen hast und dass du diesmal hier in meinen Armen warst. Hatte vielleicht der Kuss, den ich dir beim zweiten Mal gab, diese Veränderung herbeigeführt? War dieser Kuss eine Weichenstellung in meinem Leben? Verdammt! Was war das für ein verrückter Science-Fiction-Trip, in den ich da geraten war? Ich musste viel betrunkener sein, als ich dachte, ich hatte keine andere Erklärung.

Victor!, schimpfte ich mich selbst, das kann doch wohl nicht wahr sein! Im Angesicht der Frau deiner Träume, am wichtigsten Tag deines Lebens, dem einzigen, das du hast ...! Ich entschuldigte mich, ging auf die Herrentoilette und spritzte mir Wasser ins Gesicht. Ich würde später darüber nachdenken. Jetzt wollte ich einen klaren Kopf haben und einfach nur mit dir zusammen sein. Als ich zurückkam auf den Balkon des Clubs, unterhielten wir uns über das Schuljahr und darüber, was wir jetzt machen wollten. Du wolltest Schriftstellerin werden, ich Arzt. Für mich hätte diese Nacht ewig dauern können. Doch irgendwann neigte sich die Party dem Ende zu, und ich wollte dich fragen, ob du mit mir zusammen sein wolltest. Ich schnappte mir eine Papierserviette, faltete eine Blume und schrieb mit deinem roten Lippenstift «A&V» darauf. Dann kam dein Vater, sagte dir, dass ihr gehen müsstet, und verschwand wieder. Er hatte kein besonders freundliches Gesicht gemacht. Jetzt musste ich mich beeilen. Ich hatte Schiss. Aber ich holte tief Luft und sagte dir, dass ich dich noch etwas Wichtiges fragen wollte. Doch du meintest, du müsstest mir zuerst noch etwas sagen – und deine Worte zerstörten die gemeinsame Zukunft, die ich uns ausgemalt hatte. Dein Vater war an die brasilianische Botschaft in Kenia berufen worden, und schon am nächsten Morgen würdet ihr abreisen.

In dem Moment sang Alanis Morissette: «You live you learn, you love you learn. You cry you learn, you lose you learn.» In ihrem Song ging es darum, dass jede Entscheidung im Leben uns etwas lehrt – egal, ob ihre Auswirkung positiv oder negativ ist: Liebe, Schmerz, Verlust.

Ich zog meine Frage zurück, obwohl du sie unbedingt hören wolltest. Aber wie sollte ich dir meine Liebe gestehen, wenn du mich doch verlassen würdest? Das konnte einfach nicht wahr sein. Das war doch nicht gerecht!

Wir küssten uns noch einmal, und ich überreichte dir die Papierblume. Wir versprachen einander, uns wiederzusehen, und dann gingst du fort. Nie zuvor war ich so traurig gewesen. Ich verspürte einen extrem großen Schmerz, woraufhin die nächste verrückte Sache des Abends geschah: Mein Herz beschleunigte sich, mein Körper schwankte, und ich verlor das Bewusstsein, als wäre mir plötzlich das Herz stehen geblieben. (Jahre später fand ich heraus, dass es in der Tat jedes Mal ein sehr kurzer Herzstillstand war.)

Als ich die Augen wieder öffnete, lag ich zusammengekauert in meinem Bett. Ich war noch im Anzug, sogar die Krawatte trug ich noch, mein Haar war ganz hart von dem Gel. Im Mund hatte ich einen üblen Geschmack nach vergammeltem Obst, meine Sicht war verschwommen, in meiner Brust spürte ich eine unsägliche Beklemmung und am gesamten Körper schlimmste Gliederschmerzen. Verdammte Scheiße! Das war doch verrückt. Doppelt verrückt. Was passierte hier mit mir?

Als ich mich wieder bewegen konnte, blickte ich auf die Uhr und sah, dass in einem Wimpernschlag neun Stunden vergangen waren.

Kurz darauf kam meine Mutter herein und beschimpfte mich wüst. Ich hätte ihr Alkoholverbot missachtet und sei einfach abgehauen. Sie hatte sich große Sorgen gemacht. Natürlich versuchte ich, ihr zu erklären, dass ich gar keine Ahnung hatte, wie ich nach Hause gekommen war, und dass ich mich an nichts erinnern konnte. Aber sie hörte gar nicht hin. Dann kam mein Vater dazu und nahm ihr den Wind aus den Segeln, er meinte, so sei es eben in der Jugend. Meine Mutter regte sich furchtbar auf und richtete ihre Wut jetzt gegen meinen Vater. Tagelang war sie sauer auf ihn, weil er mein Verschwinden rechtfertigte.

Das war die verhängnisvolle Nacht. In jener Nacht bin ich aus dem Wasser gesprungen und zum Fisch auf dem Trockenen geworden.

Wenn wir uns jemals wiedersehen, Amanda, werde ich herausfinden, warum das geschehen ist. Denn ich *weiß* einfach, dass du der Grund für alles bist.

21.

Amanda

In der Nacht von Freitag auf Samstag konnte ich nicht schlafen. Ich war überwältigt von der Angst, die Vergangenheit wieder aufleben zu lassen. Den Teil meiner Geschichte, den ich seit der Explosion in Kenia fest verschlossen hatte. Das Bild von Thiane und unserem Treffen vor einem Jahr im El Ateneo ließ mich nicht los. Nicolás hatte mich zu sich gerufen, damit ich einer brasilianischen Kundin half, die ein Kinderbuch in einfachem Spanisch kaufen wollte. Als ich realisierte, wem ich gegenüberstand, fiel ich beinahe in Ohnmacht. Thiane ging es ähnlich. Ein kurzer Schrei entwich ihrer Kehle, und sie schlug sich die Hand vor den Mund. *Amanda? Du lebst?* Wie hätte sie auch wissen sollen, dass die Leiche des Mädchens auf dem Vordersitz jenes schwarzen Mercedes der brasilianischen Botschaft nicht meine gewesen war.

Am Morgen setzte Juan mich am Flughafen ab und murmelte dabei etwas über den Stau, der ihm für einen Samstagmorgen ungewöhnlich schien. Er bremste den Wagen abrupt vor dem Eingangsbereich ab.

«Tschüs», sagte er trocken.

«Ich komme morgen um vierzehn Uhr zurück. Der Flug dauert ja zum Glück keine vier Stunden. Kannst du mich abholen?»

Er dachte einen Moment nach. «Ich bin zum Mittagessen eingeladen. Nimm dir besser ein Taxi.»

«Soll ich dich zu dem Mittagessen begleiten?»

«Musst du nicht.»

Ich seufzte. «Wäre es dir lieber, ich fahre nicht?»

«Nein.» Er griff über mich hinüber zur Tür und öffnete sie. «Geh und triff dich mit deinen ... *Freunden.*» Kalte Verachtung schlug mir entgegen.

Ich presste kurz meine Lippen zusammen. «Okay, wie du meinst.» Dann stieg ich aus dem Auto, nahm meinen kleinen Koffer vom Rücksitz und ging mit schnellen Schritten auf das Gebäude zu, damit er nicht bemerkte, dass meine Augen bereits feucht waren.

Als ich um die Mittagszeit aus dem Flugzeug schaute und Brasília vor uns liegen sah, erinnerte ich mich an eine Passage aus dem Lied, das jeder Teenager damals auswendig kannte: «Meu deus, mais que cidade linda ...» *Mein Gott, was für eine schöne Stadt.* Auf einem zentralen Hochplateau mitten im Landesinneren gelegen, breitete sich die Hauptstadt zu unseren Füßen aus: der Stausee, die futuristisch anmutende Brücke darüber, die verspiegelten Gebäude an seinem Ufer, die breiten Alleen und eine vage Erinnerung an den schönsten Himmel der Welt ... Es waren Momentaufnahmen einer sorglosen Zeit, in der die Pläne für das eigene Leben keine Grenzen kannten und die Nächte nur aus Träumen, niemals aus Albträumen bestanden. In der jeder Tag mit einer Umarmung und einem Kuss für meine Eltern begann und endete, ohne auch nur eine Ahnung davon, dass mir diese Selbstverständlichkeit bald für immer verwehrt bleiben würde. Ich spürte die Sehnsucht nach einer Gegenwart, die hell und voller Liebe war. Nach einer glücklichen Zukunft. Tief in meiner Brust rumorte plötzlich die süße Erinnerung an meine erste und unvergessliche Liebe und drängte an die Oberfläche. Der Mann, der sich laut Thiane kurz nach unserer Abschlussfeier von allen abgewandt hatte und unerklärlich abweisend und seltsam geworden war ...

22.

*V*ictor

Mein Flieger landete mittags in Brasília. Als ich durch die automatische Schiebetür kam, kreischte Juliana hinter der Absperrung und kam auf mich zugerannt.

«Na end-lich!!!», rief sie. Dann drehte sie sich um und nahm ihren Sohn auf den Arm. «Joaquim, das ist dein Onkel Victor.»

Der Junge sah mich mit großen, schokobraunen Augen an. «Onkel Victor, du warst in der Zeitung.»

«Bist du sicher, dass ich das war?»

«Bist du wirklich ein Prinz?»

«Hmm ... nicht so richtig, Joaquim. Das ist nur so ein Spitzname, den mir jemand gegeben hat.»

«Und wo ist die Prinzessin?»

Ich lachte. «Ja, die fehlt noch ... Kennst du nicht vielleicht eine? Hast *du* eine Prinzessin?»

«Ich doch nicht!» Er schüttelte sich. «Mädchen sind doof.»

«Na, darüber wirst du deine Meinung sicher noch irgendwann ändern, schätze ich.» Ich strubbelte ihm durchs Haar, öffnete meinen Koffer und gab ihm ein Päckchen. «Ein Geschenk für meinen Lieblingsneffen.»

Die kleine Holzkutsche voller Trauben, die von einem Pferd gezogen wurde, erfüllte vielleicht nicht unbedingt den Herzenswunsch eines fünfjährigen Stadtkindes, aber es war noch das beste Mitbringsel gewesen, das ich in Nova Vêneto vor der Abreise auf die Schnelle hatte ergattern können.

Dann trat mein Vater zu uns und nahm mich in den Arm.

«Papa, weinst du?»

«Ich hab dich eben vermisst, mein Sohn», sagte er mit belegter Stimme.

«Siehst du, Pickett!» Juliana setzte ihren Sohn auf dem Boden ab und schlug mir mit der Faust auf den Oberarm. «Gut, dass du da bist!»

«Nun, diese Party hätte ich um nichts in der Welt verpassen wollen», sagte ich und zwinkerte ihr zu.

Mein Vater nahm Joaquim an die Hand. «Lasst uns losfahren und diesen leckeren Braten essen, der zu Hause auf uns wartet, ich sterbe nämlich vor Hunger.»

Als wir das Flughafengebäude verließen, mussten wir ein paar Autos abwarten, bevor wir die Straße überqueren konnten. Neben uns stieg gerade eine Frau in ein Taxi. Sie war groß, hatte eine schlanke Silhouette und kurzes schwarzes Haar. Ihr Gesicht konnte ich nicht sehen, aber das Tattoo auf ihrem Nacken erregte meine Aufmerksamkeit. Es war eine sehr schön gezeichnete Blume, die mich an irgendetwas erinnerte, und ich versuchte, mir das Bild einzuprägen.

«Hey, Pickett, aufwachen!» Juliana schob mich über die Straße.

«Sorry. Ich war ganz in Gedanken.»

«Arbeit?»

«Ja, aber schon vergessen.»

«Na, na, na!»

«Ja, ich weiß: Meine Trauben werden nicht eingehen, nur weil ich sie ein Wochenende lang alleine lasse ...»

23.

Amanda

Ich verbrachte den Nachmittag im Hotel und sonnte mich am Pool. Alles in dem vergeblichen Versuch, mich zu beruhigen und diese diffuse Angst, die mich erfüllte, zu unterdrücken.

Amanda, es ist nur eine Party, sagte ich mir. Nicht mehr und nicht weniger. Wie schlimm kann es sein, alte Freunde wiederzusehen?

Meine Clique von damals wusste dank Thiane jedenfalls längst Bescheid über mein Schicksal. Ich hoffte nur, dass niemand zu sehr in den Wunden der Vergangenheit bohren würde. Abgesehen davon, was sollte schon passieren? Selbst wenn ich Victor traf?

Als ich nach dem Abendessen hoch in mein Zimmer ging, schrieb ich eine Nachricht an Juan.

«Ich habe den Nachmittag im Hotel verbracht. Gleich kommen Thiane und ihr Mann, um mich abzuholen. Sie werden mich auch zurückbringen.»

Ich hielt kurz inne, nicht sicher, wie ich die Nachricht beenden sollte. Mein aufrichtigster Wunsch war es, nicht nachzugeben, aber selbst nach der Kälte, die er mir beim Abschied am Flughafen entgegengebracht hatte, konnte ich es nicht. Ich unterschrieb mit «Deine Amanda» und schickte ab.

Kurz nach halb acht betrat ich die Lobby des Hotels. Ich trug ein marineblaues, schulterfreies Kleid mit langen Ärmeln, hochhackige Schuhe, eine Silberhalskette und eine Clutch.

Thianes Augen weiteten sich, als sie mich sah. Sie lächelte und rief: «Wow! Das kann ja ein aufregender Abend werden!»

24.
*V*ictor

Punkt 20 Uhr stieg ich vor dem Veranstaltungsgebäude aus dem Taxi. Ich sah zum Eingang und wurde in die Vergangenheit gebeamt. Also, diesmal nicht wirklich, sondern in Gedanken. Es fühlte sich äußerst seltsam an, zurück am Ort jener verhängnisvollen Nacht zu sein, die mein Leben seither bestimmte. Geräusche, Gerüche und Gefühle ... Alles, was ich jahrelang in mir vergraben hatte, war plötzlich wieder da.

Ich atmete tief durch und betrat das Gebäude, in das ich zuletzt vor zwanzig Jahren einen Fuß gesetzt hatte.

Ein Gruppenfoto des Abschlussjahrgangs von 1997 war lebensgroß abgezogen worden und hing an einer Wand in der Eingangshalle. Ein Fotograf empfing die Gäste und machte ein Foto von jedem ehemaligen Schüler, wie er auf sich selbst auf dem Gruppenbild zeigte.

Das Treffen lief entspannter, als ich es mir vorgestellt hatte. Im Handumdrehen stand ich in einem Grüppchen mit Zottel, Diógenes und Lúcio, trank ein kühles Bier und hörte mir ihre Lebensgeschichten an. Zottel war Anwalt, Lúcio Unternehmensberater, und Diógenes arbeitete in der Justizbehörde. Alle waren verheiratet und hatten Kinder. Ihr Leben schien linear und im richtigen Rhythmus zu verlaufen.

«Du hast es gut», sagte Zottel zu mir. «Single und berühmt und immer eine gute Flasche Wein im Haus ... Ich will mir gar nicht ausmalen, wie viele Frauen zu dir aufs Weingut pilgern! Das muss ja ein wahres Schlachtfeld sein.»

Ich lachte. «Du kannst mir glauben, mein Leben ist alles andere als glamourös. Keiner ist scharf darauf, mit einem verrückten Kauz, der nur seine Trauben im Kopf hat, mitten in der Pampa zu leben.»

«Stimmt, du warst der Sonderling des Jahrgangs.» Diógenes zeigte mit dem Finger auf mich.

«Musst du gerade sagen!», tönte Zottel. «Aber am Ende sind wir doch alle mehr oder weniger normal geraten.»

«Hört mal.» Lúcio blickte sich um und senkte vertraulich die Stimme. «Bevor gleich unsere Frauen wieder dazukommen, wie wär's mit einem Austausch über die Mädels von damals?»

«Ja!» Zottel stieg begeistert auf die Frage ein. «Wer war die Schönste des Jahrgangs?»

«Heloísa aus der B, ganz klar», sagte Diógenes.

«Stimmt, die war hübsch», erwiderte Zottel. «Aber nichts gegen Clarissa. Die war wirklich scharf!»

Lúcio lachte. «Meine Stimme geht an Francine.»

«An die erinnere ich mich gar nicht», sagte ich.

«Was? Kann doch nicht sein. So eine dünne Blonde ... Mit dem größten Busen der Schule.» Er sah mich auffordernd an. «Und du?»

Ich zögerte einen Moment. «Für mich war Amanda die Schönste.»

«Die Argentinierin mit der Zahnlücke?»

«Genau die.»

«Ihr habt beim Abschlussball geknutscht, oder?» Zottel klopfte mir auf die Schulter.

«Ja.»

«Die ist doch gestorben, oder?», fragte er vorsichtig weiter.

«Was?» Die anderen sahen mich fragend an.

Ich musste mich stark zusammenreißen. «Ja.» Aber weil ihre Blicke so unnachgiebig wirkten, fügte ich noch hinzu: «Bei einem Attentat in Kenia. Al Qaida, Bin Laden, so was.»

«Was? Das ist ja schrecklich!» Diógenes schüttelte sich und hob dann sein Glas. «Ein Toast auf Amanda, die hübsche Argentinierin mit der Zahnlücke. Und nieder mit Osama! Der soll auf dem Meeresboden verrotten.»

Wir stießen an. Und dann bemühte ich mich schnell um einen Themenwechsel und schlug vor, auch unsere Lehrer von damals noch durchzuhecheln.

Die 90er-Jahre-Hits, die der DJ spielte, verliehen der Party eine nostalgische Atmosphäre – die Smashing Pumpkins, Oasis, O Rappa, Cidade Negra, Bon Jovi und andere Bands, die ich längst vergessen hatte. Ich drehte ein paar Runden, erzählte immer wieder, was ich so machte, und hörte mir die Geschichten von unzähligen Kindern an. Dann setzte ich mich mit einem Teller vom Buffet an einen Tisch, der etwas abseits stand und an dem nur unbekannte Gesichter saßen. So viele Menschen auf einem Haufen machten mich nervös. Unauffällig beobachtete ich die Leute, wie sie lachten und entspannt miteinander plauderten, vermutlich über Dinge, von denen ich nichts verstand. Auch hier fühlte ich mich wie der Fisch auf dem Trockenen. Was hatte ich mir dabei auch nur gedacht? Ich konnte ja gar nicht in den alten Zeiten schwelgen. Denn schon viel früher als meine Mitschüler hatte ich dieser Welt den Rücken zugekehrt. Aus gutem Grund.

Ich beschloss, einen gezielten polnischen Abgang zu machen. Hier würde mich ohnehin niemand vermissen. Ich war da gewesen, hatte die gesellschaftlichen Erwartungen erfüllt, mehr zugehört als selbst geredet und mich persönlich davon überzeugt, was ich schon vorher wusste: Ich hatte hier nichts verloren.

Ich schnappte mir mein Jackett und machte mich auf den Weg zum Ausgang.

Doch dann fiel mein Blick auf eine kurzhaarige Frau in einem blauen Kleid. Sie war groß, schlank, elegant und kam mir seltsam bekannt vor. Ihr Gesicht konnte ich zunächst nicht sehen. Also blieb ich stehen, runzelte die Stirn und starrte sie an. Sie stand mit einem Glas Sekt in der Hand in einem Grüppchen von Frauen.

Ich ging etwas näher ran, um sie besser sehen zu können. Und plötzlich zog mich eine unwiderstehliche Kraft zu ihr hin. Je näher ich kam, desto bekannter erschienen mir ihre Haltung und ihre Gesten. Dann schaltete die Welt von einem Moment auf den anderen in Slow Motion um: Die Musik wurde langsamer, und die Stimme der Sängerin klang plötzlich tief wie ein Bariton. Ich starrte zu der Frau in Blau und schob mich durch die Menge, als würde ich über ein Magnetfeld gezogen werden und nicht über eine proppenvolle Tanzfläche gehen. Ich stieß mit einem Pärchen zusammen, bekam im Vorbeigehen ein Glas Wein in die Hand gedrückt, kippte es in einem Zug herunter und stellte es auf dem nächsten Tisch wieder ab. Ich konnte die Augen nicht von der Frau in Blau nehmen.

Als die sechs Frauen plötzlich zu einer kollektiven Umarmung verschmolzen, blieb ich stehen und beobachtete die Szene aus ungefähr fünf Meter Entfernung. Dann drehte die Frau sich um und fing meinen Blick ein. Sie erstarrte ebenfalls. Nach einer gefühlten Ewigkeit öffnete sie ihren Mund zu einem Lächeln, und als ich die kleine Lücke zwischen ihren Schneidezähnen sah, wurden meine Knie weich, und meine Atmung setzte aus. Amanda. Ich versuchte mit aller Gewalt, im Hier und Jetzt zu bleiben, mit beiden Füßen auf dem Boden, aber es war vergeblich. Eine stärkere Gewalt machte mir, wie immer, einen Strich durch die Rechnung.

Ich schloss die Augen – und öffnete sie fünf Tage zuvor, in der HamBUSgerei, wo ich vor dem PC saß und gerade die E-Mail von Juliana las. «Pickett, ich bin echt sauer auf dich. Ruf mich an.»

25.

Amanda

«Danke für das Kompliment.» Ich umarmte Thiane. «Und du bist eine wunderschöne Schwangere.»

«Findest du?» Thiane strich sich über ihren Bauch. «Sechster Monat. Es wird ein Junge.»

«Wie schön!»

«Ach, ich liebe deinen Akzent, dieser Mischmasch aus Spanisch und Portugiesisch ist einfach entzückend.»

Ich sah verlegen zu dem Mann hinter ihr.

«Oh, Verzeihung.» Thiane zeigte auf ihren Ehemann. «Das ist Everaldo.»

«Freut mich, dich kennenzulernen, Everaldo.» Wir begrüßten uns mit Küsschen.

«Ist dein Mann gar nicht mitgekommen?», fragte er und klang enttäuscht. «Thiane hat mir erzählt, dass er ein berühmter Abgeordneter in Argentinien ist.»

Ich legte meinen Finger auf die Lippen und flüsterte: «Vorsicht, der Ruf eines Politikers ist heutzutage nicht der beste.»

Wir lachten und verließen das Hotel. Im Wagen redeten Thiane und ich über alte Freunde, Ereignisse aus der Schulzeit und über die besten Lehrer. Sie kannte die gesamten Lebensgeschichten unserer Schulfreunde.

«Die anderen wissen, dass ich komme, oder?», fragte ich.

«Unsere Mädchenclique von damals schon. Bei den anderen weiß ich nicht mal, wie viel sie von deiner Geschichte kennen.»

«Ich bin nervös.»

«Ach, bestimmt sind heute Abend alle aus irgendeinem Grund nervös», warf Everaldo ein. «Das Schlimmste daran ist, dass ihr euch nur über Dinge aus der Vergangenheit unterhalten werdet, und wir angeheirateten Partner werden uns furchtbar fehl am Platz fühlen. Aber egal, wir werden die Folter ertragen.»

Thiane gab ihm einen Klaps auf die Schulter.

«Deshalb wollte mein Mann auch lieber, dass ich allein fahre», log ich. «Damit ich mich in Ruhe mit den alten Freunden treffen kann, ohne das Gefühl zu haben, mich um ihn kümmern zu müssen.»

«Das nenne ich wahre Liebe!», sagte Thiane. «Siehst du, Everaldo? So benimmt sich ein liebender und erwachsener Ehemann.»

Plötzlich vibrierte mein Handy in der Tasche. Ich hörte Thiane nicht mehr zu, sondern warf einen Blick auf das Display.

«Habe deine Nachricht erst jetzt gesehen, der Akku war leer. Viel Spaß. Tut mir leid, was ich über deine Freunde gesagt habe. Du weißt, dass ich dich liebe. Kuss»

Ich stieß einen Seufzer der Erleichterung aus, ein riesiges Gewicht fiel von meinen Schultern. Ich antwortete:

«Hier ist alles gut. Ich komme morgen um vierzehn Uhr an. Kuss.»

Thiane spottete immer noch liebevoll über ihren Mann, und ich stimmte nickend zu, ohne mich wirklich am Gespräch zu beteiligen. Das letzte Mal, dass Juan mir etwas Liebevolles gesagt hatte, außer nach einem Streit, schien so lange her zu sein, dass ich die wahre Absicht hinter seiner Botschaft nicht erfassen konnte. Und mit einem Mal wurde ich von einem seltsamen Schuldgefühl übermannt, dem einzigen Gefühl, das ich an diesem Abend nicht spüren wollte.

Als wir bei der Party ankamen, wurden wir vor unserem Abschlussfoto von damals fotografiert. Ich überprüfte im Handspiegel meinen Lippenstift und betrat erhobenen Hauptes den Saal.

«Gabriela!», rief Thiane und lief schnellen Schrittes auf eine Gruppe von vier Frauen zu.

Ich erkannte Ana, Fernanda und Sabrina, die damals zusammen mit Thiane und Gabriela meine besten Freundinnen gewesen waren. Obwohl sie seit meiner Begegnung mit Thiane in Buenos Aires wissen mussten, dass ich den Anschlag überlebt hatte, wurde mir mulmig zumute. Wie würden sie reagieren? Mit keiner von ihnen hatte ich danach jemals wieder Kontakt gehabt. Nur mit Thiane, und das ja auch nur rein zufällig.

«Thiane!»

Gabriela und die anderen drei schrien vor Freude. Die fünf umarmten sich gemeinschaftlich. Dann zog Thiane mich in die Mitte des Kreises, als würde sie einen Hasen aus einem Zylinder zaubern. Die vier Frauen sahen mich an wie ein Schaufensterprodukt.

Als ich gerade etwas sagen wollte, das uns vor der Verlegenheit bewahren könnte, rief Gabriela: «Ich glaube es nicht: Amanda! Du bist wirklich gekommen!»

«Höchstpersönlich.»

«Mein Gott, Amanda, was hast du bloß durchmachen müssen? Ich meine, deine gesamte Familie ist doch ...?» Sie wusste nicht, wie sie den Satz beenden sollte.

«Nun, ich habe es überlebt.» Ich lächelte, peinlich berührt. Was für ein absurder Satz. Sofort überkamen mich Schamgefühle, und ich schluckte schwer. Wie anders wäre mein Leben verlaufen, wenn wir damals nicht nach Kenia gezogen wären? Meine Eltern wären noch am Leben. Ebenso wie Niaras Schwester Isabel. Vielleicht wären auch wir Schulfreundinnen heute immer noch eng befreundet, und ich würde mich in ihrer Gegenwart nicht so verwundbar fühlen.

Gabriela musste meine Unsicherheit bemerkt haben, denn sie zog mich zu sich heran und nahm mich einfach in den Arm. Wir umarmten uns lange. Und es tat gut.

Als ich endlich einen Schritt zurücktrat und mich zur Tanzfläche drehte, blieb mir für ein paar Sekunden die Luft weg. Mitten im Saal stand Victor und starrte mich an.

26.

*V*ictor

Beinahe hundertzwanzig Stunden Zeitsprung in die Vergangenheit waren der Beweis für alles, was Amanda mir noch immer bedeutete. Ich erlebte die gesamte Woche von neuem, nervös und ohne irgendetwas tun zu können, außer auf den Moment zu warten, wenn ich wieder dort in der Menge stehen würde, fünf Meter vor ihr.

«Amanda?»

«Victor?», machte sie lautlos mit den Lippen und runzelte die Stirn.

Ich traute meinen Augen nicht. Wie war das möglich? Wurde ich jetzt vollkommen irre? Was …? Wie …?

Ich musste etwas unternehmen, irgendetwas. So viele Gedanken kreisten in meinem Kopf, so viele Dinge, die ich ihr sagen, so viele Dinge, die ich sie fragen wollte, und doch kam kein Wort über meine Lippen. Meine Füße waren bleischwer. Anders als damals vor zwanzig Jahren hatte ich mich für diese Party nicht vor dem Spiegel zurechtgemacht und mir auch keine Fragen und Antworten überlegt. Mir kam absolut gar nichts Passendes in den Sinn, um dieses Gespräch zu beginnen. Was mich schließlich aus der Erstarrung löste, war ein hysterischer Schrei.

«Victor!?» Eine Frau kam aus dem Grüppchen hervorgeschossen und hakte sich bei mir unter. «Das glaube ich jetzt nicht! Du hier! Wie war noch mal dein lustiger Nachname?»

«Pickett? Aber das ist eigentlich mein zweiter Vorname. Mein Nachname ist –»

«Richtig! Pickett. So lustig!»

Jetzt erst löste ich meinen Blick von der Frau im blauen Kleid und sah die Person neben mir an. «Verzeih mein schlechtes Gedächtnis, aber du bist ...?»

«Gabriela, Mensch! Wir haben im letzten Schuljahr zusammen in der letzten Reihe gesessen. Das weißt du nicht mehr? Meine Güte, ich habe dich so oft abschreiben lassen ... Daran musst du dich doch erinnern!»

Verschwommene Bilder der jungen Gabriela kamen an die Oberfläche meines Bewusstseins.

«Stimmt, Gabriela, klar!», sagte ich lahm.

«Aber an die anderen Mädels hier wirst du dich doch wohl erinnern: Thiane, Ana, Sabrina, Fernanda und ...» Wenig subtil raunte sie mir zu: «Kipp nicht aus den Latschen, okay? Sie ist damals *nicht* gestorben bei diesem Anschlag.» Dann zeigte sie auf die Frau im blauen Kleid und sagte: «Amanda.»

Nach der kurzen Vorstellungsrunde ergoss sich eine Tirade von Fragen aus fünf Mündern über mir. Wo ich wohnte? Was ich arbeitete? Ob ich Single sei? Wann ich angekommen sei? Und wie lange ich bleiben würde? Kaum hatte ich eine Frage beantwortet, wartete schon die nächste. Amanda sagte gar nichts, im Gegenteil, sie trat ein paar Schritte zurück und beobachtete die Szene aus der Distanz. Meinen Blick hielt ich fest auf sie gerichtet. Wie ich überhaupt nur sie wahrnahm im Raum und alles andere wie ein Rauschen über mich ergehen ließ.

Dank einiger Ehemänner, die ihre Frauen in Beschlag nahmen, löste sich das Grüppchen um mich herum nach einer Weile auf. Ich blieb allein zurück und spürte einen Schwindel, der zum Teil dem Wein geschuldet war und zum Teil dem Stress, den die Verhörsalve der Frauen in mir ausgelöst hatte.

Und dennoch gab es in meinem Kopf nur einen Gedanken: Amanda.

Doch ich konnte sie nirgends mehr entdecken. Und plötzlich war ich mir nicht einmal mehr sicher, ob ich diese Frau im blauen Kleid wirklich gesehen hatte oder ob sie Teil einer Halluzination gewesen war.

27.
Amanda

«Victor?» Mein Körper zitterte, als ich bemerkte, dass er in meine Richtung schaute. Sein Anblick löste aber nicht nur in mir etwas aus.

«Mädels, Mädels, dieser Typ da vorne ...» Thiane konnte ihre Aufregung nicht verbergen. «Helft mir mal kurz auf die Sprünge. Ist das jemand aus unserer Klasse?»

«Ob er in unserer Klasse war, weiß ich nicht», sagte Sabrina. «Aber er dürfte jederzeit von mir abschreiben.»

Gabriela sprang auf ihn zu, klammerte sich an seinen Arm und rief: «Victor? Das glaube ich jetzt nicht! Du hier! Wie war noch mal dein lustiger Nachname?»

Die fünf versammelten sich um ihn und löcherten ihn mit Fragen. Ich trat einen Schritt zurück, beobachtete das Durcheinander und spürte, dass ich dringend frische Luft brauchte.

Sollte es wirklich Victor sein, der dort, keine zehn Meter von mir entfernt, stand? *Mein* Victor? Der Victor, der mir damals unzählige schlaflose Nächte bereitet hatte? Dessentwegen ich mit gebrochenem Herzen in Kenia angekommen war? Dem ich mein Tagebuch gewidmet hatte? Plötzlich überrollte mich ein Tsunami an Gefühlen. Gefühle, die ich nach dem Anschlag tief in meinem Innersten vergraben hatte. Gefühle, die ich mir nie wieder hatte eingestehen können.

Ich holte mir ein Glas Wasser und flüchtete mich auf die Terrasse, die den Blick auf den See der Stadt freigab.

28.

*V*ictor

Vollkommen aufgelöst suchte ich überall nach Amanda, aber es kamen immer mehr Leute auf die Party, und ich konnte keine zehn Schritte tun, ohne dass irgendjemand mich am Arm packte und begeistert auf mich einredete. Ich trank vorübergehend lieber Wasser, um keine Dummheiten zu machen. Dann setzte die Musik für eine Ansage aus: «Liebe Leute! Jetzt bitten wir alle Absolventen für ein offizielles Gruppenfoto auf die Treppe im Foyer.»

Beinahe siebzig Menschen drängten sich auf den Stufen, und endlich entdeckte ich Amanda, die soeben von der Terrasse hereinkam und sich am anderen Ende der Treppe aufstellte. Es herrschte ein Riesengeschrei und Gekreische, als wären wir wieder ein Haufen Teenager. Zahlreiche Ehepartner gesellten sich zum Fotografen und machten mit ihren Smartphones ebenfalls Aufnahmen.

Nach dem Shooting schnurrte der DJ im Saal mit einer Barry-White-mäßigen Stimme: «Und jetzt, ein Balladen-Block mit Hits von 1997. Für alle Paare und solche, die es werden wollen, eine Einladung zum Engtanz, wie damals, wisst ihr noch? Auf geht's.»

Ein langsames Lied von Toni Braxton erklang, und das Licht wurde gedimmt. Die Leute drängten wieder in den Saal. Über der Tanzfläche drehte sich jetzt eine riesige Diskokugel, die von zahlreichen Scheinwerfern angestrahlt wurde. Augenblicklich verwandelte sich der Saal in einen dichten Sternenhimmel.

Ich pflügte mich durch die Menschenmenge und fing endlich Amandas Blick ein, als ich sie am entgegengesetzten Ende der Tanzfläche entdeckte. Etliche Paare bewegten sich übers Parkett und blockierten momentweise unseren Blickkontakt, dann gaben sie ihn wieder frei. Ich nahm zwei Gläser Wein von einem Tablett, hielt sie in die Höhe und arbeitete mich vor. Amanda lächelte und lud mich mit einer Geste ein, um die Tanzfläche herum zu ihr zu kommen. Aber zwanzig Jahre waren eine zu lange Zeit, um jetzt alles, was ich ihr sagen wollte, noch länger hinauszuzögern. Und so bahnte ich mir meinen Weg mitten durch die Tanzenden hindurch.

Als ich endlich vor ihr stand und ihr unbeholfen wie der junge Victor das Glas in die Hand drückte, sagte ich: «Du bist die einzige Person, die ich mir gewünscht hätte, hier zu treffen, und die letzte, die zu sehen ich erwartet hatte.»

Amanda schien etwas unangenehm berührt von so offenen Worten.

«Oh Mann, verzeih meine Direktheit», versuchte ich, die Situation zurechtzubiegen. «Ich ...»

«Nein, alles gut», erklärte sie. «Ich denke, viele Leute hier sind sehr überrascht, mich zu sehen.»

Ich streckte die Hand nach ihr aus, als müsste ich mich durch eine Berührung vergewissern, dass sie wirklich vor mir stand. Dass sie keine Einbildung war. Nicht bloß ein Herzenswunsch, der mir einen Streich spielte. «Es ist ... eine unbeschreibliche Freude, dich zu sehen, Amanda.»

Unsere Blicke trafen sich. Und ich spürte ein wildes Ziehen in meinem Herzen, genau wie vor zwanzig Jahren, als wir zum ersten Mal miteinander tanzten. Instinktiv machte ich einen Schritt auf sie zu – und tat, was ich damals sofort hätte tun sollen: Ich umfasste ihre Hüfte und zog sie sanft an mich.

Als meine Lippen ihren Mund berührten, spürte ich, wie sie zögerte und zurückwich. Doch dann kam sie wieder näher, unsere Münder fanden sich, und der Kuss ließ mich alles vergessen.

Ich schloss die Augen – und öffnete sie eine Stunde zuvor.

«Victor? Das glaube ich jetzt nicht! Du hier! Wie war noch mal dein lustiger Nachname?»

Und dann löcherten mich fünf ehemalige Klassenkameradinnen mit einem Haufen Fragen, die ich alle schon kannte.

29.

Amanda

Im Saal befand sich die einzige Person, die ich auf dieser Party treffen wollte. Ich musste mich beruhigen, nachdenken und entscheiden, wie ich Victor begegnen wollte.

Als ich ihn vorhin dort stehen gesehen hatte, wie er mich so intensiv anblickte – all die großen Gefühle von damals waren sofort wieder da. Und mir wurde schlagartig bewusst, wie viel ich mir in den letzten Jahren vorgemacht hatte. Ich hatte versucht, meine inneren und äußeren Wunden zu verstecken, meine Gefühle zu kontrollieren und nur die Vernunft entscheiden zu lassen. Alles, um den Schmerz zu unterdrücken. Um auch Victor zu vergessen. Wie hätte ich sonst weiterleben können – ohne all meine Lieben? Ich war es nicht wert, nein, ich durfte nicht glücklich sein. Deshalb erfüllte mich die Vorstellung, hier und jetzt dem Mann zu begegnen, der einmal mein großes Glück gewesen war, mit Furcht.

Plötzlich musste ich an Juans jüngste Nachrichten denken. Er bereute … Unsere Ehe war zerbrechlich, fast nicht mehr vorhanden, aber vielleicht hatte sie doch noch eine gewisse Bedeutung. Trotzdem tobte in mir der reinste Widerspruch. Juan: Dankbarkeit und Angst. Victor: Sehnsucht und Glück.

Es wäre besser, mich davon zu überzeugen, dass Victor nichts mehr für mich empfand. Dass ihm unser Kuss von damals nichts bedeutet hatte, denn es war viel Zeit vergangen. Ich wusste nichts über ihn, und noch weniger wusste er über mein Leben oder über die Amanda von heute. Dass sie weder unerschrocken noch abenteuerlustig, sondern einfach nur unglaublich leer war.

«Es wäre also nichts dabei, wenn wir uns unterhalten würden?», flüsterte ich, trank das Wasser aus und stellte das Glas auf die Brüstung. «Nichts. Gar nichts! Er wird ebenfalls verheiratet sein. Du bist es jedenfalls, Amanda. Ob das nun gut ist oder schlecht, du bist vergeben.»

30.

Victor

Ich schlängelte mich über die Tanzfläche und stand wieder vor ihr, überreichte ihr zum zweiten Mal das Weinglas und sagte zum zweiten Mal in ihr Ohr: «Du bist die einzige Person, die ich mir gewünscht hätte, hier zu treffen, und die letzte, die zu sehen ich erwartet hatte.» Und dann, als Amanda erschrocken wirkte, fügte ich schnell hinzu: «Oh Mann, verzeih meine Direktheit. Ich ...»

«Nein, alles gut. Ich denke, viele Leute hier sind sehr überrascht, mich zu sehen.»

Ich streckte erneut die Hand nach ihr aus. «Es ist eine unbeschreibliche Freude, dich zu sehen, Amanda.»

Diesmal zog ich sie jedoch nicht zu mir heran, sondern hielt nur ihre Hand. Ich spürte ihren beherzten Händedruck und sah ihr einfach nur in die Augen. Und damit gelang es mir zum zweiten Mal in meinem Leben, den Lauf der Dinge zu verändern. Der vorangegangene Kuss war geprägt von Amandas Zögern gewesen, und es gab überhaupt keine Garantie, dass darauf nicht eine Ohrfeige gefolgt wäre. Diesmal würde ich alles richtig machen.

«Wollen wir ein bisschen auf die Terrasse gehen?» Sie zeigte auf die Tür hinter sich. «Es ist so laut hier ...»

«Ja, gerne», sagte ich und versuchte, meine Nervosität unter Kontrolle zu behalten.

Auf der Terrasse klang die Musik nur noch gedämpft

durch die Fensterscheiben. Eine Ballade von Hanson hielt die Pärchen auf der Tanzfläche. Fieberhaft suchte ich nach den richtigen Worten. Oder sollte ich einfach mein Glas erheben und einen Toast auf unser Wiedersehen aussprechen? Es gab so viele Fragen, die ich Amanda stellen wollte. So viel, was ich von ihr wissen wollte. Ich lechzte nach einer Erklärung, warum sie sich in all den Jahren nicht gemeldet hatte. Und gleichzeitig war ich einfach nur froh, dass sie am Leben war.

Schließlich durchbrach Amanda die Stille. «Hast du nicht auch das Gefühl, irgendwie zurück in die Vergangenheit gereist zu sein? Heute Abend, meine ich.»

Sie ahnte nicht, wie recht sie damit hatte. «Absolut. Seit ich diesen Saal betreten habe.»

«Verrückt, oder?»

«Verrückt.» In meinem Kopf kreisten die Gedanken. «Es ist ... einfach unglaublich, dich wiederzusehen, ich meine, dich so zu sehen, so ...»

«Lebendig?» Sie hob die Augenbrauen.

«Ich dachte, du seist bei der Explosion in Kenia gestorben. Ich ... Du ...» Hilflos sah ich sie an.

«Ein paar Wochen nach dem Attentat gab es wohl eine kleine Zeitungsnotiz, in der stand, dass ich nicht mit im Wagen gewesen war. Aber die scheinen nicht viele Leute gelesen zu haben. Ein bisschen war es auch meine Schuld. Ich meine, ich hätte ... Also, nachdem ich aus dem Krankenhaus entlassen worden war ...» Sie stockte und nahm einen Schluck Wein. Dann fuhr sie ernst fort: «Ich konnte es nicht. Es war einfacher für mich zu ... verschwinden.»

Ich nickte, auch wenn ich es nicht verstand. Sie kämpfte mit ihren Gefühlen, das war deutlich spürbar. Und ich wollte sie nicht weiter bedrängen. «Aber jetzt bist du absolut bezaubernd wieder aufgetaucht.» Ich bemühte mich, ganz den Gentleman zu geben.

«Na ja. Ein paar Spuren habe ich davongetragen.» Amanda strich sich das Haar aus dem Gesicht und deutete auf eine Narbe an ihrer Schläfe.

«Du bist immer noch wunderschön.» Ich konnte nicht anders: Ich ging einen Schritt auf sie zu, hob langsam die Hand und strich mit dem Zeigefinger sachte die Narbe entlang.

Amanda errötete und senkte den Blick. «Das größere Problem sind die unsichtbaren Narben, die die Zeit nicht heilen will.»

Wir standen jetzt sehr dicht voreinander. Ich sah ihr in die Augen. «Das muss schrecklich sein. Ich meine ...»

«Ja.» Unwillkürlich rückte sie ein Stück von mir ab. «Lass uns über etwas anderes reden, Victor.»

«Okay. Natürlich. Klar. Also, Themen gibt es ja genug.»

«Schieß los.» Sie lächelte.

«Nun, dein Akzent zum Beispiel ... Der ist noch stärker als früher.» Was redete ich denn da?

Aber Amanda schien dankbar für die Ablenkung und erklärte: «Das wundert mich nicht. Nach der Zeit in Nairobi bin ich zurück nach Buenos Aires gegangen. Ich habe dort bei meiner Großmutter gelebt.»

«Und hast du noch Familie in Brasilien?»

«Die Eltern meines Vaters waren schon vor dem Attentat verstorben, und er hatte keine Geschwister. Der Kontakt zu den entfernteren Verwandten hat sich ehrlich gesagt verlaufen.» Sie zuckte mit den Schultern. «Und du? Wohnst du noch hier in Brasília?»

«Nein. Ich lebe im Süden. In Rio Grande do Sul, bei Bento Gonçalves. Traumhafte Gegend. Perfekt für ein erstklassiges Weingut. Mir gehört die Vinícola Casa Ferazza. Hast du vielleicht schon gehört. Mein Sekt gilt als einer der besten.»

Sie nickte nur. Hatte ich zu viel geredet? Zu sehr geprahlt? Was war ich nur für ein Idiot!?

«Und ... äh, wann fliegst du zurück nach Buenos Aires?»

«Morgen früh um neun. Und du? Wie lange bleibst du noch?»

«Bis morgen Abend.» Wie gerne hätte ich Amanda mein Herz ausgeschüttet, ihr erzählt, wie mein Leben ohne sie verlaufen war, was mir seit jener verhängnisvollen Nacht widerfuhr. «Es ist echt schön, dich zu sehen. Ich ...»

«Ich find's auch schön, dich zu sehen, Victor.»

Irgendwie hatte ich das Gefühl, dass sie nicht in die Tiefe gehen wollte. Oder konnte.

«Und, bist du Schriftstellerin geworden?»

«Wow, daran erinnerst du dich?»

Ob ich mich erinnerte? Ich erinnerte jedes Wort, jede Geste. «Genau hier hast du mir von deinem Traum erzählt, auf dieser Terrasse, vor zwanzig Jahren.»

«Ich bin beeindruckt.» Sie nahm einen Schluck Wein und wirkte seltsam verlegen. «Das einzige Buch, das ich geschrieben habe, ist ein Kinderbuch. Ich arbeite allerdings schon an einem zweiten. Aber vor allem leite ich die Kinderbuchabteilung in der schönsten Buchhandlung der Welt. Ich ...» Sie unterbrach sich, als wäre es ihr unangenehm, über ihr Leben zu sprechen. «Erzähl mir lieber von dir. Was hat es mit dem Wein auf sich?»

«Nun, ich bin nach der Schule nach Italien gegangen und habe dort alles über Wein gelernt. Dann bin ich als Winzer zurück nach Brasilien und habe ein Stück Land gekauft. In der schönsten Ecke des Universums, bei einem kleinen Ort namens Nova Vêneto.»

Stirnrunzelnd betrachtete sie den Wein in ihrer Hand. «Sagt mir leider nichts.»

Im Saal stimmte Mariah Carey den nächsten Song an.

«Kannst du dich an das Lied erinnern, zu dem wir beim Abschlussball getanzt haben?», fragte ich.

«Uff.» Amanda runzelte die Stirn und schien nachzudenken. «Nein. Welches war es?»

«*Time after time* von Cyndi Lauper.» Ich versuchte, mir nicht anmerken zu lassen, wie enttäuscht ich war, dass sie sich nicht erinnerte.

«Gutes Gedächtnis», sagte sie.

«Und der Kuss, hast du den auch vergessen?» Ich zwang mich zu einem Lächeln.

Sie zögerte kurz, dann erklärte sie: «Nein, den hab ich nicht vergessen.»

«Und ...» Ich holte tief Luft und stieß hervor: «Hat dir das irgendetwas bedeutet?»

Wenn die Antwort negativ wäre, musste ich einsehen, dass ich mich gewaltig in etwas verrannt hatte.

«Ich fand es sehr traurig, dass ich am nächsten Tag umgezogen bin und wir nicht mehr Zeit zusammen verbringen konnten.» Sie sah mir fest in die Augen. «Und dir, was hat dir dieser Kuss bedeutet?»

«Kennst du den Ausdruck *in vino veritas*?»

«Natürlich. Im Wein liegt die Wahrheit.»

Ich hob mein Glas in ihre Richtung, dann trank ich es in einem Zug aus. Anschließend wischte ich mir den Mund mit dem Handrücken ab und sagte: «Du kannst dir nicht vorstellen, wie sehr ich in dich verliebt war.»

«Echt? Wow, ich ...» Jetzt leerte Amanda ihr Glas in einem Zug.

«Entschuldige, ich wollte dich nicht in Verlegenheit bringen. Ich wollte nur nicht diese einmalige Gelegenheit verstreichen lassen, dir das doch noch sagen zu können in meinem Leben. Und ich war damals unfassbar traurig, dass du nach Kenia gezogen bist.»

«Mein Vater war nicht sehr erfreut darüber, dass wir uns geküsst haben.» Sie lachte.

«Tja, wenn ich eine sechzehnjährige Tochter hätte, würde ich so etwas vermutlich auch nicht gerne miterleben.»

«Hast du Kinder?» Plötzlich wirkte Amanda ehrlich interessiert, nicht mehr so reserviert.

«Nein. Du?»

«Auch nicht.»

«Und du bist allein gekommen.» Es war keine Frage, sondern eine Feststellung.

«Ja. Du auch, oder?», fragte sie lächelnd.

Ich atmete sehr kontrolliert ein und aus. «Heißt das, du bist ...?»

«Bitte entschuldige mich kurz», unterbrach sie mich. «Bin gleich wieder da.»

Sie verließ die Terrasse und kam fünf Minuten später mit zwei vollen Weingläsern zurück, als gerade ein Stück von Will Smith lief. Es waren die längsten fünf Minuten meines Lebens.

«Oh, ich liebe dieses Lied», sagte sie und drückte mir ein Glas in die Hand. «Das ist doch aus diesem Film, wo ...»

«Bist du verheiratet?», unterbrach ich sie. Das klang sicher schrecklich plump, aber ich musste es einfach wissen.

«Ja. Das bin ich.»

Die Antwort kam prompt, und sie war zu mächtig, als dass ich sie einfach so hätte wegstecken können. Mein Körper drohte mit dem direkten Zusammenbruch. In mir begann ein Kampf der stärksten Gefühle: Das Glück, sie wiedergetroffen zu haben, sie am Leben zu wissen, wurde frontal angegriffen von der Trauer, die diese Nachricht auslöste.

«Und du?», fragte Amanda.

Ich sah ihr in die Augen und schüttelte den Kopf. «Das Schicksal hat mich von der einzigen Liebe meines Lebens getrennt. Und doch hat mir diese Liebe immer sehr merkwürdige ... Zeiten beschert.» Ich beschloss, alles auf eine Karte zu setzen. «Verzeih mir die direkte Frage, ich weiß, es geht mich eigentlich nichts an, aber ... Bist du glücklich in deiner Ehe?»

Amanda sah in die Ferne, und es dauerte eine Weile, bis sie antwortete: «Mein Mann ist ein wichtiger Abgeordneter, wir haben ein sehr hektisches Leben. Aber es ist ein komfortables Leben. Ich wohne in einem schönen Apartment, in einem der besten Viertel der Stadt und ... Ich denke, ich bin glücklich.»

Es war, als würde sie in einer anderen Sprache zu mir sprechen. Das Gefühl einer ganz egoistischen Trauer, wie ich sie noch nie empfunden hatte, durchflutete meinen Körper und meine Seele. Amanda war wieder da, sie lebte, das war die beste Nachricht, die ich seit zwanzig Jahren bekommen hatte. Ich war vor lauter Glück hundertzwanzig Stunden in die Vergangenheit gesprungen! Aber es schien härter, sie so schön und selbstsicher und glücklich mit einem anderen zu sehen, als mir vorzustellen, dass sie bei einem Attentat getötet wurde.

Ich stellte mein Glas ab und räusperte mich. «Jetzt musst du mich bitte mal entschuldigen.»

Dann drehte ich mich um und ging mit schnellen Schritten in den Saal und mitten über die Tanzfläche schnurstracks auf den Ausgang zu. Mein Herzschlag beschleunigte sich rapide. Ein Hit aus den 90ern verwandelte die Tanzfläche in ein Meer längst vergessener Samba-Choreographien. Und dann, genau unter der Diskokugel, fasste ich mir an die pulsierenden Schläfen, schloss die Augen und spürte, wie mein Herz aussetzte.

31.

Amanda

«Liebe Leute! Jetzt bitten wir alle Absolventen für ein offizielles Gruppenfoto auf die Treppe im Foyer.»
Als ich die Durchsage des DJs hörte, atmete ich mehrmals sehr langsam ein und aus und betrat erneut mit gehobenem Kinn den Saal. Ich hielt es für das Beste, mich in eine Ecke zu stellen, zwischen zwei Klassenkameraden, deren Namen mir entfallen waren und die schrien, als seien sie Teenager. Unzählige Fotos wurden gemacht, dann lockte uns der DJ wieder in den Saal und raunte ins Mikrophon: «Und jetzt, ein Balladen-Block mit Hits von 1997. Für alle Paare und solche, die es werden wollen, eine Einladung zum Engtanz, wie damals, wisst ihr noch? Auf geht's.»

Innerhalb von Sekunden lagen sich diverse Paare in den Armen. Ich starrte auf die Tanzfläche, und plötzlich bemerkte ich Victor, der bewegungslos auf der anderen Seite stand und in meine Richtung schaute. Er hielt zwei Gläser hoch und sah mich fragend an. Ohne zu zögern, akzeptierte ich die Einladung mit einem Nicken.

Bis er bei mir war, verging eine gefühlte Ewigkeit. Genug Zeit jedenfalls, um weiche Knie zu bekommen. Ich war mir nicht sicher, ob ich stark genug für ein Treffen war.

Dann stand er vor mir.

«Du bist die erste Person, die ich hier zu treffen erhofft hätte, und die letzte, die zu sehen ich erwartet hatte», sagte er und fügte gleich hinzu: «Oh Mann, verzeih meine Direktheit. Ich ...»

«Nein, alles gut. Ich denke, viele Leute hier sind sehr überrascht, mich zu sehen.»

Er hielt mir seine Hand entgegen, und ich ergriff sie.

«Es ist eine unbeschreibliche Freude, dich hier zu sehen, Amanda.»

Sein aufrichtiges Interesse an mir, seine offenkundige Freude darüber, mich zu sehen, rührte mich sehr. «Sollen wir ein bisschen auf die Terrasse gehen? Es ist so laut hier ...»

«Ja, gerne.»

Ich spürte eine wohlige Vertrautheit und wollte alles über ihn erfahren. Wie es ihm in all den Jahren ergangen war, was er aus seinem Leben gemacht hatte, ob er verheiratet war, ob er Kinder hatte ... *Amanda, geh es langsam an*, dachte ich bei mir und versuchte, ruhig zu bleiben.

Aber natürlich stand Kenia zwischen uns. Meine Erklärungsversuche mussten halbherzig auf ihn wirken. Und sie waren es auch. Das alles überstieg meine Kräfte.

Meine Beine zitterten, als er mein Gesicht berührte und den Umriss meiner Narbe nachzeichnete. Aber ich konnte meinen Selbstschutz nicht vergessen und handelte so, wie Juan es vorhergesehen hatte: Ich versteckte alle schlechten Dinge meines Lebens vor Victor.

Alles, was ich wollte, war, mein Leben perfekt aussehen zu lassen, den Schein aufrechtzuerhalten. Ich konnte keinen Zusammenbruch riskieren. Und so wurde der Abstand zwischen uns wieder größer. Wenn er in der schönsten Ecke des Universums lebte, arbeitete ich in der schönsten Buchhandlung der Welt. Wenn er den Sekt herstellte, den ich in das Gesicht des Senators geschleudert hatte, veröffentlichte ich in Argentinien erfolgreiche Bücher.

«Erinnerst du dich noch an das Lied, zu dem wir beim Abschlussball getanzt haben?», fragte er.

Time after time, dachte ich sofort, tat jedoch so, als könnte ich mich nicht erinnern. Victor wusste es ebenfalls noch. Es brach mir beinahe das Herz.

«Und der Kuss, hast du den auch vergessen?»

Ich stockte. Dann antwortete ich wahrheitsgemäß: «Nein, den hab ich nicht vergessen.»

«Und ... hat dir das irgendetwas bedeutet?»

Der Junge, in den ich mich damals verliebt hatte, war der Mann geworden, der mein Glück bedeuten könnte. In meinem Inneren begann ein Kampf zwischen Vernunft und Gefühl.

«Ich fand es sehr traurig, dass ich am nächsten Tag umgezogen bin und wir nicht mehr Zeit zusammen verbringen konnten.» Ich sah ihm fest in die Augen. «Und dir, was hat dir dieser Kuss bedeutet?»

Der Wein lieferte ihm die perfekte Entschuldigung, um auszusprechen, wofür er bei der Abschlussfeier offensichtlich nicht den Mut gefunden hatte: dass er sich damals in mich verliebt hatte. Sein Geständnis löste in mir die wildeste Gefühls- und Gedankenkette aus. Wie anders wäre mein Leben verlaufen, wenn ...

Mir blieb die Luft weg. Und als Victor zu einer neuen Frage ansetzte, entschuldigte ich mich hastig. Ich musste erst mal durchatmen und mich wieder beruhigen.

Auf der Toilette schaute ich mich im Spiegel an und murmelte: «Amanda, erzähle ihm alles, verstecke nichts. Sag ihm, dass deine Ehe schrecklich ist, sag ihm, dass er der einzige Mensch auf der Welt ist, den du jemals wirklich geliebt hast. Verpass nicht diese Gelegenheit. In vino veritas, tausendmal in vino veritas.»

Zwei Frauen kamen herein und unterhielten sich lautstark.

Also ging ich wieder in den Saal, griff mir im Vorbeigehen noch zwei Gläser Wein und kehrte zu Victor zurück. Ich versuchte unauffällig, das Thema zu wechseln: «Oh, ich liebe dieses Lied. Das ist doch aus diesem Film, wo ...»

«Amanda. Bist du verheiratet?» Er bestand darauf, eine Antwort zu bekommen.

«Ja. Das bin ich. Und du?»

Ich dachte schon, er hätte meine Frage vielleicht nicht gehört, denn es dauerte eine Weile, bis er reagierte: «Das Schicksal hat mich von der einzigen Liebe meines Lebens getrennt. Und doch hat mir diese Liebe immer sehr merkwürdige ... Zeiten beschert.» Er nahm einen Schluck Wein. «Verzeih mir die direkte Frage, ich weiß, es geht mich eigentlich nichts an, aber ... Bist du glücklich in deiner Ehe?»

Und das war der Moment, in dem ich angreifbar wurde. All die Schuldgefühle und Entbehrungen, die ich mir auferlegt hatte, drohten zu zerbersten. Das konnte ich nicht zulassen.

«Mein Mann ist ein wichtiger Abgeordneter», erklärte ich bemüht nüchtern. «Wir haben ein sehr hektisches Leben. Aber es ist ein komfortables Leben. Ich wohne in einem schönen Apartment, in einem der besten Viertel der Stadt und ... Ich denke, ich bin glücklich.»

In seinen Augen meinte ich ein Flackern zu sehen, als er sagte: «Jetzt musst du mich bitte mal entschuldigen.»

Victor ging, ohne mir noch Zeit zu geben, etwas zu erklären. Ich wurde überwältigt von einem plötzlichen Gefühl der Reue. Er hatte zugegeben, sein ganzes Leben lang in mich verliebt gewesen zu sein. Und ich hatte ihm die kalte Schulter gezeigt. Ich spürte einen riesigen Kloß in der Kehle, der mich zu ersticken drohte. Ich unterdrückte meine Tränen, alles war falsch gelaufen. Vielleicht wäre es jetzt endlich an der Zeit gewesen, an mich zu denken, an mein wahres Ich, an mein eigenes Glück. Stattdessen fühlte ich mich Juan verpflichtet, der im eigenen Haus doch schon längst ein Fremder geworden war. Wäre ich überhaupt imstande, alles aufzugeben? Das Leben einer Königin, das mein Mann mir zu geben glaubte? Konnte ich riskieren, mich meiner Vergangenheit zu stellen? Für Victor und mit Victor?

Und plötzlich schien mir die Antwort ganz leicht: Ja. Er war es wert, ganz sicher. Ich würde ihm die ganze Wahrheit sagen, sobald er zurückkam. Ich würde mich nicht mehr von Schuldgefühlen leiten lassen. Durch ihn würde ich die Kraft finden, alles zu ändern. Mich mit den Wunden der Vergangenheit auseinanderzusetzen, damit die Narben endlich verheilen konnten. Der Reue etwas entgegenzusetzen und sie nicht vor Angst unterdrückt zu halten. Ich würde Victor gestehen, dass ich niemals auch nur das kleinste Detail unserer Abschlussfeier vergessen hatte und dass ich mit dem heimlichen Wunsch, ihn auf der Party zu treffen, nach Brasilien gekommen war. Dass ich bereit wäre, mit ihm zusammen in die Welt zu verschwinden, selbst wenn wir fast nichts mehr voneinander wussten. Ich würde meine Augen schließen, seine Hand halten und den ersten Schritt tun, um mein Leben auf null zu stellen und ganz von vorne anzufangen. Mit Victor an meiner Seite.

Mit einem Herzen, das so laut schlug wie nie zuvor, wartete ich darauf, dass er zurückkam.

*Glück ist alles.
Und im nächsten Moment
kann es nichts sein ...*

32.

*V*ictor

Ich erwachte im Gästezimmer meines Vaters auf dem Bett, mit starken Gliederschmerzen und einer Klammer um mein Herz. Ich trug noch die Kleidung von der Party. Mit verschwommenen Augen blickte ich auf die Uhr: zwanzig vor acht am Morgen. Sobald ich mich einigermaßen bewegen konnte, sprang ich auf die Füße. Amandas Flug ging um neun. Ich rannte ins Bad, putzte mir in Windeseile die Zähne und lief zu meinem Vater, der beim Frühstück saß.

«Kann ich dein Auto ausleihen?»

Ohne seine Antwort abzuwarten, schnappte ich mir die Schlüssel aus der Schale im Flur, und weg war ich.

Der Parkplatz am Flughafen war rammelvoll, also ließ ich den Wagen einfach auf dem Standstreifen stehen. Es war fünf nach acht. Ich überquerte die Zubringerstraße und wäre beinahe von einem Bus umgemäht worden. Ich stürzte ins Gebäude, hechtete die Treppe hoch und rannte durch die Abflughalle. Ich wich Menschen und ihren Gepäckwagen in waghalsigen Manövern aus. Langsam ging mir die Puste aus, aber ich rannte weiter. Hektisch suchte ich auf der Anzeigetafel den Flug nach Buenos Aires und rannte schließlich zum Schalter der Aerolíneas Argentinas. Ich suchte die lange Schlange an der Gepäckaufgabe ab, aber Amanda war nicht unter den Wartenden. Also rannte ich weiter zur Sicherheitskontrolle. Und da sah ich schon von weitem, wie eine große Frau mit kurzem schwarzem Haar durch die Kontrolle ging. Ich lief weiter und schrie durch die Menge: «Amanda!»

Ein Mitarbeiter winkte sie durch die Kontrolle. Ich rannte immer schneller.

«Amanda!»

Die Glastüren zwischen der Sicherheitskontrolle und der Abflughalle öffneten und schlossen sich im Sekundentakt. Amanda ging hindurch, als ich mich durch die Schlange der Wartenden drängelte. Bis ein Sicherheitsmann mich an der Schulter packte.

«Hinten anstellen, Senhor.»

Die Türen öffneten sich wieder und ließen ein Pärchen hindurch. Ich rief noch einmal Amandas Namen. Aber sie ging weiter, hörte mich nicht. Ich erhaschte nur noch einen letzten Blick auf das Tattoo in ihrem Nacken. Dann verschwand sie den Gang entlang, und die Tür schloss sich wieder.

Plötzlich hatte ich eine Idee. Ich rannte zurück zum Schalter der Aerolíneas Argentinas, drängelte mich auch hier an der gesamten Schlange vorbei und fragte die Frau am Counter: «Haben Sie noch einen Platz in der Neun-Uhr-Maschine nach Buenos Aires?»

«Stellen Sie sich bitte hinten an.»

«Ich muss nur wissen, ob noch ein Platz frei ist. Bitte, es ist sehr wichtig!»

Das ältere Ehepaar, das eigentlich dran war, ergriff meine Partei.

«Schauen Sie ruhig nach, Fräulein, wir warten», sagte der Mann, und seine Frau nickte und lächelte mich an.

«Oh, vielen Dank», sagte ich. «Vielen, vielen Dank.»

Die Angestellte schnalzte missbilligend mit der Zunge, sah dann aber in ihrem System nach. Sie klickte, tippte, suchte. Und dann sagte sie mit einiger Genugtuung in der Stimme:

«Tut mir leid, die Maschine ist voll. Die nächste nach Buenos Aires geht um 16:45 Uhr.»

Ich zog langsam die Luft ein, bedankte mich und ging geschlagen zum Auto zurück.

Mit hängenden Schultern kehrte ich in die Wohnung meines Vaters zurück. Ich schloss mich im Gästezimmer ein und fühlte mich wie der egoistischste Mensch auf Erden. *Sie lebt, Victor, sie lebt! Das ist doch das eigentlich Wichtige. Ohnehin gehört sie einem anderen. Vergiss sie.*

Aber wie sollte ich Amanda jemals vergessen? Die Geschwindigkeit meines Herzschlags war enorm – dann kam der Sprung und warf mich vier Stunden in die Zukunft.

Ich erwachte auf dem Teppich liegend. Meine Knochen schmerzten höllisch nach diesem zweiten Sprung in so kurzer Zeit. Mühsam rappelte ich mich auf.

Als ich in die Küche kam, um ein Glas Wasser zu trinken, konnte ich meine trübe Stimmung kaum verbergen.

«Na, mein Sohn, alles gut?»

«Nein.»

«Ist was passiert bei der Party?»

Ich presste die Lippen aufeinander.

«Komm, wir drehen eine Runde.» Mein Vater nahm seine Zigaretten vom Tisch und klopfte mir sachte auf die Schulter. «Bevor Juliana mit dem Essen kommt.»

Wir gingen runter in den kleinen Park vor dem Haus, in dem ein paar Kinder lautstark Fußball spielten.

Mein Vater steckte sich eine Zigarette an und sagte: «Dann lass mal hören.»

Nein. Ich wollte nicht von meinem eigenen Vater für verrückt erklärt werden. Es gab nichts, was ich ihm erzählen konnte. Also liefen wir schweigend nebeneinander her und drehten die immer gleichen Kreise.

Nach einer Weile kam uns ein älteres Paar händchenhaltend entgegen.

«Papa, sag mal, was ist wahres Glück für dich?»

Wie alle anderen, denen ich diese Frage schon gestellt hatte, brauchte auch er einen Moment, um eine Antwort zu geben.

«Glück ist alles», sagte er schließlich. «Und im nächsten Moment kann es nichts sein ...»

Ich verstand nicht, was er damit meinte. Aber bevor ich darüber nachdenken konnte, gab er die Frage zurück.

«Und für dich, mein Sohn?»

«Das habe ich noch nicht herausgefunden.»

«Fehlt dir etwas?»

«Eine Frau an meiner Seite.»

«Aha. So ganz generell oder eine bestimmte?»

«Eine bestimmte. Das geht aber nicht.»

«Hat sie einen anderen?»

«Hm.»

Er wiegte den Kopf. «Und du denkst, das muss so bleiben? Meinst du nicht, es könnte sich lohnen, um sie zu kämpfen? Zeig ihr, was du wert bist.»

Ich schnaubte. «Als würden in der Liebe die Gesetze des Marktes gelten, Papa.»

«Nun, ich kann es auch anders formulieren, Victor. Glaub deinem alten Herrn: Es gibt nichts Schlimmeres, als am Ende des Lebens zurückzublicken und festzustellen, dass man etwas nicht getan hat, das den kleinen, aber feinen Unterschied zwischen einem normalen Leben und einem glücklichen Leben markiert hätte.»

«Ich glaube, dafür ist es bei mir schon zu spät.»

«Du wirst nie bereuen, was du versucht hast. Gib alles, was in deiner Macht steht.»

Seufzend kickte ich einen kleinen Stein weg. «Ich glaube nicht, dass ich sie noch erreichen kann.»

«Das kannst du nur herausfinden, indem du es versuchst. Geh zu ihr. Sprich mit ihr. Sag ihr, was sie dir bedeutet. Wenn du es nicht versuchst, wirst du ihr ewig nachhängen.»

Ich konnte nichts darauf erwidern. Was hätte ich auch sagen sollen?

Er legte mir die Hand auf die Schulter und sah mich an.

«Noch etwas, Victor. Du kannst mir alles anvertrauen. Ich bin dein Vater. Wie unglaublich oder ungewöhnlich auch sein mag, was du fühlst, ich werde es verstehen, glaub mir.»

«Ich ...» Ich schluckte. So hatte er noch nie mit mir gesprochen. Und es lag mir auf der Zunge, ihm alles zu erzählen, mich ihm zu öffnen, aber im letzten Moment hielt ich mich zurück. «Ist gut, Papa, danke. Weiß ich doch.»

«Hey, ihr beiden!» Juliana winkte zusammen mit ihrem Sohn vom Balkon unseres Vaters. «Das Stroganoff ist fertig!»

Also gingen wir wieder hoch. Ich war müde und traurig, dennoch hatte der kleine Spaziergang gutgetan.

«Ich mach mal Musik an», sagte mein Vater, als wir die Wohnung betraten.

Der Musikgeschmack unseres alten Herrn war nun wirklich für keine Überraschung mehr gut. Wilson Picketts «Soul Survivor» erklang kurz darauf aus dem Wohnzimmer, und ich spürte eine plötzliche Sehnsucht nach den glücklichen Kindheitstagen, als ich mit meiner Schwester und meiner Mutter zu diesem Lied im Wohnzimmer getanzt und mein Vater uns vergnügt von seinem Sessel aus zugesehen hatte.

«Hey, Joaquim, komm, wir tanzen!» Ich schnappte mir meinen Neffen und wirbelte ihn herum.

33.

Amanda

Victor kam nicht zurück, und von da an ging mein Abend bergab. Ich wurde von zwei ehemaligen Kollegen angegraben, betrank mich, musste mich in der Toilette übergeben und stellte mir vor, Juan durch den Saal laufen zu sehen und ihn rufen zu hören: «Viel Spaß noch, ihr Loser.»

Als der DJ anfing, Rausschmeißlieder zu spielen, verließ ich die Party und nahm ein Taxi, ohne die geringste Ahnung zu haben, wie mein Hotel hieß.

«Es ist ein gelbes, verspiegeltes Gebäude», war das einzige, was ich dem Taxifahrer noch sagen konnte, bevor ich auf der Rückbank einschlief.

Glücklicherweise befanden sich die meisten Hotels in Brasília in einem zentralen Viertel, und nur eines hatte eine gelbe Fassade mit Spiegelglas.

Als ich das Zimmer schwankend betrat, ging ich direkt weiter ins Bad, zog mich aus und stieg in die Wanne. Ich ließ mich auf den Boden gleiten und heißes Wasser über meinen Rücken laufen. Und dann, endlich, kamen die Tränen. Ich hätte sie auch nicht länger zurückhalten können. Ich weinte und schlug gegen die Wand, ich hasste mich und all die Lügen, die Victor von einer weiteren Unterhaltung mit mir abgeschreckt hatten. Ich lallte, eine helle Kinderstimme nachäffend: «*Du bist glücklich in deiner Ehe, Amanda. Dein Ehemann ist ein wichtiger Abgeordneter.* SCHEISSE!» Ich schrie und fing an, hysterisch zu lachen. «Natürlich musste er wegrennen, du dumme Idiotin!»

Als ich wenige Stunden später erwachte, waren meine Haare noch feucht. Ich lag ausgestreckt auf dem Bett und konnte meinen Kopf vor Schmerzen kaum bewegen. *Oh Mann!* Vorsichtig drehte ich mich zur Seite und sah auf die Uhr: zwanzig nach sieben.

«Mist!»

Ich stützte mich ab, um aufzustehen. Dann bestellte ich beim Empfang ein Taxi zum Flughafen, stolperte aus dem Bett und zog die erstbeste Bluse an, die ich aus meinem Koffer zog, die mit den bunten Streifen, aus Seide. Mein Kopf schmerzte nach wie vor. Kein Wunder, er wurde bombardiert von den Erinnerungen der vergangenen Nacht und von der Enttäuschung, völlig zerstört nach Buenos Aires zurückkehren zu müssen.

Die nächste Stunde verging wie in Trance. In der Schlange in der Abflughalle schickte ich eine Nachricht an Thiane und entschuldigte mich dafür, gegangen zu sein, ohne mich zu verabschieden. Ich steckte mir meine Kopfhörer ins Ohr, machte ein Rocklied an und erhöhte die Lautstärke, bis die Musik alles um mich herum ausblendete und ich wieder etwas ruhiger atmete. Ich zeigte das Ticket vor und ging weiter zur Sicherheitskontrolle.

Juan wartete nicht am Flughafen auf mich. Ich hatte mich der Illusion hingegeben, dass er für mich auf ein Mittagessen mit «den Leuten, die den Kurs für Argentinien vorgeben» verzichten würde. Dennoch fühlte es sich beinahe gut an, ein Taxi zu nehmen.

Zu Hause wirkte alles so, als hätte sich in den letzten anderthalb Tagen nichts verändert. Ich zog meine gestreifte Seidenbluse aus und warf sie über die Stuhllehne. Stattdessen nahm ich ein Sweatshirt. Ich aß zu Mittag und versuchte, dabei irgendeine Serie anzuschauen, aber ich konnte mich nicht konzentrieren. Schließlich ging ich ins Schlafzimmer, zog ein Nachthemd an und legte mich hin. Obwohl ich versuchte, die Wahrheit zu leugnen, schlief ich mit einem Bild vor Augen ein, das mir nicht aus dem Kopf gehen wollte: Victor, der in der Mitte des Saals steht, mich ansieht und fragt: «Amanda?»

Mitten in der Nacht wurde ich von Juan geweckt. Er war nackt und drängte sich von hinten an mich. Seine Hände strichen über meine Brüste, dann hob er mein Nachthemd hoch und nestelte an meinem Slip. Ich bat ihn aufzuhören, aber er schien mich nicht einmal zu hören. Er war betrunken und geriet in Rage. Als er meinen Slip herunterriss, schrie ich auf und versuchte, nach ihm zu treten. Aber er schob meine Beine mit den Knien zur Seite und drang mit Gewalt in mich ein.

«Hör auf! Ich will nicht!», stieß ich hysterisch hervor.

Er leckte mir über den Hals und versuchte, mich mit seinem nach Alkohol stinkenden Mund zu küssen. Ich warf mein Gesicht hin und her und versuchte, von ihm abzurücken. Noch einmal schrie ich auf, aber es half nichts. Als ich zu weinen begann, schlug er mich auf die Wange, genau an der Stelle meiner Narbe. Mir wurde schwarz vor Augen. Dann ließ er sich fallen und schien seine Kraft, endlich, verloren zu haben.

Ich schaffte es irgendwie, ihn zur Seite zu schieben und aufzustehen.

Ich zitterte am ganzen Körper, stolperte erschrocken ins Badezimmer, schloss die Tür ab, bedeckte mein Gesicht mit einem Handtuch und brach in Tränen aus. Ich fühlte mich schmutzig und so schrecklich verletzlich, dumm und lächerlich.

Dann vernahm ich Geräusche vor dem Bad. Juan begann, gegen die Tür zu schlagen. Immer wieder lallte er: «Lass mich rein, ich liebe dich!»

34.

*V*ictor

Selbst wenn ich nur ein oder zwei Tage weg war – jedes Mal, wenn ich Nova Vêneto verließ, vermisste ich schon nach kürzester Zeit den Blick auf die Weinhänge, das Rauschen der Araukarien und Bananenstauden im Wind und den Geruch der Holzdielen im Haus. Und jedes Mal schien meine Sehnsucht noch größer zu werden. Auf meinem Gut konnte ich in stets gleichem Maße glücklich oder traurig sein. Ich wusste zwar nicht, ob das Segen oder Fluch war, aber nicht auf meine Gefühle achtgeben zu müssen, war unbezahlbar.

Nach meiner Rückkehr aus Brasília wurde ich empfangen mit einer festen Umarmung von Domenico und von einem aufgeregt schwanzwedelnden Mister. Ich hob den Hund hoch und ließ ihn mein Gesicht ablecken. Doch mein Herz blieb schwer.

«Dodo, ist alles vorbereitet für den Markt am Samstag?», fragte ich abwesend.

«Aber sicher, Patrão.» Er sah mich besorgt an. «Verzeihen Sie die Nachfrage, Chef. Aber geht es Ihnen gut? Gab es ein Problem auf der Reise? Sie sehen irgendwie ... sehr müde aus.»

«Nein, nein, Dodo, alles gut.»

«Wenn Sie meinen ...» Überzeugt wirkte er nicht.

Nachts konnte ich nicht schlafen. Ich setzte mich schließlich mit meinem Notizbuch auf die Veranda und schrieb die vier

Zeitsprünge auf, die ich in Brasília durchlebt hatte. Das «Ereignis Nr. 418» unterschied sich grundlegend von den anderen. Zum zweiten Mal in meinem Leben hatte ich etwas im Geschehen verändern können, als ich die Situation zum zweiten Mal erlebte. Meine Beschreibung des Ereignisses geriet zu einem reinen Fragenkatalog:

> Hat der geraubte Kuss in der ersten Version der Begegnung eine andere Geschichte ins Rollen gebracht? Gibt es eine Variante meines Lebens, zu der ich nie Zugang haben werde? Und wenn ja, habe ich mir dort eine Ohrfeige eingefangen von Amanda? Hat sie gesagt «Ich hasse dich»? Oder vielleicht, wie vor zwanzig Jahren, «Ich liebe dich»? Wer ist sie? Und warum kann ich nur mit ihr den Lauf der Ereignisse beeinflussen, Dinge anders machen als beim ersten Mal?

Ich dachte lange über all diese Fragen nach, und am Ende dieser Nacht glaubte ich, zumindest die letzte von ihnen mit Gewissheit beantworten zu können.

Ich beendete meinen Eintrag mit dem Satz:

> Ich weiß jetzt ganz sicher, dass du die Ursache für alles bist, Amanda.

35.

Amanda

Das Gefühl von Ekel vermischt mit Angst und Hass erreichte ein Level, das ich noch nie zuvor gespürt hatte. Mit jedem Faustschlag gegen die Tür, mit jedem geschrienen Wort von Juan, krümmte ich mich mehr auf dem Boden im Bad zusammen. Mein Kopf wummerte immer noch von dem Schlag in mein Gesicht. Eisiger Schweiß vermischte sich mit meinen Tränen.

Die Schläge, Schreie und Drohungen ließen nicht nach. Auf ein halbes Dutzend Obszönitäten folgte ein flehendes «Ich liebe dich» oder ein «Du bist die Frau meines Lebens». Dann wurden die Schläge gegen die Tür durch Tritte ersetzt und erfolgten in immer größeren Abständen.

Ich zog mein Nachthemd aus und erblickte auf meinem Körper die Spuren der größten Demütigung, die ich je erlebt hatte. Vorsichtig fing ich an, mich abzuduschen, als könnte ich Juans physische Aggression in dieser Nacht und all seine moralische Aggression der letzten Jahre mit Seife entfernen. Ich zog meinen Slip an, setzte mich auf den Toilettensitz und sah mich ratlos um. Handtuch, Zahnbürste, Rasierapparat, abgenutzte Hausschlappen, den Holzkamm und das Aftershave, dessen Geruch ich mittlerweile verabscheute.

Draußen war es still. Ich stand auf, lehnte mein Ohr an die Tür. Vielleicht hatte er aufgegeben. Oder es war eine Falle, und er würde erneut zuschlagen, sobald ich aus dem Badezimmer kommen sollte. Aber ich musste hier weg. Je früher, desto besser.

Ich erinnerte mich an die bunte Seidenbluse auf dem Sessel und an die Stelle, wo ich meine Tasche abgelegt hatte. In Gedanken berechnete ich den Weg: Flur-Treppe-Wohnzimmer-Küche-Tür. Ich versuchte, nicht mehr zu zittern. Und in einer Bewegung, die schnell genug war, um meine Angst zu überwinden, öffnete ich die Tür und rannte los. Ich schnappte mir meine Bluse, meine Handtasche, meinen Autoschlüssel und stürzte mit klopfendem Herzen durch die Tür, die Treppen runter, aus dem Haus in die Nacht.

Juan folgte mir nicht, wahrscheinlich war er vom Alkohol außer Gefecht gesetzt.

Vor Angst und Kälte zitternd, fuhr ich mit dem Focus nach San Telmo, den nackten Fuß ununterbrochen auf dem Gaspedal. Ich missachtete rote Ampeln, schlug immer wieder mit der Hand gegen das Lenkrad und weinte bitterlich.

Als Onkel Ignacio die Tür öffnete, brach ich mit einem krampfhaften Schrei in seinen Armen zusammen.

«Was ist passiert, mein Schatz? Was ist los?» Er umarmte mich fest. «Beruhige dich, alles wird gut. Jetzt kann dir nichts mehr passieren. War *er* das?»

Ich schluchzte nur, konnte nicht sprechen.

«War das dein Mann?»

Ich nickte, mein Mund öffnete und schloss sich, doch ich konnte nur atemlos keuchen.

Ignacio schob mich in seine Küche, zog seinen Bademantel fester und holte mir ein Glas Wasser mit Zucker.

«Was hat der Bastard gemacht? Hat er dich geschlagen?»

Ich schob mir die Strähnen aus dem Gesicht und zeigte ihm die Stelle.

«Hat er dich ... Hat er dich gezwungen, etwas zu tun, was du nicht wolltest?»

«Ja», flüsterte ich.

Ignacio schlug mit der Faust auf den Tisch. «Wir gehen zur Polizei! Sofort!», schrie er und biss die Zähne zusammen.

«Nein, Onkel Ignacio.» Meine Stimme klang erschrocken, und ich redete schnell. «Bitte, ich möchte das nicht tun.»

«Aber du musst dir helfen lassen.»

Mit neuen Tränen in den Augen sah ich ihn an. «Ich habe Angst, er kennt eine Menge mächtiger Leute.»

«Eben!»

Als ich nichts erwiderte, fügte er sanft hinzu: «Gut, wenn du nicht willst, musst du keine Aussage machen.» Er strich mir über den Rücken. «Aber ich habe einen Freund, der ist Gerichtsmediziner und kann die Vergewaltigung durch eine Untersuchung nachweisen. Lass uns das zumindest dokumentieren, Amanda, dann kannst du es dir später immer noch überlegen.»

Noch mitten in der Nacht rief Ignacio seinen Freund an, und wir fuhren zu ihm. Zwei Stunden später waren wir zurück in der Wohnung, mit einem Gutachten, das die Gewalt, die ich erlitten hatte, eindeutig bewies. Wir waren beide vollkommen erschöpft. Mein Onkel schlief auf dem Boden neben meinem Bett. Nach all dem, was ich durchgemacht hatte, nach all den zahllosen Abgründen in meinem Leben, in die ich beinahe gestürzt wäre, hätte er mich in dieser Nacht niemals allein gelassen.

Am nächsten Morgen zeigte mein Handy dreizehn verpasste Anrufe von Juan an. Ich richtete mich auf und sah mich um, als sei alles nur ein Albtraum gewesen. Ignacio musste schon aufgestanden sein, sein Nachtlager war leer. Im Spiegel des

Wandschranks konnte ich den Bluterguss an meiner Narbe erkennen, groß und dunkel. Er verdeutlichte das Ende des letzten Kapitels meiner Ehe. Juan war jetzt mein Exmann, das hatte ich bereits entschieden.

Als ich das Zimmer verließ, fand ich ein gelbes Päckchen und einen Umschlag vor der Tür liegen. Irritiert bückte ich mich danach. Ich öffnete zuerst den Umschlag und zog ein vergilbtes Papier heraus, ein Brief mit einem schwarzen Stift geschrieben, mit etwas altersschwachen und nach rechts geneigten Buchstaben.

Buenos Aires, 5. Januar 2007

Amanda, mein Herz.
Ich hoffe, du kannst deiner alten Großmutter verzeihen. Eines Tages hast du deine Geschichte weggeworfen – dein Tagebuch und dein Manuskript, in denen eigentlich alles stand, was in deinem Leben eine Bedeutung hatte. Aber ich habe beides aus dem Papierkorb geholt, denn ich sah in deiner Handlung eine jugendliche und jähzornige Reaktion, das Ergebnis jener tragischen Phase, die du durchleben musstest. Ich habe beide Werke all diese Jahre bei mir behalten, und irgendwann werden sie in deine Hände zurückgegeben. Denn ich halte es für wichtig, dass du niemals auch nur einen Traum vergisst, der dir durch diese abscheuliche Explosion genommen wurde, und dass du im selben Maße auch alle Qualen umwandelst, die darauf folgten. Ich muss gestehen, ich habe dein Tagebuch gelesen. (Sei nicht böse auf mich, weil ich in deine Privatsphäre eingedrungen bin, aber ich hatte lange Zeit große Angst um dich. Sorge, du könntest dir etwas antun.) Und ich denke, dass du als Autorin dieser Gedanken, sowohl der hellen Träume am Anfang als auch der dunklen am Ende, zweifellos jemand bist, der in der Welt etwas bewirken kann.

*Sei auch stolz auf dein Buch. Es existiert eine unschuldige
Schönheit und eine unglaubliche Stärke in jedem Satz und in
jeder Zeichnung. Du wirst irgendwann die Orte kennenlernen,
die du dort festgehalten hast, ich weiß es.
Ein Kuss von mir, die dich immer lieben wird.
Oma Anita*

Vollkommen überrascht wickelte ich das gelbe Paket aus. Ich konnte nicht glauben, dass das rosafarbene Tagebuch, das ich damals geschrieben hatte, in meine Hände zurückkehrte. Es stimmte, ich hatte es im Alter von achtzehn Jahren nach einer schlaflosen Nacht, in der ich mir wünschte, nie wieder aufzustehen, in den Müll geworfen.

Langsam fuhren meine Finger über das Tagebuch. Auf dem Umschlag standen die Worte meines Vaters: «Für meine furchtlose, abenteuerlustige und unglaubliche BB.»

Ich ging ins Wohnzimmer, wo Onkel Ignacio mit einer Kaffeetasse am Tisch saß. Er wirkte bedrückt.

«Onkel Ignacio, wie hast du ...?»

Er sah mich an und rang sich ein Lächeln ab. Dann nahm er meine Hand und sagte: «Deine Großmutter hat mir das Paket vor ...» Er blickte sich suchend um. «... vor ungefähr zehn Jahren anvertraut, kurz bevor sie starb. Sie hat mir keine großen Erklärungen dazu gegeben. Sie musste mir die Dinge eigentlich nie groß erklären, weil wir uns schon immer durch Blicke verstanden haben. Vielleicht bereits seit der Zeit, als wir zusammen im Bauch deiner Urgroßmutter waren.» Er lächelte erneut. «Obwohl Anita mir wenig von eurer gemeinsamen Zeit in Buenos Aires erzählt hat, Amanda, habe ich immer gewusst, dass du die Person bist, die sie am meisten geliebt hat. Auch wenn es nicht immer einfach für sie gewesen sein kann, hat sie dich immer verteidigt. Sie wollte, dass es dir gut ging. Deshalb hat sie mich, als sie ihr Ende spürte, gebeten, dein Tagebuch und dein Manuskript aufzubewahren. Ich sollte dir beides geben, wenn ich glaubte, der richtige Moment dafür wäre gekommen. Und ich weiß nicht, wann dieser Moment sein sollte, wenn nicht heute.»

Atemlos hatte ich ihm zugehört. Ich nickte und wischte meine Tränen weg. Dann ging ich ins Schlafzimmer zurück und legte das Manuskript in die oberste Schublade des Nachttisches. Ich fühlte mich noch nicht bereit dafür.

Ich setzte mich aufs Bett, öffnete das Tagebuch und schlug die erste Seite auf. Heraus fiel das Blumenorigami, das Victor mir bei der Abschlussfeier geschenkt hatte.

Brasília, 7. Dezember 1997

Die letzte Nacht war die glücklichste und die traurigste meines Lebens.

Und die einzige Person, die den Grund für meine unübersehbare Nervosität kannte, war meine Mutter. Denn wie alle Menschen auf der Welt war auch sie mindestens ein Mal in ihrem Leben unsterblich verliebt.

Auf der Party forderte Victor mich zum Tanzen auf. Es lief ein Lied von Cyndi Lauper. Meine Beine zitterten wie Wackelpudding, und ich tanzte noch schlechter als sonst. Zwei Schritte hierhin, zwei dorthin ... Victor tanzte sehr gut. Aber eigentlich war das auch ganz egal – das Wichtigste war, dass wir zusammen waren und uns berührten. Ich war ja so was von aufgeregt! Als das Lied endete, zog Victor mich noch enger an sich und sah mir fest in die Augen. Dann küsste er mich. Endlich. Auf diesen Kuss hatte ich seit einem Jahr gewartet. Und ich war mir sicher, dass ich niemanden auf der Welt je toller finden könnte als ihn. Es war der glücklichste Moment meines Lebens. Aber auch der traurigste, denn wie sollte ich ihm sagen, dass wir wegziehen? In einen völlig anderen Teil der Welt.

Meine Mutter hat mich dann später gedrängt, noch mal zurückzugehen und ihm meine neue Adresse zu geben. Ich schrieb sie auf ein Stück Papier, aber ich konnte Victor nirgends mehr finden. Er war wie vom Erdboden verschluckt. Ich lief bestimmt dreimal durch den Saal und konnte ihn nicht finden.

Wie kann jemand einfach so verschwinden?

Ich fuhr mir mit einer Hand über die Narbe, überwältigt von der Erinnerung an jene Nacht mit Victor, die den Schmerz, der immer noch auf meinem Gesicht brannte, für kurze Zeit stillen konnte.

Seufzend blätterte ich weiter. Die Schrift war abgerundet, jeder Absatz in einer anderen Farbe geschrieben. Ich las:

Nur damit du Bescheid weißt, liebes Tagebuch, wir sitzen gerade im Flugzeug nach Nairobi. Schon wieder ein Umzug ... Aber, zurück zur Party gestern: Warum sind Victor und ich bloß erst am letzten Abend zusammengekommen? Das nervt! Na gut, besser zu spät als nie, oder? Da meine Eltern nun mal von Ort zu Ort ziehen, werden wir auch nach Kenia wieder woanders hingehen müssen. Auch wenn ich Victor nie wiedersehe, wird er zumindest für immer mein erster Freund bleiben. Darf ich ihn wohl meinen Freund nennen? Was meinst du? Ah, dieses Lesezeichen ist übrigens eine Papierblume, die er auf der Party für mich gemacht hat. Es

> steht A&V darauf. Du weißt, was das bedeutet, oder? Es bedeutet, dass ich ihn nie vergessen werde.
>
> Ich höre jetzt besser auf, das Flugzeug beginnt zu schwanken ...

Auf den folgenden Seiten wechselten sich Texte und Zeichnungen ab. Mal ging es um die großen Gefühle dieser ersten Liebe, die ich in Brasilien zurückgelassen hatte, mal um die Lebenserfahrungen in Ostafrika, die neue Schule und die neuen Freunde.

Die Melodie von «Smells Like Teen Spirit» unterbrach meine melancholische Stimmung, doch ich beantwortete Juans erneuten Anruf nicht, sondern stellte das Handy wieder auf stumm. Ich ging zurück in die Küche und setzte mich zu Ignacio an den Tisch. Jeder hing seinen Gedanken nach, und wir frühstückten schweigend, als plötzlich eine Nachricht auf meinem Display aufleuchtete, die ich meinem Onkel laut vorlesen musste.

«Juan schreibt: *Ich war betrunken und nicht ich selbst. Wo bist du? Lass uns reden. Ich liebe dich, ich liebe dich, ich liebe dich.*»

Kraftlos ließ ich das Handy vor mir auf den Tisch gleiten, den Bildschirm nach unten gerichtet. Ich goss mir Milch ein, bestrich eine Scheibe Brot mit Butter und sagte nichts.

Ignacio trank einen Schluck Kaffee. Dann sah er mich an und unterbrach die Stille: «Wirst du mit ihm reden?»

Ich antwortete mit einem Kopfschütteln, griff ein letztes Mal zum Handy und schickte Juan eine Nachricht, die nur drei Worte beinhaltete: «Es ist vorbei.»

36.

Victor

Der Rest der Woche war sehr grau und regnerisch und entsprach damit genau meinem Gemütszustand. Bei Ferazza wurde nicht viel getan, was nicht mit den Vorbereitungen für den Dezembermarkt zu tun gehabt hätte.

Aber sosehr ich mich auch bemühte, ich konnte die Gedanken an Amanda nicht verdrängen. Nicht eine Minute, ich dachte ständig an sie. So oft es ging, zog ich mich in meine geheime Kammer am Ende des Stollens zurück und machte mich an einen Entwurf für das Etikett des hier lagernden, noch geheimen Sekts. Ich arbeitete wie besessen daran. Denn das Bild existierte bereits ganz klar in meinem Kopf, ich hatte es in Brasília an Amandas Hals bewundert. Und endlich fand ich nach etlichen Überarbeitungen das Motiv, nach dem ich so viele Jahre gesucht hatte.

37.

Amanda

Ich liebe dich ... Das wirst du bereuen ... Bitte verzeih mir, ich war nicht ich selbst ... Dein Leben wird die Hölle sein ...
Mein Handy lieferte mir den ganzen Tag Beweise dafür, dass Juan niemals die Worte «Es ist vorbei» akzeptieren würde. Sein Ton wechselte zwischen Fürsorge, Drohung, Vergebung und Hass. Und tatsächlich wurde mein Leben, wie er es vorhergesehen hatte, zur Hölle. Bei jeder Vibration, bei jedem Klingelton meines Handys zitterte ich. Abhängig von Uhrzeit und Alkoholgehalt, klang Juan wie bei einer seiner flammenden Reden auf großer Tribüne oder wie ein gedemütigter Kerl, der um Stimmen bettelte. Zweifellos kannte er meinen Aufenthaltsort, aber zum Glück wagte er es nicht, bei Onkel Ignacio aufzutauchen.

Nicolás gab mir zwei Wochen Urlaub. Ich schloss mich in der Wohnung meines Onkels ein, denn die Angst, auf die Straße zu gehen, erreichte ein Level, das ich noch nie zuvor gespürt hatte.

Du musst neu anfangen, nach vorne schauen, dein Leben wieder auf die Reihe kriegen ... Lass dich nicht von dem, was passiert ist, unterkriegen ... Du bist stärker als er ...

Alle guten Ratschläge für Frauen, die durchgemacht hatten, was ich durchmachte, lösten sich auf wie Salz in heißem Wasser. Ich verstand nun, dass es sehr leicht war, über etwas zu sprechen, das man nicht selbst durchlebt hatte. Ich konnte kaum schlafen und vermied es sogar, aus dem Fenster in die Außenwelt zu schauen. Ich schreckte vor jeglichem Lärm auf der Straße oder in der Wohnung zurück. Ignacio war ein Engel. Er war in die kleine Gerümpelkammer hinter der Küche gezogen und schlief vermutlich furchtbar schlecht. Er hatte mir eine Zahnbürste besorgt und Kleidung hingelegt, die Stella gekauft hatte, sowie eine SIM-Karte mit einer neuen Handynummer. Doch es dauerte nur einen Tag, bis ich wieder Nachrichten von Juan erhielt. Es war der ultimative Beweis dafür, dass er jeden meiner Schritte verfolgen konnte. Als einer jener Menschen, die «den Kurs des Landes bestimmten», kamen die zahllosen Machenschaften, Investitionen und Zugeständnisse, die zu seiner Wiederwahl geführt hatten, auch seinen persönlichen Interessen zugute.

Am nächsten Wochenende, dem ersten Samstag im Dezember, folgte ich Ignacios Ratschlag und lud Nicolás, seinen Freund Mats und Alejandra zu einem Abendessen ein. Stella bereitete Rinderfilets mit Süßkartoffelpüree zu.

«Ich möchte nur nicht über den Abgeordneten reden», hatte ich im Vorfeld gebeten.

Der Abend war überraschend unbeschwert und lustig. Nicolás und der sehr lustige Mats, ein Skandinavier wie er im Buche steht, erzählten unsinnige Reisegeschichten an exotische Orte. Um zwei Uhr morgens waren nur noch Alejandra und ich übrig. Ausgestreckt lag ich auf dem Sofa und spürte das erste Mal wieder eine friedliche Behaglichkeit.

«Und jetzt, Amanda, was wirst du tun?» Alejandra stand am Fenster und rauchte eine Zigarette.

«Ich werde mein Leben leben. Oder besser gesagt versuchen, wieder ein *echtes* Leben zu führen.» Ich war selbst überrascht, wie fest meine Stimme klang. «Ich werde keinen Fuß mehr in diese Wohnung setzen. Und ich möchte auf keinen Fall auf irgendwelche Nachrichten über den Abgeordneten stoßen. Deshalb habe ich auch aufgehört, Zeitung zu lesen und Fernsehen zu schauen.»

«Ruft er dich an?»

«Er versucht es, aber ich gehe nicht ran. Er schickt mir Nachrichten.»

«Was für welche?»

«Dass mein Leben zur Hölle wird, so wie es war, bevor ich ihn kennengelernt habe.»

«Droht er dir?»

«Wenn der Satz ‹Wenn du einen anderen hast, töte ich dich› als Bedrohung verstanden werden kann ...»

«Und hast du einen anderen?»

«Nein», antwortete ich schnell, ohne Überzeugung.

Sie sah mich an – und wusste, dass ich log.

Was sollte diese ganze Fragerei? «Also gut. Es gibt da einen Mann aus meiner Jugend, wir sind vor einer halben Ewigkeit zusammen zur Schule gegangen. Ich habe ihn bei der Party in Brasília wiedergesehen und kann nicht aufhören, an ihn zu denken.»

Sie lächelte. «Gut zu wissen, dass dein Herz nicht aufgehört hat zu schlagen, Amanda.» Dann fügte sie etwas nachdenklicher hinzu: «Und Juan? Denkst du, dass er eine Geliebte hat?»

«Das ist mir egal.»

«Er wird bestimmt bald eine andere haben, wenn er nicht schon eine hat.»

«Hoffentlich, dann lässt er mich wenigstens in Ruhe.»

Als Alejandra sich verabschiedet hatte, ging ich ins Schlafzimmer und nahm wieder mein altes Tagebuch in die Hand. Ich legte mich aufs Bett und schlug eine beliebige Seite auf.

> Buenos Aires, 26. Mai 2000
>
> Ist der Sinn des Lebens das Leiden? Kommen wir dafür auf die Welt? Ist unsere Zeit hier nur eine Art Buße? Aber, Gott, du bist nicht gut! Du gabst dem Menschen den freien Willen, obwohl du wusstest, dass er seine Mitmenschen aus Hass töten kann! Findest du das lustig? Wenn du wirklich allmächtig bist und nur da oben sitzt, um dir diesen ganzen Mist anzusehen, den wir hier verzapfen, dann bist du auch dafür verantwortlich, ja, das bist du! Oder eigentlich bist du dann verantwortungslos! Das ist das reinste ...

Ich schloss das Tagebuch. Ich konnte nicht weiterlesen, wollte diesen Gedanken nicht ins Auge sehen. So konnte es nicht weitergehen. Ich musste noch einmal komplett neu anfangen. Und zwar am Anfang.

Aus einem Impuls heraus ging ich ins Wohnzimmer, wo der Computer meines Onkels stand. Mit einer hastigen Bewegung öffnete ich das Notebook und tippte «Vinícola Casa Ferazza» in die Browser-Suchleiste. Ich las mir einige Informationen auf der Homepage durch, schrieb die Adresse des Weinguts auf und dachte nicht länger darüber nach, was ich als Nächstes tun musste. Mein betrunkener Zustand garantierte mir, dass es das einzig Richtige war. Nachdem ich herausgefunden hatte, wie ich dorthin kommen konnte, kaufte ich im Internet ein Flugticket nach Porto Alegre, für den kommenden Dienstag, zwei Tage später.

38.
Victor

Am selben Abend auf dem Treviso-Platz
in Nova Vêneto

Kaum hatte Pater Bonatti den Schlusssegen gesungen, füllte sich der Platz vor der Kirche Santo Antônio de Pádua. Die Glocke schlug achtmal, als die Chefin der Casa Giorno, Gastgeberin des Abends, den Markt offiziell mit einem Toast mit ihrem besten Tropfen eröffnete.

«Giorno Moscatel 2012! *Salute!*»

Noch nie war ich so träge bei einem Monatsmarkt gewesen. Ich überließ Domenico den Verkauf und schlenderte lustlos zwischen den anderen Ständen herum. Dabei achtete ich darauf, keinen Blickkontakt zu irgendwem aufzunehmen. Ich hatte absolut keine Lust, mich von Unbekannten löchern zu lassen oder mir auf die Schulter klopfen zu lassen von irgendwelchen Gästen, die das Gesicht des «Prinzen» aus der Zeitschrift wiedererkannten. Ob Ferazza heute mit der Verkaufszeit der einhundert Flaschen des 2010er Gold wieder einen Rekord brach – selbst das war mir schnurzegal. Meine Gedanken waren Tausende Kilometer entfernt und suchten die Straßen von Buenos Aires nach einer dunkelhaarigen Frau mit Tattoo im Nacken ab.

Als es etwas leerer wurde, kaufte ich eine Flasche der Giorno-Neukreation, ging rüber zum Parkplatz und setzte mich zu Mister auf die Motorhaube meines Pick-ups. Unter dem klaren Sternenhimmel öffnete ich den Sekt und trank direkt aus der Flasche. Dann ließ ich mich mit dem Rücken auf die Motorhaube sinken und guckte in den Himmel. Die Sterne schienen mir größer und heller als sonst. Es war seltsam friedlich – bis sich Schritte näherten und mich aus meinen Gedanken rissen.

«So allein am Ende der Party?»

Ich lächelte. «Die Frage kenne ich doch.»

«Darf ich mich zu dir setzen?»

Ich klopfte Mister auf sein Hinterteil, woraufhin er vom Wagen sprang. Anschließend rutschte ich auf seinen Platz, und Antonella setzte sich zu mir.

«Willst du einen Schluck?» Ich hielt ihr die Flasche Giorno Moscatel hin. «Der ist elegant und frisch.»

«Nein danke. Mein Vater ...»

Noch bevor sie den Satz beenden konnte, zog ich aus einem Impuls heraus ihr Gesicht sanft zu mir und küsste sie. Antonella erwiderte den Kuss, drängte näher an mich heran und vergrub ihre Finger in meinem Haar. Unsere Körper waren jetzt ganz dicht ... Und diesmal lief die Zeit weiter und geriet nicht durcheinander. Aber ich war auch kein Stück mit Glücksfragen befasst. Es war mir alles egal. Wie selten im Leben ließ ich die Lust über den Verstand regieren.

Antonella löste ihren Mund von meinem, streichelte über meinen Oberschenkel und flüsterte: «Lass uns ins Auto gehen.»

Plötzlich durchzuckte es mich – was machte ich hier bloß? Sofort bereute ich, was ich angerichtet hatte.

«Antonella, entschuldige! Nein. Lieber nicht.» Ich rutschte von der Motorhaube und blickte in ihr enttäuschtes Gesicht.

«Warum hast du dann erst damit angefangen?»

Verdammter Mist! «Hör mal, du bist echt eine tolle Frau.

Aber es gibt da jemanden, an dem mein Herz hängt und den ich nicht aus dem Kopf bekomme.»

«*Jemanden?*» Sie lachte.

Auf dem Marktplatz begannen sie, die Tarantella zu spielen, die das Ende der Party einläutete.

Ich nickte schuldbewusst. «Es ist eine Geschichte, die eigentlich schon lange vorbei war und jetzt plötzlich wieder aufgerissen wurde, weil ... Ach, egal! Komm, lass uns zurück zur Party gehen. Der letzte Tanz hat begonnen, und dein Vater sucht bestimmt schon nach dir.»

«In Ordnung.» Sie lachte. «Der Abend hat sich trotzdem gelohnt.»

Das Fest war tatsächlich wieder ein voller Erfolg für Ferazza gewesen, Domenico schien bester Laune. Aber ich wollte nur so schnell wie möglich nach Hause. Doch als ich eine knappe Stunde später wieder auf den Parkplatz kam, stand Enrico Balistiero an meine Fahrertür gelehnt, klatschte träge in die Hände und grinste mich blöd an. Ich stöhnte. Meine Geduld mit diesem Typen ging gegen null.

«Was gibt's?»

«Ich hatte dir doch gesagt, dass ich Hackfleisch aus dir mache, wenn du Antonella noch mal anrührst.»

Ich ging auf ihn zu, blieb mit geballten Fäusten direkt vor ihm stehen und sah ihm fest in die Augen. «Ach ja?»

Enrico warf sich so plötzlich auf mich, dass es mich sofort von den Beinen riss. Staub wirbelte auf. Sekunden später wälzten wir uns auf dem Boden wie zwei durchgeknallte Teenager. Mister bellte wie verrückt und versuchte, Enrico ins Bein zu beißen. Es dauerte nicht lange, bis sich eine aufgebrachte Menschentraube um uns versammelt hatte. Es war eine bis dahin undenkbare Szene in diesem stillen Dörflein.

Mit einem Mal zerrte mich jemand an den Schultern hoch und hielt meine Arme fest. Ich schäumte vor Wut, Blut tropfte mir von der Stirn.

Enrico wurde ebenfalls zurückgedrängt. «Du Scheißfremder!», blökte er mir entgegen. «Verpiss dich endlich, sonst mach ich dich fertig!»

Ich machte mich los und nahm Mister hoch, der wie verrückt zappelte und die Zähne in Richtung Enrico fletschte, er war wütender als ich selbst. Nichts wie weg hier. Ich ließ den Hund auf den Beifahrersitz, stieg hinters Steuer und machte mich vom Acker.

Zu Hause angekommen, stieg ich unter die Dusche, um mich zu beruhigen. Was war bloß los mit mir? So konnte es nicht weitergehen.

Dann traf ich eine Entscheidung.

Ich zog mich an, schnappte mir mein Handy und meine Brieftasche und fuhr in Richtung Bento Gonçalves. Im Auto kamen mir die Worte meines Vaters wieder in den Sinn: *Es gibt nichts Schlimmeres, als am Ende des Lebens zurückzublicken und festzustellen, dass man etwas nicht getan hat, das den kleinen, aber feinen Unterschied zwischen einem normalen und einem glücklichen Leben markiert hätte.*

«Ein normales oder ein glückliches Leben?», murmelte ich. Und dann schrie ich aus vollem Hals: «NORMAL ODER GLÜCKLICH???»

Als ich Ricos Foodtruck im Scheinwerferlicht sah, drosselte ich die Geschwindigkeit und hielt auf dem Standstreifen an. Sobald sich die WLAN-Balken auf dem Display meines Handys formiert hatten, tippte ich «Buenos Aires» und «schönste Buchhandlung der Welt» in die Suchmaske des Browsers ein. Ich notierte mir El Ateneo Grand Splendid, suchte die Adresse in Google Maps und tat etwas, das ich normalerweise als

Schnapsidee bezeichnet hätte: Ich reservierte mir ein Hotelzimmer in der Nähe der Buchhandlung und kaufte ein Flugticket nach Buenos Aires für den nächsten Abend.

39.
Amanda

Ich erzählte nur Ignacio und Alejandra von meiner Reise. Alejandra sagte ich, dass ich meinen Schulfreund auf dem Weingut besuchen würde. Ignacio fragte nicht nach dem Grund, wünschte mir nur Glück und riet zur Vorsicht, als er mich um kurz nach sieben Uhr am Flughafen absetzte.

Tatsächlich konnte ich mich erst entspannen, nachdem ich sicher war, dass Juan nicht im Flugzeug saß.

Beruhige dich, Amanda. Natürlich ist er nicht hier. Was für ein Unsinn!

Ich rieb mir mit verschwitzten Händen übers Gesicht, als ich mich in die letzte Reihe setzte.

Bei der Landung in Porto Alegre stieg erneut Angst in mir auf. Was, wenn das alles für Victor nicht den geringsten Sinn ergeben würde, genauso wie meine Absicht ehrlich gesagt auch mir ganz irrational erschien. Doch ich war schon zu weit gekommen, um jetzt umzukehren.

Ich mietete ein Auto, gab «Casa Ferazza» in das GPS ein und folgte der BR-116 in Richtung Bento Gonçalves. Die Fahrt würde eine Stunde und zwanzig Minuten dauern, eine Ewigkeit, um über diesen ganzen Wahnsinn nachzudenken. Das Thermometer im Auto zeigte 35 °C Außentemperatur an. Ich trug ein langärmeliges Hemd. Aber erst als ich das Stadtgebiet verließ und die Landschaft üppiger wurde, öffnete ich alle Fenster.

Ich kam an riesigen Hortensien, Araukarien und Farnpflanzen vorbei. Und endlich machte sich eine gewisse Ruhe in mir breit. Meine brasilianische Hälfte versuchte, mich daran zu erinnern, dass ich das Recht hatte, an jedem Ort der Welt glücklich zu sein, besonders in dem Land, dessen Kultur mir im Blut lag. Doch je näher ich dem Ziel kam, desto ängstlicher und unsicherer wurde ich. Was sollte ich Victor bloß sagen? *Hi, ich bin hier, um ...* Nein, nein. *Ich bin im Urlaub und wollte einfach mal ...* Nein, natürlich nicht. *Ich bin auf einer Tagung und ...*

Ich parkte an einer Tankstelle in der Nähe des Stadttors von Bento Gonçalves und richtete den Rückspiegel so, dass ich mein Gesicht sehen konnte. Ich zwang mich zu einem Lächeln.

Hallo, Victor. Ach, was für ein Zufall! Ich recherchiere gerade für ein Buch über Wein und ... Nicht Wein, Amanda, Schaumwein! *Hallo, Victor, wie geht es dir? Ich bin zufällig in der Gegend, weil ...* Nein. *Verdammt, du bist einfach verschwunden und hast mich auf der Party warten lassen. Warum?* Auf keinen Fall.

Ich fuhr mir durch die Haare. *Was machst du bloß, Amanda? Sag besser nichts. Fahr einfach hin und sieh weiter.*

Nach einer Weile startete ich den Motor wieder und passierte kurz darauf Bento Gonçalves. Bis zum Weingut Ferazza waren es nur noch zehn Kilometer. Schließlich kam ich am Ortseingang von Nova Vêneto vorbei und sah ein Schild, auf dem stand, dass nur noch zwei Kilometer bis zum Weingut fehlten.

Unwillkürlich wurde ich langsamer und nahm mir Zeit, alles aufzusaugen.

Als ich schließlich das Tor zur Casa Ferazza durchquerte und vor mir die Weinreben sah, die im Wind schwankten, wurde meine Seele mit einem Mal von einem seltsamen Frieden erfüllt. Was für ein wunderschönes Fleckchen Erde! Eine

Zeitlang bewunderte ich die Landschaft und das Singen der Vögel, und ich fragte mich, wie das tägliche Leben in dieser sanftmütig wirkenden Umgebung wohl aussehen könnte. Am Ende der steilen Straße eröffnete sich unter den Bäumen der Blick in die Weite. Von hier aus waren auch die gutgepflegten Holz- und Steingebäude und ein Rosengarten mit unzähligen roten und weißen Blüten zu erkennen sowie ein Schild mit Namen und Logo des Weinguts.

Ich parkte vor dem Haupthaus und versuchte, das Zittern in meinen Beinen und den Schmerz in meinen Schläfen zu kontrollieren. Als ich schließlich aus dem Auto stieg, war weit und breit kein Mensch zu sehen. Dafür stand plötzlich ein schwarz-weiß gefleckter Hund neben mir. Er schnüffelte kurz, dann hob er ein Hinterbein und begann, auf meinen Schuh zu urinieren.

Ich stieß einen kurzen Schrei aus und sprang zurück.

«Eigentlich macht er das nur bei unserem Priester.», hörte ich plötzlich eine Stimme in meinem Rücken.

Ich drehte mich um und sah einen älteren Mann mit wuscheligen Augenbrauen auf mich zukommen.

«Der Hund verteidigt nur sein Revier», erklärte er. «Sein Name ist Mister. Und er scheint Sie zu mögen.»

«Was für eine ungewöhnliche Art, seine Zuneigung zu zeigen!» Ich streckte dem Mann die Hand hin. «Bom dia.»

«Ihnen auch einen guten Tag! Ihrem Akzent nach zu urteilen, sind Sie keine Brasilianerin.»

«Ich bin nur eine halbe Brasilianerin», sagte ich lächelnd. «Dies ist das Weingut von Victor Fernandes, oder?»

«Das beste von allen.»

«Darf ich es besichtigen? Ich meine, ist der Besitzer da?»

«Leider nein, Madame, Senhor Victor ist gerade nicht hier. Er ist letzte Nacht verreist.»

«Verreist?»

«Ja, dabei reist er fast nie. Und nun ist es schon das zweite Mal in kurzer Zeit, aber es kam wohl sehr überraschend. Jedenfalls hat er das Personal beurlaubt, und ich habe die Leitung übernommen.» Er lächelte und stemmte beide Fäuste auf die rundlichen Hüften.

Ich nickte anerkennend. «Und wann wird er zurückkommen, Senhor ...?»

«Ich bin Dodo, also Domenico.» Er kratzte sich am Kopf. «Wann der Patrão zurückkommt? Wenn ich das wüsste ... Aber wenn Sie wollen, kann ich Ihnen das Weingut zeigen.»

«Gerne!»

Mit einer Engelsgeduld führte Domenico mich über eine Stunde herum und erläuterte mir den Prozess der Traubenernte, die Weinbereitung in den Edelstahltanks, die Gärung in den Flaschen, die Etikettierung und Lagerung. Er sprach vom Degorgieren der Hefe und von Zugabe der Dosage, und mir wurde ganz schwindelig von den zahlreichen Fachbegriffen.

Die Tour endete schließlich in einer Art Höhle, die in einen Hügel eingelassen war. Ein seltsam friedlicher Ort. Dort erklärte Domenico mir, was den Ferazza-Schaumwein so einzigartig machte.

«Das Geheimnis ist die Musik ...», flüsterte er vielsagend.

«Musik?»

«Brasilianische Musik.» Er nickte langsam und deutete auf eine Reihe von Lautsprechern, die in verschiedene Richtungen positioniert waren. «Sehen Sie? Von dort kommen die von Senhor Victor ausgewählten Lieder. Es ist eine Theorie, die er entwickelt hat, während er in Italien studierte. Er meint, die Tropfen, die während ihrer Lagerung die besten brasilianischen Lieder zu hören bekommen, sind für die Götter gemacht.»

«Aber werden sie durch die Musik wirklich besser?» Ich konnte mein Erstaunen nicht verbergen.

«Tja, niemand hat jemals das eine noch das andere beweisen können ...» Domenico lachte und schlug sich auf seinen fülligen Bauch. Dann hob er den Zeigefinger und senkte die Stimme. «Aber die Schaumweine von Senhor Victor sind die besten, die hier jemals gekostet wurden. Ob die Musik dazu führt, spielt keine Rolle. Wie der Chef sagt: Was zählt, ist die Magie.»

«Wow, das ist ...»

«Schhhhh! Sagen Sie nichts.» Domenico nahm meinen Arm. «Hören Sie?»

Ich schloss meine Augen und vernahm eine fast unmerkliche Melodie.

«Ist das ein Stück von Tom Jobim?»

«Hey, Sie sind gut!»

«Die Sektflaschen hören Tag und Nacht die Musik von Tom Jobim?»

«Jede Weinlese hat ihre eigene Musik.» Der alte Mann klang stolz.

«Und dieser ... Victor, richtig?» Ich gab vor, mich nicht genau an seinen Namen zu erinnern. «Er scheint ein faszinierender Kerl zu sein.»

«Er ist der beste Chef der Welt. Er behandelt jeden Angestellten gleichwertig, als wären wir seine Familie.»

«Wohnt er auf dem Weingut?»

«In dem Haus oben.» Er schob mich sanft Richtung Ausgang.

«Darf ich es mal sehen?»

«Oh – dafür habe ich leider keine Genehmigung.»

«Könnten wir nur einmal daran vorbeigehen?»

«Nun ja, ich weiß nicht.» Er kratzte sich am Kopf und seufzte. «Warum nicht.»

Wir traten aus der Höhle und spazierten zum Anwesen. Vor dem Eingang las ich die Worte über der Tür: *Das Glück ist Moll. Die Traurigkeit Dur.*

«Was bedeutet das?» Ich deutete auf den Schriftzug.

Domenico zuckte mit den Schultern. «Ich weiß es nicht, aber es stehen im Haus viele solche Sätze über das Glück und ... Ach, ich habe Ihnen bereits viel zu viel gezeigt. Senhor Victor ist wirklich sehr zurückhaltend.»

«Kein Problem. Ich verstehe. Ich gehe dann jetzt besser. Haben Sie vielen Dank für die spannende Führung.»

«Ich werde den Chef von Ihnen grüßen. Wie heißen Sie denn?»

«Ich? Mein Name ist ...» Ich räusperte mich. «Brigitte.» Aus einem Impuls heraus nannte ich nicht meinen echten Namen. Was sollte Victor denken, wenn er erführe, dass ich ihn hier aufgesucht hatte? Das erklärte ich ihm lieber persönlich.

«Großartig, Senhora Brigitte. Wenn Sie die Casa Ferazza noch besser kennenlernen wollen, dann kommen Sie doch am ersten Samstag im Januar zum Gemeindefest. Wir werden die Markteinführung unseres neusten Sektes feiern.» Domenico gab mir noch die Broschüre mit dem Programm, kreiste den Namen des Weinguts ein und schrieb dazu: «Ehrengast».

«Danke, Domenico. Das ist wirklich sehr freundlich von Ihnen.»

«Es wird zur Zeit der Weinlese stattfinden.»

«Wie bitte?»

«Das Fest», fügte er hinzu. «Es wird ein wunderschönes Fest werden. Wir haben auch ein Besucher-Anmeldeformular, um Ihnen weitere Informationen zu schicken. Möchten Sie es ausfüllen?»

«Nein, lieber nicht. Vielen Dank.» Ich steckte die Broschüre in meine Tasche und kaufte eine Flasche Sekt. Gerne hätte ich mich noch länger auf dem Gut aufgehalten und die

Aussicht auf die Weinberge genossen. Nur selten hatte ich in meinem Leben ein so großes Verlangen danach gespürt, für immer an einem Ort zu bleiben.

40.

*V*ictor

Buenos Aires, zur gleichen Zeit

Die Buchhandlung El Ateneo Grand Splendid war haargenau das, was ihr Name suggerierte: ein großartiger, beinahe magischer Ort. Obwohl ich immer gedacht hätte, ich bräuchte den offenen Himmel über mir, um gut arbeiten zu können – hier war ein geschlossener Ort, an dem ich mir sofort vorstellen konnte, jeden Tag glückliche Stunden zu verbringen.

Ich saß mit einem Orangensaft, einer Empanada und diversen Verlagsbroschüren mit den neuesten Buch-Empfehlungen in dem Café der Buchhandlung auf der ehemaligen Theaterbühne und betrachtete ausgiebig die Deckenmalerei in der Kuppel, die Skulpturen und die roten Samtvorhänge. Es war, als wäre ich auf der Suche nach etwas, das mich beruhigen könnte. Hier ging Amanda also ein und aus.

Schließlich zog ein Zitat, das neben einem Cortázar-Foto auf einem Banner stand, meine Aufmerksamkeit auf sich: «Weil ich dich ohne zu suchen überall wiedertreffe, vor allem, wenn ich die Augen schließe.» Ich las den Satz mehrmals leise vor mich hin und übte dann noch einmal die Erklärung, die ich mir für mein Verschwinden bei der Party zurechtgelegt hatte: plötzliche Übelkeit, Schwindel, Nacht im Krankenhaus, Erbrechen, Durchfall und Fieber.

Nachdem ich mich etwas gesammelt hatte, fuhr ich mit der Rolltreppe nach unten in die Kinderbuchabteilung. Dort betrachtete ich die Auslagen und Regale und hielt Ausschau nach Amanda.

Nach einer Weile sprach mich ein Mitarbeiter an: «Suchen Sie etwas Bestimmtes?» Er trug einen ungewöhnlichen, aber eleganten Anzug, und ich hätte ihn eher für einen exzentrischen Autor gehalten als für einen Buchhändler.

«Äh ... ein Buch für ... für meine Tochter.»

«Wie alt ist sie denn?»

«Sechs», sagte ich und war selbst erstaunt, wie locker mir die Lüge über die Lippen kam.

Der Mann ging zu einem Regal und zog ein dünnes, sehr bunt illustriertes Buch heraus und hielt es mir hin. «Das hier ist meiner Abteilungsleiterin zufolge der Renner der Saison.»

«Danke.» Ich nahm das Buch. «Sagen Sie ... Wie heißt denn Ihre Abteilungsleiterin? Ist sie hier?»

«Das ist Amanda, aber sie ist diese Woche im Urlaub.»

«Ach, die ganze Woche, sagen Sie?»

Der Mann sah mich aus zusammengekniffenen Augen an. «Brauchen Sie sonst noch etwas?»

«Nein, ich ... lassen Sie nur, ich komme ein andermal wieder.»

«Soll ich etwas ausrichten? Wie heißen Sie denn?»

«Ich? Äh ... Wilson, ich heiße Wilson.»

«Señor Wilson, mein Name ist Nicolás. Wenn Sie noch etwas brauchen, melden Sie sich am besten direkt bei mir. Sagen Sie nur Bescheid.»

«Vielen Dank.»

Ich bezahlte das Buch für meine Phantomtochter und verließ den Laden mit dem sehr bestimmten Gefühl, mich wie ein Idiot verhalten zu haben.

Die nächsten Stunden stromerte ich ziel- und mutlos

durch die Stadt und sah mir schließlich im Sonnenuntergang die Frauenbrücke in Puerto Madero an. Ich aß einen Alfajor Rogel in einer Bäckerei und ergab mich trotz des süßen Baisergeschmacks dem bitteren Gefühl der Niederlage. Ich war völlig sinnlos nach Buenos Aires gekommen, wegen einer Frau, die vergeben und glücklich war.

Und trotzdem war sie die Frau meines Lebens und die Ursache für alles.

41.

Victor und Amanda

Victor

Am nächsten Morgen war ich um kurz vor neun am Flughafen, obwohl der Flug zurück nach Brasilien erst mittags ging. Nach dem Check-in suchte ich mir ein Café in der Eingangshalle und bestellte einen Saft.

Mit hängenden Schultern saß ich da und wartete, dass mein Flug aufgerufen wurde, umnebelt von den Geräuschen des Flughafens, dem Singsang des argentinischen Spanisch und dem melancholischen Gesang von Carlos Gardel, der in Dauerschleife aus den Lautsprechern des Cafés erklang.

Amanda

Mein Flug zurück nach Buenos Aires war chaotisch. Eine zwölfköpfige Familie besetzte die zwei Reihen vor mir und hörte nicht auf, laut zu lachen, zu reden und in Bewegung zu bleiben. Ständig stand jemand auf, um auf die Toilette zu gehen, oder rief die Stewardess, um sich nach dem Grund für die starken Turbulenzen zu erkundigen. Die jüngste Tochter der Familie weinte fast den ganzen Flug über, weil sie offensichtlich wieder nicht ihren ersten Schnee gesehen hatte.

«Ich will aber den Weihnachtsmann sehen!», schrie sie.

Das Flugzeug landete um neun Uhr und rollte nur bis zur

Mitte der Landebahn, um dort stehen zu bleiben. Der Kapitän meldete, dass wir noch auf eine endgültige Parkposition warten müssten.

Während ich wartete, nahm ich die Broschüre, die Domenico mir gegeben hatte, aus der Tasche und malte mit einem blauen Kugelschreiber ein Herz neben das Wort «Ehrengast».

Wie vereinbart, wartete Onkel Ignacio bereits am Flughafen auf mich.

«Wie war die Reise?», fragte er.

«Nicht besonders», murmelte ich.

«Hast du jemanden getroffen?» Er nahm den Griff meines kleinen Koffers und zog ihn heraus.

«Ich habe jemanden gesucht, aber nicht gefunden.»

«Wen denn?»

«Einen Freund.»

«Nur einen Freund?»

«Ich weiß nicht, ich glaube, es war eine dumme Idee von mir. Er ... Er war mein erster Freund, damals, weißt du? Ach, ich weiß gar nicht, ob ich ihn meinen Freund nennen kann. Es hat nicht geklappt, er war verreist, und ich kam mir wie eine Idiotin vor. Aber zumindest habe ich sein Weingut kennengelernt, ein wunderschöner Ort, der würde dir auch gefallen.» Ich lächelte traurig.

«Amanda, ich wollte dich eigentlich nicht allein ...» Er zögerte.

«Ich weiß, dass du dir Sorgen machst, Onkel Ignacio. Aber –»

«Alles, was ich will, ist, dass die Traurigkeit dich nicht wieder runterzieht.»

«Das werde ich nicht zulassen, ich verspreche es.»

Victor

In meinem Kopf tobte ein wilder Gedankensturm. In meiner Brust brüllten Millionen Fragen. Warum war es so kompliziert? Warum reichte es mir nicht, dass sie lebte? Warum sollten die Weichen in unserer Geschichte umgelegt werden und mich ins Glück führen können? Warum war ich so egoistisch? Warum konnte ich Amanda nicht ihr Leben ohne mich leben lassen und einfach akzeptieren, dass sie zwar mein Schicksal verändert hatte, aber ich nicht ihres?

Ich nahm das Kinderbuch aus meiner Umhängetasche, blätterte es durch und fragte mich, ob auch Amandas Geschichte so bunt war wie diese hier. Zwischen den Bildern des Buches verlor sich mein Blick in weite Ferne.

Amanda

Wir gingen durch die Eingangshalle in Richtung Parkplatz. Mein Herz schlug so schnell, wie meine Schritte auf dem Parkett hallten, mein Onkel konnte kaum mithalten. Die bekannte Panik stieg in mir auf, und ich ertappte mich dabei, wie ich nach Anzeichen von Juans Anwesenheit suchte und über mögliche Fluchtwege nachdachte. Dann sah ich einen Mann in einem Café vor einem Glas Saft sitzen. Ohne zweimal darüber nachzudenken, ließ ich meinen Onkel mit sich selbst weiterreden und rannte los.

Victor

Ich legte das Buch vor mich auf den Tisch und versuchte noch nicht einmal, mich gegen die aufwallende Traurigkeit zu wehren. Und wenn jemand meine Tränen sehen würde? Egal, ich kannte niemanden hier. Es war, als säße ich am

Strand und sähe den rasenden Tsunami auf mich zukommen, unfähig, mich in Sicherheit zu bringen. Ich unternahm nichts, ich wartete einfach darauf, dass er mich verschluckte. Mein Herz beschleunigte sich. Die Smartwatch zeigte schon 140 Schläge pro Minute an. Ich lehnte mich zurück, senkte den Blick und schloss die Augen.

Amanda

Ich rannte durch die Halle. Der Mann im Café sah aus, als würde er im Sitzen schlafen. Ich ging entschlossen weiter, ohne meinen Blick von ihm abzuwenden. Denn ich war mir beinahe sicher, dass es Victor war.

Plötzlich stellte sich mir dieselbe Großfamilie, die auf dem Flug so viel herumgelärmt hatte, in den Weg. Ich versuchte, ihnen und ihren Koffern aus dem Weg zu gehen, aber ich wäre beinahe über das kleine Mädchen gestolpert.

«Hey, tut mir leid.» Ich bückte mich und streichelte ihren Arm. «Geht es dir gut?»

Doch ich wartete ihre Antwort nicht ab, sondern lief rückwärts weiter und bat die Eltern noch um Entschuldigung.

Als ich mich wieder umdrehte und das Café erreichte, war der Platz, an dem Victor gesessen hatte, leer. Auf dem Tisch lag noch ein Buch neben einem Glas Saft.

Ich hielt den Kellner am Arm fest. «Entschuldigung, haben Sie den Gast gesehen, der hier eben noch saß?»

«Ja. Ich meine, er müsste noch da sein. Vielleicht ist er kurz auf die Toilette gegangen?»

«Haben Sie gesehen, wie er aussah?»

«Hmmm, na ja ...» Der Kellner zuckte mit den Schultern. «Normal?»

«Aber er war doch gerade noch hier, vor einer Minute, ach was, vor einer Sekunde!»

Der Kellner zuckte erneut mit den Schultern, als Onkel Ignacio an den Tisch trat.

«Onkel Ignacio, er ist hier irgendwo.»

«Wer?»

«Victor, der brasilianische Freund von mir.»

«Wirklich?»

«Ich habe ihn gerade noch gesehen, da bin ich mir sicher. Könntest du auf der Toilette nachsehen?»

Er nickte. «Willst du hier warten, falls er zurückkommt?»

«Ja.» Ich bestellte beim Kellner ein Croissant gefüllt mit Guavenmarmelade und für Ignacio eins mit Dulce de Leche, das er so gerne aß.

Während Ignacio auf der Toilette war, sah ich mich im Café um, behielt den Tresen und den Eingang im Blick.

Es dauerte eine gefühlte Ewigkeit, bis Ignacio zurückkam und nur den Kopf schüttelte. Der Kellner brachte das Essen. Weitere fünf, zehn Minuten vergingen. Ich betrachtete das Buch, blätterte es durch und merkte, dass ich es bereits kannte. Nach fünfundzwanzig Minuten gab ich auf.

«Er war es vielleicht doch nicht. Victor hat keine Kinder und würde auch kein Kinderbuch auf Spanisch kaufen.» Ich legte meine Hände auf mein Gesicht und stand auf. «Gott, ich glaube, ich werde wahnsinnig! Lass uns bitte von hier verschwinden.»

42.

*V*ictor

Ich erwachte bei mir zu Hause auf dem Sofa und hörte einen gellenden Schrei. Mein Herz machte schon wieder einen Satz, diesmal allerdings vor lauter Schreck.

«MEINE GÜTE! HIMMELHERRGOTT NOCH MAL!»

Das war Domenicos Stimme. Er lehnte an der Wand und sah mich mit schreckgeweiteten Augen an.

«Dodo ...» Meine Stimme war kaum mehr als ein Hauch, die Worte wollten noch nicht kommen, und ich wusste schon, dass der Schmerz in meinem ganzen Körper mich noch mindestens 30 Sekunden lang paralysiert halten würde. Es war ein großer Kraftakt, mit zitternder Stimme hervorzubringen: «Ich ... kann ... dir das erklären.»

Domenico sank auf die Knie, schlug sich die Hände vors Gesicht und fing an zu weinen.

«Ich schwöre, dass Sie eben noch nicht hier waren», wimmerte er. «Wie haben Sie das gemacht, Chef? Wo ... wo kommen Sie denn so plötzlich her?»

Ich stand langsam auf und ging zu ihm. «Dodo, bitte, jetzt hör mir einmal ganz genau zu.» Ich musste ihm schnell alles erklären, damit er sich beruhigte. Sanft legte ich ihm eine Hand auf die Schulter – die er sogleich brüsk wegschlug.

«FORT VON MIR, TEUFEL!», fauchte er, wich panisch zurück und kroch über den Fußboden, um nur schnell von mir wegzukommen.

«Aber ich bin es doch, Victor.»

Bevor ich ihn erreicht hatte, rappelte er sich auf, rannte in die Küche und stolperte dabei mehrfach. Angsterfüllt schnappte er sich ein Messer aus dem Block auf der Anrichte und hielt es in meine Richtung.

«Das ist nicht nötig, Dodo», sagte ich bemüht ruhig. «Ich setze mich wieder aufs Sofa, und du tust, was du für richtig hältst, okay? Wenn du wegwillst, verstehe ich das. Aber wenn du möchtest, kann ich dir alles erklären. Verstehst du mich?»

Er nickte schnell und wischte sich mit dem Handrücken die Tränen vom Gesicht.

Ich atmete tief durch und sagte: «Was ich dir jetzt erzählen werde, ist ein Geheimnis, das ich seit Jahren hüte. Ich weiß, dass es kaum zu glauben ist, und ich selbst habe sehr lange gebraucht, es zu verstehen. Pater Bonatti ist einer der wenigen, die davon wissen, und er meint, es sei eine Gabe, die ich habe.»

«Hat der Pater denn keine Angst, wenn Sie ihm plötzlich wie aus dem Nichts erscheinen?»

«Nein.»

Domenico sah mich skeptisch an. «Was soll das überhaupt für eine Gabe sein?»

«Vertraust du mir, Dodo?»

«Sie sind der beste Freund, den ich habe, Senhor Victor.»

«Dann weißt du, dass ich dich nicht anlügen würde, oder?»

Domenico nickte und blinzelte ein paarmal heftig, aber das Messer legte er immer noch nicht zur Seite.

«Diese ... diese Gabe, die ich habe, lässt mich ... sozusagen in der Zeit reisen. Wenn ich sehr glücklich bin, Dodo, dann springe ich in die Vergangenheit. Und wenn ich sehr traurig bin, in die Zukunft. Pater Bonatti meint, ich sei privilegiert. Er hält es für eine göttliche Gabe, was ich selbst etwas schwer zu glauben finde. Aber als er mich einmal so überraschend vorgefunden hat wie du jetzt, hat er sich tatsächlich nicht erschrocken. Du bist erst die dritte Person, die mein plötzliches Auftauchen miterlebt.»

«Aber ... aber das ...»

«Es ist die reine Wahrheit.» Meine Stimme hatte sich beruhigt. «Bitte hab keine Angst. Und bitte behalte dieses Geheimnis für dich. Wir wissen beide, wie religiös deine Giuseppa ist und auch die anderen Mitarbeiter – bitte sag ihnen nicht, was du hier eben erlebt hast.»

Domenico legte das Messer auf die Arbeitsplatte und schüttelte den Kopf.

Ich fuhr fort: «Hör mal, du kannst mich alles fragen, ich antworte.»

«Schwören Sie, dass das hier kein Teufelswerk ist, Patrão?»

«Ich schwöre bei Gott. Wenn ich verschwinde, musst du immer darauf vertrauen, dass ich zurückkomme.»

Domenico drehte sich um und tat so, als würde er irgendetwas auf der Arbeitsplatte ordnen. Er war offensichtlich komplett durcheinander.

«Wie lief denn gestern alles hier?», fragte ich, um die Spannung zu lösen und ihn auf andere Gedanken zu bringen.

«Alles gut, Patrão.» Er nahm einen Briefumschlag in die Hand und drehte sich wieder zu mir um. «Ach so, und wir hatten Besuch gestern.»

«Touristen?»

«Mister hat der Dame auf den Schuh gepinkelt, ist das zu fassen? Wenn sich das rumspricht, traut sich bald keiner mehr hier hoch.»

«Also wirklich, dieser Hund!» Ich lachte. «Hast du ihre Daten aufgenommen? Wir schicken ihr eine Flasche Schaumwein als Entschädigung.»

«Das geht leider nicht. Die Dame wollte das Formular nicht ausfüllen, sie war insgesamt etwas ... distanziert. Ich hab nur ihren Vornamen erfahren: Brigitte. Aber hübsch war die, das hätten Sie sehen sollen!»

«Ach. Wie schade, dass ich nicht da war.» Ich zeigte auf den Umschlag in seiner Hand. «Ist der für mich?»

«Richtig.» Domenico kam zu mir herüber und reichte mir den Brief. «Der alte Vanzetto war heute früh auf dem Markt und hat mich gebeten, Ihnen das hier zu geben. Es sei dringend, hat er gesagt.»

Es war die Einladung zu einer außerordentlichen Mitgliederversammlung der Weinkooperative von Nova Vêneto am nächsten Abend um 19 Uhr im Gemeindehaus.

«Und das hier ist auch noch angekommen.» Domenico ging zur Tür und brachte mir ein Paket. «Ein Junge hat es mit einem Orofino-Wagen gebracht, kurz bevor Sie ... hm ... *aufgetaucht* sind.»

In dem Karton lag ein Hochglanzprospekt, darunter eine Holzkiste. Auf dem Prospekt stand: «Orofino-Ferazza – Businessplan». Die Seiten waren voller Fotos und Werbesprüche und führten die Ziele und Visionen der Firma aus, die der alte Stefano Orofino gründen wollte. Die Holzkiste trug das goldumrandete Logo der Orofino, und darin lag auf einem Bett aus dunkelgrauem Schaumstoff ein Korkenzieher aus gebürstetem Edelstahl.

Die Worte auf der beigelegten Karte hauten mich beinahe aus den Latschen: «Damit wir gemeinsam unsere erste Flasche Orofino-Ferazza öffnen können. Mein letztes Angebot: vierzig Millionen. Treffen hier bei mir, Freitag, 14 Uhr.»

Ich seufzte.

«Alles in Ordnung, Chef?», fragte Domenico.

«Ja, ja. Alles in Ordnung.» Ich steckte die Karte schnell in die Hosentasche. «Tue mir einen Gefalllen und trommle übermorgen alle Mitarbeiter für eine Versammlung zusammen, um 17 Uhr.»

«Mach ich. Also, wenn ...» Er druckste herum. «Darf ich jetzt gehen? Ich fühle mich nicht so gut.»

«Natürlich. Kein Wunder. Ruh dich aus und komm übermorgen wieder. Und, Domenico?» Ich sah ihn ernst an. «Darf ich dich ein letztes Mal darum bitten, mein Geheimnis für dich zu behalten?»

«Sie sind der beste Mensch, den ich kenne, Chef. Sie haben mir immer geholfen, haben mir Arbeit und ein Dach über dem Kopf gegeben. Trotzdem macht mir Angst, was ich gesehen habe, aber ich vertraue Pater Bonatti und weiß, dass Sie mich nie anlügen würden.»

«Nein. Niemals, mein Freund.»

Ereignis Nr. 421
Datum: Mittwoch, 6. Dezember 2017
Intensität: 4 von 7
Zeitsprung: 6 Stunden in die Zukunft
Schlüsselwörter: Buenos Aires, Suche nach Amanda
Soundtrack: Carlos Gardel und Alfredo Le Pera «El día que me quieras»

Ich wollte gerade beschreiben, was geschehen war, als mein Blick auf das Datum fiel, das ich eben notiert hatte. Ich hielt inne und stutzte. Die «verhängnisvolle Nacht» war auch an einem 6. Dezember gewesen. Zwei Schlüsselmomente einer verzwickten Geschichte mit zwanzig Jahren Differenz.

Ich begann zu schreiben. Ans Ende meiner Zusammenfassung stellte ich mir, mal wieder, die zentrale Frage: Gabe oder Fluch? Und die Antwort war diesmal gewiss: Fluch.

43.

Amanda

Der aggressive Ton in Juans Nachrichten wurde von zwei Gedichten konterkariert, die ich am frühen Nachmittag erhielt. Das erste thematisierte die Unendlichkeit einer Liebe. Das zweite ging um den Tod. Beide waren voller Tippfehler, die auf einen fortgeschrittenen Betrunkenheitszustand am helllichten Tage hindeuteten.

Ich wusste nicht, wovor ich mehr Angst hatte, ob vor dem bedrohlichen oder dem reumütigen Juan. Ich schloss mich im Schlafzimmer ein, öffnete die oberste Schublade des Nachtschränkchens und zog das Manuskript meines ersten Kinderbuchs hervor. Exklusivausgabe, unveröffentlicht. Ein im Alter von neunzehn Jahren verworfener Traum. Vermeintlich weggeschmissen an einem jener Tage, an dem mich nur ein seidener Faden davor bewahrt hatte, vor lauter Kummer zusammen mit dem Buch in der Mülltonne zu enden. Es erzählte die Geschichte von dem Mädchen, das die Welt regieren würde und das in jedem Land, bevor sie es verließ, einen heimischen Baum pflanzte. Ihre Geschichte hatte sich durch zahlreiche Überarbeitungen mit dem wahren Schicksal von Isabel vermischt, deren Zukunft gestohlen worden war. Ich hatte die Handlung leicht verändert, aber den Titel beibehalten. Auf dem Umschlag, vor dunklem Hintergrund, stand nach wie vor in roten Buchstaben: *Verschwende deine Träume nicht.* Darunter war die Zeichnung einer jungen farbigen Frau mit bunten Schleifchen im Haar. Sie hielt eine verwelkte Blume in der Hand und trat in eine rote Pfütze, die aus ihren blutigen Tränen entstanden war.

Es war das Ergebnis meiner Albträume, die ich einst gezeichnet hatte. Bilder, die meine Schuld an Isabels Tod darstellten und die absurde Sehnsucht nach allem versinnbildlichten, was dieser Explosion vorausgegangen war. Ebenso war es der ultimative Beweis meiner Unfähigkeit, mich wieder in die Gesellschaft zu integrieren.

Siebzehn Jahre, nachdem ich es in den Müll geworfen hatte, blätterte ich das Manuskript erstmals wieder durch. Jede der fünfzehn Stationen in der Geschichte des Mädchens repräsentierte einen Ort: Wien, Buenos Aires, Brasília, Paris, Kairo, Lissabon, New York, London, Tokio und andere Weltstädte, immer bunt, hell, sonnenbeschienen und blühend. Oben auf jeder Seite derselbe Satz, unmittelbar hinter dem Namen der jeweiligen Stadt: «Ich werde es nie kennenlernen». In der Mitte des Buches fand sich die schwarz-weiße Zeichnung von Isabel, zerlumpt, blutig, traurig, barfuß und in zerschlissener Kleidung.

Ich weinte, presste das Manuskript an meine Brust und wiederholte zwischen Schluchzern: «Verzeih mir, verzeih mir, verzeih mir.»

Kurz darauf verließ ich die Wohnung, ohne mich darum zu kümmern, ob an irgendeiner Ecke Juan lauern könnte.

Vor der nächsten Apotheke öffnete ich das versteckte Fach in meiner Handtasche und zog das alte, vergilbte Rezept heraus. Der Apotheker schien misstrauisch, drehte den Zettel einige Male um und sah mich stirnrunzelnd an. Ich hielt seinem Blick stand und legte einen Hundert-Peso-Schein auf die Theke, den er sogleich einsteckte, während er sich zu beiden Seiten umsah. Dann überreichte er mir zwei Päckchen.

Mit schnellen Schritten verließ ich die Apotheke, zusammen mit den zwei Schachteln des Antidepressivums Fluoxetin. Auf dem Weg nach Hause kaufte ich noch eine Flasche Wodka.

Zurück in der Wohnung, ging ich ins Schlafzimmer, nahm sechs Tabletten und schluckte sie mit der halben Flasche hinunter, dann brach ich auf dem Bett zusammen.

44.
*V*ictor

Am nächsten Morgen stand ich früh auf, lief zur Straße und trampte nach Bento Gonçalves. Von dort fuhr ich mit dem Taxi nach Porto Alegre. Ich holte meinen Wagen vom Flughafen ab und war wütend über den ganzen Aufwand, den ich betreiben musste. Es war nicht das erste und es wäre sicher nicht das letzte Mal, dass meine verfluchte Gabe mir solche Umstände machte.

Die Rückfahrt war anstrengend, die Landstraße voller LKW. Ich spürte, wie geschwächt mein Körper nach den häufigen Zeitsprüngen in den letzten Wochen war. Und noch etwas war anders als sonst. Ich merkte, dass meine Atmung immer langsamer und schwerer wurde. Die bekannte Atemnot fühlte sich bedrohlicher an als gewöhnlich. Kurz vor Bento Gonçalves fuhr ich auf eine Tankstelle. Aber ich konnte den Wagen nicht mehr in der Spur halten und musste hart bremsen. Auf dem Standstreifen kam ich endlich zum Stehen. Ich drehte die Klimaanlage voll auf, um mich mit kühler Luft zu beruhigen. Denn es war seltsam: Die Smartwatch zeigte an, dass mein Herz ganz normal schlug, 75-mal pro Minute. Und doch umklammerte ein unerträglicher Schmerz mit einem Mal mein Herz.

Dann verlor ich das Bewusstsein.

45.

Amanda

Juan schlug in unregelmäßigen Abständen gegen die Tür und rief meinen Namen. Seine Stimme klang ernst und wütend. Mit jedem Schlag versank ich tiefer in der Wanne, das Wasser umspielte bereits meine Knöchel. Mein nackter Körper war von unzähligen Narben gezeichnet, Blut tropfte über meine Arme und Beine, vermischte sich mit dem Wasser und färbte es rötlich. Dann hörte ich verschiedene Stimmen. Sie wurden lauter und lauter, während meine eigene immer kraftloser wurde, als hätte ich einen Knebel im Mund. Verzweiflung, Einsamkeit und Angst überkamen mich.

Plötzlich berührte mich jemand am Arm – und ich schreckte hoch.

Ignacio kniete neben mir auf dem Boden und strich mir über den Kopf. «Amanda, was ist mit dir? Geht es dir gut?»

Ich konnte nicht antworten, nahm nur seine Hand und legte sie an meine Wange.

«Was ist das für ein Medikament, Amanda? Und die Flasche? Hast du das alles getrunken? Bitte, sag mir, dass alles in Ordnung ist.»

«Nein, Onkel Ignacio ...», antwortete ich mit einem heiseren Flüstern. «Nichts ist in Ordnung.»

«Komm, warum stehst du nicht auf, duschst, ziehst dich an und gehst zur Arbeit? Nicolás hat gerade angerufen, er freut sich schon, wenn du wieder ins Ateneo kommst.»

Ich nickte schwerfällig. «Ja. Ihr habt recht. Ich halte es nicht mehr länger aus, eingesperrt zu sein.»

46.

Ignacio

Als Amanda die Badezimmertür hinter sich geschlossen hatte, nahm ich die beiden Pillenschachteln und den Wodka vom Nachttisch und ging in die Küche. Ich goss den Wodka in die Spüle und warf die Flasche und die Medizin in den Mülleimer. Dann band ich den Müllsack zusammen, ging die Treppe hinunter und warf ihn in die Tonne vor dem Gebäude. Zurück im Schlafzimmer durchsuchte ich Amandas Handtasche. Ich fand nichts Außergewöhnliches, außer einer Broschüre über ein Fest in einem Dorf namens Nova Vêneto in Brasilien. Der Name Ferazza war eingekreist und daneben stand das Wort «Ehrengast». Das blaue Herz, das danebengemalt worden war, betrachtete ich als Offenbarung. Ich kratzte mich am Kinn, faltete die Broschüre zusammen und steckte sie in meine Hosentasche.

47.

Victor

Ich kam wieder zu Bewusstsein, als ein Sanitäter mit einer Taschenlampe meine Pupillenreaktion testete. Der Tankwart musste mich bemerkt und einen Krankenwagen gerufen haben.

«Senhor!» Der Sanitäter klopfte mir leicht auf die Wangen. «Können Sie mich hören, Senhor?»

«Hm?»

«Geht es Ihnen gut?»

«Ich ... Ich glaube, ich bin ohnmächtig geworden.» Ich fuhr mir mit der Hand durch die Haare.

«Haben Sie heute schon gefrühstückt? Sind Sie sehr lange gefahren?»

«Vielleicht. Ich weiß es nicht. Ich ... Ich hab nicht gut geschlafen in letzter Zeit. Aber es geht mir schon besser.»

Das war natürlich gelogen. Es ging mir überhaupt nicht gut, aber ich konnte dem Mann schlecht sagen, woran das lag. Außerdem wollte ich so schnell wie möglich nach Hause.

Der Sanitäter maß meinen Blutdruck und sagte mit besorgter Miene: «Sie sollten so schnell wie möglich einen Arzt aufsuchen. Sollen wir Sie in die Notaufnahme bringen?»

«Nein, ich ... Ich fahre selbst, vielen Dank.»

Ich hievte mich aus dem Wagen und ging in der Tankstelle auf die Toilette. Nachdem ich mir Wasser ins Gesicht gespritzt hatte, kaufte ich mir eine Cola und rief bei einem Kardiologen in Bento Gonçalves an. Ich machte einen Termin aus und fuhr direkt dort hin.

«Ihr Herz ist zu groß für Ihr Alter, Senhor Fernandes. Das sieht gar nicht gut aus.» Der Tonfall von Dr. Dimas klang ernst. Nachdenklich knetete er seinen Schnurrbart.

«Und was bedeutet das?», fragte ich.

«Dass es Ihrem Herz sehr schwerfällt, das Blut gut durch den ganzen Körper zu pumpen. Das ist der Grund für Ihren niedrigen Blutdruck. Hatten Sie immer schon einen so niedrigen Blutdruck?»

«Wenn es so war, war es mir nicht bewusst.»

«Und diese Atemnot? Ist die Ihnen vertraut?»

«Seit ich sechzehn bin.»

«Gab es einen bestimmten Auslöser dafür? Eine Erkrankung?»

Mein Blick verlor sich in der detailgetreuen Abbildung eines menschlichen Körpers, die an der gegenüberliegenden Wand hing.

«Senhor Fernandes?»

«Hmmmm ... Verzeihung, Doktor. Nein, kein besonderer Auslöser.»

«Verstehe. Sie werden künftig gut auf sich achten müssen. Und es gibt eine Reihe Medikamente, die wir ausprobieren können.»

«Helfen die denn?»

«Wenn wir Glück haben, ja. Wenn nicht, müssen wir irgendwann über eine Herztransplantation nachdenken.»

«Was? Ich ... Da kann ich doch sterben, oder?»

«Jeder von uns stirbt irgendwann, Senhor Fernandes. Aber wenn Sie sich nicht schonen, wird dieser Tag bei Ihnen eher früher als später kommen.»

«Bitte, ich möchte keine Prognose. Ich schone mich, versprochen.»

«Sehen Sie, Victor, Zeit sollte für Sie in Zukunft ein kostbares Gut sein.»

Ich rollte mit den Augen. «Ich hatte immer schon eine besondere Beziehung zur Zeit. Das können Sie mir glauben.»

Ich hielt es nicht für sinnvoll, mich einer risikoreichen Herztransplantation zu unterziehen, nur damit das neue Herz wieder wachsen würde vor lauter Zeitspringerei. Aber das sagte ich Dr. Dimas lieber nicht. Wie könnte ich. Ich wusste selbst am besten, dass es keine Heilung für meine «Krankheit» gab.

Ich nahm das Rezept entgegen, das er mir ausstellte und versprach, bald wieder zur Untersuchung zu kommen, obwohl ich schon wusste, dass ich es nicht tun würde.

Zurück auf dem Gut, schrieb ich einen Brief, der wahrscheinlich ein Liebesbrief war, vielleicht aber auch ein reiner Verzweiflungsschrei.

Nova Vêneto, 7. Dezember 2017

Amanda,
ich glaube nicht, dass du diese Worte wirklich verstehen wirst. Ich bin nicht mal überzeugt davon, dass ich sie wirklich schreiben sollte. Ich weiß auch gar nicht, ob ich mir wünsche, dass du mich ein bisschen verstehen kannst, oder ob es allein darum geht, alles loszuwerden, was mir seit unserem ersten Kuss damals die Kehle zuschnürt.

Ich hoffe, du findest es nicht seltsam, dass du mir immer noch so wichtig bist, obwohl unsere gemeinsame Zeit so kurz war. Wobei es wahrscheinlich jeder seltsam finden würde, wenn ein Mensch einem anderen zwanzig Jahre lang hinterhertrauert. Glaub mir, es gibt viele Gründe dafür, warum du mir so wichtig bist. Ich hoffe, es dir eines Tages wirklich gut erklären zu können.

Als ich dich vor zwanzig Jahren auf unserer Abschlussfeier geküsst habe, hat das mein Leben verändert. Ich wusste es schon damals: Meine Liebe zu dir ist stärker als die Zeit, stärker als der Tod. Aber nie hätte ich geahnt, wie recht ich damit behalten sollte. Und es ist unbeschreiblich, nach so langer Zeit jemanden wiederzutreffen, von dem man ein Leben lang gehofft hat, er wäre nicht gestorben. Mir fehlen die Worte, meine Gefühle zu beschreiben. Wahrscheinlich habe ich es noch immer nicht begriffen. Und doch: Als ich dich in Brasília sah, wollte ich dich küssen und für den Rest aller Zeiten an deiner Seite sein, dich bitten, bei mir zu bleiben, mit mir zu kommen, mit mir zu leben, nie wieder nach Argentinien zurückzugehen, dein perfektes Leben zu verlassen und etwas Neues zu beginnen – mit mir. Aber du kennst den Victor von heute gar nicht, du weißt nicht, wer ich bin, was ich mache und wie ich es mache, ob es sich lohnt, das alles für mich zu riskieren.

Um ehrlich zu sein, fühle ich mich wie ein Idiot, während ich all dies schreibe, denn mein Blick auf die Welt ist doch ein ganz anderer als deiner. Du lebst in einer Großstadt, bestimmt in einer schicken Wohnung. Du bist eine leidenschaftliche Buchhändlerin, arbeitest an einem traumhaften Ort. Und ich habe nicht den geringsten Zweifel daran, dass dein Mann dir zu Füßen liegt, wie könnte es anders sein? Ich hoffe, er weiß, wie glücklich er sich schätzen kann.

Ich will dir nur sagen ... nein, ich muss dir sagen, dass du die Ursache für alles bist, das mir widerfährt, und dass ich dich immer geliebt habe und immer lieben werde. So absurd es auch klingen mag, so unvorstellbar du es auch finden magst. Ich kann dir nur bestätigen: So ist es, so war es, und so wird es immer sein. Ich bin aus der Zeit gefallen wegen dir und für dich.

Auf immer dein,
Victor

Ich faltete den Brief, schob ihn in einen Umschlag und adressierte ihn an Amanda in der Buchhandlung El Ateneo in Buenos Aires. Dann legte ich ihn in die Schreibtischschublade. Im Grunde wusste ich längst, dass ich ihn nie abschicken würde.

*Glück ist die Wahrheit,
die tief in dir lebt
und die dir niemand
nehmen kann.*

48.

Amanda

Mit schleppendem Gang betrat ich die Buchhandlung. Ich sah mich um, betrachtete die Malereien an der Decke, die Säulen, Banner, Regale und Bücherstapel. Alles schien genau dort zu sein, wo ich es zurückgelassen hatte, abgesehen von ein paar Titeln auf dem Tisch mit den Neuerscheinungen.

Nicolás kam sofort zu mir gerannt und umarmte mich lange.

«Du hast riesige Augenringe», erklärte er, als er mich endlich aus seiner Umarmung ließ. «Du siehst aus, als wärst du zwei Wochen wach gewesen. Lass uns nach hinten gehen, um dich etwas aufzufrischen.» Er zog mich an der Hand hinter sich her. «Oder, wenn du magst, bleib so, wie du bist, und ich lasse dich in die Abteilung mit den Horrorbüchern versetzen.»

«Sehr witzig.» Ich lächelte müde.

In der Personalumkleide versuchte er, mich aufzuheitern, während er mir Make-up auftrug und es unter meinen Augen verrieb.

«Ich weiß, Darling, der Satz ist kitschig, aber du warst noch nie so perfekt wie heute. Heute ist der erste Tag deines restlichen Lebens.»

Ich schüttelte den Kopf. «Weißt du, Nico, ich hätte gerne die Kraft gehabt, alles, was mir passiert ist, hinter mir zu lassen. Einfach den Zauber des Vergessens walten lassen.»

«Hör auf mit dem Unsinn. Es ist viel Gutes in deinem Leben passiert. Du bist wunderschön, begeisterungsfähig und charmant ... Okay, zugegeben, in letzter Zeit siehst du aus wie ein alter, zerfranster Lampenschirm. Aber du wirst dich selbst wiederfinden und dein eigenes Glück leben, Amanda.»

«Ich weiß nicht einmal mehr, was Glück ist. Oder ob ich jemals welches gehabt habe ...»

«Das Glück ist in dir. Vielleicht war es lange tief verborgen, aber es ist das Einzige, was dir niemand nehmen kann. Wenn du nach ihm suchst, wirst du es finden.» Nicolás konzentrierte sich weiterhin auf das Make-up um meine Augen. «Niemand kann einen anderen Menschen glücklich machen, wenn er nicht selbst glücklich ist. Man muss auf seinen eigenen Beinen stehen und seine eigene Wahrheit kennen.»

Ich versuchte, zu verstehen, was er mir damit sagen wollte.

«Was, denkst du, bedeutet der Satz: *Das Glück ist Moll. Die Traurigkeit Dur?*»

«Keine Ahnung.» Er schaute mich aufmerksam an. «Wo hast du das her?»

«Ich habe es an einer Hauswand gelesen und fand es poetisch. Aber egal. Wie lief es hier eigentlich so ohne mich?»

«Ich hab's überlebt.»

«Ist der Abgeordnete aufgetaucht?»

«Er nicht. Aber ein Kunde war hier, der nach dir gefragt hat. Ein gewisser Wilson.»

Ich runzelte die Stirn. «Ich kenne keinen Wilson.»

«Schade, er war genau dein Typ. Wenn ich ihn wiedersehe, sage ich dir Bescheid.» Er gab dem Make-up den letzten Schliff. «Und jetzt auf, an die Arbeit! Wenn wir bis Weihnachten nicht noch ein bisschen Umsatz machen, lande ich auf der Straße.»

Als wir zurück in den Verkaufsraum kamen, wurde jede minimale Möglichkeit, dass dies der erste glückliche Tag meines restlichen Lebens war, über den Haufen geworfen. Auf der Bühne des Cafés saß Juan und las eine Zeitschrift oder tat zumindest so, als würde er sie lesen. Ich versteckte mich schnell hinter einem Bücherregal.

«Amanda? Hast du einen Geist gesehen?»

«Leider kein Geist. Guck mal da vorne.»

Nicolás stellte sich dezent neben mich und sah hinüber zum Café.

«Das glaube ich nicht! Was macht der Kerl denn hier? Soll ich ihm sagen, dass du nicht da bist?»

«Auf keinen Fall. Es ist höchste Zeit, etwas zu klären.» Da Nicolás mich besorgt ansah, fügte ich schnell hinzu: «Er wird keinen öffentlichen Skandal wollen, keine Sorge.»

«Wie du meinst. Aber ich lasse dich nicht aus den Augen.»

Ich richtete mich auf und ging schnellen Schrittes auf Juan zu, um meine Angst zu kontrollieren. Ungefragt setzte ich mich ihm gegenüber und verschränkte die Arme.

«Was machst du hier?»

«Ich will mit dir reden.» Juan legte die Zeitschrift beiseite und lehnte sich in seinem Stuhl zurück, er schien überrascht zu sein über mein sicheres Auftreten.

«Dann mach schnell, ich bin bei der Arbeit.»

«Wann kommst du zurück nach Hause?»

«Nie wieder.»

«Du ruinierst mein Leben, Amanda.»

«Unser Leben war schon ruiniert, du hast es nur nicht bemerkt.» Ich war überrascht, wie klar meine Stimme klang. «Keine Sorge, ich will nichts, was mir nicht zusteht. Sobald die Zeit reif ist, wird sich ein Anwalt um alles kümmern. Bis dahin habe ich das Wertvollste, was ich besitze, bereits zurück: meine Würde.»

«Ach ja? Und die hast du bei deinem Onkel in diesem heruntergekommenen Viertel gefunden?»

«Ich schlafe in einem kleinen Zimmer eines bescheidenen Hauses, ja. Aber wo Liebe ist, wird der einfachste Ort zum schönsten. Und wenn es etwas gibt, das dort nicht fehlt, dann sind das Liebe und Geborgenheit. Um mein Wohlbefinden musst du dir keine Sorgen machen.»

«Ich mache mir keine Sorgen um dich.» Sein Ton wurde bissiger.

«Was für eine Überraschung! Du sorgst dich sowieso nie um andere.» Ich beugte mich vor und zischte: «Ich möchte, dass du aufhörst, mich anzurufen und mir zu schreiben. Komm auch nie wieder hierher.»

«Amanda. Ich bekomme immer, was ich will. Das weißt du doch.»

Ein Schaudern lief mir über den Rücken. Trotzdem blieb ich standhaft. «Dann gewöhn dich an ein neues Leben.»

«Ich habe dich aus dem Schlamm gezogen. Und so dankst du mir?»

«Ich habe dir dafür genug gedankt, war immer die kleine, brave Frau an deiner Seite, aber irgendwann muss das Leben weitergehen. Denn es verlief genauso, wie du es wolltest. Um dein Machtprojekt zu befriedigen, habe ich meine Rolle als Nebendarstellerin erfüllt. Aber keine Schuld währt ewig. Ich habe die meine beglichen, indem ich jahrelang ein hübscher, nützlicher Farbtupfer in deinem Leben war. Aber es reicht. Du musst dir eine andere suchen. Die Welt ist voll von Frauen, die ihr Leben dafür geben würden, ein Teil der tollen Menschen zu sein, die dieses Land führen.»

«Du wirst einfach nicht erwachsen.»

«Ich bin es jetzt.»

Er sah mich einen Moment spöttisch an. «Was hast du auf dieser Party in Brasilien gemacht?»

«Ich habe nichts Falsches getan, und ich muss mich nicht vor dir rechtfertigen.» Ich stieß ein sarkastisches Lachen hervor. «Wir können genauso gut über die Vergewaltigung sprechen.»

«Ich habe dich nicht vergewaltigt. Du bist meine Frau.»

«Ich *war* deine Frau. Und die Tatsache, mit jemandem verheiratet zu sein, gibt einem nicht das Recht, das zu tun, was du getan hast.»

«Mach dich nicht lächerlich.» Er trommelte mit den Fingern auf den Tisch. «Du machst aus einer Fliege einen Elefanten.»

«Du hast mich vergewaltigt, Juan.» Meine Stimme drohte zu ersticken. «Wenn dir das wie eine unbedeutende Tatsache erscheint, zeigt es nur umso deutlicher deinen schlechten Charakter.»

Er packte mich fest am Arm. «Du kommst zu mir zurück, weil ich dich liebe.»

«Lass mich los. Wir wollen doch keinen Skandal, oder?» Ich zog den Arm heftig zurück. «Mein Chef steht dahinten und beobachtet alles ganz genau.»

«Es gibt immer eine Schwuchtel, die nervt.»

«Bist du jetzt fertig?»

Seine Augen funkelten böse. «Wenn du nicht zurückkommst, kann ich für nichts garantieren. Du wirst niemals die Frau eines anderen sein.»

«Aber ich liebe dich nicht, und du liebst mich nicht.»

«Doch, das tue ich. Und du liebst mich auch.»

Tränen begannen über meine Wangen zu laufen. «Das, was du Liebe nennst, nenne ich Stolz, Eitelkeit, Obsession, Krankheit – was weiß ich. Alles, nur nicht Liebe. Unsere Ehe war in den letzten Jahren eine einzige Lüge.»

«Für dich vielleicht. Nicht für mich.»

«Dann leben wir in unterschiedlichen Welten.»

Juan sah mich erzürnt an. Dann stand er langsam auf, stellte sich dicht neben mich und sagte: «Amanda, Amanda, leg dich nicht mit mir an ...»

Er schleuderte die Zeitschrift auf den Tisch, stieß den Stuhl um und ging.

Die Kunden an den Nachbartischen hatten die Szene verfolgt. Sie tuschelten.

Mein Körper zitterte, als Nicolás zu mir kam.

«Was hat er gesagt?»

«Das Übliche.»

«Und wie geht es dir jetzt?»

«Ich habe Angst. Todesangst.»

Er legte mir die Hand auf die Schulter und sah mich fest an. «Hier im Laden bist du sicher.»

«Ich hoffe, da hast du recht.» Mit zitternden Händen holte ich mein Handy aus der Hosentasche, nahm die SIM-Karte heraus und warf sie in den Mülleimer.

An diesem Abend, nach der Arbeit, bat ich Nicolás, mich zum Auto zu begleiten. Während ich auf ihn wartete, nahm ich wie immer ein Buch aus dem Regal. Mein literarischer Glückskeks kam von Nick Hornby. Die ersten Worte fühlten sich an wie ein erneuter Schlag ins Gesicht: «Ob ich erklären kann, warum ich von einem Hochhaus springen wollte?»

49.

*V*ictor

Das Gemeindehaus war bloß ein kahler Saal an der Rückseite der Kirche, dessen hellblaue Farbe von der Wand blätterte. Zwei kleine Fenster an einer Seite, flackernde Neonröhren an der Decke, das Kruzifix an der Wand und ein kaputter Wasserspender neben der Tür gaben dem Ort eine trostlose Atmosphäre.

Ich hastete fünf Minuten nach Beginn der Versammlung in den Raum, bat um Verzeihung für die Verspätung und nahm Platz auf der Zwölf. Alle anderen saßen bereits auf ihren Plätzen. Ich nickte Pater Bonatti zu, der ebenfalls immer bei den Versammlungen anwesend war. Die Tradition wollte es, dass die Vertreter der zwölf Weingüter der Kooperative bei den Mitgliederversammlungen den gleichen Platz auf dem Ziffernblatt einnahmen wie auf dem bevorstehenden Markt.

Der Vorsitzende, der alte Paolo Vanzetto, eröffnete die Sitzung. Seine Stimme klang kratzig und müde, und er kam direkt zum Punkt.

«Meine Damen und Herren, ich danke für das vollzählige Erscheinen. Diese außerordentliche Versammlung hat einen einzigen, sehr ernsthaften Tagespunkt. Balistiero beantragt den Ausschluss der Casa Ferazza aus der Kooperative.»

Ich kippte fast vom Stuhl. Dann sah ich Giovanni Balistiero irritiert an. «Wie bitte? Aber wieso?»

«Jeder wird die Möglichkeit bekommen, sich zu erklären»,

unterbrach Paolo Vanzetto mich. «Der Antrag führt als Grund die Verletzung von Artikel 19 unserer Satzung an, nämlich den Frieden zwischen den Häusern, eine der Säulen unserer Kooperative. Balistiero sieht diesen Frieden nach einem tätlichen Angriff beim letzten Markt gefährdet und beantragt deshalb satzungsgemäß den Ausschluss der Casa Ferazza.»

«Müssten dieser Logik folgend nicht beide Häuser ausgeschlossen werden?», fragte ich spitzfindig.

«Giovanni Balistiero führt an, dass sein Sohn Enrico provoziert wurde.»

Der dicke Balistiero saß mit vor der Brust verschränkten Armen da und verzog keine Miene.

«Das kann doch nicht euer Ernst sein!» Erfolglos versuchte ich, meinen Ärger im Zaum zu halten. «Fakt ist, dass *ich* provoziert wurde – aus dem einfachen Grund, dass Antonella auf mich steht und leider nicht auf Enrico, und jeder hier weiß das.» Ich drehte mich zu Prospero Cornacchini, Antonellas Vater. «Bitte bestrafen Sie Ihre Tochter nicht, da ist nichts zwischen uns.» Dann sprach ich wieder in die Runde. «Wenn Enrico Balistiero mich angreift, weil er eifersüchtig ist, was soll ich da machen? Das war übrigens nicht das erste Mal, im November ist es auch schon passiert.»

«Gibt es Zeugen für diese Behauptung?», fragte der Vorsitzende.

Ich dachte nach. «Nein.»

«Dann können wir das wohl kaum als Beweis gelten lassen.»

Schließlich bequemte sich Giovanni Balistiero zu einer Erklärung. «Ich glaube meinem Sohn. Er sagt, dass Victor ihn grundlos und in betrunkenem Zustand angegriffen und dann auch noch den Hund auf ihn gehetzt hat. Viele Leute können das bezeugen, der Tumult hat das Ansehen unseres

Monatsmarkts erheblich geschädigt. Es gab ja kaum ein anderes Thema in den Tagen darauf.»

Ich konnte nicht glauben, was ich da hörte.

«Dann stimmt schon ab!», rief ich aufbrausend. «Ich muss mich doch nicht gegen solche blödsinnigen Anschuldigungen verteidigen, ich weiß genau, was ich getan habe und was nicht.»

Kurzerhand erklärte Paolo Vanzetto die Regeln für das Procedere. «Die Abstimmung ist geheim. Schreibt nur ein Ja oder Nein auf den Zettel und werft ihn in die Urne. Balistiero und Ferazza stimmen nicht ab. Wenn es unentschieden ausgeht, entscheidet die Stimme Pater Bonattis.»

Die Anwesenden schrieben ihre Voten auf die ausgeteilten Zettel und warfen sie gefaltet in die Glasurne, die in der Mitte der Runde aufgestellt wurde. Ich vertraute darauf, dass der stabile Erfolg, zu dem ich die Casa Ferazza gebracht hatte, zu meinen Gunsten sprechen würde. Aber zugleich kannte ich auch die konservative Einstellung vieler Familien und den großen Einfluss der Balistieros. Wenn ich ausgeschlossen würde, sähe es schlecht für mich aus. Außerhalb der Kooperative wäre es kaum möglich, hier weiter als Winzer leben und arbeiten zu können. Plötzlich erstrahlte das 40-Millionen-Angebot von Orofino in neuem Glanz vor meinem inneren Auge.

Als die Urne geöffnet wurde und der Vorsitzende das Ergebnis der Abstimmung verkündete, war ich baff. Fünf Stimmen für meinen Rauswurf, fünf dagegen.

«Pater Bonatti, Ihre Stimme entscheidet», sagte Paolo Vanzetto an den Priester gewandt.

Bonatti kratzte sich an seinem ausladenden Bauch. «So eine schwerwiegende Entscheidung will gründlich überlegt sein», erklärte er. «Ich werde mein Votum zu Jahresbeginn verkünden.»

Niemand stellte die Autorität des Geistlichen in Frage.

Kaum hatte der Vorsitzende die Sitzung geschlossen, verließ ich den Raum, ohne mich auch nur von irgendjemandem zu verabschieden.

50.

Amanda

In der Morgendämmerung lag ich schlaflos in meinem Zimmer und wusste nicht, wie mein Leben weitergehen sollte. Amy Winehouse flüsterte: «More than I could stand, love is a losing hand».

Ich nahm mein Tagebuch vom Nachttisch und öffnete es auf einer beliebigen Seite. Dort klebte ein gelbes Blatt, mit einem der Gedichte, die ich nach der Rückkehr aus Kenia auswendig gelernt hatte:

Ich bin die, die in der Welt verloren ist / Ich bin die, deren Leben keine Richtung hat / Ich bin die Schwester des Traums, die Gekreuzigte, die Leidende / der Schatten des schwachen und leeren Nebels / und dieses bittere, traurige und mächtige Schicksal / treibt den Tod brutal an ...

Nichts, was ich seit der Explosion vor fast zwanzig Jahren getan hatte, hatte mich irgendwohin gebracht. Mein Weg schien ziellos, meine Straße eine Sackgasse. Ein Weg, der manchmal herausfordernd und vielversprechend wirken mochte, mich aber immer wieder zu den Verwirrungen zurückwarf, die mein Leben seit jenem Schicksalsschlag geprägt hatten. Ein Weg, auf dem ich nicht mehr weiterlaufen konnte. Am wenigsten aber wusste ich, wie lange ich überhaupt noch die Kraft haben würde weiterzugehen.

51.

Victor

Die Eingangshalle des Anwesens von Stefano Orofino wirkte noch lebloser als bei meinem letzten Besuch. Vielleicht wegen des Regens, der gegen die Scheiben peitschte und den Nachmittag beinahe nachtdunkel machte.

Am Vorabend war ich müde und mutlos gewesen angesichts der Möglichkeit, aus der Kooperative ausgeschlossen zu werden. Deshalb hatte ich eine Entscheidung getroffen: Ich würde das Weingut verkaufen. Ich würde zurück nach Italien gehen, ein Stück Land in der Franciacorta kaufen und mir dort ein noch isolierteres Gut aufbauen.

Nach zehn Minuten Wartezeit erschien Stefano Orofino.

«Auf geht's, Victor!» Er kam mir größer vor als beim letzten Mal. Als wäre er bei der Aussicht auf mein Weingut um ein paar Zentimeter gewachsen.

«Hallo, Senhor Orofino.»

«Wo ist dein Anwalt?»

«Ich bin allein gekommen.»

Der Alte versuchte, ein Lächeln zu unterdrücken, und sah doch aus wie einer, der sich seiner leichten Beute gewiss war. Er streckte die Brust vor, rieb sich die Hände und ging mit schnellen Schritten voran.

Sieben Personen saßen bereits in seinem Büro um den Konferenztisch versammelt, Investoren, Anwälte, Buchhalter. Orofino stellte sich ans Kopfende und wies mir meinen Platz zu.

«Hier, bitte. Setz dich doch.»

«Senhores», grüßte ich die Anwesenden.

«Heute ist ein denkwürdiger Tag», begann Orofino und fuhr sich durch seine schneeweißen Haare. «Aber auch ein sehr produktiver. Wir heben eine Schaumweinlinie höchster Qualität aus der Taufe, die Orofino-Ferazza-Weine.» Er ging zu einer verhüllten Stellwand an einer Seite des Raumes. Mit einem breiten Lächeln zog er das Tuch herunter und enthüllte ein Schild. «Hier das Logo, das ich mit ein wenig Hilfe der Artdirection entworfen habe.»

Die Anwesenden applaudierten mit vornehmer Zurückhaltung. Ich zuckte nicht mal mit der Wimper, als ich den Namen Orofino-Ferazza in Schwarz und Silber sah.

Stefano Orofino ging zurück zu seinem Stuhl und setzte sich. «Jeder der Investoren beteiligt sich mit zehn Millionen, ich auch. Der Prinz des Schaumweins beteiligt sich als Co-Geschäftsführer mit seiner Arbeitskraft.»

Ich räusperte mich. «Senhor Orofino, ich möchte gerne ein paar Punkte anbringen, wenn Sie erlauben.»

«Bitte.»

«Wegen meiner Mitarbeiter – können Sie deren Übernahme garantieren?»

«Nein. Ich hab ja selbst genügend Fachkräfte. Ich kann nicht für jeden Arbeit schaffen.»

Ich runzelte die Stirn. «Es sind zwanzig Familien, und sie kennen das Land besser als ich.»

Der Alte überlegte.

«Gut, gut», sagte er dann. «Sie dürfen bleiben. Können wir jetzt zur Unterschrift kommen?»

«Noch etwas.» Ich richtete mich etwas umständlich im Stuhl auf. «Ich werde nicht als Geschäftsführer zur Verfügung stehen. Ich werde fortgehen, sobald der Verkauf abgeschlossen ist.»

Das schien ihn nicht weiter zu beunruhigen. Im Gegenteil – so wäre alles allein in seiner Hand.

«Kein Problem, Victor. Wir haben hier die besten Leute, sie werden sich gut um alles kümmern.»

«Und das Letzte: Sie wissen ja, dass die Ferazza-Weine zu brasilianischer Musik reifen. Mein Stollen ist mit einem komplexen Soundsystem ausgestattet, das Teil des Erfolgs meines Schaumweins ist. Wenn der Tunnel erweitert werden soll, müssen Sie die Kosten für die Beschallung einkalkulieren.»

«Ach, das ist doch Humbug, dieser ganze Musik-Firlefanz.» Orofino fuchtelte mit den Händen, als würde er eine Fliege verjagen. «Ich glaub da nicht dran. Ich hab das auch recherchieren lassen, da gibt's ja gar keine wissenschaftlichen Belege für die Nützlichkeit.»

«Aber darum geht es doch auch gar nicht. Der Zauber der Ferazza-Weine braucht keine wissenschaftliche Erklärung, die Musik macht sie einfach zu etwas Besonderem.»

«Also gut. Wenn du darauf bestehst, von mir aus. Du hast mein Wort, auch was die Musik angeht.» Er wandte sich einem seiner Männer zu. «Waldo, setz einen Anhang auf, der diese Punkte garantiert.» Mit einem gequälten Lächeln sah er mich an. «Dann können wir jetzt unterzeichnen?»

«Einverstanden.»

Die Verträge wurden mir und den drei Investoren vorgelegt. Orofino hatte sie schon notariell beglaubigt unterschrieben. Ich zeichnete Seite für Seite ab, aber als ich bei der letzten Seite ankam, hielt ich doch noch mal inne.

«Eine letzte Frage noch, Senhor Orofino.» Ich betrachtete die dicken Regentropfen an der großen Fensterscheibe und die Weinberge dahinter. «Was ist wahres Glück für Sie?»

Die Antwort kam schnell und ungeduldig. «Genug Geld zu haben, um solch einen Kauf tätigen zu können.» Er grinste. «Ich will kaufen können, was ich will, wann und wo ich will. Das ist wahres Glück. Und so wird es dir von nun an auch gehen, mein Junge. Glück ist das Gefühl, dass meine Arbeit mich zu einem erfolgreichen Mann gemacht hat und zum Besitzer von all dem hier.» Er machte eine ausladende Handbewegung und deutete auf die Weinberge in seinem Rücken. Dann griff er zum Telefon, drückte eine Taste und sagte: «Bringen Sie uns jetzt den Sekt und neun Gläser.»

Ich legte den Stift auf den Tisch und schlug den Vertrag zu, ohne die letzte Seite unterschrieben zu haben.

«Acht Gläser werden reichen», sagte ich, als ich aufstand.

«Willst du nicht mit uns anstoßen?»

«Nein. Und ich will auch nicht verkaufen.»

«Wie bitte?»

«Die Casa Ferazza und meine zwanzig Mitstreiter verdienen nur das Beste. Aber ich bin nicht überzeugt, dass der Verkauf das Beste für sie sein wird.» Ich warf einen Blick in die Runde und nickte. «Meine Herren.»

«Moment mal!» Stefano Orofino schlug auf den Tisch und zeigte mit dem Finger auf mich. «Es war viel Arbeit, an diesen Punkt zu gelangen. Du weißt doch gar nicht, mit wem du dich hier anlegst. Ich mach dich fertig, wenn du jetzt gehst, dich und dein Gut. Deinen Partykeller und deinen Namen gleich mit!» Er schäumte vor Wut. «Du magst dich für den Prinzen halten, aber ich bin der König des Schaumweins, du Knilch!»

Ich versuchte, ganz ruhig zu bleiben. «Daran habe ich keinen Zweifel, Senhor Orofino. Aber wissen Sie was? Da fehlte doch eine Spur Türkis und Orange in Ihrem Logo. Schwarz und Silber sind so kalte Farben, irgendwie leblos. Und Leben ist es, was meine Schaumweine auszeichnet.»

Ich drehte mich um und verließ den Raum, ein erleichtertes Lächeln auf den Lippen. Ich setzte mich hinters Steuer und fuhr voller Tatendrang auf direktem Weg in die HamBUSgerei.

«Rico, bom dia, mein Bester!»

«Victor! Was ist das denn für ein breites Lächeln?» Seine Umarmung fiel noch länger aus als gewöhnlich.

«Heute habe ich verstanden, was du meintest, als du gesagt hast, dass Geld nichts sei.»

«Hast du die materielle Gleichgültigkeit erfahren?»

«Ich hab mir selbst eine Last von den Schultern genommen, das müssen wir feiern.»

«Wie heißt es so schön bei Pink Floyd: *There are two paths you can go by but in the long run there's still time to change the road you're on*. Schlaue Jungs, denn so ist es doch: Es gibt stets zwei Wege, die du wählen kannst, und Zeit zum Umkehren ist immer.»

«Ganz genau.»

Er nickte. «Das ist der Weg der spirituellen Aufrichtigkeit.»

«Wie war das noch mal? *Wünsch dir nicht, dass die Dinge geschehen, wie du sie dir wünschst, sondern wünsch dir, dass die Dinge geschehen, wie sie geschehen sollen?*»

«Ah, keine Ahnung. Ja, das war so ein komplizierter Satz, hat aber Sinn gemacht. Und du hast ihn schon verinnerlicht!»

Ich lachte und plauderte weiter mit Rico, während er mir einen Burger briet. Diesmal dachte ich nicht einmal an die Arbeit.

Als ich zurück auf das Weingut kam, warteten wie verabredet alle Mitarbeiter am Eingang des Stollens auf mich. Es hatte aufgehört zu regnen, und die Wolken brachen auf. Ich hatte eigentlich eine Abschiedsrede vorbereitet, aber jetzt feierte ich das Wiedersehen.

«Vielen Dank für euer Kommen! Ich wollte euch nur mitteilen, dass wir bis Jahresende Betriebsferien machen. Nutzt diese Zeit, um mit euren Familien zusammen zu sein, das Weihnachtsfest in Ruhe vorzubereiten und euch zu entspannen. Denn im neuen Jahr haben wir nur wenige Tage, um den Markt vorzubereiten, dem wir als Gastgeber vorstehen werden. Aber eigentlich ist ja schon alles fertig, der 2012er ist spektakulär geworden. Die Leute werden staunen.» Ich strahlte voller Stolz. «Und deshalb möchte ich euch allen auch noch mal danken. Danke, dass ihr Teil der Casa Ferazza seid. Ich werde nicht zulassen, dass dieses Haus zu einem kalten, berechnenden Unternehmen wird. Solange wir eine Familie sind und zusammenhalten, kann unser Weingut gar nicht untergehen. Wir sind hier so fest verwurzelt wie unsere Reben.»

Ich sagte ihnen lieber nicht, dass der kommende Markt womöglich der letzte für die Casa Ferazza sein könnte, falls der Ausschlussantrag durchkäme. Meine Leute freuten sich sichtlich über die Betriebsferien, und ich wollte ihnen jetzt keinen Grund zur Sorge geben.

«Soll ich auch Ferien machen, Chef?», fragte mich Domenico im Anschluss an meine Ansprache. «Nicht, dass sich die Arbeit zu sehr staut vor dem Markt.»

«Aber nicht doch.» Ich legte ihm einen Arm um die Schultern. «Mach du Ferien mit Giuseppa, mit eurer Tochter und den Enkeln. Das ist doch dein wahres Glück, Dodo, weißt du noch?»

Er nickte. «Na gut. Danke, Chef. Und Sie? Wollen Sie noch mal verreisen?»

«Nein, ich werde hier sein. Ich werde mich um die Etiketten unseres geheimen Tropfens kümmern.»

«Ganz alleine?»

«Ja, jede Flasche wird ein Unikat.»

«Mit exklusiven, vom Prinz des Schaumweins persönlich angefertigten Etiketten? Das macht den Sekt noch edler.»

«Es steht ihm zu.»

«Und haben Sie schon einen Namen ausgesucht, Patrão?»

«Ja, hab ich, aber die Welt wird ihn erst am Abend der Markteinführung erfahren.»

«Der wird sicher noch erfolgreicher als der 2010er.»

«Da bin ich sicher.»

«Und wann wird das sein?»

«Mal sehen. Jetzt ist erst einmal der 2012er dran.»

Später kam Pater Bonatti zum Abendessen vorbei. Er wollte mit mir über den Ausschließungsantrag der Balistiero sprechen.

«Ich muss verstehen, was beim letzten Markt vorgefallen ist», erklärte er, als wir mit den Steaks und einer Flasche Wein auf der Veranda Platz nahmen. «Sonst kann ich mein Urteil nicht fällen, mein Sohn. Bei den Balistiero war ich schon, jetzt erzähl du mir deine Sicht auf die Dinge.»

«Nun, ich kann dem, was ich bei der Versammlung gesagt habe, nichts mehr hinzufügen, Pater. Ich wurde beschimpft und bedroht für etwas, was Sie selbst als *Gelegenheit* bezeichnet haben.»

«Antonella …»

Ich nickte. «Enrico Balistiero steht auf sie, sie steht auf mich, ich nicht auf sie. Eigentlich leicht zu verstehen.»

«Aber du weißt, wie viel Einfluss die Balistiero haben, es fällt mir schwer, mich gegen sie zu stellen.» Dankbar nahm er ein gefülltes Glas entgegen. «Andererseits will ich ein faires Urteil fällen und die Gemeinde vor Schaden bewahren. Die Leute hier sind so konservativ, es fällt ihnen sehr schwer, Fehler einzugestehen.»

«Ich habe einen Fehler begangen, als ich mich auf die Prügelei einließ, das gebe ich zu. Aber Enrico hat mich sehr stark provoziert. Ich bin auch nur ein Mensch aus Fleisch und Blut – und Nerven, die wirklich nicht aus Stahl sind.»

«Es ist gut, dass du bereust. Man sollte sich niemals so gehen lassen.» Lächelnd nahm er einen Schluck Wein, stellte sein Glas ab und schenkte dann dem Steak seine volle Aufmerksamkeit.

«Vielleicht ist es sogar besser für die Gemeinde, wenn ich aus der Kooperative ausgeschlossen werde», überlegte ich laut und erntete einen fragenden Blick von Bonetti. «Vielleicht bin ich wirklich der faule Apfel an eurem Stamm, und Enrico nennt mich zu Recht einen Fremden. Es stimmt ja, ich stamme nicht von hier, ich passe nicht ins Bild. Ich trage nicht mal einen italienischen Namen, und das hat manche hier schon immer gestört.»

Pater Bonatti nahm einen Bissen von seinem Steak und kaute langsam.

«Man hat mich um ein gerechtes Urteil gebeten, und das werde ich fällen», sagte er dann. «Ich muss alle Informationen zusammentragen, die mir zu einer besonnenen Entscheidung verhelfen.»

«Sie wissen doch, wo Sie die entscheidende Information dafür bekommen können.»

«Ja, das weiß ich, mein Sohn, das weiß ich.»

52.

Amanda

Das Weihnachtsgeschäft übertraf alle Erwartungen. Der Buchladen war von Montag bis Sonntag voll. Je mehr Bücher ich verkaufte und je mehr Kundenfragen ich beantwortete, umso weniger Zeit hatte ich, über alles andere nachzudenken. Ich wusste nicht mehr, was gut für mich war. Ich wusste nur, dass da eine große Leere in meinem Herzen klaffte. Ich kam morgens vor Ladenöffnung und ging erst, wenn die Türen wieder geschlossen wurden.

Am Morgen des vierundzwanzigsten Dezember wurde ich von einem Strauß mit roten und weißen Rosen in der Buchhandlung überrascht. Der Bote bat mich, eine Quittung zu unterschreiben, auf der ich den Namen «Blumen online» lesen konnte. Ich öffnete den Umschlag, der dem Blumenstrauß beilag. Darin stand ein gedruckter Text ohne Unterschrift: «Die Zeit und die Entfernung, so stark sie auch scheinen, können nicht zerstören, was das Schicksal gepflanzt hat. Ich habe nie eine andere Person geliebt, und ich habe festgestellt, dass es nicht mein Schicksal ist, allein zu sein. Frohe Weihnachten».

Ich war verwirrt.

«Schau an, ein heimlicher Verehrer», sagte Nicolás, als er an mir vorbeiging.

Intuitiv strich ich mit dem Zeigefinger über das Tattoo auf

meinem Nacken und dachte an die Rosenbüsche von Victors Weingut. Nichts davon ergab einen Sinn, aber zur gleichen Zeit wollte alles in meinem Herzen, dass es das tat. Ein warmes Gefühl machte sich in meinem Bauch breit.

Nicolás durchbrach meine Gedanken: «Ich wette, dieses Geheimnis hat einen Namen, der mit W beginnt und auf ilson endet.»

«Ich sagte doch, ich kenne keinen Wilson, du Verrückter», kicherte ich.

Nach den üblichen Last-Minute-Kunden schlossen wir den Laden am Mittag und veranstalteten mit dem gesamten Team eine kleine Weihnachtsfeier. Nicolás bedankte sich bei uns für unseren Einsatz und erklärte, wir hätten wahrscheinlich den besten Umsatz seit langem erreicht.

«Vielen Dank auch noch mal an dich, meine liebste Abteilungsleiterin und Freundin», sagte er zu mir, als wir gegen 15 Uhr allein im Laden waren. «Ich weiß, wie schwierig es in der letzten Zeit gewesen sein muss, jeden Tag konzentriert zu bleiben, trotz der Sorge, dass der abgewählte Herr Abgeordnete vielleicht auftauchen könnte.»

Ich zuckte mit den Schultern. «Obwohl mir seine Abwesenheit fast noch mehr Angst macht, glaube ich, dass er nicht hierher zurückkommen würde. Schließlich gibt es nichts auf der Welt, das er mehr schätzt als sein Bild in der Öffentlichkeit.»

Nicolás nahm einen bestickten Beutel aus der Schublade unter der Kasse und reichte ihn mir.

«Frohe Weihnachten.»

In dem Beutel fand ich fünfundzwanzig blaue Steine aus Lapislazuli mit verschiedenen Zeichen darauf und eine Broschüre mit einer Anleitung und weiteren Informationen über die Odins Runen.

«Oh, Nico. Ich danke dir.» Wir umarmten uns. «Ich verspreche, ich werde versuchen, Antworten auf die Fragen zu finden, die ich mir oft zu spät stelle.»

«Finde dein Glück, denk daran.»

«Es ist das Einzige, das mir niemand nehmen kann.»

«So ist es.»

Ich nahm eine längliche Holzkiste aus meiner Tasche und reichte sie ihm.

«Du hast doch nicht gedacht, dass du ohne ein Geschenk von mir hier rauskommst, oder?»

«Ferazza ...», las Nicolás auf dem Etikett der Sektflasche, die in der Kiste lag.

«Den kannst du heute Abend zusammen mit Mats trinken. Ich habe ihn auf dem Weingut eines Freundes in Brasilien gekauft.»

«Ein Freund in Brasilien?» Er hob eine Augenbraue und lächelte amüsiert. «Was ist das für eine Geschichte, Amanda? Willst du sie mir nicht erzählen?»

Ich grinste und sagte: «Später, ich muss jetzt nämlich zu einem Weihnachtsessen und zu einer Familie, die umarmt werden will.»

Ich packte für Ignacio noch ein Buch über seinen Lieblingsfußballverein Racing Buenos Aires ein. Dann verabschiedete ich mich erneut von Nicolás und zog mit dem Blumenstrauß im Arm los, um Weihnachten zu feiern. Und zwar in einer winzigen Wohnung, die voller Liebe war und in der sich die einzigen Menschen versammelt hatten, die mir bewiesen, dass das Wort «Familie» noch eine Bedeutung hatte.

Bevor ich die Buchhandlung verließ, rief ich Alejandra an, aber sie ging nicht ran. Vermutlich hatte sie einen römischen Legionär in ihrer weihnachtlichen Obhut. Ich gab beim Portier ihres Wohnhauses eine Schachtel für sie ab. Darin war die buntgestreifte Seidenbluse, das einzige Kleidungsstück, das ich auf der Flucht aus meiner Wohnung mitgenommen hatte.

Sie war die letzte Verbindung zu einer Vergangenheit, die in meinem Leben keinen Sinn mehr machte. Und auf der Karte dazu stand: «Sie steht dir bestimmt viel besser als mir. Frohe Weihnachten, liebste Freundin.»

53.
Amanda

Kein Außenstehender hätte wohl hinter dem Chaos in der Wohnung in San Telmo eine Weihnachtsfeier vermutet. Selten hatte der Spruch so viel Sinn ergeben, dass alte Menschen nichts anderes sind als Kinder, die bereits alles gesehen haben. Ignacio, Stella, Alberto und Carmen trugen Nikolausmützen und wirkten so aufgedreht wie eine Kindergartengruppe.

Es wurde ein bunter und sehr ausgelassener Abend, und die Ablenkung tat mir gut. Seit Jahren hatte ich kein so lustiges Weihnachtsessen mehr erlebt. Überhaupt konnte ich mich nur an sehr wenige schöne, familiäre Weihnachten erinnern. Wenn ich die Feiertage nicht allein mit Juan verbracht hatte, waren wir bei Parteifreunden von ihm gewesen, zu denen ich keinerlei persönliche Bindung hatte.

Nach dem Abendessen klopfte Ignacio mit einem kleinen Löffel an sein Glas und erklärte: «Ich habe eine Neuigkeit für euch.»

Carmen versuchte sofort, das Geheimnis zu erraten: «Wirst du endlich den Tatsachen ins Auge sehen und künftig die Boca Juniors anfeuern?»

«Nein! Auf die Idee würde ich nicht einmal im wirrsten Traum kommen», rief Ignacio. «Es ist so, dass ich ...» Er räusperte sich. «Ich habe beschlossen, nicht mehr allein zu leben.»

Wir starrten ihn amüsiert an.

«Ja, ich weiß, im Moment lebt meine liebe Großnichte bei mir, aber so wird es nicht für immer so sein.» Er tätschelte meinen Arm. «Und ich mag es nun mal nicht, alleine einzuschlafen und alleine aufzuwachen, besonders wenn es kalt ist. Ich hasse es zu frühstücken, ohne jemanden zu haben, mit dem ich mich unterhalten kann. Außerdem finde ich es sterbenslangweilig, Fußball zu gucken, ohne dass jemand mitschaut, der für die gegnerische Mannschaft ist. Aber vor allem habe ich entdeckt, dass es bereits die perfekte Person in meinem Leben gibt, die all das mit mir teilen kann.»

Eine erwartungsvolle Stille breitete sich aus. Überrascht von dem, was wir hörten, wagte sich keiner zu bewegen.

Carmen hielt es schließlich nicht mehr aus. «Jetzt bitte Klartext.» Sie runzelte die Stirn. «Du wirst heiraten?»

«Ja.»

«Wen?»

Ignacio machte es spannend. «Nun, ihr kennt sie. Und ihre einzige Schwäche ist es, ein Fan von Atlético Independiente zu sein.»

«Wie bitte?», schrie Alberto und fiel beinahe von der Couch.

«Genau.» Ignacio strahlte. «Stella und ich haben beschlossen, unsere Zahnbürsten zusammenzutun.»

«Jetzt bin ich baff», sagte Carmen mit einem breiten Grinsen im Gesicht. «Echt?»

Aufgeregt sah ich zwischen beiden hin und her. «Onkel Ignacio? Stella? Ist das wahr?»

Stella errötete und legte den Kopf schief. «Ich bin seit über zehn Jahren Witwe und Ignacio seit mehr als fünfzehn Jahren. Warum nicht?»

Ich stieß einen hysterischen Schrei aus, sprang auf, umarmte die beiden und konnte meine Tränen nicht zurückhalten.

«Möchtest du unsere Trauzeugin sein?», fragte Ignacio mich während unserer festen Umarmung.

«Nichts lieber als das.»

«Ich habe euch immer verdächtigt ...» Alberto kratzte sich am Kinn.

«Ach! Nichts hast du geahnt», protestierte mein Onkel und warf ein Kissen nach seinem Freund. «Alles passierte genau vor deinen Augen – und du hast nichts mitbekommen. Aber von einem River-Fan kann man auch nichts anderes erwarten.»

Alle erhoben sich und gratulierten.

«Das müssen wir feiern!» Carmen füllte die Gläser auf. «So etwas hört man nicht alle Tage. Wann ist es so weit? Gibt es eine große Verlobungsfeier?»

«Jetzt kommt das Beste.» Ignacio rieb sich die Hände. «Anstelle von Geschenken und einer langweiligen Zeremonie möchte ich eins machen.»

«Hmmm ... Ich schwöre, von diesem Teil weiß auch ich nichts», gestand Stella.

Ignacio sah sie liebevoll an, dann erklärte er: «Ich möchte Anfang des Jahres eine Reise mit euch allen machen, um unsere Verlobung zu feiern. Ich habe bereits die Tickets gekauft und für uns alle ein Hotel gebucht. Absagen werden nicht akzeptiert, geschweige denn eine Erstattung der Reisekosten. Es ist ein Geschenk.»

«Fünfzig Jahre Freundschaft – und endlich öffnet er seine Brieftasche, um mir ein Geschenk zu machen!» Alberto applaudierte. «Besser spät als nie, mein Guter.»

Auch Stella lächelte zufrieden. «Ist mein zukünftiger Ehemann nicht ein Gentleman?»

«Wollt ihr euch nicht endlich mal küssen?» Carmen verschränkte die Arme.

Ignacio und Stella standen sich gegenüber und sahen sich an. Eine knisternde Stille breitete sich im Raum aus. Dann hob mein Onkel langsam einen Arm und fuhr mit dem Handrücken zart über Stellas Wange. Ihre Augen funkelten. Wie in Zeitlupe näherten sich ihre Köpfe einander an. Der Kuss war sanft und ein bisschen beschämt. Es war eine der schönsten Szenen, die ich je gesehen hatte.

Unter dem Applaus von uns allen rief Alberto: «Und wohin reisen wir?»

Ignacio sah mich an. «Wir fliegen nach Brasilien. In den Süden. Es ist dort die Zeit der Weinlese, und ich möchte die Heimat der besten Schaumweine der Welt kennenlernen.»

«Wie bitte?» Ich starrte ihn mit weit geöffneten Augen an.

Stella, Alberto und Carmen freuten sich über die Wahl des Reiseziels und plapperten aufgeregt durcheinander. Inmitten des Gewusels trat Ignacio auf mich zu, zog ein Papier aus seiner Hosentasche und legte es in meine Hand.

«Du bist der Ehrengast», flüsterte er mir ins Ohr.

Meine Augen verloren sich auf der Broschüre mit dem Namen von Victors Gut und dem Herzchen, das ich danebengemalt hatte. «Aber ich ... ich kann nicht ...» Ich bedeckte meinen Mund mit einer Hand.

«Geh zurück dorthin und finde dein Glück. Du musst nichts vor mir verbergen, ich kann alles in deinem Gesicht lesen. Ich werde keine Ausrede gelten lassen, wir fahren gemeinsam.»

Als die Gäste in den frühen Morgenstunden des ersten Weihnachtstags gegangen waren, kam Ignacio mit einem schmalen, hübsch verpackten Geschenk zurück ins Wohnzimmer.

«Ich wollte es dir nicht vor den anderen geben», sagte er. «Du musst es auch nicht benutzen, wenn du nicht möchtest.»

Neugierig zog ich an der Schleife und packte das Geschenk aus. Darin befand sich ein Holzkasten, ein richtiges Kunstwerk, und er enthielt zwei Ebenen mit einhundertzwanzig Aquarellmalstiften.

Ignacio nickte mir aufmunternd zu. «Ich weiß, das Zeichnen ruft sicher schlimme Erinnerungen in dir hervor, aber es ist vielleicht auch eine Möglichkeit, die schönen Erinnerungen wieder zurückzuholen.»

Ich umarmte ihn fest. «Danke, Onkel Ignacio. Ich verspreche, ich werde es versuchen.»

«Tu es für dich, nicht für mich.»

«Für mich», lächelte ich. «Und jetzt erzähl mir von dieser plötzlichen Entscheidung zu heiraten.»

«Nun ...» Wir setzten uns aufs Sofa. «Als deine Tante starb, fühlte ich mich verloren.» Sein Blick wanderte durch den Raum. Er seufzte. «Zuerst waren da nur Traurigkeit und Leere. Mit der Zeit aber verwandelte sich die Traurigkeit in Sehnsucht, und die Leere wurde durch die Angst vor der Einsamkeit erfüllt. Stella und ich haben viel darüber gesprochen, wie schlimm es sein muss, am Ende des Lebens allein zu sein. Die Entscheidung fiel nicht plötzlich. Wir ...» Er stockte.

«Onkel Ignacio, ich bin sicher, dass die Angst vor der Einsamkeit nicht der einzige Grund ist.» Ich sah ihn amüsiert an.

«Nein, du hast recht. Wir haben viel Spaß zusammen. Und es gibt niemanden, der mich so zuverlässig zum Lachen bringt wie Stella.»

«Das nenne ich einen guten Grund.»

Er nickte. Dann sah er mich mitleidig an. «Du hast viel zu viel Zeit allein an der Seite eines Mannes verbracht, der dich nicht glücklich gemacht hat. Und die schlimmste Art von Einsamkeit ist die des einsamen Zusammenlebens.»

«Ich gestehe, dass mich die Vorstellung, von nun an allein zu sein, gleichzeitig berauscht und erschreckt.»

«Normalerweise würde ich dir raten, jetzt in die Welt hinauszugehen, zu reisen, Abenteuer zu suchen, alles zu tun, was du bisher nicht getan hast. Aber ich denke, vorher solltest du noch einmal versuchen, deinen Freund, den Winzer, zu treffen.»

«Warum denkst du das?»

«Weil ich nicht erst gestern geboren bin. Und wenn es etwas gibt, das uns das Alter bringt, dann ist es die Erfahrung, unausgesprochene Dinge zu spüren. Es genügte schon, dich an jenem Tag am Flughafen zu sehen.»

«Aber ich habe Angst, Onkel Ignacio.»

«Wovor?» Er nahm meine Hände und sah mir fest in die Augen. «Auch du hast ein Recht auf dein eigenes Glück.»

«Aber Victor hat doch keine Ahnung, wer ich eigentlich bin, was mich bewegt, wie tief meine Wunden sind, wie wenig ich bisher wirklich gelebt habe.» Ich dachte nach, dachte an die starken Gefühle, die ich seit unserem Wiedersehen ihm gegenüber spürte. «Er war der einzige Mann, den ich jemals wirklich geliebt habe», sagte ich schließlich. «In Kenia malte ich mir unsere Zukunft aus: wie wir die Welt bereisen und gemeinsam Abenteuer bestreiten würden. Und wie wir uns dann an dem schönsten Ort der Erde ein Haus bauen würden. Mein Vertrauen ins Leben, in uns, in unsere Liebe war grenzenlos.» Ich lächelte matt. «Aber all diese Gefühle habe ich tief vergraben in meinem Herzen. Und ich weiß nicht, ob ich sie jemals wieder zulassen kann.»

«Ihr habt beide viel erlebt in den letzten Jahren, Gutes und Schlechtes, aber ein Teil dieser Gefühle von damals ist vielleicht auch bei ihm geblieben. Und es ist nie zu spät, das herauszufinden.»

«Glaubst du?»

«Ich weiß es. Für das wahre Glück ist es nie zu spät. Nichts wird die Liebe zerstören können, die ich für deine Tante empfinde. Und auch wenn ich jetzt Stella zu lieben gelernt habe, weiß ich, dass deine Tante mir vom Himmel aus zustimmt. Weil sie mich immer glücklich sehen wollte.»

«Was, wenn Victor denkt, dass ich verrückt bin? Weil ich etwas, das ich vor zwanzig Jahren gespürt habe, wieder erleben möchte? Etwas, das nur eine Nacht Bestand hatte.»

«Eine Nacht ist genug, um ein Leben zu verändern. Und was ich dir zu schenken versuche, ist genau das: eine Nacht. Gib ihm und euch diese Chance.»

Ich legte den Kopf auf seine Schulter und knetete meine Hände.

«Und wenn es nicht klappt», fuhr Ignacio fort, «hast du wenigstens die Zweifel beseitigt und kannst nach vorne schauen.»

Ich überlegte. «Vielleicht hast du recht. Vielleicht ist das ein guter Plan, auf den ich alleine nie gekommen wäre.»

Er tätschelte mein Bein und lächelte. «Es gibt immer einen Plan, meine Liebe. Immer.»

In dieser Nacht erfüllte mich der berauschende Gedanke, Victor bald wiederzusehen. Die Blumen, die er mir geschickt hatte, hatten diesem Vorhaben Tür und Tor geöffnet. Und Ignacio schenkte mir nun die Eintrittskarte.

Die Worte auf der Karte hätten von mir sein können: *Ich habe nie eine andere Person geliebt, und ich habe festgestellt, dass es nicht mein Schicksal ist, allein zu sein.*

Schlaflos schaltete ich die Lampe auf dem Nachttisch an und blätterte in meinem alten Tagebuch. Ich übersprang die traurigen Seiten, las mehrere Passagen, in denen es um Victor und unsere gemeinsame Zukunft ging, und ich durchlebte dabei erneut die unschuldigen Gedanken einer verträumten, jungen Frau. Das Letzte, was ich las, bevor ich in einen ruhigen Traum glitt, war: «Ich bin ein Mensch ohne bestimmte Richtung, eine Weltenreisende. Heute hier. Morgen wo immer das Schicksal mich hinführt. Möge dies der erste Tag eines perfekten Lebens sein!»

Eine Weltenreisende. Ich wiederholte die Worte in meinem Kopf, während ich einschlummerte, und nach fast zwanzig Jahren kehrten sie in meine Träume zurück.

54.

Victor

Silvester verbrachte ich ebenso wie Weihnachten allein. Der Jahreswechsel machte mir klar, was sich alles verändert hatte: Im Jahr zuvor war ich noch nicht der Prinz des Schaumweins gewesen – und Amanda nur mehr eine Erinnerung. Aber in einem Jahr konnte sich vieles verändern. Die Casa Ferazza würde in ein paar Tagen einen neuen Wein auf den Markt bringen. Eine erste Flasche davon würde an diesem Abend der Protagonist meiner womöglich letzten Neujahrsfeier hier sein. Amanda würde allerdings nichts als eine Erinnerung bleiben.

Um Mitternacht wurde das Tal vom Feuerwerk bei den Gianti und bei den Vanzetto erhellt. Der Weinberg zu meinen Füßen färbte sich gelb, rot, grün. Ich stellte mir vor, wie sich bei den Nachbarn alle umarmten, einander ein frohes neues Jahr wünschten und glückliche, harmonische Momente teilten. Sie würden gut essen und trinken, sie würden tanzen und ausgelassen feiern. Die Einsamkeit, die mein ständiger Begleiter war, schmerzte mich in diesem Moment mehr als sonst. Ich setzte mich auf die Veranda, stellte eine Flasche des Ferazza 2012 Gold Demi Sec auf den Tisch und machte Mister neben mir auf dem Sofa Platz.

«Frohes neues Jahr, Dickerchen.» Ich kraulte ihm den Kopf.

Und während ich mir wünschte, dass diese Szene eines

Tages mit dem Lächeln der perfektesten Zahnlücke der Welt vervollständigt werden würde, beschleunigte sich mein Puls auf 184 Schläge pro Minute, und mein Herz blieb stehen.

55.
Amanda

Den Silvesterabend verbrachte ich bei Onkel Ignacio zu Hause, wir feierten nicht groß, es war ein Abendessen wie jedes andere.

Im ausklingenden Jahr war Victor die schönste Erinnerung meines Lebens gewesen. In einer Woche würden wir uns hoffentlich gegenüberstehen, und ich würde endlich die Gelegenheit bekommen, ihm alles zu sagen, was mir auf dem Herzen lag. Mit seinem Weingut als Gastgeber auf dem Fest bestand eigentlich keine Gefahr, Victor zu verpassen. Und anders als bei der Jubiläumsfeier würde ich sicher kein Geheimnis mehr aus meiner «glücklichen Ehe» machen.

Nicolás hatte mir für das verlängerte Wochenende sofort grünes Licht gegeben, ich hatte ihm nur versprechen müssen, die Zeit mit meinem «ominösen brasilianischen Freund» richtig auszukosten – und rechtzeitig zu Nicolás' Urlaub zurück zu sein.

Als mein Onkel zu Bett gegangen war, beschloss ich, etwas zu tun, das tatsächlich den ersten Tag eines neuen Lebens markieren sollte. Ich öffnete den Aquarellkasten, strich über die Farben und nahm wahllos einen Stift heraus. Dann begann ich, auf einem weißen Blatt etwas von der Sehnsucht zu zeichnen, die tief in mir verborgen war und die mir niemand nehmen konnte.

Das Bild holte die Person zum Vorschein, die ich eines fernen Tages gewesen war und deren Stimme fast zwanzig Jahre lang durch das Geräusch einer Explosion übertönt worden war. Obendrüber schrieb ich: «Kilimandscharo – irgendwann werde ich dich noch kennenlernen.»

56.

Victor

Zum zweiten Mal in weniger als einem Monat fand im Gemeindehaus eine außerordentliche Mitgliederversammlung der Weinkooperative statt. Diesmal würde Pater Bonatti seine Entscheidung über den Verbleib oder Ausschluss der Casa Ferazza bekannt geben.

Die Stimmung war angespannt. Als Enrico mit seinem Vater hereinkam und mich demonstrativ nicht grüßte, verdickte sich die Luft noch mehr. Sein Lächeln war so überheblich, dass ich fürchtete, er würde die Entscheidung des Paters bereits kennen.

Nach einem kurzen organisatorischen Block, der den kommenden Markt betraf, erteilte der Vorsitzende Pater Bonatti das Wort.

«Vielen Dank, dass ihr alle gekommen seid», sagte der Geistliche. Er trank einen Schluck Wasser. «Ich werde meine Entscheidung nicht lange einleiten. Ich habe zwei unterschiedliche Versionen der Auseinandersetzung gehört, das Wort des einen steht gegen das des anderen. Deshalb habe ich noch eine dritte Partei befragt, nämlich die Zeugin Antonella Cornacchini.»

Ich sah, wie Enricos siegessicheres Gesicht zerfiel und er seinem Vater einen verstohlenen Blick zuwarf.

«So konnte ich meine Entscheidung auf festere Füße stellen und bin ruhigen Gewissens.» Pater Bonatti sah in die

Runde und verkündete: «Der kommende Markt wird für die Casa Ferazza nicht der letzte sein. Ich stimme für den Verbleib des Hauses in der Kooperative. Und ich hoffe, dass sich die Gemüter nun beruhigen und dass die Harmonie wieder einkehrt in Nova Vêneto.»

Ich atmete befreit aus. Auch die Mehrheit der Anwesenden schien erleichtert, die Gespräche wurden wieder aufgenommen.

Giovanni Balistiero hingegen sah mich hasserfüllt an. Er stand ruckartig auf, verpasste seinem Stuhl einen Tritt und verließ stampfend den Saal. Enrico eilte hinterher und drohte im Hinausgehen Pater Bonatti mit erhobenem Zeigefinger: «Sie irren sich gewaltig.» Dann drehte er sich zu mir um und erklärte: «Und du auch. Das wird nicht so stehen bleiben.»

57.
Amanda

Samstag, 6. Januar 2018

«Oh oh, ich glaube, wir stürzen ab», rief Alberto lachend während der immer stärker werdenden Turbulenzen auf dem Flug von Buenos Aires nach Porto Alegre. «Ignacio und Stella, heiratet am besten gleich hier im Flugzeug. Wenn dieser Schrotthaufen abstürzt, ist die Reise zumindest nicht umsonst gewesen.»

Ich grinste und freute mich still.

Als wir mit einem Shuttlebus nach zwei Stunden in Bento Gonçalves ankamen, checkten wir zunächst in unserem modernen Hotel ein und begannen dann sofort mit dem von Onkel Ignacio vorbereiteten Programm, zu dem ein festliches Mittagessen in einem typischen Restaurant und die Besichtigung eines nahegelegenen Weinguts gehörten. Wir nahmen an einer Verkostung teil und kauften Wein, Brandy und Grappa. Ich genoss die Zeit, spürte aber eine unterschwellige Nervosität und entspannte mich erst, als wir wieder zurück im Hotel waren und ich mich mit meinen vom Rotwein schweren Beinen auf das Bett fallen ließ.

Es war bereits früher Abend, und ich konnte durch das Fenster meines Zimmers im fünfzehnten Stock, den rosafarbenen Sonnenuntergang über der Serra Gaúcha bewundern.

Als es dunkel wurde, stand ich auf und machte mich frisch. Ich nahm mir Zeit und fand Gefallen daran, mich in Ruhe fertig zu machen. Ich trug eine langärmelige braune Bluse mit breiten Streifen, einen grünen Seidenschal, silberne Ohrstecker, Jeans und Lederstiefel mit Absatz. Im Gegensatz zu all den High-Society-Events in Argentinien, an denen ich hatte teilnehmen müssen, fühlte ich mich in diesem Outfit wohl. Ich hoffte dennoch, ich würde es an diesem Abend von meiner gewohnten Rolle als Nebendarstellerin zur Hauptdarstellerin schaffen. Zumindest für eine bestimmte Person.

Als ich nach unten in die Lobby kam, warteten die anderen vier schon vor dem Van auf mich, der uns nach Nova Vêneto bringen sollte.

Carmen sah mich bewundernd an, während ich meinen Schal zurechtlegte. «Du siehst wirklich toll aus!», sagte sie. «Du wirst mindestens die Hälfte der Anwesenden auf der Party zum Schmelzen bringen.»

«Absolut! Wenn ich nur ungefähr fünfzig Jahre jünger wäre ...» Alberto schnalzte spielerisch mit der Zunge.

Carmen knuffte ihn in die Seite. «Nicht einmal, wenn du hundert Jahre jünger wärst, würde eine Schönheit wie Amanda sich für dich interessieren, du Träumer.»

«Von wegen! Ich war ein Charmeur, meine Liebe! Und einer der besten Tangotänzer. Sobald ich das Parkett betrat, verzehrten sich die Mädchen nach mir. Ich trug Gel in den Haaren, einen dünnen Schnurrbart und zweifarbige Schuhe mit Absatz.»

«Ich glaube, auch ich hätte mich in dich verliebt, Alberto.» Ich nahm seine Hand und zwinkerte ihm zu.

«Hör bloß auf!», lachte Carmen. «Sonst bildet er sich noch etwas darauf ein.»

«Lasst uns gehen, der Fahrer wartet schon», unterbrach Onkel Ignacio die Unterhaltung.

Während der zwanzigminütigen Fahrt wurde ich vor lauter Nervosität immer einsilbiger.

Der Treviso-Platz war bis in die letzte Ecke gefüllt. Ignacio wollte, dass wir am Stand des Weinguts Ferazza Platz nahmen. Ich dankte den Engeln stillschweigend, dass dort bereits alle Tische besetzt waren, da ich mich noch nicht bereit fühlte, auf Victor zu treffen. Dennoch suchten meine Augen den Platz die ganze Zeit nach ihm ab.

Wir fanden einen Tisch vor dem Stand der Familie Vanzetto auf der Position Nummer sieben. Ein Mitarbeiter erklärte uns das Procedere, und wir eröffneten das Abendessen mit einer kalten Vorspeisenplatte und der Sektempfehlung, die auf der Tafel am Stand hing.

Beim Klang der Kirchenglocken wurde es plötzlich ganz still auf dem Platz.

«Ich habe gelesen, dass jetzt der offizielle Eröffnungstoast kommt», erklärte Ignacio.

Ein Mann betrat den Musikpavillon in der Mitte des Platzes, hob ein Glas und rief ins Mikrophon: «Willkommen, Freunde. Wir prosten euch zu mit dem Ferazza 2012 Gold Demi Sec! Saluuuteee!»

Die Stimme hätte ich unter Tausenden erkannt: Der Mann war Victor. Und sofort begann mein Herz zu rasen.

58.
*V*ictor

Wenige Stunden zuvor

Nachdem Pater Bonatti die Casa Ferazza vor dem Rausschmiss gerettet hatte, war mein Ehrgeiz wiedererweckt. Ich beschloss, zum Markt nicht hundert, sondern hundertfünfzig Flaschen vom 2010er Gold mitzunehmen.

Aber der eigentliche Star des Abends sollte natürlich der 2012er sein, unsere Neuerscheinung. Obwohl ich wusste, dass es ein exzellenter Tropfen war, sah ich doch dem Urteil der Kunden ziemlich nervös entgegen.

Wir fuhren die Kisten mit dem Pick-up nach Nova Vêneto, und als ich mit der vierten Wagenladung bei Domenico am Markt ankam, stapelten sich die Kisten schon an der gesamten Rückwand des Stands. Als Ausrichter des Markts war der Aufwand diesmal deutlich größer. Mister sprang beim Einladen jedes Mal auf den Beifahrersitz und wuselte beim Ausladen aufgeregt zwischen unseren Beinen herum. Er schien ebenfalls aufgeregt zu sein, aber heute ließ ich ihn lieber zu Hause. Bei der fünften und letzten Fuhre sprang er wieder auf den Beifahrersitz, legte die Ohren an und wackelte mit dem Schwanz.

«Heute nicht, Dickerchen. Es wird sehr voll werden, und ich will nicht riskieren, dass du mir unter die Räder kommst. Pass du hier gut auf alles auf, okay?» Ich kraulte ihn hinter den Ohren und gab ihm dann einen Klaps aufs Hinterteil, damit er aus dem Wagen sprang. Er bellte vorwurfsvoll und verschwand beleidigt in der Klappe zum Stollen.

Zum ersten Mal in seiner langen Geschichte waren keine zwölf Häuser auf dem Markt von Nova Vêneto vertreten. Das Weingut Balistiero hatte seine Teilnahme aus Protest gegen den Verbleib der Casa Ferazza in der Kooperative abgesagt. Der Stand auf der Elf blieb den ganzen Abend leer und unbeleuchtet. Der Vorsitzende verzichtete aber darauf, die Balistiero mit einer Geldstrafe zu belegen, wie die Satzung der Kooperative es für einen solchen Fall erlaubte. Die Zeit würde die Dinge schon wieder richten, und den größten Schaden bei Nichtteilnahme trug schließlich das Weingut der Balistiero selbst davon.

Es war Erntezeit und die Stimmung in Nova Vêneto entsprechend ausgelassen. Die Tatsache, dass die Casa Ferazza als Gastgeberin fungierte, schien noch mehr Leute als gewöhnlich angezogen zu haben. Selten war der Platz so voller Touristen gewesen.

Nach dem Glockenschlag betrat ich den Pavillon, nahm das Mikrophon zur Hand, hob das Sektglas und lächelte meinen versammelten Mitarbeitern vorne in der ersten Reihe zu. Dies würde unser Abend werden. Wir würden für unsere harte Arbeit belohnt werden und konnten zu Recht stolz sein.

«Ferazza 2012 Gold Demi Sec!», rief ich. «Saluuuteee!»

Als der Applaus aufbrandete, geschah das Unvermeidliche. Ich schloss die Augen und öffnete sie zwei Stunden zuvor auf meinem Weingut.

«Heute nicht, Dickerchen. Es wird sehr voll werden, und ich will nicht riskieren, dass du mir unter die Räder kommst. Pass du hier gut auf alles auf, okay?»

Die Schlangen vor unserem Stand an diesem Abend schienen endlos. Die ersten Rückmeldungen zum 2012 von Kunden, die ihn noch auf dem Fest probierten, waren phänomenal. Und eine Stunde nach Eröffnung des Marktes war die erste Marge bereits ausverkauft.

«Dodo, sag den Leuten, sie sollen warten. Ich hole Nachschub.»

Domenico richtete sich an die Wartenden und rief mit erhobenen Händen: «Wir bitten um etwas Geduld, Herrschaften! Der Chef ist gerade nach hinten gegangen, um Nachschub zu holen. Gleich geht's weiter.»

Kaum dass ich den Verschlag verlassen hatte, um zum Pick-up zu gehen, hörte ich jemanden sagen: «Mein Schaumweinprinz, Herr der Nacht, immer prickelnder.»

Ich erkannte die Stimme und drehte mich zu ihr um.

«Antonella! Deine Besuche haben uns doch nun wirklich schon genug Schwierigkeiten eingehandelt.»

«Willst du mir denn gar nicht danken?»

«Danken wofür?», fragte ich, während ich die leeren Kisten zur Seite schob.

«Na, dafür, dass ich dem Pfarrer bestätigt habe, dass Enrico dich provoziert hat. Ich hab ihm gesagt, dass du nichts gemacht hast und dass der Kuss allein meine Initiative war. Ich finde, damit habe ich mir einen Kuss zum Dank verdient.»

«Damit hast du nur die Wahrheit bestätigt. Aber ich wäre beinahe aus der Kooperative geflogen und habe jetzt einen wirklich schlechten Stand in der Gemeinde.»

«Enrico ist so ein Blödmann. Ich meine, ich bin erwachsen, das geht wirklich niemanden etwas an, was zwischen uns beiden ist.»

«Ist er heute Abend hier?»

Sie nickte. «Er hängt die ganze Zeit bei uns am Stand rum.

Ich musste mich schon wieder wegschleichen.» Sie trat näher und legte mir die Hand auf die Brust.

«Antonella, zum letzten Mal. Ich habe kein Interesse.» Ich schob sie sanft zur Seite.

Sie seufzte. «Du bist wirklich ein hoffnungsloser Fall.» Dann beugte sie sich schnell zu mir und küsste mich auf den Mund. «Ich verspreche dir, das war der letzte.» Sie fuhr mir zärtlich übers Kinn. «Ich weiß, dass du mich niemals lieben wirst. Das ist wirklich ein Jammer, aber ich werde mich von jetzt an benehmen.»

Mit diesen Worten stolzierte sie davon. Ich schüttelte den Kopf und ging schnell zum Pick-up, um neue Kisten zu holen.

59.

Amanda

Kurz zuvor

Ich werde nicht die Gelegenheit verpassen, mit meiner Verlobten zu tanzen!» Ignacio stand auf und nahm Stellas Hand. «Kommt noch jemand mit? Ihr zwei Alten da hinten vielleicht?»

«Na los», sagte Carmen und gab Alberto einen Klaps auf die Schulter. «Auch wenn du deine zweifarbigen Tanzschuhe nicht trägst, kannst du mir ruhig mal deine charmante Seite zeigen.»

Etliche Paare begannen, zwischen den Tischen zu tanzen.

Ignacio drehte sich mit Stella im Kreis und rief mir irgendwann zu: «Willst du den ganzen Abend da sitzen bleiben? Hast du nichts Besseres zu tun?» Er wirbelte Stella herum.

Als sie Blickkontakt zu mir hatte, fügte sie hinzu: «Nun geh schon, Amanda. Die Nacht wird nicht ewig dauern. Dein Schaumweinprinz ist gleich da vorne, auf der anderen Seite des Platzes.»

«Okay, okay, ihr habt gewonnen.» Ich stand auf und marschierte auf den Stand mit der Nummer zwölf zu. Mein Atem ging jetzt schneller als der Takt der italienischen Musik. Je näher ich dem Stand kam, desto mehr Menschen drängten sich mir in den Weg. Ich ging an den ersten Tischreihen vorbei und erkannte den alten Mann wieder, der mir das Gut gezeigt hatte, Domenico. Er war allein am Stand. Ich wollte schon kehrtmachen und später wiederkommen, da rief er: «Wir bitten um Geduld, Herrschaften! Der Chef ist gerade nach hinten gegangen, um Nachschub zu holen. Gleich geht's weiter.»

Sofort beschloss ich, Victor dort zu überraschen. Ich war gespannt auf seine Reaktion. Ich ging also an den Leuten vorbei und umrundete den Stand. Dort sah ich Victor eine schöne Frau küssen – und Sekunden später taumelte ich desorientiert zurück.

Als ich die ersten Tische erreicht hatte, hörte ich Domenico, wie er mir freudig hinterherrief: «Senhora Brigitte, Sie sind ja gekommen!»

Ich gab vor, ihn nicht zu hören, und ging weiter. Ich lief durch die wartende Menschenschlange, erspähte unseren Tisch und ging geradewegs darauf zu.

«Schon zurück?», fragte Ignacio.

Ich warf mir meine Handtasche über die Schulter und erklärte knapp: «Ich gehe besser, mir ist nicht gut.»

«Ist irgendetwas passiert?», fragte Stella besorgt.

«Ich möchte euch die Party nicht verderben. Ich nehme mir ein Taxi. Wir sehen uns morgen früh im Hotel.»

«Aber ...»

Ich ließ die beiden stehen, verließ im Laufschritt den Platz und nahm das erste Taxi in der Schlange. Als ich eingestiegen war und das Auto wendete, versuchte ich, nicht zurück auf den Platz zu schauen. Der Wunsch, so schnell wie möglich zu verschwinden, war genauso groß wie der, nie mehr dorthin zurückzukehren.

60.

*V*ictor

Noch bevor die Band die Tarantella zu spielen begann, war unser Vorrat abverkauft.

«Dodo, lieber Dodo, was für ein Abend!» Ich schlug ihm auf die Schulter, als er die Markise einfuhr und das Licht in der Hütte löschte. «Gleich falle ich ins Bett und schlafe drei Tage durch.»

«Das haben Sie sich auch verdient, Patrão. Wir haben alle Flaschen verkauft. Und wissen Sie, wer sogar hier war und eine Kiste vom 2012er gekauft hat?»

«Eine ganze Kiste?»

«Stefano Orofino höchstpersönlich. Ich habe eine Ausnahme gemacht. Ich denke, das war in Ihrem Sinne? Sie waren gerade auf der Toilette.»

Ich schmunzelte. «Die Gelegenheit hat er vermutlich abgepasst ...»

«Und wissen Sie, wer noch da war? Brigitte.»

«Welche Brigitte?»

«Die nette Besucherin, der Mister auf den Schuh gepinkelt hat, als Sie neulich nicht da waren.» Er beugte sich verschwörerisch zu mir. «Das dürfen Sie Giuseppa nicht verraten, aber wenn Sie mich fragen: Sie war die schönste Frau auf dem Fest.»

«Und ich hab sie schon wieder verpasst? So ein Pech aber auch!» Ich boxte in die Luft und lachte.

Nach einem so denkwürdigen Abend allein nach Hause zu gehen, war wirklich ein Zeichen dafür, dass in meinem Leben etwas gehörig schieflief. Dass da ein riesiges Loch klaffte, das gestopft werden wollte. Aber alles deutete darauf hin, dass das niemals geschehen würde.

Als ich die letzte Kurve genommen hatte und die Auffahrt zum Gut sah, stutzte ich. Das Tor war nicht geschlossen. Dann blickte ich den Hang hinauf – und mir blieb fast die Luft weg. Eine riesige Rauchwolke verdeckte die Spitze des Berges Lua. Sofort trat ich aufs Gas, der Wagen drückte das Tor auf, ich hörte Holz splittern.

«Was ist hier los?», schrie ich.

Der Wagen schlitterte über den Kies, und ich umklammerte das Lenkrad fester. Je näher ich kam, desto stärker roch ich den Rauch.

Als ich die letzten Bäume der Auffahrt hinter mir ließ, sah ich, dass der Stollen in Flammen stand. Ich sprang aus dem Pick-up und rannte auf das Feuer zu. Angst und Verzweiflung übermannten mich.

«Mister!», schrie ich. «Mister, wo bist du?»

Ich hörte sein verzweifeltes Bellen hinter der Flammenwand, aber es war unmöglich, näher als bis auf fünf Meter an den Eingang des Stollens zu kommen. Die Hitze war unerträglich, und der Rauch brannte auf meinen Lungen. Ich warf mich auf den Boden und versuchte, näher heranzurobben. Das Bellen wurde schwächer, bald hörte ich nur noch ein Winseln.

«Mister!!!», schrie ich wieder. Ich fühlte mich komplett hilflos.

Dann sprang ich auf, rannte zum Wasseranschluss an der Hauswand und drehte den Hahn voll auf. Aber ich kam mit dem Gartenschlauch nicht nah genug heran, und der mickrige Strahl konnte nichts ausrichten gegen das monströse

Feuer. Ich musste mit ansehen, wie die Flammen meinen Weinkeller und meinen treuen Hund auffraßen. Als das Gewinsel verstummte, wurden meine Schreie noch lauter. In meiner Verzweiflung holte ich eine Wolldecke aus dem Auto, aber meine Schläge in Richtung Feuer konnten nicht verhindern, dass die Funken hochschlugen. Es war unmöglich, diese Naturgewalt zu besiegen. Ich war machtlos und verfluchte das Funkloch auf dem Gut. Aber für Mister käme jede Hilfe ohnehin zu spät.

Entgeistert trat ich zurück und setzte mich auf die Motorhaube des Wagens. Ich zog die rußgeschwärzte Decke um mich und lehnte mich an die Windschutzscheibe. Meine Brust hämmerte schmerzhaft, ich schloss die Augen. Mein Herz beschleunigte, raste – und blieb ein weiteres Mal stehen.

61.

Amanda

Mit Hilfe der freundlichen Rezeptionistin buchte ich meinen Rückflug um, sodass ich einen Tag früher fliegen würde. Es machte keinen Sinn mehr, in Brasilien zu bleiben. Ich würde den anderen nur die Laune verderben.

Der Flieger würde am frühen Nachmittag gehen. Und um Ignacio davon abzuhalten, mich von der Idee abzubringen, checkte ich frühmorgens mit gepacktem Koffer aus und hinterließ eine Nachricht an der Hotelrezeption. Ich bat ihn und die anderen darum, sich keine Sorgen zu machen und den Rest ihres Aufenthalts zu genießen.

Der Taxifahrer, der mich zum Flughafen in Porto Alegre brachte, war sehr mitteilsam, ein echter schnauzbärtiger Gaucho, voller Stolz auf die Schönheit und Kultur der Region.

Ich konnte mich nicht auf seine Ausführungen konzentrieren, beobachtete nur gedankenverloren die Landschaft und brummte ab und zu zustimmend.

«Ihr erstes Mal hier in der Gegend?», fragte er mit rauer Stimme und drehte sich kurz zu mir um.

«Wie bitte?»

«Ihrem Akzent nach zu urteilen, sind Sie keine Brasilianerin.»

«Ach so, ja. Aber ich bin zum zweiten Mal hier.»

«Geschäftlich?»

«Nein.»

«Waren Sie auf dem Fest in Nova Vêneto?»

Ich nickte matt.

«Dann haben Sie es ja sicher mitbekommen. Wie traurig, nicht wahr?»

«Was denn?»

«Sie wissen es noch nicht?»

«Was ist denn passiert?»

«Muss schrecklich gewesen sein, ich habe es heute Morgen im Radio gehört. Ein Feuer auf dem Ferazza-Gut. Die waren ja die Gastgeber des Festes. Sehr tragisch.»

«Was?» Fassungslos starrte ich den Taxifahrer an.

Er umklammerte das Lenkrad und sah mich im Rückspiegel an. «Das Schlimmste ist, dass der Schaumweinprinz verschwunden ist. Sein Auto stand mit offener Tür vor dem Haus, aber niemand weiß, ob der junge Mann verbrannt ist oder überlebt hat.»

Meine Beine begannen zu zittern, und mir stockte der Atem. «Fahren Sie sofort zurück!», ordnete ich an.

«Was?»

«Fahren Sie mich zurück. Nein! Fahren Sie nach Nova Vêneto. Zum Weingut Ferazza.»

«Sind Sie sicher?»

«Ja doch!», schrie ich verzweifelt. «Fahren Sie zurück. So schnell wie möglich.»

Als wir auf dem Gut ankamen, versperrten noch immer einige Fahrzeuge den Durchgang. Ein Angestellter hielt das Tor geschlossen und verhinderte den Zugang von Schaulustigen und Journalisten. Ich bat den Taxifahrer, meinen Koffer zurück zum Hotel zu bringen, bezahlte und ging an der Menschentraube vorbei. Ein Stück weiter weg nutzte ich die Gelegenheit, in einem unbeobachteten Moment über den

Zaun zu klettern, und lief im Schutz der Bäume den Hang hinauf.

Auf dem Hügel blockierte ein Polizeiauto den Eingang zum Stollen. Ich erkannte Domenico, der in gebeugter Haltung gerade mit einem der Polizisten sprach. Weitere Angestellte des Weingutes standen in Grüppchen herum und sprachen leise miteinander. Als der Polizist zu seinem Wagen ging, näherte ich mich, immer noch außer Atem, Domenico und umarmte ihn.

«Senhora Brigitte!?» Seine Augen waren dunkel gerändert. «Es ist alles so schrecklich.»

«Was ist passiert?»

«Der Stollen stand in Flammen, ist aber glücklicherweise nicht zusammengebrochen.» Domenico blickte zu Boden. «Es ist alles verbrannt, wir haben die gesamte Produktion verloren. Da drin liegt ein gigantischer Trümmerhaufen.»

«Und wo ist Victor?»

«Niemand weiß es. Sein Hund ist bei dem Brand umgekommen, leider. Wir haben seine Überreste bereits im Rosengarten beerdigt.» Domenico seufzte. «Senhor Victor würde den Anblick nicht verkraften.»

Ich versuchte, ruhig zu bleiben. «Domenico, ich möchte alles tun, was ich kann, um zu helfen. Wo wird nach Victor gesucht?»

«Die Polizei kümmert sich darum, aber wenn Sie möchten, können Sie hierbleiben. Kommen Sie, ich bringe Sie zu meiner Frau Giuseppa.»

Ich nickte dankbar.

Während Giuseppa und ich vor dem Haus redeten, schickte Domenico die Angestellten nach Hause. Zusammen mit der abrückenden Polizei versuchte er anschließend, die Neugierigen vor dem Tor zu vertreiben.

«Woher kennen Sie den Chef eigentlich, Senhora Brigitte?»,

fragte Giuseppa, als wir allein waren. Sie sah ebenfalls sehr mitgenommen aus.

«Wir ...» Ich stockte. Ich konnte diese freundliche, kleine Frau nicht anlügen. «Wir sind als Jugendliche in Brasília zusammen zur Schule gegangen», erklärte ich. «Und mein Name ist gar nicht Brigitte, sondern Amanda. Aber das ist eine lange Geschichte.»

Einen Moment lang sah sie mich aufmerksam an und schien zu überlegen, ob sie mir trauen konnte. Dann nickte sie.

«Alle hier mögen ihn sehr gerne. Senhor Victor ist mehr als ein Chef, wir sind quasi seine Familie. Ach, er tut mir nur leid, weil er ansonsten so allein ist. Seine einzige Begleitung war immer der Hund. Und jetzt ...»

Ich drückte ihren Arm. «Es gibt Menschen, die alleine gut klarkommen. Niemand würde sich doch einen Ort wie diesen zum Leben aussuchen, wenn er nicht ein zurückgezogenes Leben führen wollte, oder? Haben Sie denn eine Ahnung, wohin er gegangen sein könnte?»

«Ich weiß es nicht.»

«Und seine Freundin? Weiß sie vielleicht etwas?», fragte ich.

«Welche Freundin denn? Er hat keine Freundin.» Giuseppas Stimme wurde leiser. «Schauen Sie, ich habe der Muttergottes von Caravaggio im Haus eine Kerze angezündet, damit sie ihn beschützt. Sind Sie religiös?»

«Nicht sehr.»

«Beten Sie trotzdem mit mir?»

Wir betraten das Haus, und ich folgte ihr ins Wohnzimmer. Die Sonnenstrahlen fielen durch die riesige Fensterfront der Veranda ins Innere und tauchten den Raum in ein warmes, goldenes Licht. Der Blick in die Landschaft war atemberaubend.

Giuseppa führte mich zu einer Kommode, auf der eine

Kerze und ein Heiligenbildchen standen. Sie sprach ein Gebet. Dann schnäuzte sie sich und nahm meine Hand.

«Sie sind eine gute Person. Domenico und ich müssen gleich nach Hause gehen und auf unsere Enkelkinder aufpassen. Möchten Sie hier auf Senhor Victor warten?»

«Darf ich?»

Giuseppa streichelte über meine Wange. «Kaffee und Kuchen stehen auf dem Tisch. Fühlen Sie sich wie zu Hause, meine Liebe.»

Die Wärme in der Stimme dieser Frau klang, als ob sie wirklich wollte, dass der Ort mein Zuhause sei.

Kurz darauf kam Domenico fluchend zurück und strich sich mit den Händen über die schmutzige Hose.

«Ach, was für ein Elend! Diese Leute interessieren sich nur für das Unglück anderer.»

«Reg dich nicht auf, mein Schatz», erklärte seine Frau. «Wir können heute nichts mehr tun. Amanda wird hierbleiben, um auf Senhor Victor zu warten.»

«Wer ist Amanda?»

«Ach, das ist eine lange Geschichte.» Giuseppa zwinkerte mir zu. «Die wird sie uns später erklären. Komm jetzt, wir gehen.»

Domenico akzeptierte die Anweisung seiner Frau. Dennoch drehte er sich noch einmal zu mir um und sagte: «Senhora Brigitte ... äh, Senhora Amanda, Sie haben hier kein Handynetz. Wollen Sie wirklich ganz alleine hier bleiben?»

Ich nickte. Es schien mir unnötig zu erwähnen, dass ich derzeit gar kein Handy besaß.

Domenico nahm meinen Arm und sah mir tief in die Augen. «Senhor Victor wird zurückkommen. Ich weiß nicht, an welchem Tag oder zu welcher Uhrzeit. Sollte er einfach plötzlich wie aus dem Nichts erscheinen, haben Sie keine Angst, hören Sie?»

«Aber – was erzählst du denn da, Domenico!», warf Giuseppa ein. «Jetzt mach dem Mädchen doch keine Angst. Lass uns fahren.»

Als sie gegangen waren, kehrte Stille im Haus ein, unterbrochen nur vom Pfeifen des Windes, der von außen hereindrang. Ich betrat die Veranda und war fasziniert vom Anblick der Weinreben, die den Berg hinaufkletterten.

Hier lebst du also, Victor. Und zwar allein. Wer auch immer die Frau auf dem Fest gewesen sein mag ...

Ich konnte mir ein Lächeln nicht verkneifen.

Neugierig lief ich durch das Haus und spürte eine seltsame Vertrautheit. In jedem Raum fielen mir die Uhren an den Wänden auf. «Warum so viele?», murmelte ich.

Victors Schlafzimmer war ein riesiger, fast leerer Raum mit hellem Parkett, weißen Wänden und bodentiefen Fenstern zu drei Seiten, sodass es schien, als würde der Raum über dem Tal schweben. Es war ein atemberaubender Widerspruch, eine Mischung aus Opulenz und Bescheidenheit. Die spärliche Einrichtung bestand aus einem Kingsize-Bett, dessen Bettdecke aussah, als wäre sie gebügelt worden, einem Nachttisch und einem runden, cremefarbenen Teppich. Ein paar Duftstäbchen in einem Glas auf dem Nachttisch verströmten einen angenehmen, dezenten Geruch. An der Wand hinter dem Bett, direkt unter einer Uhr, stand ein weiterer Satz über das Glück. Ich war nicht einverstanden mit dem, was dort stand, und murmelte: «Es ist verdammt schwer, alleine glücklich zu sein.»

62.

Victor und Amanda

Victor

Ich erwachte auf feuchtem Gras, es war schon dunkel. Dem Schmerz in meinen Knochen zufolge musste es ein Zeitsprung von mehreren Stunden gewesen sein. Der Stollen schien komplett zerstört, es roch noch stark nach Rauch. Mein Herz begann, erneut zu rasen. Meine Augen flackerten – dann saß ich im Pick-up. Wieder Herzrasen, noch ein Aussetzer. Schließlich wachte ich auf meinem Küchenfußboden wieder auf. Meine Beine zuckten unwillkürlich, und ich hörte es klirren, als die Flaschen umfielen, die neben dem Kühlschrank standen.

Ich hatte noch nie mehrere Zeitsprünge direkt hintereinander erlebt, und ich hatte keine Ahnung, was jetzt kommen mochte.

Es kam ein weiterer Sprung.

Amanda

Ich schreckte auf, als ich ein Krachen hörte, das klang, als wäre Glas zu Bruch gegangen. Zunächst wusste ich nicht, wo ich war. Dann wurde mir bewusst, dass ich auf dem Sofa im Wohnzimmer eingeschlafen sein musste. Ich sprang auf und rannte in die Küche, von wo das Geräusch gekommen war. Es war niemand dort. Ein paar Flaschen lagen auf dem Boden. Ich konnte mich jedoch nicht daran erinnern, ob sie bereits vorher dort gewesen waren und der Lärm nur Teil eines Albtraums gewesen war.

«Victor?», rief ich.

Stille.

Victor

Ich wachte auf meinem Bett auf. Mein Herz schlug jetzt ein wenig langsamer, weshalb ich annahm, dass ich angekommen war. Ich sah auf die Uhr an der Wand und rechnete.

Fast zwanzig Stunden.

Ich stopfte mir ein Kissen zwischen die Knie und rollte mich zusammen. Alles, was ich wollte, war, winzig klein zu sein, mich aufzulösen und mich in etwas Neues zu verwandeln. Etwas Neues, mit neuen Zielen, Sehnsüchten, Ideen und Wünschen.

Ein Fisch zurück im Wasser.

Im Spiegel des Kleiderschranks sah ich den Satz, den ich beim Einzug über mein Bett geschrieben hatte: *Es ist unmöglich, alleine glücklich zu sein.* Ich drehte den Kopf und las ihn erneut. Aus dem «unmöglich» hatte ich irgendwann ein «möglich» gemacht. Aber ich war noch nie so sicher gewesen wie jetzt, dass Tom Jobim mit dieser Liedzeile leider doch recht hatte. Es war unmöglich, alleine glücklich zu sein.

Ein stummer Schrei formierte sich in meiner Kehle.

Ich würde nicht ruhen, bis ich herausgefunden hätte, warum das Feuer im Stollen ausgebrochen war. Das ganze Projekt, dessen Realisierung Jahre gebraucht hatte, all der Schweiß und die Arbeit von so vielen Menschen, die täglich ihr Bestes auf dem Gut gaben – alles hatte sich aufgelöst in Asche und Rauch, in Schmerz und in Wut.

Ich setzte mich im Bett auf und sah aus dem Fenster. Das Tal vor meinen Augen verschwamm zu einem undefinierbaren Bild aus dunkler Tinte.

Amanda

Das Licht der Kerze auf der Kommode tanzte eine traurige Choreographie entlang der Wohnzimmerwände. Meine Überzeugung, dass Victor irgendwann zurückkehren würde, begann langsam einer diffusen Angst um ihn zu weichen. Ich trat an die Fensterscheibe und sog die Dunkelheit über dem Tal auf, während ich versuchte, nicht daran zu denken, was ihm alles passiert sein konnte.

Victor

Ich musste in den Stollen und das Ausmaß des Schadens begutachten, auch wenn ich damit einen weiteren Zeitsprung riskierte.

Im Flur bemerkte ich einen schwachen Schimmer, der aus dem Wohnzimmer fiel. Ich betrat den Raum und registrierte die brennende Kerze auf der Kommode.

Giuseppa wird doch nicht in meiner Abwesenheit die Kerze angelassen haben?, dachte ich. Doch gerade als ich nach dem Lichtschalter tasten wollte, nahm ich eine Person am Fenster wahr.

Instinktiv zog ich die Hand zurück. Es war eine Frau. Sie stand mit dem Rücken zu mir und blickte auf das Tal hinunter. Ich hielt den Atem an und kniff die Augen zusammen, um besser fokussieren zu können. Dann drehte sie sich ein wenig zur Seite, und ich sah sie im Profil.

In meinem Wohnzimmer stand die letzte Person, die ich dort jemals erwartet hätte. Ich verstand überhaupt nichts mehr und murmelte: «Amanda.»

Amanda

«Amanda», flüsterte eine kaum hörbare Stimme hinter mir.

Erschrocken drehte ich mich um. Mein Atem stockte, meine Beine wurden weich – dann trafen sich unsere Blicke. Vor mir stand die einzige Person, mit der ein glückliches Leben möglich war.

Victor machte ein paar Schritte auf mich zu.

«Brigitte.» Es klang wie eine Feststellung.

«Wilson.»

Er nickte, kam zu mir und begann, mit dem Handrücken mein Gesicht zu streicheln.

«Ich werde nicht das Licht anmachen, um auf keinen Fall das Risiko einzugehen, dass dies nur eine Illusion ist.» Er atmete langsam ein und aus. «Denn ich weiß nicht, ob ich wach bin, träume oder ... in der Zeit durcheinandergekommen bin.»

«Wenn ich die Zeit doch nur zurückdrehen könnte», sagte ich und lehnte meinen Kopf an seine Brust. «Ich würde zwanzig Jahre zurückspringen und diese Party nicht ohne dich verlassen.»

«Und ich würde dich nicht gehen lassen.»

Victors Mund befand sich nur wenige Zentimeter von meinem entfernt.

Ich umfasste seine Hüften. «Aber niemand kann in der Zeit springen und die Dinge neu ordnen, und deshalb müssen wir jetzt das nehmen, was vor uns liegt.»

«Wer sagt dir, dass das nicht möglich ist?», fragte er, während unsere Lippen sich vorsichtig berührten.

Und nach zwanzig Jahren spürte ich endlich wieder den Geschmack eines Kusses, der an der schönsten Stelle meiner Erinnerung aufbewahrt worden war.

63.

*V*ictor

In meiner Brust vermischten sich Glück und Trauer. Ich war traurig wie nie zuvor und so glücklich wie selten. Es war unmöglich, meine Gefühle zu definieren, aber die Tatsache, dass weder Amandas Kuss noch meine Verluste durch das Feuer einen Zeitsprung ausgelöst hatten, ließ mich vermuten, dass beide Gefühle einander in ihrer Koexistenz neutralisierten und mich so in der Gegenwart hielten.

Lange standen wir einfach nur da und hielten einander im Arm. Es fühlte sich gleichzeit vertraut und seltsam aufregend an. Immer wieder fuhr ich ihr mit der Hand über den Kopf, streichelte ihr Gesicht, das Kinn, die Narbe, als müsste ich jede Kleinigkeit mit den Fingern aufsaugen. Es gab so viel zu sagen, so viel zu fragen. Und doch hatte ich in diesem Moment nur das Bedürfnis, sie zu halten und sie nie wieder loszulassen.

«Es tut mir alles so leid», flüsterte sie, und ich wusste nicht, ob sie damals oder heute meinte. Aber es war auch nicht wichtig.

Ich trocknete ihre Tränen mit meinen Küssen und sagte: «Du bist da, das ist das Einzige, was zählt.»

Und dann bat ich sie, mich zu begleiten.

Während ich eine Taschenlampe aus dem Schrank holte, blies Amanda die Kerze aus und nahm sie zusammen mit einer Schachtel Streichhölzer in die Hand.

Aus dem Stollen schlug uns immer noch eine rauchige Wärme entgegen, als hätte das Feuer seine Visitenkarte hinterlassen. Ich knipste die Taschenlampe an und erschrak. Mein Traum hatte sich in ein verkohltes Loch im Berg verwandelt: Tausende zersprungene Sektflaschen lagen am Boden, Rüttelpulte und Regale waren zusammengebrochen und weitgehend verbrannt. Musikanlage und Lautsprecher lagen verschmort in einer Ecke. Die dicken Holzbalken, die den Stollen stützten, waren verkohlt, und das Stahlgerüst war verbogen wie die Finger einer alten Hand, die noch immer tapfer versuchte, das Gewicht des Berges zu halten.

«Hast du eine Ahnung, wodurch das Feuer ausgelöst wurde?», fragte Amanda.

«Nein, aber ich habe eine Ahnung, wer es gelegt haben könnte.»

«Du denkst, es war Brandstiftung?»

«Ja, das denke ich. Und mir fallen gleich zwei Leute ein, die ein Motiv hätten: ein Typ, der wegen eines Mädchens aus dem Dorf wütend auf mich ist, und ein anderer, der mein Gut kaufen wollte.» Ich sah auf den Scherbenhaufen zu meinen Füßen. «Ironischerweise ein Typ, der jetzt eine Kiste meines jüngsten Weins hat, während mir keine einzige Flasche mehr bleibt.»

«Was willst du tun?»

«Zur Polizei gehen, denke ich.»

«Hast du eine Versicherung, die für den Schaden aufkommen wird?»

«Das Materielle kümmert mich nicht. Aber Mister ... mein treuer Hund und Begleiter ist hier drin umgekommen, und ich stand da draußen und habe seine Verzweiflung gehört und konnte ihm nicht helfen.» Die Erinnerung schnürte mir die Kehle zu.

Wir liefen vorsichtig durch die Trümmer und betrachteten

das Ausmaß der Zerstörung, als plötzlich der Schein der Taschenlampe auf Amandas Nacken fiel. Ich blieb abrupt stehen, dann irrten meine Augen durch den Stollen, und ich rief: «Warte mal kurz, ich komme gleich wieder.»

Ich kam mit einer Schaufel und einem Brecheisen zurück. Dann gab ich Amanda die Taschenlampe und bat sie, mir zu leuchten, während ich den Weg mit der Schaufel freischippte. So kämpften wir uns bis zur Rückwand des Stollens durch. Man hörte nichts als das Kratzen des Werkzeugs über dem Betonboden. Der Schweiß lief mir das Gesicht hinunter. Ohne Pause kämpfte ich mich durch die Trümmer, bis ich bei der massiven Eisentür angelangt war. Sie war etwas angeschmort, aber intakt. Das Nummernfeld für die Code-Eingabe war zerstört. Also setzte ich das Brecheisen an. Als die Tür sich langsam zu bewegen begann, schlich sich ein Lächeln auf mein Gesicht. Kaum dass der Spalt breit genug war zum Hindurchschlüpfen, warf ich das Brecheisen zur Seite, nahm Amanda die Taschenlampe aus der Hand und quetschte mich durch die Öffnung. Amanda folgte mir. Alles hier drinnen schien intakt, das Thermometer an der Wand zeigte noch immer 9 °C an, und jede Flasche lag an ihrem Platz, als wäre die Tragödie auf der anderen Seite der Tür gar nicht geschehen.

Ich konnte mein Glück kaum fassen, der eigentliche Schatz dieses Stollens war unversehrt geblieben! Mein Herz raste. Als ich spürte, dass ich gleich in die Vergangenheit springen würde, nahm ich schnell Amandas Hand und drückte sie fest. Dann rief ich: «Ich habe schon immer gewusst, dass du die Ursache für alles bist, Amanda.»

Ich schloss die Augen – und öffnete sie wieder, als ich ins Wohnzimmer kam und Amandas Silhouette am Fenster entdeckte. Ich erlebte alles erneut, die ungewohnte Nähe, die Umarmung, den Kuss, bis zu dem Zeitpunkt, an dem wir uns zum zweiten Mal durch die geheime Tür zwängten. Wenn meine Vermutung stimmte, wenn der Druck auf Amandas Hand der Hebel war, um etwas Geschehenes zu verändern, dann könnte ich jetzt den letzten Satz ungesagt lassen. Oder ihr etwas ganz anderes sagen.

Aber sosehr ich es auch wollte, das Geschehene blieb unveränderbar, und ich sagte ihr wieder, was ich schon so oft gedacht hatte.

64.

Amanda

Das Licht der Lampe verlief im Zickzack über die Wände dieser geheimen Kammer, die vom Feuer unberührt geblieben war, während Victor begeistert in alle Ecken leuchtete.

«Ich habe schon immer gewusst, dass du die Ursache für alles bist, Amanda.» Er nahm meine Hand und drückte sie.

Fragend sah ich ihn an. «Ich? Die Ursache wofür?»

«Ach, für alles, einfach alles.» Hatte er gerade noch euphorisch wie ein kleines Kind gewirkt, so schien er plötzlich beinahe enttäuscht. «Ich erkläre es dir später.» Dann besann er sich auf die Flaschen in dieser seltsamen Kammer. «Aber vorher möchte ich dir etwas zeigen.»

Er nahm die Kerze und die Streichholzschachtel aus meiner Hand, zündete die Kerze an und tröpfelte etwas Wachs auf ein Regal, um sie daraufzustellen. Dann knipste er die Taschenlampe aus und zog eine der Flaschen aus dem Regal.

«Schau her. Das hier hat noch niemand gesehen. Es dürfte die Rettung meines Weinguts sein.» Liebevoll strich er über den Bauch der Flasche, und als das Kerzenlicht das Etikett erhellte, erkannte ich die Zeichnung einer Blume. Eine Blume, die genauso aussah wie die auf meinem Nacken. Als ich den Namen des Schaumweins las, konnte ich meine Tränen nicht zurückhalten.

«Was hat das zu bedeuten, Victor?»

Er bemerkte meine Verunsicherung und trat so dicht an

mich heran, dass sich unsere Köpfe berührten. «All die Jahre dachte ich, du seist gestorben ...», flüsterte er. «Es war ein Weg, meine Sehnsucht nach dir zu verewigen. Dieser Sekt war lange ein Traum. Er sollte so perfekt werden, dass nur ein Name einen Sinn ergeben würde.»

«A&V», hauchte ich.

Victor legte mir einen Arm um die Hüfte, hob mich hoch und wirbelte mich herum. «Ich präsentiere dir den A&V Naturale 2012, salute!» Dann küsste er mich, innig, fordernd.

«Jetzt bin ich unsicher, ob das hier nicht nur ein Traum ist», murmelte ich und blies die Kerze aus.

*Glück ist die Gewissheit,
dass unser Leben
nicht umsonst geschieht.*

65.

Victor

Wir lagen auf der Veranda, unsere nackten Körper unter einer dicken Wolldecke, und hatten gerade die zweite Flasche A&V geöffnet, als Amanda mich fragte: «Wo bist du seit dem Brand die ganze Zeit gewesen, was ist passiert?»

«Ich ...» Wie sollte ich ihr mein Geheimnis erklären? Auf keinen Fall wollte ich sie verschrecken. Ich räusperte mich. «In meiner Wut bin ich einfach ziellos rumgelaufen. Ich wusste nicht, wohin mit mir. Ich muss irgendwann vor Erschöpfung unten am Weinhang eingeschlafen sein.» Dann wechselte ich schnell das Thema: «Und wie kommt es, dass du hier bist? Ziemlich weiter Weg von Buenos Aires nach Nova Vêneto, oder?» Ich hauchte ihr einen Kuss auf die Nasenspitze und sah sie herausfordernd an.

«Der Weg ist noch viel weiter und steiniger, als du dir vorstellen kannst. Aber jetzt bin ich hier.» Sie lächelte ein wenig gequält. «Und ich würde gerne noch ein Missverständnis aus dem Weg räumen ...» Sie zögerte. «Ich ... Also, muss ich mir Sorgen machen wegen der Schönheit, die dich hinter deinem Stand geküsst hat?»

«Hast du die Feier deswegen verlassen, ohne mit mir zu sprechen?» Ich musste lachen. «Nein, sorgen musst du dich überhaupt nicht. Antonella bedeutet mir nichts. Sie ist außerdem die große Liebe von dem Typen, den ich verdächtige, das Feuer im Stollen gelegt zu haben. Aber ich denke, sie hat jetzt endlich verstanden, dass ich nicht an ihr interessiert bin.»

«Da bin ich aber froh», sagte Amanda und strich mir durchs Haar.

«Und was ist mit dir? Du hast mir doch gesagt, dass du verheiratet bist.»

«Ja, es gibt einen Ehemann. Oder vielmehr: Es *gab* ihn. Wir ...»

Sie stockte, und ich spürte, wie sehr es sie schmerzte.

«Was ist passiert?», fragte ich sanft.

«Als ich dir auf der Party von ihm erzählt habe, habe ich mich ziemlich angestrengt, um glücklich und stark zu wirken. Aber seitdem ist viel passiert, und ich bin mir darüber klargeworden, dass diese Ehe mich schon lange sehr unglücklich macht. Und dass mein Ex unberechenbar ist. Er ...» Erneut unterbrach sie sich und wirkte sehr bedrückt. «Ach, Victor», seufzte sie, «dich an jenem Abend so unerwartet wiederzusehen, hat mich vollkommen verunsichert. Aber mit meinem Gerede über meine vermeintlich glückliche Ehe hab ich dich bloß von der Party vertrieben. Verständlicherweise ...»

«Ja, ich gebe zu, das war schwer zu verdauen. Aber ich versichere dir, mein Verschwinden war –»

«Du ziehst die Einsamkeit vor, was?», fragte sie. «Lebst ganz allein hier am Ende der Welt, ohne irgendjemanden, mit dem du abends den Tag besprechen kannst ...»

«Mein Hund war ein sehr guter Zuhörer.»

«Aber ein schlechter Ratgeber. Ich hab gesehen, was über deinem Bett geschrieben steht. Glaubst du wirklich, dass man alleine glücklich sein kann?»

«Ich denke, ich habe mich einfach daran gewöhnt.»

«Warst du denn nie verliebt?»

Mein Blick verlor sich in ihren Augen. «Nur ein Mal, um ehrlich zu sein.»

Sie wurde ein bisschen rot und senkte den Blick. Dann fragte sie mich: «Wie ist dein Leben weitergegangen nach unserem Abschlussball? Ich will alles von dir wissen. Wir haben so viel nachzuholen.»

Ich lächelte. «Ich hab mir jeden Tag gewünscht, dass du aus Kenia zurückkommen würdest. Meine Sehnsucht nach dir war so groß. Und alles, was ich tat, geschah in Gedanken an den Tag, an dem wir wieder zusammen wären. Ich las, um schlauer zu werden, lernte Gedichte auswendig, nahm Geigenstunden und fing an, ins Fitnessstudio zu gehen – alles nur, um dich beeindrucken zu können.»

Sie nahm meine Hand und verschränkte ihre Finger mit meinen. «Und dann hast du von dieser Explosion gehört und musstest denken, dass auch ich gestorben bin.»

«Ja. Es war schrecklich. Als ich die Nachricht hörte, ist auch ein Teil von mir gestorben. Ich wusste damals nicht, wie mein Leben ohne dich weitergehen sollte.»

«So stark waren deine Gefühle für mich, Victor?»

«Hätte ich mich nur eher getraut, es dir zu sagen.»

«Dann hättest du erfahren, dass ich dich auch sehr geliebt habe. Du kannst dir gar nicht vorstellen, wie ich gelitten habe, als wir in Nairobi ankamen. In meinem Tagebuch bin ich nur am Jammern.» Sie lachte.

Ich liebte dieses Lachen, es erinnerte mich an die bezaubernde und unbeschwerte Amanda von damals. Ewig hätte ich einfach nur daliegen und sie zärtlich ansehen können.

«Geht es dir auch so?», fragte ich schließlich. «Ich fühle mich, als hätte ich zwanzig Jahre lang geschlafen, als wäre die Zeit nur so verflogen.»

«Die Zeit, die Zeit ...» Amanda sah mich an. «Was hast du nur für eine besondere Beziehung zur Zeit, Victor?»

Ich erschrak und runzelte die Stirn. «Wieso fragst du?»

«Na, wegen der ganzen Uhren in deinem Haus. Ich hab

schon zehn gezählt und war noch nicht mal in allen Räumen.»

Ich legte mich auf den Rücken und verschränkte die Arme hinterm Kopf. Wo sollte ich bloß anfangen? «Meine Beziehung zur Zeit ist ... irgendwie kompliziert, das ist schwer zu erklären. Aber vielleicht verstehe ich es eines Tages selbst besser und kann es dir erklären.» Es gefiel mir selbst nicht, aber ich wich ihr aus.

«Und warum misst du deinen Herzschlag mit dieser komischen Uhr?» Sie drehte sich zur Seite und tippte auf meine Smartwatch.

«Ach – es beruhigt mich einfach zu wissen, dass mein Herz normal schlägt.»

«So, so.» Sie lachte. «Du bist wirklich ein komischer Vogel, Victor Fernandes.»

Ich musste schmunzeln. «So weiß ich aber zum Beispiel auch, dass mein Herz ruhiger schlägt, wenn du bei mir bist.»

«Und was bedeutet das?»

«Dass du mich glücklich machst. Sehr glücklich.»

Sie umarmte mich fest.

Ich löste meine Arme und streichelte über ihren Rücken, ihren Kopf, ihr Haar. Mit einem Finger umkreiste ich vorsichtig die Narbe an ihrer Schläfe. «Amanda, kann ich dich was fragen? Du musst nicht darüber reden, wenn du nicht willst.»

«Klar, frag mich.»

Ich atmete langsam ein. «Diese Narbe im Gesicht und die vielen kleinen auf deinen Armen. War das die Explosion damals?»

Sie richtete sich auf und blickte über das Tal. Ihre Stimme war nicht mehr als ein Flüstern.

«Das letzte Bild, das ich von meinen Eltern habe, ist das von zwei verbrannten Leichen. Zwei verkohlte Körper. Ihr Auto war zur falschen Zeit am falschen Ort. Es ist entsetzlich, und es wird mich nie loslassen. All diese Toten ...» Sie schüttelte den Kopf, als könne sie die Bilder so abschütteln. Nach einer Weile fuhr sie fort: «Außer dem Chauffeur saß noch ein Mädchen im Auto. Isabel, die Schwester von Niara, meiner besten Freundin in Kenia.» Amanda schluckte schwer und hielt die Tränen zurück. «Ich war vorher ausgestiegen. Und ich bin schuld daran, dass Isabel mitgefahren ist, denn ich habe meine Eltern gedrängt, sie mitzunehmen. Wenn ich nichts gesagt hätte, wäre sie heute noch am Leben.» Ihre Schultern begannen zu beben. Ich wagte nicht, sie zu berühren. «Niara und ich haben alles gesehen, es war so schrecklich. Ich wollte danach nicht mehr zurück in die Botschaft und auch nicht über den Anschlag reden. Die darauffolgende Zeit liegt im Nebel. Ich wurde psychologisch betreut. Danach weiß ich nur, dass ich unbedingt bei Niara sein und in Isabels Zimmer schlafen wollte. Nächtelang saß ich auf ihrem Bett, guckte ihre Bücher und die Poster an ihren Wänden an, die Fotos auf der Kommode und bat sie um Verzeihung.» Jetzt rannen Tränen über ihr Gesicht. «Dann stand in der Zeitung, dass ich zusammen mit meinen Eltern gestorben sei. Und ich fand das irgendwie richtig, denn so fühlte ich mich: tot. Als wäre ich wirklich bei dieser Explosion gestorben. Über zweihundert Menschen waren dabei umgekommen, und ich wünschte, ich wäre auch darunter gewesen.» Ihr Blick war leer. «Meine Oma holte mich dann irgendwann nach Argentinien. Ich kam mit den Urnen meiner Eltern im Gepäck. Das ist wirklich die letzte Erinnerung, die man an eine Reise haben möchte. Als die Presse in Buenos Aires herausbekam, dass ich gar nicht gestorben war, wollten sie Interviews mit mir machen. Aber ich wollte das nicht. Es gab eine kleine Notiz in der Zeitung, aber mehr nicht. Meine Eltern und ihre diplomatischen Verdienste gerieten bald in Vergessenheit. Irgendwann haben die Amis al-Qaida für den Anschlag verantwortlich gemacht. Es wurden Leute verhaftet, bestraft, getötet, was weiß ich. Mich hat nichts davon getröstet. Mein Leben war zerstört, denn man hatte mir meine Familie genommen, und meine Schuld wog schwer.»

Sie wischte sich mit den Handrücken über die Augen. Dann bat sie mich um die Sektflasche und nahm einen langen Schluck. Anschließend lehnte sie sich zurück und kuschelte sich in meinen Arm. «Ich wusste nicht, wie ich weiterleben sollte. Ob ich jemals wieder in den Spiegel schauen könnte. Ich glaube, ich musste erst vollständig mit meinem alten Leben brechen, verstehst du?»

Ich nickte und hielt sie ganz fest.

«Aber jetzt will ich nicht mehr darüber reden. Heute will ich einfach nur hier sein, mit dir.»

«Ja. Wie mein Freund Rico immer sagt: Der beste Ort der Welt ist da, wo du bist.»

Sie lächelte. «Und weißt du, was? Ich glaube, wenn mein Leben hier und heute enden würde, in deinen Armen ...» Sie wandte mir den Kopf zu und sah mir tief in die Augen. «In den Armen dieses unglaublichen Mannes, dem ich so viel zugemutet habe, dann würde es gut enden, trotz aller Steine in meinem Weg.»

Ich machte große Augen. «Du hast noch nicht einmal ein Drittel deines Weges hinter dir.»

«Ich weiß. Und den Rest würde ich gerne an deiner Seite verbringen.» Sie küsste mich. «Es ist seltsam: Gestern früh war ich schon auf dem Rückweg, und ich war mir sicher, dass wir uns nie wieder sehen würden, dass unsere Geschichte ein für alle Mal zu Ende war. Und jetzt liegen wir hier auf deiner Terrasse, ich kann es kaum glauben.»

«Unsere Geschichte ist wirklich verworren, oder?»

«Ja, aber ich glaube, der Knoten fängt langsam an, sich zu lösen.»

Wir lagen eine Weile lang still da und sahen hinaus in die dunkle Nacht.

Dann fiel mir ein Satz ein, der auf einem Schild im Haus hing, und ich zitierte ihn laut: «Glück ist die Gewissheit, dass unser Leben nicht umsonst geschieht.»

Amanda sah mich amüsiert an. «All diese Sätze über das Glück, die ganzen Uhren, dieser verlassene Ort ... Du bist echt ein rätselhafter Kerl, Victor.» Sie schob die Decke zur Seite und begann, mich mit Küssen zu bedecken. «Aber ich will mehr davon, viel mehr.»

66.

*V*ictor

«Bleib noch», murmelte ich, als die Sonne das Zimmer schon durchströmte, und zog Amanda an mich.

«Das würde ich liebend gerne.» Ihre Stimme klang verschlafen. «Aber ich muss bis Ende des Monats meinen Chef vertreten, der im Urlaub ist. Ich kann ihn nicht hängen lassen, er ist mein bester Freund.»

«Die schönste Buchhandlung der Welt mit der schönsten Mitarbeiterin der Welt ...» Ich strich sanft über die Narbe an ihrer Schläfe.

«Komm doch mit!», sagte sie.

«Oh, das wäre schön. Aber ich muss herausfinden, wer dieses Feuer gelegt hat.»

Sie sah mich besorgt an. «Bitte sei vorsichtig. Wer das gemacht hat, ist zu allem fähig.»

«Keine Sorge. Aber viel wichtiger ist: Wann sehe ich dich wieder?»

Sie griff nach einem Stift und einem Notizblock vom Nachttisch und schrieb eine Telefonnummer auf.

«Das ist bei meinem Onkel, wo ich zurzeit wohne. Ich benutze gerade kein Handy, weil ich nicht möchte, dass mein Ex mich kontaktiert.»

Ich sah sie an und hätte sie am liebsten in einen Schutzmantel gehüllt, um sie vor allem Schlechten da draußen zu bewahren.

Sie lächelte und fragte: «Was ist?»

«Weißt du noch, wie ich dir damals vor zwanzig Jahren, als du die Party verlassen hast, gesagt habe, dass ich dich was fragen will, aber dann doch nicht gefragt habe?»

«Oh ja, ich bin ja fast gestorben vor Neugierde.»

«Nun, die Frage lautete: Willst du mit mir gehen?»

Amandas Augen blitzten auf, und die Antwort kam mit dem zärtlichsten Kuss, den ich je bekommen hatte. Ein Kuss, der mich zurückspringen und jeden magischen Moment der vergangenen Nacht erneut erleben ließ.

Als wir aus dem Schlafzimmer kamen, hatte Giuseppa gerade Kaffee aufgesetzt.

«Frag nicht», sagte ich zu ihr und setzte mich an den Tisch. «Ich sterbe vor Hunger.»

«Zu sehen, dass Sie wieder da sind und dass es Ihnen gut geht, erspart mir jede Frage», erwiderte sie lachend. «Aber Domenico hat die ganze Nacht kein Auge zugemacht, glauben Sie mir.»

«Wir zwei auch nicht», sagte ich.

Amanda warf ihre Serviette nach mir. Ich lachte und reichte ihr einen Toast. «Ihr beiden kennt euch ja schon, oder?»

Giuseppa lächelte wissend und sagte schnell: «Dann gehe ich Domenico mal Bescheid sagen, Patrão, dass Sie wohlauf sind.»

«Ja, mach das. Danke.»

Als Giuseppa die Tür hinter sich zugezogen hatte, sagte ich zu Amanda: «Eine Frage habe ich noch: Warum Brigitte?»

«Ach, das.» Sie lächelte. «So hat mein Vater mich immer genannt. Er fand, meine Zahnlücke sehe aus wie die von Brigitte Bardot. Deshalb nannte er mich BB.» Sie bestrich sich ihren Toast. «Und du? Warum Wilson?»

«Geht auch auf meinen Vater zurück. Wegen Wilson Pickett, dem Lieblingssänger meines Vaters. Er sang immerzu dessen Soul-Lieder und bestand darauf, mich Wilson Pickett zu nennen. Aber meine Mutter fand das schrecklich, sie müssen furchtbar gestritten haben deswegen. Am Ende hat sie sich mit Victor durchgesetzt, aber er durfte den zweiten Namen bestimmen.»

Während ich erzählte, bastelte ich aus meiner Serviette eine Blume. Ich schrieb A&V darauf und stellte sie in die Tischmitte. Amanda sah mir zu und lächelte schweigend.

«Diese Blume wird hier bleiben und auf das Rot deines Lippenstifts warten», sagte ich zu ihr. «Und meine Lippen werden auf deine warten.»

67.

Amanda

«Beim Anblick deines verträumten Lächelns kann ich mir die Frage wohl sparen, wo du jetzt plötzlich wieder herkommst», lachte Ignacio, als er mich in der Hotellobby traf.

«Eine Nacht reicht aus, um ein Leben zu verändern ...», gab ich augenzwinkernd zurück. «Hat mal ein kluger Mann gesagt.»

Er zerknüllte den Brief, den ihm die Rezeptionistin gegeben hatte, und trug meinen Koffer zum Shuttlebus.

Die nächsten Tage fiel es mir schwer, mich auf die Arbeit zu konzentrieren. Ich dachte den ganzen Tag an Victor, an seine Stimme, seine Haut und seine Hände und an die absolute Vorsicht, mit der er mich behandelt hatte. Es war mir nicht leichtgefallen, ihm von all den Wunden zu erzählen, die mich quälten. Und ich ahnte, dass es noch ein weiter Weg war, bis ich ihm alles anvertraut hatte. Umso schöner war es gewesen, mich ihm so leidenschaftlich mit meinem Körper hingeben zu können. Denn alles an Victor war so behutsam und voller Liebe.

Es fühlte sich gut und richtig an, wie unsere Leben wiedervereint waren.

Wir verabredeten, jeden Abend um halb elf zu telefonieren, wenn ich aus dem Buchladen zurückkam. Wir sprachen für mindestens eine Stunde. An Themen und Liebesschwüren mangelte es uns nicht.

«Du wirst den Tick schrecklich finden, den ich habe», sagte ich am dritten Abend.

«Erzähl schon.»

«Jeden Tag, wenn ich den Buchladen verlasse, halte ich an einem Regal an, schließe die Augen und ziehe wahllos ein Buch heraus. Ich öffne es und lese die ersten Zeilen. Ich nenne das meinen ‹literarischen Glückskeks›. Es sind wahre Botschaften, die die Bücher mir geben.»

«Ich kann dir helfen, sie zu interpretieren. Was war der heutige Satz?»

«Heute bin ich Amanda Vonnegut», sagte ich und zitierte mit energischer Stimme: «Alles das hat sich mehr oder weniger zugetragen.»

«Hmmm ... Vielleicht bedeutet das, du hast niemals den Mut gehabt, jemandem genau zu erzählen, was du durchgemacht hast, aber eines Tages wird es so weit sein?»

Es war beinahe beunruhigend zu sehen, wie Victor in so kurzer Zeit die Gabe entwickelt hatte, mich wie kein anderer zu kennen.

«Victor, ich ...» Ich räusperte mich und senkte die Stimme. «Tatsächlich habe ich nie wirklich jemandem offenbart, was das Leben für mich bedeutet. Als ich aus Kenia zurückkam, habe ich darüber geschrieben und dann alles weggeworfen. Ich konnte diese schrecklichen Dinge, die mir in den Sinn kamen, nicht noch einmal lesen. Niemand würde es verstehen.»

«Jeder hat Geheimnisse, die er in einer Kiste versteckt. Eines Tages sollten wir sie öffnen und die Geheimnisse rauslassen. Denn wenn sie dort bleiben, verhindern sie das Neue und das Glück, wie verdorbene Früchte oder verwelkte Blumen: Sie sind nur eine Belastung.»

Einen Moment lauschte ich nur seinem Atem. «Und was ist dein Geheimnis, Victor?»

«Wie?» Victor hielt inne.

Ich wartete auf die Antwort und wusste, dass ich einen wunden Punkt getroffen hatte. «Du hast doch eins, oder?»

68.

Victor

Amandas Abreise bedeutete für mich ein Gewirr aus Sehnsucht, Hoffnung, langen Telefonaten, neu erweckten Träumen und viel Arbeit. Die Wiedereroberung der Liebe meines Lebens, die Wucht der Gefühle und das Dauerlächeln führten zu häufigen Zeitsprüngen in die Vergangenheit. Und jeden Tag wartete ich sehnsüchtig auf die mit Amanda verabredete Uhrzeit, um zur großen Araukarie zu fahren und sie anzurufen.

In der Mitte der Woche präsentierte ich meinen Mitarbeitern den A&V bei einer Verköstigung. Der Sekt wurde in den höchsten Tönen gelobt, und ich verkündete die Markteinführung für den darauffolgenden Monat. So würden wir hoffentlich die durch das Feuer verursachten Umsatzeinbußen kompensieren. Ich beauftragte die Agentur mit einer Werbekampagne und mit Anzeigen in Fachzeitschriften und zeichnete die noch fehlenden Etiketten, die meine Mitarbeiter aufklebten. Alle arbeiteten wie besessen, um den Verlust der letzten Produktion auszugleichen und das Überleben des Weinguts zu garantieren.

Bevor wir mit den Aufräumarbeiten im Stollen beginnen konnten, rief ich bei der technischen Abteilung der Feuerwehr an. Ich wollte wissen, ob es Brandstiftung gewesen war.

«Der Sicherungskasten ist außen angebracht», sagte der Feuerwehrmann, «an den Wänden haben wir keine Spuren einer Explosion gefunden, die Nacht war feucht, und es gab keine weiteren Brandherde in der Nähe. Wir können daher ziemlich sicher ausschließen, dass sich das Feuer selbst entzündet hat.»

Ich ließ mir das Gutachten rüberfaxen und fuhr damit am Abend zur Polizei in Bento Gonçalves. Bei meiner Aussage nannte ich die Namen der beiden Männer, die ich in Verdacht hatte: Enrico Balistiero und Stefano Orofino.

«Beide haben mich ein paar Tage vorher bedroht. Und beide wussten, dass ich auf dem Fest war.»

«Das sind ziemlich mächtige Männer, die Sie da beschuldigen.» Der hagere Polizist sprach gedämpft.

«Und deshalb kann die Justiz sie nicht belangen?»

«Es ist in solchen Fällen einfach schwierig, sehr tief zu graben.»

Ich schlug mit der Hand auf den Tisch und stand auf.

«Wie gut zu wissen, dass der Steuerzahler immer auf die Unterstützung des Staates zählen kann», sagte ich auf dem Weg zur Tür. Ich bebte vor Wut.

Auf dem Rückweg rief ich Amanda an. Als ich ihre Stimme hörte, vergaß ich meinen Ärger. Wir sprachen über ihre literarischen Glückskekse und über Dinge, die uns beschäftigten. Aber dann wurde ich nervös, als sie mich plötzlich fragte: «Und was ist dein Geheimnis, Victor?»

«Wie?»

«Du hast doch eins, oder?»

Ich überlegte schon die ganze Zeit, wann und wie ich ihr von den Zeitsprüngen erzählen sollte. Ich konnte doch der Frau, die ich liebte, nicht so wichtige Informationen über mich vorenthalten. Aber ich hatte auch riesige Angst vor ihrer Reaktion, es war einfach schwer zu glauben, und ich konnte nicht wissen, wie sie auf so eine abstruse Neuigkeit reagieren würde. Aber was, wenn ich eines Tages vor ihren Augen verschwand? Wie viel Verunsicherung würde das hervorrufen in einem Menschen, der schon einen so großen Verlust in seinem Leben erlitten hatte wie sie? Amanda war die Letzte, die das verdient hätte.

«Ach, jeder hat doch ein Geheimnis», erklärte ich ausweichend. «Jeder.»

69.

Amanda

«Kann meine Trauzeugin mir dabei helfen, das Kleid auszusuchen?», fragte mich Stella, als ich gerade von der Buchhandlung nach Hause gekommen war.

«Mit Vergnügen.»

«Ich habe morgen um vier Uhr einen Termin bei einem Schneider im Palermo-Viertel. Carmen kommt auch mit.»

«Ich habe sowieso Überstunden angesammelt, und ein wenig früher von der Arbeit weggehen wird niemandem weh tun.»

«Treffen wir uns direkt beim Schneider?»

«Abgemacht.» Stella gab mir eine Visitenkarte mit der Adresse.

«Gut so.» Ignacio rieb sich die Hände. «Alberto und ich werden die Gelegenheit nutzen, auch nach Palermo zu fahren. Ich habe eine tolle Junggesellenparty verdient.»

«Callgirls?» Ich hielt ein Lachen zurück.

«Quatsch. Pferderennbahn!» Er strahlte. «Sechs Durchgänge, die man nicht verpassen sollte.»

Stella runzelte die Stirn und schüttelte den Kopf.

«Übrigens, Amanda.» Ignacio versuchte, schnell das Thema zu wechseln. «Wir haben den Termin für die Zeremonie festgelegt: Am vierundzwanzigsten, also am letzten Samstag im Februar. Schreib ihn dir in den Kalender.»

«Wunderbar!», jubelte ich. «Ich freu mich so für euch.»

70.
Victor und Amanda

Victor

Am nächsten Tag fuhr ich wieder nach Bento Gonçalves, um zu telefonieren und das Internet zu nutzen. Ich musste meine Händler kontaktieren und ihnen sagen, dass der 2012er nicht mehr lieferbar war. Es galt, diverse Lieferungen zu stornieren und Rücküberweisungen von geleisteten Vorkassen anzuweisen.

Die HamBUSgerei war gerammelt voll. Sechs oder sieben Burgerportionen lagen auf dem Grill, und vor der Tür standen auch noch etliche Leute, die darauf warteten, ihre Bestellung aufgeben zu können.

Ich grüßte Rico von weitem, aber er kam extra hinter seinem Tresen hervor, um mich in den Arm zu nehmen.

«Victor, mein Bruder, da bist du ja wieder!» Die Umarmung war ziemlich lang. Dann flüsterte er mir ins Ohr: «Ich war nur deshalb nicht beunruhigt, weil ich mir vorgestellt habe, wie du im Wurmloch herumkriechst.»

«Ich war zwanzig Stunden weg.»

«Unfassbar!»

«Und du wirst mir auch nicht glauben, wenn ich dir erzähle, dass der Brand mir eine verloren geglaubte Liebe zurückgebracht hat.»

«Ich glaube an den magischen Kreislauf des Kosmos, Bruder. Alles hat Sinn und Zusammenhang. Später musst du mir davon erzählen.»

«Abgemacht. Aber jetzt gehst du besser zurück an den Herd, deine Burger brennen schon an.»

«Ups!» Rico rannte zurück und drehte die Burger um.

Ich nahm mir einen Traubensaft aus dem Kühlschrank und suchte mir ein Schattenplätzchen auf der Bordsteinkante. Dann fuhr ich das Notebook hoch und stellte eine Ankündigung auf die Homepage der Casa Ferazza, die vom Brand und von der Einführung des neuen Sekts im nächsten Monat berichtete.

Amanda

Ich fuhr früh in die Buchhandlung, um bis halb drei alle Bestellungen abzuwickeln, die Neuerscheinungen auszupacken und auf den Tischen zu präsentieren, bevor ich zum Schneider fuhr. Das warme Gefühl, das ich für Onkel Ignacio hegte, übertrug sich auf natürliche Weise auch auf Stella, und es fühlte sich ein bisschen so an wie die Liebe zu meiner Mutter, die ich mit siebzehn Jahren verloren hatte, und zu meiner Großmutter, die starb, als ich vierundzwanzig Jahre alt war. Ich hätte alles getan, um Stella die beste Trauzeugin der Welt zu sein.

Bevor ich mich ins quirlige Palermo aufmachte, versuchte ich, Alejandra anzurufen, um zu fragen, ob sie an einem Mädelstreffen beim Schneider und einem sündigen Nachmittag in den Boutiquen von Palermo Soho Interesse hatte. Seit meiner Rückkehr aus Brasilien hatten wir uns noch nicht gesprochen, und ich wollte ihr endlich alles über meine Gefühle für Victor erzählen. Ich musste dringend mit jemandem über alles reden, ich brauchte ein Freundinnengespräch, voller Details und Geständnisse.

Die Mailbox ging ran, und für einen Moment spürte ich Traurigkeit in mir aufsteigen wegen des geringen Kontakts, den Alejandra und ich in letzter Zeit gehabt hatten. Ich hinterließ keine Nachricht, sondern machte mich auf den Weg.

Bevor ich die Buchhandlung verließ, blieb ich an einem Regal mit Klassikern stehen, zog das Buch heraus, das ganz rechts stand, öffnete die erste Seite und las einen neuen literarischen Glückskeks.

Victor

Ich beeilte mich, alle Mails der Casa Ferazza zu beantworten. Dazu schrieb ich einen Entwurf über das Geschehene und fügte den Link zu einem Artikel über den Brand in der Lokalzeitung hinzu, um das Schreiben dann mehrere Dutzend Male zu kopieren und als Antworttext einzusetzen. Manche Kunden antworteten sofort und sprachen mir ihr Bedauern und ihre Solidarität aus.

Aber dann stolperte ich über eine Nachricht von einem unbekannten Absender, die in den frühen Morgenstunden eingegangen war.

«Das war eine Warnung. Komm nie wieder der Frau zu nahe, die nicht dir gehört. Wenn sie nicht meine sein kann, wird sie auch nicht dir oder irgendeinem anderen gehören. Nicht einen einzigen Tag lang.»

Die Nachricht ließ mich schaudern.

«Enrico, dieses Arschloch!» Ich sprang auf, rannte zur Bustür und rief: «Rico, komm mal her, schnell!»

Er warf sich das Geschirrtuch über die Schulter und kam zu mir. «Was ist los? Was machst du denn für ein Gesicht?»

«Ich brauche deine Hilfe.»

«Du kannst dich auf mich verlassen. Worum geht's?»

Nervös knetete ich meine Hände. «Ich muss gestehen, dass

ich immer daran gezweifelt habe, ob es deine IT-Freundin Selena überhaupt gibt.» Meine Stimme überschlug sich fast, so eilig hatte ich es. «Verzeih mir. Aber wenn es sie wirklich gibt, dann brauche ich jetzt ihre Hilfe.»

«Natürlich gibt es sie.»

«Du hast doch gesagt, dass sie Hackerin ist, richtig?»

«Eine der Besten in ihrem Fach.»

«Ruf sie an. Sie muss sehr dringend etwas für mich herausfinden.»

Rico holte sein Handy aus der Hosentasche und wählte einen Kontakt an.

Ich fuhr mir mit den Händen durch die Haare und blinzelte mehrfach hintereinander. Ich setzte mich, stand wieder auf, setzte mich wieder. Und die ganze Zeit über ließ ich Rico nicht aus den Augen. Mein Gesicht glühte.

«Hey, Sel. Lass mal alles stehen und liegen, was du gerade tust. Mein Bruder Victor, der Winzer, weißt du …? Er braucht deine Hilfe. Ich geb ihn dir mal.» Er reichte mir das Handy.

Ich stand auf und sagte: «Hallo, Selena. Wir kennen uns nicht, aber –»

«Schieß los.»

Kurz und knapp, war mir auch recht. «Kannst du die Herkunft einer E-Mail zurückverfolgen?»

«Natürlich.»

«Ich muss ein Verbrechen beweisen.»

«Okay … Schick rüber, Rico hat meine Mail-Adresse.»

«Kannst du sofort Bescheid sagen, wenn du den Absender hast? Wie schnell geht das?»

«Ich mach es jetzt gleich. Dauert nicht lang.»

Ich gab Rico das Handy zurück und leitete Selena die Mail weiter, fügte meine Mobilnummer hinzu und rief dann von meinem Handy aus den Polizeibeamten an, der mit dem Fall betraut war.

«Ich weiß jetzt, wer den Brand gelegt hat», erklärte ich ohne Umschweife. «Ich habe eine Drohung erhalten.»

«Im Ernst?»

«Es war Enrico Balistiero. Sie müssen Antonella Cornacchini in Nova Vêneto schützen. Der Typ hat geschrieben, dass sie den Tag nicht überleben soll. Ich fahre jetzt zu Balistiero.»

«Nein, Senhor Fernandes, das lassen Sie mal besser uns regeln.»

Ich würde mich auf keine Diskussion einlassen und legte einfach auf. Dann griff ich meine Sachen und rannte zum Pick-up.

Rico kam schreiend hinterher. «Hey, Bruder! Wohin?»

«Es ist brenzlig, Rico. Ich erklär's dir später.»

«O Mann, wenn es brenzlig ist, komm ich lieber mit.»

Meine Hände zitterten so doll, dass ich die Autotür nicht aufschließen konnte. Rico nahm mir die Schlüssel aus der Hand.

«Ganz ruhig, Kumpel. Rutsch rüber, ich fahre.»

«Und dein Laden?»

«Die Reifen sind platt, und der Grill ist aus. Das Mittagessen geht heute aufs Haus.»

Wir verließen Bento Gonçalves und fuhren Richtung Nova Vêneto. Auf der Landstraße klingelte Ricos Telefon. Er reichte es mir.

«Selena. Hast du's geschafft?»

«Ich kann die exakte Adresse nicht orten, sorry. Ich weiß nicht, ob die Mail von einem Internet-Café, einem Büro oder einem Privathaushalt aus gesendet wurde. Ich fürchte, für eine gerichtsfeste Beweisführung ist das etwas dünn.»

«Egal, alles hilft. Von wo aus wurde sie gesendet?»

Wir passierten die große Araukarie, und das Netz wurde schwächer.

«Ich ... lokalisiert ... in ... von ... No...»

«Selena? Hörst du mich?»

«Intern... Tele...»

«Selena? SELENA?» Ich guckte aufs Display. Kein Balken mehr, das Telefon verstummte. «Scheiße!» Ich schlug auf das Armaturenbrett. «Dreh um!»

Rico fuhr sofort rechts ran, musste drei LKW vorbeilassen, dann machte er einen U-Turn. Bei der Araukarie ließ ich ihn auf den Standstreifen fahren und rief Selena zurück. Besetzt. Beim zweiten Mal erreichte ich sie.

«Selena?»

«Ja. Hör zu. Ich hab die IP-Adresse, von der die Mail gesendet wurde. Das ist ziemlich weit weg von Nova Vêneto. Die Mail wurde heute Morgen von Buenos Aires aus gesendet.»

Ich verstummte.

Rico starrte mich an. «Was?»

Selena fragte: «Soll ich ...»

«Scheiße!» Mir stockte der Atem.

«Was ist los?», fragten Selena und Rico zugleich.

«Wir sprechen später», sagte ich zu Selena und legte auf. Dann schrie ich Rico an: «Fahr weiter! Los!»

«Wohin jetzt, Bruder?»

«Porto Alegre. Flughafen. Ich muss nach Buenos Aires. Fahr so schnell, wie du kannst.»

«Wie du meinst», sagte Rico und drückte aufs Gas. «Auf ins Wurmloch.»

Auf der Landstraße überholten wir Autos und LKW von links und von rechts. Amandas Worte gingen mir nicht aus dem Kopf: «Wer das gemacht hat, ist zu allem fähig.» Ich suchte die Telefonnummer ihrer Buchhandlung im Internet und rief an.

«Herzlich willkommen bei El Ateneo Grand Splendid. Für Neubestellungen drücken Sie bitte die Eins. Für Nachfragen zu Ihrer Bestellung drücken Sie die Zwei. Bei ...»

«Verdammt!» Ungeduldig wartete ich das Ende der automatischen Ansage ab.

«*... um mit einem Mitarbeiter verbunden zu werden, drücken Sie die Neun.*»

Ich drückte die Neun und radebrechte, so gut ich konnte, auf Spanisch, dass ich Amanda sprechen musste.

«Sie ist erst morgen wieder da. Sie hat heute früher Schluss gemacht. Kann ich Ihnen vielleicht ...»

Ich legte auf und rief bei Ignacio zu Hause an. Es hob niemand ab. Während Rico weiterraste, rief ich die Seiten von zwei Airlines auf. «Der Flieger geht in anderthalb Stunden.»

«Das schaffen wir», sagte Rico und umklammerte das Lenkrad fester. «Halt dich fest.»

Ich kaufte ein Ticket und machte den Online-Check-in vom Auto aus. Ich dachte an Amanda und dann an ihren Exmann. Ich hatte Angst.

71.

Amanda und Victor

Amanda

Ich überprüfte die Adresse des Schneiders auf der Karte, die Stella mir gegeben hatte. Es war nicht weit bis Palermo, und ich würde zum Glück noch nicht in den Berufsverkehr kommen.

Mein Wagen stand in der Calle Riobamba, Ecke Avenida Santa Fe, ungefähr zweihundert Meter von der Buchhandlung entfernt. Ich stieg ein, schnallte mich an, und in dem Moment, als ich den Schlüssel in die Zündung steckte, wurde die Beifahrertür plötzlich aufgerissen, und ein Mann stieg ein.

Ich schrie auf, mein Herz raste.

Er knallte die Tür zu. Mit einer schnellen Bewegung hielt er mir den Mund zu und schob den Lauf eines Revolvers gegen meine Rippen. Für ein paar Sekunden verschwamm meine Sicht, und ich bekam keine Luft. Dann erkannte ich ihn: Juan. Er wirkte aufgebracht, sah unrasiert aus und roch nach Alkohol.

«Wenn du schreist, schieße ich», zischte er. «Wenn du hupst, schieße ich. Wenn du irgendwie versuchen solltest, aus dem Auto zu entkommen, schieße ich – kapiert?»

Er wartete ab, bis ich genickt hatte, und nahm dann langsam die Hand von meinem Mund. Den Revolver hielt er weiter auf mich gerichtet.

«Juan, um Gottes willen!»

«Halt die Klappe und fahr», rief er mit wutverzerrter Stimme. Er sagte mir, wo ich langfahren sollte. Mit zitternden Händen ließ ich den Wagen an.

«Juan, bitte, ich habe dir nichts getan.»

«HALT DIE KLAPPE!»

Victor

«Viel Glück!», rief Rico, als ich vor dem Abflugterminal aus dem Wagen sprang.

«Danke, Rico. Das vergesse ich dir nie.»

Ich suchte die Anzeigetafel und sah, dass das Boarding für meinen Flug bereits begonnen hatte. Schon von weitem erkannte ich, dass vor dem Gate niemand mehr stand. Mist!

Dann hörte ich, wie es aus den Lautsprechern knisterte: «Letzter Aufruf für den Flug 2234 nach Buenos Aires. Senhor Victor Fernandes, bitte begeben Sie sich sofort zum Gate. Dies ist der letzte Aufruf.»

Ich rannte, so schnell ich konnte. Als ich ankam, wollte die Bodenbegleiterin die Tür bereits schließen.

Meine Atmung beruhigte sich erst, als der Flieger abhob.

Amanda

Ich betete, dass uns das Benzin mitten auf einer belebten Straße ausgehen würde, aber der Tank schien unendlich zu sein. Eine gefühlte Ewigkeit fuhren wir nun bereits durch verschiedene Viertel der Stadt, der Lauf der Waffe immer dicht an meinem Körper. Juan benahm sich wie ein Irrer. Ich erkannte ihn nicht wieder. Seine Drohungen, sinnlosen Sätze und kruden Pläne überschlugen sich. Es waren die Worte, die ein Verrückter aus einer kranken Perspektive heraus von sich gab. An jeder neuen Ecke war ich mir sicher, dass es das Letzte sein würde, was ich von dieser Welt sah.

«Du wirst niemals einem anderen gehören, hörst du?», schrie er zum wiederholten Mal. «Du denkst, ich weiß nichts über dich und diesen brasilianischen Hurensohn?»

Victor? Mein Herz blieb beinahe stehen. Ich drehte Juan irritiert den Kopf zu und versuchte, ihm ins Gesicht zu sehen.

«Guck nach vorne, verdammte Scheiße!» Sein Brüllen wurde noch lauter.

«Juan, er und ich sind nicht –»

«Nein, das seid ihr sicher nicht», unterbrach er mich barsch. «Du gehörst mir. Nicht ihm! Nur mir allein.»

Mit dem Lauf der Waffe strich er über mein Gesicht, das Metall kratzte an der Narbe.

«Ich habe euch mit eigenen Augen auf diesem albernen Jubiläum gesehen.»

Juan war in Brasília gewesen? Mein Kopf schwirrte.

Er drückte die Pistole fester gegen meine Schläfe und senkte die Stimme, verfiel in einen ausschweifenden Ton. «Die Art, wie ihr miteinander geredet habt, euer lächerliches Grinsen, seine Hand, die über deine Narbe streichelt, das war so ...» Der Revolver hob und senkte sich und reizte meine Haut. «Verdammt. Er mag die Narbe, nicht wahr?»

«Du warst auf der Party?»

«Ich hätte ihn gleich fertiggemacht, aber der Typ hat sich einfach in Luft aufgelöst, direkt vor meinen Augen, mitten auf der Tanzfläche.» Seine Stimme klang unheimlich. «Amanda, mit dem Kerl stimmt was nicht. Aber ich werde dich beschützen! Ich muss dich vor diesem Hurensohn retten, weil er dein Leben zerstören wird.»

Ich verstand überhaupt nichts von dem Geschwafel, das er

von sich gab. Aber solange er mit mir redete, würde er nicht abdrücken. «Was soll das heißen, er hat sich einfach in Luft aufgelöst?»

Doch Juan schien mich gar nicht zu hören.

«Ich weiß, dass du zwei weitere Male nach Brasilien gereist bist. Und willst du noch etwas wissen? Es war mir eine Freude, den Weinkeller von diesem Bastard in Brand zu setzen. Damit er lernt, sich nicht mit mir anzulegen.»

«Aber wie ...?»

«Ich sah die Verzweiflung in seinem Gesicht, als dieser beschissene Keller brannte, da hatte ich ihn fast so weit. Aber der Bastard ist schon wieder einfach verschwunden. Der Kerl ist wirklich gefährlich, Amanda, und –»

«HÖR AUF!», schrie ich.

«Ihr habt es getrieben, oder?»

Tränen rannen mir über die Wangen. Ich begann, ihn anzuflehen. «Juan, lass mich bitte in Ruhe. Tu es für die Liebe, die du in deinem Leben einmal für mich empfunden hast. Ich will dir doch nichts Böses.»

«Hast du ihm gesagt, wer du wirklich bist? Weiß er über alles Bescheid, was du getan hast? Wie krank, schwach und voller Probleme du bist?»

«Ich ...»

«Ich liebe dich, Amanda. Begreifst du das immer noch nicht? Ich bin die einzige Person, die dich liebt und dich beschützen kann.»

Ich konnte kaum sprechen, so verängstigt war ich.

«Wir fahren jetzt nach Hause.» Auch er hatte Mühe zu sprechen, so betrunken, wie er war. «Und da werden wir auch für immer bleiben. Wir beide, zusammen.»

Victor

Kaum dass wir gelandet waren, schaltete ich das Handy wieder ein. Kein verpasster Anruf. Ich rief erneut bei Amandas Onkel zu Hause an. Endlich nahm jemand ab.

«Señor Ignacio, buenas noches», sagte ich in meinem Schulspanisch. «Hier ist Victor, der Freund von Amanda. Ich bin in Buenos Aires.»

«Hallo, Victor! Ich weiß schon, wer Sie sind. Freut mich.»

«Kann ich bitte mit Amanda sprechen? Es ist dringend.»

«Tut mir leid, sie ist nicht hier.»

«Wissen Sie, wo sie ist? Ich habe heute Nachmittag in der Buchhandlung angerufen, und da hieß es, sie sei schon weg.»

«Komisch. Sie wollte sich mit meiner Verlobten treffen, aber sie ist nicht gekommen.»

Ich spürte, wie Panik meinen Rücken hochkroch. «Um wie viel Uhr war das?»

«16 Uhr. Vermutlich ist sie nicht von der Arbeit weggekommen, sie vertritt doch gerade ihren Chef.»

«Nein, Señor Ignacio», stieß ich aus. «Ich fürchte, Amanda ist in Gefahr.»

«Was? Warum?» Er klang furchtbar erschrocken.

«Das erkläre ich Ihnen später. Wie ist die Adresse ihres Exmannes?»

Meine Hand zitterte, als ich die Daten notierte.

«Schreib dir auch meine Adresse auf, Victor. Ich bleibe hier und rufe dich sofort an, falls sie kommt.»

«Gut.» Ich notierte seine Adresse. Dann sagte ich: «Rufen Sie die Polizei an. Sie sollen sofort hinfahren. Und sagen Sie denen, dass sie auch das Handy von dem Kerl orten sollen, ihn suchen ... irgendwas. Ignacio, wir müssen eine Tragödie verhindern! Amanda selbst hat es mir gesagt: Der Mann ist zu allem fähig.»

72.

Amanda und Victor

Amanda

Juan schubste mich durch die Wohnung, sodass ich schließlich auf den Wohnzimmerteppich fiel.

«Setz dich auf die Couch, die du dir ausgesucht hast und die mich ein Vermögen gekostet hat, von *meinem* Geld von *meiner* Arbeit, die du so sehr hasst.»

Er schlug mit der Hand auf die Sofalehne. Dann nahm er eine Flasche Whisky von der Bar und fing an, direkt aus der Flasche zu trinken. Er setzte sich mir gegenüber in den Sessel und warf mir sein Handy zu.

«Jetzt ruf diesen Kerl an und sag ihm, dass es vorbei ist. Das, was nie angefangen hat.»

«Ich weiß seine Nummer nicht.»

«RUF AN!»

«Er ruft mich bei Onkel Ignacio an. Er hat kein Netz auf dem Gut. ICH SCHWÖRE, ICH KENNE SEINE NUMMER NICHT!» Ich schrie die Worte beinahe hysterisch. «Warum tust du mir das an?»

«Weil *du* mein Leben beenden willst. Aber wenn mein Leben zu Ende geht, kommst du mit mir.»

Mir stockte der Atem. «Was sagst du da, Juan?»

«Wir bleiben für immer zusammen.»

«Bitte, tu das nicht.» Meine Worte überschlugen sich. «Du

weißt nicht, wovon du redest, du bist betrunken. Ich verspreche dir, wenn sich alles gelegt hat, reden wir darüber und finden eine Lösung, ja?»

Er lachte auf eine unheimliche Art und verstellte seine Stimme. «Ich verspreche es, ich verspreche es, ich verspreche es.» Seine Stimme wurde wieder lauter. «Ich habe deine Versprechen satt!»

«Ich möchte, dass du glücklich bist, ich schwöre bei allem, was mir heilig ist auf dieser Welt.»

«Indem du mich betrügst?»

«Ich war dir immer treu. Aber tief in mir drin war ich unglücklich.»

«Wie kann jemand unglücklich sein, der alles hat?»

«Ich hatte nicht alles ... Versteh mich doch, bitte!» Ich senkte meinen Kopf und ließ den Tränen freien Lauf. «Ich habe dich nicht wegen deines Geldes geheiratet. Du hast mir Halt gegeben ... Ich habe mich sehr von dir umsorgt gefühlt, beschützt.»

«Ich habe nie aufgehört, mich um dich zu kümmern.»

Jetzt klang er beinahe wieder normal, aber ich ahnte, wie trügerisch sein Zustand war. Dennoch: Solange wir redeten, würde er mir nichts tun.

«Aber dann haben die Scheinwerfer dich geblendet», sagte ich vorsichtig. «Die Politik, der Ruhm, die Medien, die Partys, die Menschen, die deine Nähe suchten, weil du wichtig geworden warst.»

«Hör auf, so dummes Zeug zu reden, Amanda! Jeder möchte bewundert und beneidet werden. Nur du, du ... Du denkst viel zu klein», lallte er. Dann setzte er die Flasche erneut an.

«Du bist ein bewundernswerter Mann, Juan, du hast sehr viele tolle Eigenschaften. Aber ich will einfach nur geliebt werden, und das kannst du mir nicht mehr geben.»

Er lachte über meinen Versuch, ihn zu loben, nahm noch einen Schluck Whisky und verzog das Gesicht.

«Wenn ich es nicht kann, wird es auch sonst niemand können. Am allerwenigsten dieser ... dieser Schaumweinprinz», ätzte er mit dünner Stimme. Dann schrie er: «ICH WERDE DICH VOR IHM RETTEN!»

Er entsicherte die Waffe, das Klicken erschütterte meinen gesamten Körper. Langsam hob er den Revolver und zielte auf mein Gesicht. Seine Bewegungen waren viel langsamer als sonst. Ohne die Waffe abzuwenden, setzte Juan die Whiskyflasche wieder an die Lippen, schloss die Augen und legte den Kopf in den Nacken, um zu trinken.

Vielleicht war dies meine letzte Chance, dachte ich und warf mich mit einem Schwung zur Seite, als ich den ersten Schuss hörte. Ich rappelte mich auf und rannte panisch die Treppe hoch, Juan stolperte hinter mir her. Der zweite Schuss prallte von der Wand neben mir ab. Irgendwie schaffte ich es, mich oben im Schlafzimmer einzuschließen, als ein dritter Schuss die Tür traf. Dann ging das Licht im Schlafzimmer aus.

Ich stolperte ins Bad und versuchte, das Licht dort anzumachen, aber nichts geschah. Juan musste die Sicherung rausgedreht haben. Die Schüsse, die in kurzen Intervallen auf das Holz der Schlafzimmertür trafen, ließen meinen Körper von Kopf bis Fuß erzittern. Ich hörte seine verzerrte Stimme durch den Türspalt: «Es bringt nichts wegzulaufen. Du wirst in deinem bedauernswerten Leben niemals einem anderen gehören.»

Victor

Ich sprang aus dem Taxi, rannte zu dem großen Metalltor, das das Haus und seinen gepflegten Vorgarten von der Straße trennte, und drückte auf die Klingel. Der Portier, den ich in der Eingangshalle hinter einem sterilen Tresen sitzen sah, meldete sich über die Gegensprechanlage, und ich überschlug mich beinahe: «Hallo, ich brauche Ihre Hilfe. Ich bin ein Freund von Amanda, der Frau des Abgeordneten Hidalgo. Können Sie bitte oben anrufen und fragen, ob sie da sind?»

«Die Señora wohnt nicht mehr hier», sagte er abweisend.

«Ja, das weiß ich. Bitte fragen Sie trotzdem nach.»

«Also gut. Wie heißen Sie?»

«Victor Fernandes.»

Quälende Sekunden vergingen. Dann meldete sich die blecherne Stimme wieder: «Señor, hören Sie? Es meldet sich niemand.»

«Können Sie mal nachsehen, ob ihre Autos in der Garage stehen?»

«Das darf ich Ihnen gar nicht sagen, Señor.»

«Bitte. Es geht um Leben und Tod.»

«Tut mir leid. Wenn mein Chef erfährt, dass ...»

Ich schlug gegen das Tor. «Mann! Das kann doch nicht Ihr Ernst sein! Die Frau ist in Gefahr, glauben Sie mir. Sie wollen doch nicht schuld sein, wenn ihr etwas passiert?!»

«Ich ... äh, nein, ... na gut. Ich seh mal auf die Videoüberwachung der Garage.»

Die Atemnot überkam mich ganz plötzlich. Meine Brust schmerzte derart, dass ich mich vornüberkrümmte und kurz die Augen schloss. Ich versuchte, mir nicht das Schlimmste auszumalen und mich zu beruhigen. Ich atmete tief ein und aus, dann ging ich mit schnellen Schritten vor der Tür auf und ab, rieb mir die Hände und sah hinauf zu den Fenstern des Gebäudes. Beinahe alles war dunkel.

Nach einer gefühlten Ewigkeit kam endlich der Pförtner zurück und sagte über die Gegensprechanlage: «Hören Sie? Da steht nur der Focus von Señora Amanda.»

«Wusste ich's doch, sie ist hier! Machen Sie mir bitte die Tür auf. Sie sind oben in der Wohnung, glauben Sie mir. Amanda ist in Gefahr, ihr Mann ist verrückt geworden.»

«Es tut mir leid, aber ich darf nicht ...»

«VERDAMMT NOCH MAL! Jetzt mach endlich diese Scheißtür auf!»

Da, endlich, ertönte ein heller Ton, und das Metalltor öffnete sich langsam. Ich rannte über die marmornen Gehwegplatten in die Halle.

«Lassen Sie das Tor offen, die Polizei ist unterwegs», rief ich dem entsetzten Portier zu. «Welcher Stock?»

«Zwölfter.»

Blitzschnell sah ich mich um. «Ich fahre hoch – blockieren Sie den zweiten Fahrstuhl für die Polizei.»

Amanda

Ich stand im Schlafzimmer und zitterte vor Panik. Meine Beine gehorchten mir nicht mehr, und eine Atemlosigkeit, die ich so noch nie gespürt hatte, löste Schwindel in mir aus.

«Wir werden für immer zusammen sein, Amanda. Das ist unser Schicksal.» Wieder erklang sein krankhaftes Lachen vor der Tür.

«Bitte, Juan. Du bist betrunken, verwirrt, verärgert. Beruhige dich, ja?»

Der Alkohol hatte ihm völlig den Verstand vernebelt. Ich sah immer deutlicher, dass wir am Ende dieser Nacht beide nicht mehr am Leben sein würden. Juan schlug jetzt mit aller Gewalt gegen die Tür. Ich rannte ins Badezimmer und schloss mich dort ein. Ich hockte mich auf den Toilettendeckel, umfasste meine Beine und wippte vor und zurück. Mein Körper hörte nicht auf zu zittern. In meiner immer unerträglicher werdenden Angst fiel mein Blick auf meinen geöffneten

Schminkkoffer neben dem Waschbecken. Dann auf einen Haufen Kleidung zwischen dem Schrank und der verglasten Duschwanne. Oben auf dem Stapel lagen ein schwarzes Höschen und ein schwarzer BH, die ich mir auf einer Reise nach New York gekauft hatte, und einer der teuren Röcke, die Juan mir aus Europa mitgebracht hatte. Seltsam. Ich war doch seit Wochen nicht hier gewesen. Ich beugte mich herunter und hob den Kleiderhaufen hoch. Und was ich dann sah, gab mir das Gefühl, mich übergeben zu müssen. Ganz unten lag die gestreifte Seidenbluse, die ich an Weihnachten verschenkt hatte. Fassungslos nahm ich sie hoch, hielt sie fest zwischen meinen Fingern und verstand schließlich, wie Juan an all die Informationen über meine Geschichte mit Victor gekommen war.

Ein plötzliches Krachen und Poltern zeigte mir, dass Juan es geschafft hatte, ins Schlafzimmer zu kommen.

Sofort hockte ich mich mit dem Rücken gegen die Tür und stemmte meine Füße an der Duschwanne ab, um das zu verzögern, was mir an diesem Punkt unvermeidlich schien. Ich erwartete, dass Juan die Badezimmertür aufbrechen würde. Doch eine seltsame Stille herrschte jetzt auf der anderen Seite der Tür, und die Sekunden, die vergingen, schienen ewig. Dann hörte ich ein krampfhaftes Wimmern und gedehnte Sätze.

«Ich liebe dich so sehr, Amanda, ich habe dich immer geliebt.» Die sanfte, fast kindliche Stimme wurde von wildem Schluchzen unterbrochen. «Ich habe dich nicht an jemand anderen verloren, sondern an mich selbst.»

Ich kniff meine Augen zusammen und senkte den Kopf.

Er fuhr fort: «Ich habe nie eine andere geliebt. Und es ist nicht mein Schicksal, allein zu sein.»

Und in dem Moment, in dem mein Herz fast zerbrach, erinnerte ich mich an die Worte auf der Karte, die ich zu

Weihnachten zusammen mit dem Rosenstrauß bekommen hatte.

Sie war gar nicht von Victor gewesen.

Victor

Ich fuhr mit dem Fahrstuhl in den zwölften Stock und hämmerte mit aller Kraft gegen die Wohnungstür. Dann warf ich mich mehrmals mit der Schulter dagegen. Aber nichts rührte sich. Gleich darauf kam der Portier mit zwei Polizisten aus dem zweiten Fahrstuhl. Der erste Beamte war ein bulliger Zwei-Meter-Typ. Er zog seine Waffe, winkte mich von der Tür weg, stellte sich direkt neben der Tür eng an die Wand und zischte: «Woher wissen Sie, dass er die Frau in seiner Gewalt hat?»

«Ich habe eine Drohung von ihm erhalten.»

«Gut. Gehen Sie jetzt beide in Deckung. Am besten nach unten, unsere Kollegen sind gleich hier.»

Sein Kollege presste das Ohr an die Tür.

Während der Portier seine Chance sofort nutzte und mit dem Fahrstuhl wieder nach unten fuhr, ging ich einen halben Treppenabsatz nach oben. Von hier konnte ich beobachten, wie der bullige Beamte einen Schritt zurücktrat und die Waffe auf die Tür richtete.

«Herr Abgeordneter! Señor Hidalgo! Machen Sie auf, hier ist die Polizei.»

Stille.

Er rief erneut. «Aufmachen, Polizei!»

Als Antwort auf diese wiederholte Aufforderung hörten wir plötzlich einen Schuss aus der Wohnung.

«Amanda!» Ich rannte die Treppe runter. «Amanda, nein!»

Mir blieb die Luft in der Kehle stecken. Ich drängte mich zwischen den Polizisten hindurch und versuchte ein letztes

Mal, mit meiner Schulter die Tür aufzubrechen. Dann taumelte ich nach hinten, sackte zusammen und fiel auf die Fliesen.

Mein Puls sprang von 100 auf 184 – und stand still.

73.

*V*ictor

Ich erwachte auf der Frauenbrücke, die das alte Hafengebiet Puerto Madero mit der Innenstadt von Buenos Aires verband. Noch nie hatte ich nach einem Zeitsprung solche Schmerzen verspürt. Ein paar Meter vor mir fegte ein buckliger alter Mann das Pflaster und schien sich nicht über mein plötzliches Auftauchen zu wundern. Und das Touristenpaar ein Stück weiter war so beschäftigt mit seinem Selfie, dass es mich gar nicht erst bemerkte.

Ich rieb mir die Augen und fragte den Alten, noch bevor ich aufstand: «Entschuldigung, welcher Tag ist heute?»

«Freitag.»

«Und wie spät ist es?»

«Gleich fünf.»

Ich war drei Tage lang weg gewesen. Vor neunzehn Jahren hatte ich den bisher längsten Zeitsprung erlebt – als ich Amanda bei dem Attentat in Kenia umgekommen glaubte. Jetzt erlebte ich all das erneut. Derselbe Grund, dieselbe existenzielle Unsicherheit, dieselben Ängste. Mein Handy-Akku war leer. Ich rappelte mich hoch, holte den Zettel aus der Tasche, auf dem die Adresse von Amandas Onkel notiert war, und sah mich nach einem Taxi um.

Das alte zweistöckige Gebäude in San Telmo hatte nichts gemein mit dem Luxus-Apartmenthaus in Recoleta. Ich stieg aus dem Taxi und versuchte, mich zu sammeln. Ich verfluchte mich dafür, Amanda in Nova Vêneto überhaupt abgereist haben zu lassen. Zum zweiten Mal in meinem Leben hatte ich sie einfach tatenlos gehen lassen. Hätte ich sie doch nur bei mir behalten! All das wäre nie geschehen.

Ich atmete tief durch und klingelte.

Als ein älterer Mann mir die Tür öffnete, brachte ich nur stockend hervor: «Ignacio? Ich ... bin Victor.»

Wir umarmten uns lang.

«Junge, wo warst du denn?», fragte er.

«Das ist eine lange Geschichte», seufzte ich.

«Komm rein. Trinkst du ein Bier mit mir?»

Ich folgte ihm wie in Trance. Er wies auf das Sofa und ging in die Küche. Als ich mich setzte, fiel mein Blick auf die Tageszeitung auf dem Tisch. Die Titelschlagzeile prangerte die hohe Arbeitslosigkeit im Land an und berichtete von Protesten gegen die Regierung. Ich wollte nicht in der Zeitung von Amanda lesen, aber doch wissen, ob ihr Ehemann festgenommen worden war. Auf der zweiten Seite fand ich, wonach ich suchte. Meine Augen weiteten sich, als ich von dem «tragischen Schicksal eines mutigen Mannes, geschickten Verhandlers und Anwärters auf das Präsidialamt» las. Die nächsten Sätze machten mich fassungslos: «Der Abgeordnete Juan José Hidalgo war das Opfer einer unerwiderten Leidenschaft. Ein großer Verlust für die argentinische Politik.» Es dämmerte mir, dass Juan sich ebenfalls erschossen haben musste. Oder von der Polizei getötet worden war. Und dann, am Ende des Artikels, hieß es: «Die Polizei hat die Identität des Mannes noch nicht aufgeklärt, der auf mysteriöse Weise verschwand, nachdem die Schüsse in der Wohnung des Abgeordneten gefallen waren. Die Videoüberwachung des Gebäudes zeigt einen Mann Ende dreißig im Treppenhaus, doch nach dem Schuss ist er auf keinem Bild mehr zu sehen. Die

Sicherheitsfirma vermutet einen Aufnahmefehler. Sachdienliche Hinweise auf die Identität und den Verbleib des Mannes nimmt jede Polizeidienststelle entgegen.»

Ignacio kam mit zwei Flaschen Bier zurück. «In den letzten drei Tagen hat die Presse uns belagert. Kannst du dir ja vorstellen. Amanda hat eine Tonne Beruhigungsmittel geschluckt. Sie –»

«Amanda?»

«Ja. Sie stand unter Schock. Die Kripo hat ihre Aussage hier aufgenommen, weil sie nicht imstande war, das Haus zu verlassen. Aber sie musste ihnen deinen Namen nennen, Victor. Du wirst überall gesucht, hier und in Brasilien. Aber du darfst ihr keine Schuld ...»

«Ignacio, wo ist Amanda? Ich dachte, sie wäre ...»

«Ja, sie sollte eigentlich hier sein und sich ausruhen. Aber ich konnte sie nicht davon abhalten, zu Nicolás zu fahren. Noch ein Tag in diesen vier Wänden hätte sie wahrscheinlich verrückt gemacht. Also hab ich sie in die Buchhandlung gebracht. Stell dir vor, ihr Chef ist extra früher aus dem Urlaub zurückgekommen, als er gehört hat, was passiert ist.»

Ich kippte das Bier in einem Zug. «Ignacio, ich muss zu ihr. Kannst du mir Geld für ein Taxi leihen?»

Er nickte und zückte kommentarlos seine Geldbörse.

74.

Victor

Im El Ateneo war an diesem Abend nicht viel los. Ich sprach den Mann an, der mich beim letzten Mal bedient hatte. «Sie sind doch Nicolás, oder?»

Er starrte mich überrascht an. «Da sind Sie ja endlich, Wilson.»

«Victor.»

Er zwinkerte mir zu und lächelte. «Amanda ist hinten im Lager. Sie sollte eigentlich noch nicht hier sein, in ihrer Verfassung. Wenn's nach mir ginge, würde sie noch eine Weile zu Hause bleiben, aber da sie darauf bestanden hat, zu arbeiten, habe ich sie lieber im Lager eingesetzt, damit sie den neugierigen Blicken hier vorne nicht ausgesetzt ist.»

«Darf ich zu ihr?»

«Aber sicher. Treppe runter.» Nicolás zeigte mir den Weg.

Als ich die Tür öffnete, sah ich Amanda sofort. Sie stand mit dem Rücken zu mir und räumte Bücher aus einer Kiste in Regale. Ich konnte mein Glück kaum fassen: Sie lebte! Meine Freude über ihren Anblick war so groß, dass sich mein Herzschlag extrem beschleunigte und ich zurück vor Ignacios Haustür katapultiert wurde.

Ich klingelte und wollte so schnell wie möglich zurück in die Buchhandlung, um Amanda zu umarmen und nie wieder loszulassen.

«Ignacio? Ich bin Victor.»

75.

Amanda

Als sich Victors und mein Blick im Lager trafen, spielte alles, was vor diesem Moment passiert war, keine Rolle mehr. Der Kummer über sein Verschwinden, den ich drei Tage lang verspürt hatte, wich einem ungläubigen Lächeln. Mein tiefster Wunsch war es, alles hinter mir zu lassen – Buenos Aires, die schmerzhaften Erinnerungen, ein Leben im Schatten – und mit leeren Händen fortzugehen, ohne den Ballast der letzten Jahre. Ich wollte meine Fußabdrücke im Sand anderer Länder hinterlassen, die Welt bereisen, neue Gerichte kosten und großartige Abenteuer erleben. Uneingeschränkt lieben und geliebt werden.

Victor kam zu mir und sagte: «Heute habe ich den literarischen Glückskeks gezogen.»

«Und wer bist du?»

«Ich bin Victor Austen: *Es ist eine Wahrheit, über die sich alle Welt einig ist, dass ein unbeweibter Mann von einigem Vermögen unbedingt auf der Suche nach einer Lebensgefährtin sein muß.*» Er stand jetzt ganz dicht vor mir. «Ich besitze kein materielles Vermögen, ich bin eigentlich sogar pleite. Aber ich verfüge über andere Schätze, die nichts mit Geld zu tun haben. Vor allem aber ist mir klargeworden, dass es unmöglich ist, alleine glücklich zu sein. Amanda, willst du mich heiraten?»

Ich nickte langsam und fragte fast unhörbar: «Obwohl ich so viel Ärger bedeute?»

«Weil du mein Glück bedeutest.»

Wir wollten uns gerade küssen, da kam Nicolás ins Lager. Ich drehte mich zu ihm um, mit einem Lächeln, so breit, dass es mein Gesicht zu sprengen schien, und sagte: «Nico, ich kündige.»

Sofort zog er eine rote Karte aus der Hosentasche und hielt sie in die Luft. «Das Glück kommt nur zu denen, die alles auf eine Karte setzen.» Er lächelte traurig und blinzelte zur Decke, um seine Tränen zu verbergen.

«Für etwas, das nicht weniger als perfekt sein darf», murmelte ich.

«Berkana, Raido und Kano», sagten wir beide gleichzeitig und nickten.

«Berkana, Raido und … was? Habe ich etwas verpasst?» Victor runzelte die Stirn.

«Insider zwischen Buchhändlern», erwiderte ich und zwinkerte Nicolás zu.

76.

Amanda und Victor

Amanda

Wir verbrachten das Wochenende bei Ignacio in San Telmo, damit etwas Ruhe einkehren konnte, und baten dann an offizieller Stelle um Erlaubnis, das Land zu verlassen. Am Montag stellte Victor sich auf der Polizeiwache vor. Er machte eine Zeugenaussage, überreichte eine Kopie der E-Mail mit der Drohung von Juan, hinterließ seine Kontaktdaten und bekam die Ausreiseerlaubnis. Ich informierte die Behörden über die Absicht zu verreisen und stellte ebenfalls meine Kontaktdaten zur Verfügung.

Als wir in die Wohnung zurückkehrten, umarmte ich meinen Onkel fest.

«Ignacio, ich werde gehen.»

«Wohin?» Ich sah ihm an, dass er die Antwort bereits wusste.

«An den schönsten Ort des Universums.»

Ich packte einen kleinen Koffer. Eigentlich würde ich nur drei Gegenstände brauchen: den Aquarellmalkasten, das alte Tagebuch und das Manuskript. Aus der Wohnung in Recoleta wollte ich nichts. Ich schrieb meinem Onkel eine Vollmacht, um den Verkauf der Wohnung zu arrangieren, und wusste bereits, was ich mit dem Geld machen würde. Es war ein viel größerer Reichtum, die Freiheit zu haben, endlich die

Person zu sein, die ich nie gewesen war. Denn dieser Schatz war viele Jahre lang auf einem geheimen Konto in meinem Herzen eingefroren gewesen – und würde jetzt endlich zur Verwendung freigegeben werden.

In meine Handtasche steckte ich auch noch den Brief, den ich in der Nacht nach Juans Selbstmord geschrieben hatte.

Victor

Während Amanda ihre Sachen packte, tranken Ignacio und ich ein Bier miteinander.

«Amanda wird demnächst bestimmt noch mal für eine weitere Zeugenaussage zurückkommen müssen», sagte Ignacio. «Juan war ein einflussreicher Mann, das wird sich hinziehen. Vielleicht wirst du auch vorgeladen.»

«Ja, ich weiß. Wir werden sicher noch eine Weile damit zu tun haben. Aber es wird Gras über die Sache wachsen, die Leute suchen sich neues Futter für ihre Sensationslust. Es ist auf jeden Fall gut, wenn wir nicht hier sind, solange die Presse noch an dem Fall interessiert ist.»

Ignacio nickte und sah mich ernst an. «Victor, versprich mir, dass du gut auf Amanda aufpasst. Sie ist ein Goldstück, aber sie hat schon so viel gelitten. Sie braucht viel Zuwendung und Fürsorge.»

«Mach dir keine Sorgen, Ignacio. Ich werde sie auf Händen tragen. Du kannst dir gar nicht vorstellen, wie glücklich ich bin, sie wiedergetroffen zu haben.»

«Doch, mein Junge, das kann ich. Deine funkelnden Augen sprechen ja Bände.»

Bevor wir zum Flughafen aufbrachen, kamen die engsten Freunde zu einem Abschiedsbrunch vorbei. Stella hatte Schokoladenkuchen gebacken, Alberto brachte Pampelmusensaft mit, Carmen ein Glas selbstgemachte Chimichurri-Soße. Und Nicolás und Mats hatten frische Croissants besorgt. Wir setzten uns zu acht um den großen Tisch.

«Aber ich wollte doch um deine Hand anhalten», rief Alberto und reckte die Arme zum Himmel. «Wie kannst du mir das antun, Amandita, wie stehe ich denn jetzt da?»

«Oh, Alberto!», antwortete Amanda im selben melodramatischen Ton. «Ich habe so lange auf dich gewartet, aber jetzt war Victor einfach schneller.»

«Alberto war lahmarschig wie immer», schnaubte Carmen.

«Ich finde, du solltest lieber um Carmens Hand anhalten», sagte Amanda lachend. «Sie ist doch viel hübscher als ich.»

«Um Gottes willen!», kreischte Carmen. «Da würde ich ja noch schneller altern, wenn ich mir jeden Tag den Quatsch von dem da anhören müsste.»

«Weißt du, was?», sagte Alberto. «Die Idee ist gar nicht mal schlecht. Ich werde ja jemanden brauchen, der über meine Witze lacht, jetzt, wo Amanda uns verlässt, Ignacio und Stella heiraten und ich meinen Wettpartner verliere.»

«Aber was redest du denn da?», fragte Ignacio empört. «Ich lache doch nie über deine Witze.»

Ohne auf den Kommentar seines Freundes einzugehen, wandte sich Alberto an Carmen. «Also, Carmen, willst du meine Frau werden?»

Sie überlegte kurz. Dann sagte sie: «In Ordnung.»

«Wirklich?» Er riss die Augen auf und hielt sich vor lauter Überraschung am Tisch fest.

Auch wir anderen wären fast vom Stuhl gefallen und sahen dem Schauspiel verdattert zu.

«Warum denn nicht?» Carmen tat ganz unaufgeregt. «Ich werde mich auch bemühen, deine Witze zu tolerieren.»

«Kinder, das glaube ich jetzt nicht!» Stella klatschte begeistert in die Hände. «Carmen! Warum hast du mir nie etwas gesagt?»

Und Ignacio fügte schnell hinzu: «Lasst uns am selben Tag heiraten!»

«Das ist eine sehr gute Idee», stimmte Stella zu. «Dann können wir uns die Kosten teilen, wir werden ja eh dieselben Leute einladen.»

«Meint ihr das ernst?», fragte Alberto. «Carmen, ich ...»

«Zu spät», unterbrach sie ihn. «Jetzt habe ich schon ja gesagt. Und einer Braut widerspricht man nicht.»

Alle lachten. Es war befreiend, und ich fühlte mich so wohl wie selten in meinem Leben.

Kurz darauf erlebte ich die schönen Stunden erneut.

77.

Victor

Kaum war das Flugzeug gestartet, holte Amanda einen Brief aus ihrer Handtasche und gab ihn mir.
«Den hab ich letzte Woche in einer schlaflosen Nacht geschrieben. Eines Tages hätte ich ihn dir vielleicht geschickt. Vielleicht aber auch nicht. Denn erst wollte ich ihn wegschmeißen, wie alles, was ich schreibe, aber dann habe ich entschieden, meine Gefühle nicht mehr zu verstecken.» Sie atmete tief ein. «Wenn du mit mir zusammen sein willst, solltest du verstehen, wer ich bin und alle meine Wunden und dunklen Geheimnisse kennen. Ich werde es akzeptieren, wenn du deine Meinung änderst.»

«Jeder Mensch hat ein Geheimnis», sagte ich und küsste sie.

«Ja, das stimmt wohl.» Amanda lehnte den Kopf an meine Schulter und schloss die Augen. Ich sah aus dem Fenster auf die vom Mond beschienenen Wolken. Und dann, irgendwann als Amanda eingeschlafen war, knipste ich die Leselampe über mir an und öffnete den Brief.

Lieber Victor,

mein Onkel hat mir gesagt, dass du sehr nahe an dem dran warst, was bei uns in der Wohnung passiert ist. Da du bisher noch nicht hier aufgetaucht bist und ich dich auch nicht erreichen konnte, gehe ich davon aus, dass du dich bereits zurück auf deinem Weingut und in deinem wohlverdienten Paradies befindest. Ich kann mir auch vorstellen, dass du es vorgezogen hast, mein albtraumhaftes Leben zu verlassen. Weißt du, was? Ich verstehe es. Ich bin Lärm, Verwirrung und Unordnung. Wer will mit einer Frau zusammen sein, deren Eltern bei einer Explosion gestorben sind und deren Ehemann sich gerade in den Mund geschossen hat? Das ist eine zu schwere Bürde, als dass andere Menschen sie mit mir zusammen tragen könnten.

Vermutlich bin ich Gift, Schießpulver und Dorn in einem, alles Schlimme, was man sich vorstellen kann, vereint in einer Person. Vielleicht fließen noch Überreste davon durch meine Adern. Ich weiß es nicht. Aber die Schmerzen verlassen einen nicht so leicht. Auch die Narben bleiben. Sicher, die Welt wird weiter Tausende Umdrehungen machen, aber nichts garantiert mir, dass es keine weitere «Bombe» geben wird, um mich zu zerreißen.

Ein so toller Mann wie du sollte nicht russisches Roulette spielen und riskieren, jederzeit getroffen zu werden. Getroffen zu werden, wenn man es am wenigsten erwartet. Ich weiß, wovon ich rede. Als Juan mir erzählte, dass er dein Gut in Brand gesetzt hat, empfand ich erneut den schlimmsten Schmerz der Welt, den der Schuld. Denn du bist die letzte Person, die etwas so Grausames verdient hat. Dein Hund, dein Wein, die ganze Produktion, die du dir mit deiner Ferazza-Familie seit Jahren erarbeitet hast, alles verloren, weil ich meine Probleme in deinen Schoß gelegt habe. Selbst wenn du es nicht möchtest, werde ich natürlich für den Schaden aufkommen. Das heißt, mein Exmann wird es tun. Ich werde seine Wohnung verkaufen und jeden Cent dafür verwenden, den Stollen wieder aufzubauen und deine Verluste auszugleichen. Ich bitte dich aus tiefstem Herzen um Entschuldigung für das, was er getan hat. Ich weiß, dass man das nicht verzeihen kann, aber er war verrückt vor Eifersucht. Juan war kein schlechter Mensch. Ich bin ein schlechter Mensch. Er hat zuletzt nur noch wirres Zeug geredet, hat gesagt, dass du vor seinen Augen verschwunden bist, dass er mich vor dir schützen muss und andere komische Dinge. Sein Vermächtnis ist weiterer Schmerz. Denn das, was in dieser Wohnung geschehen ist, wird mich weiterhin quälen. Ich bin Lärm, Verwirrung, Unordnung, Gift, Schießpulver und Dorn. Alles vermischt.

Bei dir auf dem Weingut habe ich nicht genau gesagt, was mir passiert ist, als ich aus Kenia zurückkam. Ich hatte Angst, dass es dir Angst macht. Ich weiß nicht, ob wir uns jemals wiedersehen werden, aber ich muss dir einfach sagen, wer ich war und wer ich jetzt bin. Ich weiß noch nicht, wer ich sein möchte, und ich überlasse es dir, es dir vorzustellen.

Bei jener Explosion wurde meine Wahrnehmung der Welt auf den Kopf gestellt. Ich konnte absolut nichts dagegen tun. Die Schuld an Isabels Tod war ein Messer, das in meine Brust drang, sobald ich die Augen öffnete. Und ich dachte den ganzen Tag daran, jeden Tag und jede Nacht. Die Rückkehr nach Buenos Aires war sehr schwierig. Ich bin in eine schwere Depression geraten – nein, die Narben an meinen Armen und Handgelenken sind nicht auf die Explosion in Kenia zurückzuführen, und nein, ich trage keine langärmligen Blusen, weil ich finde, dass das hübsch aussieht ... Der Rand des Abgrunds war genau vor mir, ich konnte ihn die ganze Zeit sehen, ich wollte springen und den Schmerz auf schnellstem Wege beenden. Es war, als würden ständig zwei Hände um meinen Hals drücken. Meine eigenen Hände. Ich trank, nahm Drogen, war auf üblen Partys und endete zusammengesackt in der Ecke. Ich ging mit Freunden aus, die bald zu Exfreunden wurden. Ich blieb allein, fast niemand wollte meine Gesellschaft. Heute denke ich, dass ich die Strafe der Einsamkeit verdient hatte. Ich habe meiner Großmutter und den wenigen Freunden, die mich unterstützt haben, zu viel Kummer gemacht. Sie retteten mich von dunklen Orten und versuchten, mich ins Licht zu stellen. Aber die Dunkelheit war in mir drin, es führte zu nichts. Ich habe versucht, im Schreiben Zuflucht zu finden. Mein Traum war es immer, Kinderbücher zu schreiben. Die Geschichten, die ich schrieb, waren jedoch trostlos und befassten sich ständig mit dem Tod.

Bis zu dem Tag, an dem ich Juan auf einer Party traf. Er war älter als ich, und ich sah in ihm wohl eine Vaterfigur. Wir haben schnell geheiratet. Er kümmerte sich um mich, gab meinen Tagen Struktur und ließ mich nicht schwächeln. Es ging mir bald besser, ich nahm wieder am Leben teil. Aber im Laufe der Zeit entfremdete er sich von mir. Die Politik hat ihn vergiftet, seine Persönlichkeit verändert, ihn egoistisch, eitel und grausam gemacht. Es dauerte eine Weile, bis mir klarwurde, dass ich tatsächlich nur ein Accessoire für ihn war, das er seinen Freunden und Mitstreitern präsentieren konnte. Das junge Mädchen, die Trophäe des Hengstes. Auch für mich war das zunächst bequem, also wehrte ich mich nicht dagegen. Doch eines Tages entschied ich mich für eine Veränderung. Ich besorgte mir den Job in der Buchhandlung, obwohl Juan dagegen war. «Die Frau eines wichtigen Politikers erniedrigt sich nicht für Arbeit.» Aber es bereitete mir eine irrsinnige Freude, dort zu arbeiten. Es war meine Welt, mein Glück, mein täglicher Moment des Träumens. Ich begann wieder, zu lesen, zu zeichnen und sogar zu schreiben. Ich nahm meinen gesamten Mut zusammen und zeigte ihm meine Geschichte, aber er fand sie bloß «lächerlich». Also warf ich alles weg und versuchte nie wieder zu schreiben. Langsam kehrte die Depression zurück. Nur wer bereits eine Depression durchgemacht hat, weiß, wie mächtig sie ist, wenn sie einen befällt. Nichts, einfach gar nichts, kann einem Freude bereiten. Die Dinge, die man mag, beginnt man zu hassen. Man möchte das Bett nicht mehr verlassen und wünscht sich, das alles möge ein Ende haben. Ich habe viele Medikamente genommen, um die Depression zu kontrollieren, es war nicht einfach. Ich hatte

Rückfälle, erholte mich, fiel wieder zurück, erholte mich und so weiter. Und dieses Rad hätte nie aufgehört, sich zu drehen, wenn nicht mit der Einladung zum Zwanzigjährigen ein Hauch von Hoffnung aufgetaucht wäre.

Ich bin nie mehr ganz geworden, nach all den Stürzen, Enttäuschungen und Erfahrungen. Es ist, als wäre ich ein Puzzle, und es fehlten mir die entscheidenden Teile. Oder als wäre ich eine Zeichnung, die im Skizzenstadium geblieben ist. Eine Skizze, die angefertigt wurde für siebzehn gelebte und neunzehn verlorene Jahre. Ich fragte mich oft, wie es wohl gewesen wäre, wenn ich nicht nach Kenia gegangen wäre, wenn ich in Brasília geblieben und wir ein Paar geworden wären. Wie oft, wenn es mir schlecht ging, war es die Erinnerung an deinen Kuss, an die ich mich klammerte. Aber letztlich war ich zu schwach und zu ängstlich, um auch nur den Gedanken an dich zuzulassen.

Als ich dich dann auf der Party vor mir stehen sah, wurde ein schwaches Licht wieder entfacht. Im Grunde bist du der Künstler, den ich immer wollte, damit er die Zeichnung von mir fertigstellt. Meine Seele: das Papier, deine Seele: der Stift. Die wenigen Striche, die du allein in den letzten Tagen hinzugefügt hast, haben mich schon beinahe in eine vollständige Zeichnung verwandelt. Wenn du meinst, dass alles, was ich sage, Wahnsinn ist, kann ich dich gut verstehen. Denn es stimmt, es ist der reinste und vollendete Wahnsinn. Und vielleicht sind die besten Dinge im Leben nun mal die, die nicht den geringsten Sinn ergeben.

Du bist wegen mir nach Buenos Aires gekommen, und das vergesse ich dir nie. Wenn ich es vermasselt habe, weil ich dich in diese schreckliche Situation gebracht habe, bin ich nicht überrascht. Ich hoffe dennoch, dass der A&V dir viel Glück bringen wird. Es ist das schönste Geschenk, was du mir je gemacht hast. Und wenn ich daran denke, dann beginnen meine Beine zu zittern. Denn ich habe es nicht verdient, so geliebt zu werden. Es hätte nur ein kleiner Zettel mit einem Gedicht, ein Lächeln oder gar ein Blumenorigami sein können. Aber du hast einen Sekt gemacht! Und für ein paar Tage konnte ich Gift, Schießpulver und Dorn in Honig, Wasser und Parfüm verwandeln. An deiner Seite fühlte ich mich wirklich geliebt, und ich kann dir nicht beschreiben, wie neu das für mich war. Ich entschuldige mich dafür, dass ich alles ruiniert habe. Zurückfallen, weitermachen, zurückfallen, weitermachen ... Ich fürchte, daraus besteht mein Leben: aus einer Sackgasse. Es ist ein Teil meiner Geschichte, und ich möchte diesen Brief mit den Worten des letzten literarischen Glückskekses beenden, den ich gelesen habe (und hier bin ich Amanda Brontë):

> *Alle wahren Geschichten enthalten eine Lehre, doch mag in einigen der Schatz nur schwer zu finden und, wenn er gefunden ist, so geringfügig sein, daß der vertrocknete, schrumplige Kern kaum die Mühe entschädigt, die Nuss geknackt zu haben.*

Vermutlich bin ich die Mühe nicht wert. Ich bin eher ein Magnet für Tragödien. Aber ich werde dich nie vergessen.
Und noch ein paar Zeilen von einer meiner Lieblingslyrikerinnen, die ich vor langer Zeit auswendig gelernt habe, weil sie mich ziemlich gut treffen:

> *Ich bin die, die vorbeikommt und niemanden sieht / Ich bin die, die sie traurig nennen, auch wenn sie es nicht ist / Ich bin die, die weint, ohne zu wissen, warum / Ich bin vielleicht die Vision, die jemand geträumt hat / Jemand kam auf die Welt, um mich zu sehen / doch fand mich nie ...*

Auf der letzten Seite hatte sie eine wunderschöne Zeichnung von einem Mädchen auf einem Berg gemalt, das ihr selbst ein bisschen ähnelte. Und darüber hatte sie geschrieben:

«Kilimandscharo – irgendwann werde ich dich noch kennenlernen.»

Meine Augen wurden feucht. Ich machte der Stewardess ein Zeichen und bat sie um einen Zettel und einen Stift. Es dauerte ein paar Minuten, bis ich wusste, was ich schreiben wollte. Ich ließ alles nachwirken, was ich gerade gelesen hatte, und wählte die Worte mit Bedacht aus.

Amanda,
das Gefühl, das uns auf die Welt bringt und uns bis zum Ende begleitet, sollte die Liebe sein. Liebe für unsere Nächsten und für Fremde, für unvergessliche und neue Menschen in unserem Leben. Liebe für einen Moment, für ein Lächeln oder ein alles veränderndes Wort zur richtigen Zeit. Und sogar Liebe für das, was uns schmerzt, weil es uns stärkt. Lieben ist unser Auftrag. Wir müssen die Veränderungen lieben, alte Errungenschaften, neue Herausforderungen und alles, was wir schon hinter uns haben. Wir sollten die lieben, die kommen, und die, die gehen, die, die geben, und auch die, die nehmen. Es ist großes Glück, wenn wir jemanden lieben, der uns hilft, den Lauf unseres Lebens zu verändern, der uns hilft, ein Fenster zu öffnen oder sogar eine bislang verschlossene Tür. Jemanden, der uns den Weg zeigt oder um eine schützende Umarmung bittet. Ich wünsche dir und mir eine Liebe in ihrer unbehauenen, rohen Form, ehrlich und klar. Vollkommen und überwältigend. Denn Abgründe lauern überall, und im Laufe des Lebens werden wir oft genug vor einem Abgrund stehen. Und jedes Mal müssen wir uns fragen: Springe ich, oder setze ich mich hin und bestaune die Landschaft? Deshalb, Amanda, lade ich dich ein: Nimm meine Hand und genieße den Ausblick an meiner Seite.

Ich will nicht, dass du dich auch nur ein winziges bisschen veränderst, ich würde keine andere Amanda wollen.

Denn du bist die Ursache für alles.

Ich faltete den Zettel und steckte ihn in die Tasche. Dann schaltete ich das Licht aus und legte meinen Kopf auf Amandas.

78.

Amanda

Die Idylle auf dem Weingut Ferazza kontrastierte mit dem Schaden, den das Feuer angerichtet hatte. Was zunächst für das Ende gestanden hatte, bedeutete nun einen Neuanfang mit der bevorstehenden Einführung des A&V.

Domenico nannte mich nur noch Senhora Brigitte, und ich liebte es. Einige Angestellte bestanden darauf, mich wie eine Chefin zu behandeln, aber ich wollte niemandem vorgesetzt sein. Ich wollte genauso Teil der Gemeinschaft sein wie jeder andere Mitarbeiter, also pflanzte ich, wenn Pflanzzeit war, erntete, wenn Erntezeit war, etikettierte, verpackte, schleppte und half bei der Auswahl der Musik mit, die über die neu gekauften Lautsprecher im restaurierten Stollen abgespielt werden sollte.

Die Eindrücke in dieser atemberaubenden Umgebung nahmen kein Ende, und es war unmöglich, sich daran sattzusehen. Der Luxus der Einfachheit, der Duft nach Trauben und Holz, die Aromen Brasiliens, die ich nie zuvor zu schmecken vermochte. Es war das Glück auf Erden: die einzigartige Erfahrung, vorbehaltlos zu lieben und geliebt zu werden, jeden Tag, jede Nacht; Victors Lächeln, das er mir während des Pflanzens, Stutzens und Kelterns schenkte; die unzähligen Male, die wir uns liebten – im Bett, auf der Veranda, zwischen Weinkisten –, es schien alles so wunderbar leicht.

Anfang Februar stand wieder das Weinfest auf dem Platz

von Nova Vêneto an, und ich stand zum ersten Mal hinter dem Verkaufstresen.

«Du bist eine glückliche Frau.»

«Wie bitte?» Ich sah die Kundin stirnrunzelnd an.

«Ich bin Antonella Cornacchini. Ich freue mich, dich kennenzulernen.»

«Oh, hallo. Angenehm. Du möchtest sicher ...» Ich zeigte hinter mich. «... mit Victor sprechen?»

«Nicht nötig, ich bin nur gekommen, um dir ein Willkommensgeschenk zu bringen.» Sie reichte mir einen kleinen Laib Käse mit dem Cornacchini-Logo.

«Oh, danke, wie nett! Victor hat mir schon erzählt, dass er nie ein Fest verlässt, ohne einen Käse von euch mitzunehmen. Warte, ich habe auch etwas für dich.» Ich gab ihr eine Flasche Sekt.

«A&V», las Antonella laut, «was für eine wunderschöne Hommage!»

Ein junger Mann kam dazu und legte den Arm um Antonellas Hüfte. Die beiden küssten sich.

«Das ist Enrico», stellte Antonella ihn vor.

«Enrico Balistiero», fügte er hinzu und nahm meine Hand. «Angenehm.»

«Freut mich, dich kennenzulernen, Enrico. Und herzlichen Glückwunsch zu eurer heutigen Eröffnung.»

Victor kam von hinten in den Stand. «Hey, ihr zwei. Enrico, alles klar auf Position zwölf? Ich komme gleich vorbei, um mir meinen Balistiero Brut 2012 zu kaufen.»

«Ist mir eine Ehre, Fremder», erwiderte Enrico, und die beiden Männer grinsten sich an.

79.
Victor

Seit wir zurück aus Buenos Aires waren, hatte ich den Überblick über die unzähligen Zeitsprünge der letzten Wochen verloren, und ich verzichtete darauf, sie alle in meinem grünen Notizbuch festzuhalten. Ich erlebte keinen einzigen Sprung in die Zukunft mehr. So lange hatte ich mich gefragt, was wahres Glück für mich bedeutete – jetzt, in diesen Tagen mit Amanda an meiner Seite, hatte ich das Gefühl, ganz nah dran zu sein.

Aber es beschäftigte mich zunehmend, dass ich Amanda noch nicht von meinem Geheimnis erzählt hatte. Ich zögerte das Gespräch hinaus, weil ich keine Ahnung hatte, wie es verlaufen würde. Ich fürchtete, sie könne damit nicht umgehen, würde das Vertrauen in mich verlieren und flüchten vor so einer Ungeheuerlichkeit. Und diese Angst brachte mich immer wieder dazu, das Gespräch auf «morgen» zu verschieben. Dabei wusste ich genau, dass es immer schwieriger würde, je länger ich wartete. Ich konnte einfach den Gedanken nicht ertragen, dass ich durch die Wahrheit vielleicht das, wonach ich mich zwanzig Jahre lang gesehnt hatte, wieder verlieren könnte.

Der Tag nach dem Monatsfest begann gemächlich. Ich hätte ewig da liegen und Amanda beim Schlafen zusehen können. Aber irgendwann weckte ich sie doch, mit Küssen und drei Überraschungen, die ich auf das Bett gelegt hatte: einer großen, einer kleineren und einer ganz kleinen.

«Für mich?» Sie rieb sich die Augen.

«Deck die große zuerst auf.»

«Oh!», flüsterte sie, als sie das Tuch von dem Körbchen zog. «Das glaub ich ja nicht.» Sie nahm den kleinen Welpen heraus und drückte ihn an ihre Wange. «Meine Güte, bist du aber niedlich!»

«Gib du ihr einen Namen», sagte ich.

«Misses», sagte sie ohne Zögern.

«Perfekt.» Ich klatschte in die Hände und nahm die kleine Misses auf den Arm. «Und jetzt die mittelgroße Schachtel.»

«Wow!» Amanda nahm den cremefarbenen Minirock, die weiße Seidenbluse und die Riemchensandalen aus dem Karton. «Warum denn so viele Geschenke?»

«Das hat mit dem Inhalt der kleinsten Schachtel zu tun.»

Amanda öffnete sie vorsichtig. In jeden der beiden goldenen Ringe war «Brigitte & Wilson» eingraviert.

80.

*V*ictor

Am Abend desselben Tages improvisierte Pater Bonatti in seinem weißen Gewand einen kleinen Altar für unsere Hochzeitszeremonie, während Amanda sich im Schlafzimmer umzog. Der klare Himmel und der volle Mond verwandelten die Veranda in den schönsten Ort auf dem schönsten Fleckchen Erde. Zahlreiche Kerzen und Blütenblätter von den Rosen unserer eigenen Stöcke waren der einzige Schmuck. Ein leichter Wind strich über den Weinberg, und es war, als würden die Reben für uns tanzen.

Ich trug ein weißes Hemd, cremefarbene Hosen und Stegsandalen. Die Musik hatte Amanda ausgewählt: den ersten Satz von Mozarts 40. Sinfonie. Nervös setzte ich mich auf das Sofa und wartete auf meine Braut. Ich rieb meine schwitzigen Hände aneinander und erwiderte das Lächeln von Pater Bonatti, der hinter einer mit einem weißen Laken überzogenen Kommode bereitstand. Als ich Amanda im Flur hörte, stand ich auf und drehte mich um. Sie kam mit langsamen Schritten auf mich zu, im Kerzenschein und begleitet von der hoffnungsfrohen Musik des Lieblingskomponisten ihres Vaters. Sie trug das «Hochzeitskleid», das ich ihr am Morgen geschenkt hatte, und hielt einen kleinen Strauß Rosen in der Hand. Ihr Haar hatte sie mit einer cremefarbenen Spange auf die rechte Seite frisiert, sodass ihre Narbe verdeckt wurde. Ich streckte ihr die Hand entgegen und küsste sie, als sie bei mir war. Dann strich ich ihr sanft über den Rücken.

«Wenn die erste Träne aus dem rechten Auge kommt, dann ist es glückliches Weinen», flüsterte ich ihr zu.

Ihre Augen glänzten, als sie langsam nickte.

Wir drehten uns zu Pater Bonatti. Bevor er den Willkommenssegen sprach, lächelte er mich an. Vermutlich wusste er, dass mein Zeitempfinden während der Zeremonie ganz anders sein würde als seines und Amandas.

Und so war es auch. Ich schloss die Augen und fand mich im Schlafzimmer wieder, wo ich Amanda wach küsste.

Nach der Zeremonie saßen wir noch eine ganze Weile mit Pater Bonatti zusammen, bis er schließlich seinen altmodischen Motorradhelm aufsetzte und sich auf den Weg machte.

Ich nahm Amanda in den Arm. «Endlich. Ich dachte schon, er will uns Frischvermählte nie alleine lassen. Mach Kopf und Körper bereit, ich ...»

Ein sich näherndes Motorengeräusch unterbrach mich.

«Das glaube ich jetzt nicht», sagte ich beim Anblick von Ricos altem Schulbus.

«Brüderchen, das ist ja ein phantastischer Ausblick hier bei dir!» Rico winkte aus dem Fahrerfenster. «Und was für ein Sternenhimmel, Mann! Hier spürt man sofort eine wirklich positive Energie. Warum habe ich dich bloß nie besucht?»

«Ich hab dich oft genug eingeladen ...»

«Du kannst wahrscheinlich froh sein, dass ich die Einladung bisher nicht angenommen hatte, du wärst mich nicht so schnell wieder losgeworden.»

«*Mi casa es tu casa*, mein Freund, immer.»

Rico stieg aus und gab mir die längste Umarmung aller Zeiten. Dann wandte er sich Amanda zu.

«Lass mich raten: Du bist die verloren geglaubte Liebe von diesem Glückspilz hier.»

«So wird es sein», sagte sie lächelnd. Und an mich gewandt: «Bin ich das?»

Ich nickte. Dann stellte ich die beiden einander vor. «Rico, das ist Amanda. Und seit gerade eben auch meine Ehefrau.»

«Wirklich? Dann war das eben also doch Pater Bonatti auf seiner Höllenmaschine? Das ist ja wunderbar!», freute er sich und umarmte auch sie sehr lange.

«Willst du reinkommen und mit uns feiern?»

«Ah, nein, keine Zeit, leider», sagte er. «Ich bin nur vorbeigekommen, um mich zu verabschieden.»

«Wie?»

«Ich reise ab, Würmchen.»

«Oh nein, Rico, tu mir das nicht an! So eine Botschaft kannst du doch nicht einfach so ohne Vorbereitung überbringen.»

«Komplexe Informationen muss man immer überraschend unterbreiten.» Rico schlug sich zweimal auf die Brust und zeigte dann mit dem Finger auf mich. «Stimmt doch, Bruder, oder?»

«Und warum verlässt du uns?»

Mit ausgestreckten Armen drehte er sich einmal um sich selbst. «Der alte Dichter macht sich nichts vor: *Die Tragödie besteht in dem, was in einem Mann stirbt,* während *er lebt.* Tja, und der Drang zu bleiben ist in mir gestorben, das ist ein Desaster fürs Geschäft.»

«Scheint was Ernstes zu sein.»

«Ach weißt du, das Leben ist manchmal wie ein Laufband im Fitnessstudio. Du rennst und rennst und rennst und kommst doch kein Stück voran. Außerdem habe ich einen Abschiedsbrief bekommen.»

«Von wem?»

«Mein letzter Kunde war ein Gerichtsvollzieher, der mir den Räumungsbefehl überbracht hat.» Er grinste schief. «Ich habe 72 Stunden, aber ich wollte lieber gleich aufbrechen. Ich sag mal, wenn schon, denn schon.»

«Und wo geht's hin?»

«Eine Reise ohne Ziel ist doch die schönste Reise, Kumpel. Ich weiß nur, dass ich irgendwo hinwill, wo es so richtig schön warm ist. Ich werd den Bus an irgendeinem Strand parken, die Luft aus den Reifen lassen und die Türen öffnen. Fertig. Seit die Affen von den Bäumen gekommen sind und aufrecht gehen, ist es doch die nützlichste Eigenschaft unserer Spezies, dass wir uns an jedes Unwetter anpassen können. Ich glaube an das Leben, und solange das so bleibt, wird mein Glas niemals halb leer sein, verstehst du?»

«Dann ist das Ziel, ziellos zu bleiben?»

«Korrekt, Mann. Ich bin extrem empfänglich für Veränderungen, aber das Universum erlangt sein Gleichgewicht stets zurück.»

«Und was ist mit Selena?»

«Ja ... Sel ist der einzige Faktor, der meinen Handlungsmodus destabilisiert. Ich hatte keine Zeit, eine Entführung zu planen. Aber ich weiß, dass ich sie wiedersehen werde. Der Vogel muss eben frei sein. Und den magischen Kreislauf des Kosmos sollte man nicht versuchen zu unterbrechen. Mann, das ist doch schon wieder total Pink Floyd: *Es gibt stets zwei Wege, die du wählen kannst, und Zeit zum Umdrehen ist immer.*»

«Ist das nicht von Led Zeppelin?», fragte Amanda.

«Nein, Pink Floyd, ganz sicher. Von diesem Mauer-Album.»

«Na, wenn du meinst.» Amanda lachte. Sie beugte sich zu mir und sagte: «Interessanter Typ. Ich hätte mitschreiben sollen.»

Ich legte ihr einen Arm um die Schultern und wandte mich noch mal an Rico. «Darf ich denn noch eine letzte Bestellung aufgeben?», fragte ich meinen Freund. «Als Hochzeitsgeschenk?»

«Aber sicher.»

«Dann bitte zwei CheeseBUSger für mich und meine Frau.»

Rico nickte, öffnete den Wagen und machte überall Licht an. Wir stiegen ein und setzten uns an einen Tisch, während er den Grill anschmiss und seine letzten Burger im Süden des Landes zubereitete.

Es war das ungewöhnlichste und lustigste Hochzeitsessen, das ich je erlebt hatte. Amanda und ich amüsierten uns prächtig, denn Rico unterhielt uns mit seinen Verrücktheiten, bis wir vom Lachen Muskelkater bekamen.

Schließlich servierte er uns ein festliches Mahl. Beim ersten Bissen schloss ich vor lauter Genuss die Augen. «Jetzt kannst du es mir doch verraten, Bruder: Die Soße hat gar keine geheime vierte Zutat, oder?»

«Doch, schon. Und du bist einer der wenigen Menschen, der weiß, welche es ist. Das sehe ich, wenn ich dir beim Essen zugucke. Du bist mein Glaubensbruder, mein Kamerad. Diese Verbindung bleibt uns.»

«Die Verbindung ist die vierte Zutat?»

«So sieht's aus. Nur wer sich drauf einlässt, kann sie schmecken.»

Und während er noch einen existenzialistischen Schlenker in seiner Rede machte, merkte ich, dass ich Rico nie danach gefragt hatte, was wahres Glück für ihn bedeutete. Aber es war gar nicht nötig, ihn zu fragen, es war ja ganz offensichtlich: leben, einfach nur jeden Tag leben, als sei es der letzte.

Mit Amanda im Arm sah ich eine knappe Stunde später dem Bus nach, bis er hinter der ersten Kurve verschwand. Da ging er hin im magischen Kreislauf des Kosmos.

*Vielleicht ist Glück einfach
ein kurzer Augenblick,
den wir für immer
festhalten wollen.*

81.

Amanda

Um Mitternacht tanzten wir barfuß auf der Veranda, jeder mit einer Flasche A&V in der Hand. Wir tranken und küssten uns ununterbrochen. Wir grölten im Takt zu Wilson Picketts rauer Stimme: «*Everybody ... needs somebody ... to love!*»

Victors lockerer Tanzstil war der eines echten und erfüllten Mannes, des Mannes, den ich liebte und der mein Leben lohnenswert machte und der, wie Onkel Ignacio sagte, mich aus dem Nichts lächeln ließ.

In dieser Nacht tanzte auch ich so gelöst, wie ich es noch nie getan hatte.

Als wir in den frühen Morgenstunden im Wohnzimmer unter einer Decke auf dem Sofa lagen, fragte Victor mich: «Was ist wahres Glück für dich?»

Ich war mir nicht sicher, was ich darauf antworten sollte, vermutlich, weil ich nie darüber nachgedacht hatte.

«Es fällt mir nicht leicht, das zu beantworten. Aber ich denke, dieser Moment hier mit dir ist am weitesten entfernt von all der Traurigkeit, die ich jemals in meinem Leben gefühlt habe. Ich liebe jede Sekunde, jeden Moment an deiner Seite. Vielleicht ist Glück also einfach ein kurzer Augenblick, den wir für immer festhalten wollen.»

Er umarmte mich, und wir lauschten eine Weile nur den Geräuschen der Natur, die im Tal der drei Berge zu hören waren.

Bis Victor leise sagte: «Weißt du, ich bin nicht gut im Redenhalten. Deshalb möchte ich dir gerne einen Brief geben, den ich vor einiger Zeit geschrieben habe, aber nicht den Mut hatte, dir zu schicken.»

Er ging in unser Schlafzimmer und kam mit einem Umschlag zurück, der an mich im Ateneo adressiert war. Und was ich dann las, gab mir noch mehr Sicherheit, dass wir nicht zufällig hier waren und er, ganz bestimmt, die Ursache für all das Glück war, das mir widerfuhr.

82.

Amanda und Victor

Casa Ferazza, 23. Februar 2018
Neunzehn Tage später

Amanda

In dieser Nacht konnte ich kaum schlafen. Das Kissen fühlte sich hart an, die Decke zu kurz. Außerdem konnte die Heizung die plötzliche Kälte nicht stoppen, die aus Argentinien kommend wie eine Front über das Land zog. Vielleicht lag meine Unruhe aber auch einfach an der bevorstehenden Reise. Natürlich mischte sich auch Vorfreude darunter auf die Hochzeit von Ignacio mit Stella und Alberto mit Carmen am Abend des folgenden Tages.

Als der Tag sein Licht durch das Fenster unseres Schlafzimmers hereinschickte, stupste ich Victor an. Es gab noch jede Menge zu organisieren, bevor der Flug in Porto Alegre mittags um halb eins gehen würde.

Als wir uns von Misses und Giuseppa verabschiedet hatten und in den Pick-up stiegen, zeigte ich auf den Schriftzug über der Eingangstür und sagte: «Ich vergesse immer, dich nach der Bedeutung des Spruchs zu fragen: *Das Glück ist Moll. Die Traurigkeit Dur.*»

«Ach, wenn du von einer Musiknote in die Moll-Tonleiter

kommen möchtest, musst du» – er malte mit seinen Fingern Anführungszeichen in die Luft – «*einen halben Schritt zurückgehen*. Und um das Kreuz zu bekommen, musst du einen Halbton *vorwärts*gehen.»

«Ich verstehe es immer noch nicht.»

«Es ist, als würde man einen Schritt zurückgehen können, um jeden glücklichen Moment wieder zu erleben, und einen nach vorne, um die traurigen zu überspringen.»

Ich überlegte einen Augenblick. «Das wäre perfekt, oder?»

Victor lächelte matt, aber er schien weder zuzustimmen noch zu widersprechen. Vielleicht war er mit seinen Gedanken auch einfach woanders.

Victor

Der Verkehr floss erstaunlich ruhig für einen Freitagvormittag, wo eigentlich immer viel Betrieb herrschte auf den großen Weingütern. Wir hörten eine Playlist mit alten Liebesliedern.

Ich sah zu Amanda und sagte: «Cool, dass sie in ihrem Alter noch heiraten, oder?»

«Ja. Es ist eben nie zu spät für einen Neuanfang.»

«Und dabei glauben viele Leute, mit achtzig könne man eigentlich nur noch auf den Tod warten ...»

«Also, ich möchte mindestens so alt werden wie die vier.»

«Gut, ich bin der runzelige Typ an deiner Seite.»

Amanda lachte. Ein Lied von Fábio Júnior erklang, und sie drehte die Lautstärke auf und sang mit: «Alles im Leben hat seinen Preis und Wert, ich will bloß glücklich sein ...»

Wir fuhren den Berg hoch um eine Kurve, und ich zeigte zu meiner Rechten aus dem Fenster und sagte: «Siehst du den Baum da vorne? Die Araukarie?»

«Klar.»

«Von hier aus habe ich dich immer angerufen.»

«Wirklich?» Sie öffnete das Fenster und machte ein Foto mit ihrem Handy.

«Lass mal sehen», sagte ich und streckte die Hand aus.

Amanda hielt mir das Telefon hin, und ich warf einen kurzen Blick auf das Foto. Ich nickte. Dann klemmte sie sich das Handy zwischen ihre Beine und griff nach meiner Hand. Wir verkreuzten die Finger ineinander, und Amanda sang wieder mit. Erneut sah ich zu ihr herüber, und mein Herz machte beinahe einen Glückssprung. Aber dann hörte Amanda plötzlich auf zu singen, drückte meine Hand und schrie: «Victor! Vorsicht!»

Ich sah nach vorne. Ein Laster voller Sektkisten kam aus der Abzweigung zum Weingut der Orofino und versperrte die Straße wenige Meter vor uns. Ich trat hart auf die Bremse und riss das Steuer nach links.

Dann überschlug sich der Wagen.

83.
Victor

«Amanda?», schrie ich, als ich die Augen öffnete und einen beißenden Geruch wahrnahm.

Eine Lampe wurde eingeschaltet. Das Licht blendete mich, und ich rutschte unruhig hin und her.

«Ganz ruhig.» Eine dickliche Frau im weißen Kittel kam mit schnellen Schritten zu mir und berührte meine Schulter. «Sie müssen noch liegen bleiben.»

Ich war im Krankenhaus. Mein Arm war an einen Tropf angeschlossen.

«Wo ist meine Frau? Welcher Tag ist heute? Wie spät ist es?», sprudelte es aus mir heraus.

«Bitte beruhigen Sie sich. Ich rufe den Doktor.» Die Krankenschwester verließ das Zimmer.

Ich hob die Bettdecke und sah an mir herunter. Mein Körper war voller Hämatome und Kratzer. Um die Rippen trug ich einen Verband, auf dem rechten Oberschenkel prangte ein großes Pflaster, den unteren Teil des Beins konnte ich nicht bewegen. Stöhnend sank ich zurück ins Kissen. Vor meinem inneren Auge sah ich einen großen Laster, der die Straße versperrte, und Amandas schreckgeweitete Augen.

Der Arzt kam mit einem Klemmbrett in der Hand zur Tür hinein, das Stethoskop baumelte um seinen Hals.

«Senhor Fernandes, wie geht es Ihnen?»

«Doktor, welcher Tag ist heute?»

«Es ist Freitag. Sie hatten heute Morgen einen Unfall. Sie sind im Krankenhaus von Porto Alegre. Wir haben Ihre Familie bereits verständigt. Ihre Schwester ist auf dem Weg.»

«Wo ist meine Frau? Wie geht es ihr?»

«Darüber werden wir jetzt sprechen.» Er räusperte sich. «Sie hatten einen schweren Unfall.»

«Doktor, bitte», unterbrach ich ihn ungeduldig. «Ist sie am Leben?»

«Ja, sie lebt, Senhor Fernandes.»

Ich atmete erleichtert aus. «Können Sie ihr bitte Bescheid sagen, dass ich aufgewacht bin?»

«Das geht leider nicht. Sie hatte eine OP und liegt auf der Intensivstation, bis –»

«Intensivstation?»

«Ja. Sie hat sehr schwere Verletzungen davongetragen.»

«Was ist passiert?»

«Ihr Wagen hat sich überschlagen und ist auf der Seite Ihrer Frau aufgeschlagen. Die Airbags haben sich nicht geöffnet. Ihr großes Glück war, dass der Unfall direkt vor dem Weingut Orofino geschehen ist und der Winzer seinen Hubschrauber für den Krankentransport zur Verfügung gestellt hat. So konnten Sie beide schnell versorgt werden.»

Ich richtete mich auf. «Ich will jetzt zu meiner Frau.»

«Das verstehe ich sehr gut, Senhor Fernandes.» Sanft, aber entschieden drückte er mich zurück ins Bett. «Aber im Moment geht das leider noch nicht. Ihr Bein ist geschient und mit dreißig Stichen genäht. Sie werden das Bett für eine Weile nicht verlassen können.»

«Aber ich muss doch bei ihr sein ... Bitte, Doktor, bringen Sie mich zu ihr.»

«Es tut mir wirklich leid, aber zu Ihrem eigenen Besten kann ich das nicht erlauben.» Der Arzt berührte meinen Arm. «Aber Sie sind außer Lebensgefahr, und wir tun alles in unserer

Macht Stehende, um auch Ihre Frau und das Baby zu retten.»

«Das Baby?» Ich begann zu zittern, und mein Puls beschleunigte sich.

Der Arzt sah mich überrascht an. «Ihre Frau ist schwanger, Senhor, sechste oder siebte Woche. Wussten Sie das nicht?»

Ich richtete mich hektisch auf und nestelte an der Infusionsnadel in meinem Arm herum. Der Arzt hielt mich fest und sagte: «Beruhigen Sie sich, Senhor Fernandes.» Und dann lauter: «Schwester! Helfen Sie mir hier mal.»

Die Krankenschwester kam eilig herein und brachte ein Tablett mit einer Spritze darauf.

«Es tut mir leid, aber Sie können das Bett derzeit unter gar keinen Umständen verlassen», sagte der Arzt bestimmt. «Ich gebe Ihnen jetzt eine Beruhigungsspritze. Es gibt nichts, was Sie im Moment für Ihre Familie tun könnten außer hoffen und beten.»

Ich spürte das Beruhigungsmittel sofort. Mein Herzschlag verlangsamte sich, ich wurde schlaff und konnte nur noch murmeln: «Bitte, lassen Sie mich zu ihr.»

Dann schlief ich ein.

Als ich wieder erwachte, saß meine Schwester neben mir am Bett und hielt meine Hand. Draußen war es dunkel.

«Ju?», sagte ich matt.

«Willst du uns umbringen, Pickett? Du hast uns echt erschreckt.» Ihre verweinten Augen zeigten mir, wie ernst die Lage gewesen sein musste. «Ich bin gerade angekommen. Hier ist ein Brief von Papa, den ich dir geben soll.» Sie wedelte mit einem Umschlag und legte ihn auf den Nachttisch. Ich nickte nur. Mir stand der Kopf gerade nicht nach Briefen.

«Ah, und Amandas Onkel und Tante waren hier. Ich soll dir sagen, dass sie die Hochzeit verschoben haben. Und diese

Blumen haben sie dir dagelassen.» Sie zeigte auf den bunten Strauß am Fenster.

«Der Unfall war heute Morgen?»

«Ja. Warum?»

«Wie spät ist es?»

Sie sah auf die Uhr. «Zwanzig vor acht.»

«Ju, bitte sieh nach, wie die Besuchszeiten in der Intensivstation sind.»

«Von acht bis halb neun. Ich hab schon mit dem Arzt gesprochen, ich gehe gleich rüber.»

Unter großem Kraftaufwand setzte ich mich auf. «Ich brauche ein Handy.»

Sie sah mich eindringlich an, dann holte sie ihr Handy hervor, entsperrte es und gab es mir.

«Kannst du mich kurz allein lassen?», bat ich sie.

«Klar. Ich bin draußen auf dem Flur.» Sie drückte meine Hand, bevor sie aufstand und den Raum verließ.

Ich öffnete den Browser und suchte die Telefonnummer des Kardiologen, den ich im Dezember aufgesucht hatte.

«Dr. Dimas», sagte ich, sobald ich ihn am Apparat hatte, «hier ist Victor Fernandes, Sie wissen schon, der Schaumweinprinz.»

«Senhor Fernandes! Ja, wie geht es Ihnen?»

«Ich rufe an, um Ihnen eine Frage zu stellen. Eine Frage, die ich mir bei der Untersuchung verkniffen habe. Bitte seien Sie ehrlich.»

«Natürlich.»

«Was denken Sie, wie viel Zeit mir noch bleibt?»

Er sagte es mir, ich legte auf und starrte die Blumen von Ignacio und Stella an. Dann rief ich Juliana.

«Ich muss auf die Intensivstation.»

«Auf gar keinen Fall, Pickett. Der Arzt hat strikt verboten, dass du überhaupt aufstehst. Und da draußen auf dem Flur sind lauter Schwestern und passen auf, damit du dich daran hältst.»

«Ist mir schnuppe.» Als ich mich zur Seite drehte, durchzuckte mich ein heftiger Schmerz. Ich stöhnte.

«Ach, Bruderherz», seufzte sie.

«Du musst mir helfen, Ju. Lenk sie ab, wenn die Besuchszeit beginnt, okay?»

«Ist gut. Aber meine Schuld ist es nicht, wenn deine Naht aufplatzt und sich deine Wunde entzündet oder was weiß ich, was da alles passieren kann.»

Ich sah sie flehend an. «Ju, ich brauche deine Hilfe jetzt und hier wie nie zuvor.»

Sie nickte ergeben. «Alles, was du willst.»

«Wir haben noch 15 Minuten. Erzähl mir was. Egal was, irgendetwas, lenk mich einfach ab. Hör die nächste Viertelstunde nicht auf zu reden, gib mir nur keine Gelegenheit, traurig zu werden. Okay?»

Juliana runzelte die Stirn und sah mich streng an. «Jetzt sag nicht, dass das etwas mit der verrückten Geschichte von damals zu tun hat. Was du mir im Stadtpark erzählt hast?»

«Ich dachte, das hättest du längst vergessen.»

«Von wegen. Ich hab ewig darüber nachgedacht. Ich hatte echt Angst, dass bei dir 'ne Schraube locker ist, und war froh, dass du nie wieder davon geredet hast.»

Ich räusperte mich. «Okay, also erzähl mir von deinem Flug hierher. Wie geht es Papa? Erzähl vom letzten Elternabend oder ob in deinem Institut irgendwas Spannendes los ist. Ich will die lustigsten Szenen hören von der letzten Komödie, die du gesehen hast. Erzähl mir von deinem Liebsten. Hast du einen Freund?»

Sie lächelte. «Eine Freundin.»

«Echt?» Wieso war ich nicht überrascht? Ich freute mich aufrichtig. «Wie heißt sie? Los, erzähl mir alles über sie.»

Um kurz vor acht unterbrach ich Julianas Bericht und riss mir die Infusionsnadel aus dem Arm. Ju half mir, mein T-Shirt und die Hose anzuziehen. Ich legte meine Smartwatch an und überprüfte meinen Puls. 90 Schläge pro Minute.

Dann zog ich die Krankenhausschlappen an und stand auf. Mein rechtes Bein schmerzte, aber wenn ich mich abstützte, würde es gehen. Ich strich meine Haare zurecht und nickte Juliana zu. Sie verließ das Zimmer und belagerte die Krankenschwestern wie besprochen mit irgendwelchen Fragen. Ich sah durch den Türspalt und schlüpfte unbemerkt hinaus.

Während ich über den Flur hastete, spürte ich den größten physischen Schmerz, den ich je erlebt hatte, und ich fürchtete, dass die Naht an meinem Bein wirklich aufplatzen würde.

Aber je mehr ich mich auf die Schmerzen konzentrierte und auf den Weg in die Intensivstation, desto größer war die Chance, nicht von der Traurigkeit aus der Situation gerissen zu werden. Ich lief weiter, zog das verletzte Bein hinter mir her, versuchte dennoch, ganz natürlich zu wirken, als wäre ich ein Besucher und kein Patient, der zurück ins Bett gehörte. Mit dem Fahrstuhl fuhr ich in den zweiten Stock. Eine kleine Menschenmenge wurde gerade in die Intensivstation eingelassen. Ich stellte mich in die Schlange, nannte Amandas Namen und folgte dem Flur bis zu ihrem Zimmer.

Ihr Anblick versetzte mir einen heftigen Stich. Ihr Gesicht war geschwollen und blutverkrustet. Sie trug ein Krankenhaushemd, hatte einen Schlauch in der Nase und Kanülen im Arm. Ich setzte mich an ihr Bett. In meiner Brust kämpften Glück und Trauer. Es war schrecklich, sie so verletzt und reglos zu sehen, aber zugleich war ich unendlich froh, dass sie am Leben war. Und dann die Vorstellung, dass sie unser Kind unter dem Herzen trug ...

«Meine Liebste», flüsterte ich. «Was müssen wir alles

durchmachen, um zusammen zu sein? Hattest du etwa recht, als du gesagt hast, du würdest die Tragödie anziehen?» Tränen liefen mir die Wangen hinab. Ich zwang mich zu einem Lächeln. «Aber wenn du ein Magnet bist, Amanda, dann bin ich der Gegenpol, der von dir angezogen wird. Ich will immer bei dir sein. Ich bin sicher, wir werden das hier überstehen, und unser Leben wird schön. Unser Leben auf dem schönsten Fleckchen der Erde. Wir ...»

Ich wurde von der Trauer über unser Schicksal ergriffen und stockte, und sofort begann mein Herz zu beschleunigen. Die Smartwatch registrierte einen schnellen Pulsanstieg: 92, 97, 100, 110 Schläge pro Minute.

Aber einen Sprung in die Zukunft durfte ich nicht zulassen. Ich musste meine Gefühle beeinflussen, musste unbedingt verhindern, dass ich die Schwelle zu größter Traurigkeit überschritt. 120, 130, 135, 150 ... Verdammt!

Hilflos sah ich zu, wie mein Puls immer schneller wurde. Ich war machtlos, noch nie war es mir gelungen, diese Spirale aufzuhalten.

Aber dann kam mir eine Idee. Ich beugte mich vor und legte behutsam ein Ohr an Amandas Bauch.

«Hey, Baby», murmelte ich.

... 170 ...

«Halt durch da drinnen, ja? Du bist nur so groß wie eine Erbse, aber du bist das Beste, was ich in meinem Leben je geschaffen habe.»

... 177 ...

«Ich freue mich, dich kennenzulernen.»

... 179 ...

«Bist du ein Junge oder ein Mädchen?»

... 180 ...

«Wie sollen wir dich denn nennen, hm, was meinst du? Ich glaube, ich lasse das deine Mama entscheiden, denn sie ist viel kreativer als ich. Du wirst schon sehen, Mama wird wieder gesund, und du wächst und gedeihst. Halt noch ein bisschen durch, Würmchen, hörst du? Es geht ihr bald besser.»

Ich spürte, wie mein Plan aufging, und ein Blick auf die Smartwatch bestätigte es: nur noch 162 Schläge pro Minute.

Vorsichtig hob ich das Nachthemd und küsste Amandas Bauch.

«Wer hätte das gedacht, Amanda?», flüsterte ich. «Ich weiß ja nicht, ob du es schon weißt, aber hier drin ist das Beste von uns beiden zusammen. Sei stark, mein Schatz! Halt durch, für uns drei.»

Ich schmiegte den Kopf an ihren Bauch, und Amandas Atem hob und senkte mein Gesicht.

... 140, 120, 100, 95, 90 ...

Eingehüllt in ihren süßen Geruch, begann ich, im selben Rhythmus mit ihr ein- und auszuatmen, als könnte diese synchrone Bewegung uns alle drei retten. Wir hoben und senkten uns in perfekter Harmonie. Eine tröstliche Ruhe umfing mich.

Ich blieb so liegen, bis eine Krankenschwester mir signalisierte, dass die Besuchszeit um war. Ich richtete mich auf, zog Amandas Hemd wieder zurecht und streichelte ihren Bauch. Dann sprach ich ein kurzes stilles Gebet, nahm Amandas Hand und flüsterte: «Mein Vater hat mir mal gesagt, dass das Glück alles ist und dass es im nächsten Moment schon nichts sein kann. Ich glaube, ich habe erst heute verstanden, was er damit meinte. Aber jetzt brauche ich deine Hilfe, Amanda, damit das Glück wieder alles sein kann. Du wirst doch wieder gesund, mein Engel, oder?»

Ich hätte niemals erwartet, eine Antwort auf diese Frage zu bekommen. Amandas Körper lag scheinbar leblos da, das einzige Geräusch im Raum war das Piepen der Monitore, die ihre Vitalfunktionen überwachten. Und doch: Mit einem Mal sah ich eine Träne, die aus ihrem rechten Auge trat und ihre Wange hinabrann.

Und das war der Moment, in dem mein Herz endlich weich wurde. Ich lächelte erleichtert und schloss die Augen.

84.

Amanda

Auf dem Weg von Nova Vêneto nach Bento Gonçalves,
am selben Morgen

Es war 10:33 Uhr, und wir waren kurz vor Bento Gonçalves.
«Siehst du den Baum da vorne? Die Araukarie?»
«Klar.»
«Von hier aus habe ich dich immer angerufen.»
«Wirklich?» Ich öffnete das Fenster und machte ein Foto.
«Lass mal sehen.»
Ich hielt ihm das Handy hin, und er nickte lächelnd. Wir nahmen uns an den Händen, und mich überfiel die Gewissheit, dass ich die glücklichste Frau der Welt war. Ich drehte die Lautstärke der Anlage auf und sang das Lied mit.

Doch nur ein paar Sekunden später sah ich einen Laster aus einer Einfahrt kommen und rief: «Victor! Vorsicht!»

Sofort stieg er auf das Bremspedal und drehte das Lenkrad nach rechts. Unser Wagen rutschte mit einem schrillen Quietschen der Reifen über den Asphalt. Dann knallte die Fahrerseite auf das hintere Ende des Lastwagens, und der Pick-up überschlug sich mehrmals, er riss ein Loch in die Leitplanke, und erst als wir ins Gebüsch geschleudert wurden, öffneten sich die Airbags.

85.

Amanda

Casa Ferazza,
sieben Jahre später

Der einzelne Jacarandabaum, den wir mitten in den Weinberg in Sichtweite vom Haus gepflanzt hatten, gab bereits gut Schatten und stellte mit seiner blauen Blüte einen schönen Kontrast zu den Reihen der grünen, mit Trauben beladenen Weinreben dar. Ich lag auf einer Strohmatte unter dem Baum und lehnte mich gegen den Stamm. Ich trug eine ärmellose Bluse, einen langen Rock und einen Hut mit breiter Krempe. Ich öffnete den alten Beutel mit den Runen, die ich mal von Nicolás geschenkt bekommen hatte, stellte mir in Gedanken eine Frage und wählte mit geschlossenen Augen drei Steine aus. Ich legte sie mit der Rune nach unten in eine Reihe und deckte sie dann von rechts nach links nacheinander auf. Berkana, Raido und Kano. Meine Augen weiteten sich beim Anblick der Kombination. In den letzten sieben Jahren hatte ich nie wieder diese «Antwort» gesehen, die damals den großen Wendepunkt in meinem Leben eingeleitet hatte.

Von dieser neuen Berufung inspiriert, nahm ich das hölzerne Klemmbrett in den Schoß und begann, auf einem leeren Blatt zu zeichnen. Ich arbeitete an ersten Skizzen für mein drittes Buch, das Mitte des folgenden Jahres erscheinen sollte.

Ich flüsterte die Worte, die ich vor sieben Jahren gelesen hatte, zu einer Zeit, als nichts darauf hindeutete, dass ich jemals an so einem magischen Ort glücklich sein würde: *Ich suche, ich suche. Ich versuche zu verstehen.*

Ein paar Meter entfernt spielten Isabel und Ignacio, meine Zwillinge. Sie waren der lebendigste Teil meines neuen Lebens und gaben meiner Existenz eine ganz neue Bedeutung. Sie aßen die Trauben, die sie direkt von den Rebstöcken pflückten. Neben ihnen lagen ein brandneuer Ball und eine frisch frisierte Puppe, die jedoch keine Chance gegenüber den einfachsten Spielen in der Natur hatten. Mit ihren schmutzigen Mündern und roten Wangen warfen die Kleinen die größten Früchte zu Misses, die die beiden nie aus den Augen ließ.

Ich lächelte und widmete mich wieder der Zeichnung. Das Erntedankfest vom Vortag diente mir als Inspiration. Vor allem der Moment, als die vielen Gäste die Nacht einläuteten und zur Musik der Tarantella die Trauben in den Holztanks zertraten.

In Gedanken hörte ich noch immer Isabels Lachen und Geschrei, als sie und Ignacio sich auf die Trauben stürzten und sich von Kopf bis Fuß dreckig machten: «Mama, heute ist der beste Tag meines Lebens!»

Zwischen den Linien der Zeichnung erinnerte ich mich an den Moment, als ich sie auf meinem Arm ins Bett getragen und zugedeckt hatte. Sie hatte noch im Schlaf gelächelt.

Als sich eine weitere Person auf dem Papier abzeichnete, klingelte mein Handy zu der Musik von Pharrell Williams' «Happy».

«Chefin, das Mittagessen ist fast fertig.»

«Giuseppa, Giuseppa, ich habe dir doch schon tausendmal gesagt, dass du mich nicht Chefin nennen sollst», lachte ich. «Danke, meine Liebe. Wir kommen.» Ich legte auf, wandte mich an die Kinder und rief: «Isabel! Ignacio! Hört lieber auf, Weintrauben zu essen, Tante Giuseppa hat zum Mittagessen gerufen.»

«Och, Mama!», maulten beide gleichzeitig und kümmerten sich nicht weiter um meine Worte.

«Nur noch ein paar Minuten, dann ist Schluss.»

Glück?
Dafür gibt es keine Erklärung.

86.

*V*ictor

Ich saß im Schaukelstuhl auf der Veranda und beobachtete das größte Glück meines Lebens unten beim Jacarandabaum. Amanda zeichnete, und unsere Kinder tobten um sie herum und lachten. Die Mitarbeiter waren mit der Weinernte beschäftigt, sie luden eimerweise Trauben in die Kübel, die seitlich an den Anhänger gehakt waren. Das Tal schien grün und weich im Wind zu schaukeln, es war warm.

Ich stand auf, stützte die Ellenbogen auf das Geländer und sah auf die Weinstöcke, meine Mitarbeiter und meine Familie. Ich war überwältigt von einem tiefen Gefühl der Dankbarkeit und beantwortete mir selbst mit einem Lachen die Frage nach dem größten Glück: «Glück? Dafür gibt es keine Erklärung.»

Und genau in diesem Moment entschied ich, Amanda endlich meine ganze Geschichte zu erzählen. Immer wieder hatte ich die Gelegenheit verstreichen lassen, sie sieben Jahre lang aufgeschoben. Vielleicht musste ich ihr mein Geheimnis gar nicht mehr erzählen, vielleicht war es gar nicht nötig. Meine Smartwatch war nur noch ein Relikt vergangener Zeiten. Aber genauso wenig war es nötig, es weiter vor ihr zu verheimlichen. Sie kannte und liebte mich genug, um es einordnen zu können. Vielleicht würde sie es sogar lustig finden oder sagen, dass ich ein Talent fürs Geschichtenerzählen hatte, und mir vorschlagen, mit ihr zusammen ein Buch darüber zu schreiben. Wir beide würden uns immer vervollständigen, wie Zeichnung und Wort, wie Bild und Stimme, das war die unbezwingbare Kraft unseres Schicksals.

Ich ging ins Wohnzimmer, meine Atmung war ruhig und gleichmäßig wie immer seit sieben Jahren. Ich war seit damals auch nie wieder beim Kardiologen gewesen. Die Untersuchungen von Dr. Dimas hatten ergeben, dass eine Herztransplantation in meinem Fall mit einem überdurchschnittlich hohen Risiko verbunden wäre. All die Arrythmien, Stillstände und Wiederbelebungen meines Herzens in den unzähligen Zeitsprüngen hatten unvermeidliche Narben in meiner Brust hinterlassen. Und die würden für immer dort bleiben. Außerdem entsprach das Alter meines Körpers aufgrund der besonderen Physiologie als Folge meiner Zeitsprünge offenbar nicht meinem eigentlichen Lebensalter. Ich hatte das Herz eines alten Mannes. Ich malte mir aus, der Grund dafür sei allein die ganze Liebe, die ich für Amanda, unsere Kinder und meine Ferazza-Familie empfand, für das Leben im Allgemeinen, für meine Freunde und meine Arbeit, das hätte mir gefallen. Aber so poetisch war die Wirklichkeit leider nicht. Wie viel Zeit mir wohl noch blieb? Ich wusste es nicht. Ich versuchte, Ricos Rat zu befolgen und jeden Tag zu leben, als könnte es der letzte sein. Hier, am schönsten Fleckchen der Erde, umgeben von meinen Liebsten.

Ich stellte mich vor die Bildergalerie, die Amanda an der größten Wand im Wohnzimmer eingerichtet hatte. Zwischen zwei roten Blumenorigamis mit den aufgemalten Initialen A&V – das eine vor sieben Jahren gefaltet, das andere vor 27 Jahren – prangte der Schriftzug «Unerschrockene, abenteuerlustige und unglaubliche Weltenreisende».

Ich betrachtete die Fotos darunter: Amanda, die Kinder und ich, verkleidet als italienische Einwanderer zu Beginn des 20. Jahrhunderts beim Erntedankfest der Ferazza. Im argentinischen Mendoza, wo Amanda vor dem mächtigen Gebirgspanorama der Anden den Zwillingswagen schiebt. Wir beide in Abendgarderobe bei der International Wine Challenge in Rom 2021, als unser A&V zum besten Schaumwein der Welt gekürt wurde. Amanda, Ignacio, Stella, Alberto und Carmen bei einem Finalspiel der argentinischen Superliga zwischen den Boca Juniors und River Plate. Amanda in unserem türkisorangefarbenen Marktstand, wie sie kichernd eine Plakette mit der Aufschrift «Schaumweinprinzessin» in die Kamera hält. Ich mit einem Bierkrug bei der Hochzeit von Nicolás und Mats. Amanda bei einer Signierstunde im Ateneo mit einer langen Schlange Kinder und deren Eltern. Wir vier mit Rico, Selena und ihrer kleinen Tochter Sol vor der HamBUSgerei an einem Strand in Bahia. Amanda Wange an Wange mit ihrer Freundin Niara auf der Spitze des Kilimandscharo …

Ich hätte ewig so dastehen und die Bilder betrachten können. Aber ich wollte Amanda etwas geben.

Ich verließ das Haus und ging in den Stollen. Die Schaumweine ruhten zum Klang einer brasilianischen Indie-Playlist, lauter feine, kaum bekannte Juwelen. An der Rückwand hatte ich in einem Felsvorsprung mein altes grünes Notizbuch versteckt. Ich holte es heraus, strich mit der Hand darüber, um es zu entstauben, und nahm es mit.

Ich kehrte zurück in unser Schlafzimmer. Wie überall sonst im Haus hatten wir auch hier die Uhr von der Wand genommen. Stattdessen hing über dem Bett jetzt eine Strophe aus dem Lied «Tempo perdido» von Legião Urbana, die ich zu meinem täglichen Mantra gemacht hatte: *Jeden Morgen, wenn ich aufwache, ist die gelebte Zeit vorbei / aber ich habe viel Zeit / Wir haben alle Zeit der Welt … Wir haben unsere eigene Zeit.*

Ich setzte mich aufs Bett, öffnete das Notizbuch zum ersten Mal seit sieben Jahren und las den letzten Eintrag:

Letztes Ereignis
Datum: Freitag, 23. Februar 2018
Intensität: 5 von 7
Zeitsprung: 13 Stunden in die Vergangenheit
Schlüsselwörter: Unfallkrankenhaus, Landstraße Nova Vêneto-Bento Gonçalves, Ende, Neubeginn
Soundtrack: Fábio Junior «20 e poucos anos»
Beschreibung:
Heute vor einem Jahr geschah der schreckliche Unfall. Ich hatte eine Chance, Amanda, weil ich mich daran erinnerte, dass du kurz vor dem Unfall meine Hand gedrückt hast. Wenn meine Theorie richtig war, war ein Händedruck von dir eine Möglichkeit für mich, etwas zu verändern. Und so begann ich, mich nach dem erfolgten Zeitsprung auf diesen vielleicht schicksalsentscheidenden Moment vorzubereiten. Ich ging auf volles Risiko, denn ich hoffte, dass dies meine Chance auf das sein könnte, von dem mein Vater gesprochen hatte: der kleine, aber feine Unterschied zwischen einem normalen Leben und einem glücklichen.

Ich glaube, dass ein Fisch auf dem Trockenen nur drei Optionen hat: Er kann versuchen, selbst zurück ins Wasser zu springen, jemanden zu finden, der ihn zurückträgt, oder darauf hoffen, dass der Fluss sich ausdehnt und ihn wieder aufnimmt. In meinem Fall war das ausgedehnte Flussufer ein quergestellter Laster auf der Landstraße. Im entscheidenden Augenblick riss ich das Steuer in die andere Richtung.

Die anschließenden sechs Monate im Koma dauerten für mich nicht länger als ein Zeitsprung, sie vergingen wie ein Wimpernschlag. Du und die Kinder, ihr habt den Unfall unverletzt überlebt. Und als ich aus dem Krankenhaus entlassen wurde, erzählte Juliana mir, dass du mich jeden Tag besucht hast, trotz all der Auflagen, die die Ärzte dir wegen deiner Risikoschwangerschaft gaben. Aber ich hatte ohnehin keinen Zweifel daran gehabt, dass du an meiner Seite bleiben würdest. Genauso, wie ich für immer an deiner bleiben würde.

Vielleicht erfährst du irgendwann von dieser zweiten Version unseres Unfalls. Ob du mir dann glauben wirst? Und ob es wirklich einen Schmetterlingseffekt gibt, bei dem ein kleines Detail einen unvorhersehbaren Einfluss auf das große Ganze hat? Ob ich wirklich den Lauf unserer Geschichte verändern konnte? An drei verschiedenen Gelegenheiten? Dann könnten wir ja theoretisch drei weitere Leben neben unserem hier haben. Wären sie besser als dieses? Schlechter? Wären wir zusammen? Hätten wir Kinder? Vielleicht ist es müßig, alles zu hinterfragen. Denn das Leben, das wir haben, ist wunderbar, und ich habe nicht mehr das Bedürfnis, irgendetwas zu verstehen.

Als ich aus dem Koma erwachte, passte ich meine Tage an den Rhythmus der Menschen an, die ich liebte. Und vielleicht bewahrte mich das vor weiteren Zeitsprüngen. Denn selbst in einem der traurigsten Momente meines Lebens – als ich erfuhr, dass mein Vater während meiner Zeit im Koma verstorben war –, erlebte ich keinen Zeitsprung. Und auch nicht in einem der glücklichsten Momente meines Lebens, als die Zwillinge geboren wurden.

Seit so vielen Jahren frage ich mich, ob meine Zeitsprünge Gabe oder Fluch sind. Ich hatte viele Thesen dazu, aber jetzt habe ich die Gewissheit: Es ist eine GABE, mit Großbuchstaben. Ich weiß auch, dass ich mich zeit meines Lebens fragen werde, ob diese Sprünge wiederkehren. Ich will es nicht hoffen, denn alles, was ich mir wünsche, ist, meine Glücksmomente intensiv und unbeschwert zu erleben und die traurigen Augenblicke im Hier und Jetzt durchzustehen.

Unser Freund Pater Bonatti hat mir mal gesagt, dass

Gott einen Plan für jeden Menschen hat. Wenn alles, was mir seit dem ersten Zeitsprung, dem «Ereignis Nr. 1», passiert ist, zu diesem «Letzten Ereignis» hinführen sollte, ist der Plan für mich ziemlich perfekt aufgegangen.

Und wenn du, Amanda, der Plan für mein Leben warst, dann hat die Zeit mir recht gegeben. Ich war immer sicher, dass du die Ursache für alles warst.

Als ich das Notizbuch schließen wollte, fiel ein Brief heraus. Er war von meinem Vater. Den ersten Brief, den Juliana mir am Tag des Unfalls im Krankenhaus überreichte, konnte ich nicht mehr lesen. Ich werde niemals erfahren, was darin stand. Aber das ist nicht schlimm, denn das Leben, das ich nach dieser ersten Version unseres Unfalls gelebt hätte, gehört mir nicht mehr. Aber hier im grünen Notizbuch steckte ein Umschlag mit dem Brief, den mein Vater geschrieben hatte, als ich ins Koma gefallen war. Er hatte ihn Juliana gegeben, die ihn mir überreichen sollte, wenn und falls ich wieder aufwachte.

Mein Sohn,
ich weiß nicht, ob du aus dem Koma aufwachen wirst und ob wir beide die Chance bekommen werden, uns wiederzusehen. Ich bete jeden Tag dafür, dich noch einmal umarmen zu können. Ich wünschte, ich hätte dich viel öfter in den Arm genommen, mein lieber Victor! Und ich wünschte, ich hätte dir von Angesicht zu Angesicht all die Dinge erzählt, die ich dir jetzt vielleicht nicht mehr erzählen kann.

Ich werde bald sterben, mein Sohn, mein Herz ist zu groß und schlägt nicht mehr gut. Bitte sei nicht böse, ich habe das niemandem erzählt – es gibt keine Heilung, und ich wollte nicht, dass ihr euch sorgt.

Und nun muss ich dir beichten: Ich habe es immer gewusst.

Als du mit sechzehn von deiner Abschlussfeier verschwunden bist, habe ich bloß gedacht: «Jetzt ist es so weit.» Weißt du noch, wie ich dich damals und überhaupt immer in Schutz genommen habe, wenn du verschwunden bist? Als du nach Italien gehen wolltest, wusste ich, dass du auf Sinnsuche warst, um deine Zeitsprünge zu verstehen. Und du musstest es allein verstehen, ich hätte dir diesen Prozess nicht abnehmen können. Und dann der Tag, als wir einen Spaziergang im Park bei uns vor der Tür gemacht haben. Ich habe gemerkt, dass du es mir erzählen wolltest, aber ich dachte, wenn dich noch etwas davon abhält, dann hat auch das einen Grund. Ich wollte dich nicht drängen. Aber ich hätte dich verstanden, glaube mir.

Meine eigenen Zeitsprünge begannen, als ich dein kleines Gesichtchen nach deiner Geburt zum ersten Mal sah. Das war der glücklichste Moment in meinem Leben, ich bin volle zwei Tage zurückgesprungen. Es war sehr verwirrend. Und von da an habe ich es als meine Aufgabe angesehen zu vermeiden, dass jemand von meinen Zeitsprüngen erfuhr. Zum Glück war ich trotz allem ein sehr glücklicher Mensch, solange deine Mutter noch lebte. Ich bin Hunderte Male in die Vergangenheit gesprungen, irgendwann habe ich aufgehört zu zählen. In die Zukunft wurde ich nur sehr selten katapultiert und auch nie sehr weit, was wohl bedeutet, dass ich selten unglücklich war. Aber als deine Mutter starb, erfolgten die Sprünge in die Zukunft häufiger, und sie dauerten länger. Da ich allein lebte, bemerkte es niemand. Ich konnte unsere Gabe ebenso gut verbergen wie du.

Und es freut mich so sehr, mein Sohn, dass du den Mut gefunden hast, für deine große Liebe und für ein glückliches Leben zu kämpfen. Ich wünsche dir von Herzen, dass dein Leben von wahrem Glück erfüllt sein möge, sobald du aufwachst. Und ich bin sicher, dass du wieder aufwachen wirst.

Hab noch schöne Reisen in die Vergangenheit.
Dein Papa

Ich werde nie erfahren, ob mein Großvater, mein Urgroßvater oder mein Ururgroßvater unsere Gabe teilten. Sie schien jedenfalls bei mir ein Ende gefunden zu haben. Jetzt ging es immer nur noch vorwärts, so wie es für alle Menschen sein sollte.

Ich wischte mir eine Träne von der linken Wange, faltete den Brief und legte ihn zurück zwischen die Seiten des Notizbuchs. Dann blätterte ich zurück zur ersten Seite und legte es so geöffnet auf Amandas Kopfkissen. Diesmal würde ihr literarischer Glückskeks ihr das «Ereignis Nr. 1» ankündigen.

Ich klebte ein Post-it auf die Seite und schrieb darauf: «Das Glück ist Moll, die Traurigkeit Dur. Und alle Welt hat ein Geheimnis ...»

Dann ging ich zurück auf die Veranda, suchte eine Playlist auf meinem Handy und drehte die Bluetooth-Box in Richtung Garten. Während ich darauf wartete, dass meine drei Liebsten zum Essen hochkämen, setzte ich mich erneut in den Schaukelstuhl. Ich legte die Füße auf das Geländer, verschränkte die Finger hinter dem Kopf, schloss die Augen und lächelte.

87.

Amanda

«Time after time», das Lied, das den Beginn meiner Liebesgeschichte mit Victor markiert hatte, drang vom Haus bis hinunter zu uns ins Tal. Ich konnte sehen, dass sich mein Liebster auf der Veranda ausruhte. Ich dachte, mein Herz könnte hier und jetzt aufhören zu schlagen, und doch wäre alles perfekt.

«Senhora Brigitte!» Der Ruf unterbrach meinen Tagtraum. Domenico fuhr mit dem Erntewagen an den Rebstöcken entlang und schwenkte seinen Hut mit der runden Krempe.

«Hallo, Dodo!»

«Giuseppa hat gesagt, das Essen wird schon kalt! Braucht ihr eine Mitfahrgelegenheit?»

«Ja, gerne.»

Ich sah mich nach den Zwillingen um, die mit Misses Fangen spielten.

«Kinder, los jetzt, Tante Giuseppa wartet mit dem Essen auf uns.»

Wir kletterten auf die Ladefläche und quetschten uns zwischen die Körbe mit den Trauben. Der warme Wind wehte uns durchs Haar, als wir uns dem Haus näherten.

«Zeig mal, Mami», bat Ignacio und deutete auf das Klemmbrett.

Ich hielt ihm die Zeichnung hin. «Gefällt sie dir?»

Er nickte.

Dann zeigte ich das Bild Isabel. «Und wie findest du es?»
«Sehr hübsch, Mami.» Sie lächelte. «Aber das habe ich dir doch gerade schon gesagt.»

Ich runzelte die Stirn, verstand nicht und zuckte mit den Schultern. Dann gingen wir alle ins Haus zum Mittagessen.

Anhang

*Literarische
Glückskekse*

«Ich wollte ja nichts, als das zu leben versuchen, was von selber aus mir herauswollte. Warum war das so schwer?»
— Hermann Hesse: *Demian. Die Geschichte von Emil Sinclairs Jugend*. Suhrkamp Taschenbuch 1974

«Ich suche, ich suche. Ich versuche zu verstehen. Ich versuche, jemandem das zu geben, was ich erlebt habe, und ich weiß nicht, wem, aber ich will nicht behalten, was ich erlebt habe.»
— Clarice Lispector: *Die Passion nach G. H.*, aus dem brasilianischen Portugiesisch von Christiane Schrübbers und Sarita Brand. Suhrkamp 1990

«Ob ich erklären kann, warum ich von einem Hochhaus springen wollte?»
— Nick Hornby: *A Long Way Down*, aus dem Englischen von Clara Drechsler und Harald Hellmann. Kiepenheuer & Witsch 2005

«Alles das hat sich mehr oder weniger zugetragen.»
— Kurt Vonnegut Jr.: *Schlachthof 5 oder Der Kinderkreuzzug*, aus dem amerikanischen Englisch von Kurt Wagseil. Rowohlt Taschenbuch Verlag, Neuausgabe 2010

«Alle wahren Geschichten enthalten eine Lehre, doch mag in einigen der Schatz nur schwer zu finden und, wenn er gefunden ist, so geringfügig sein, dass der vertrocknete, schrumplige Kern kaum die Mühe entschädigt, die Nuss geknackt zu haben.»
— Anne Brontë: *Agnes Grey*, aus dem Englischen von Sabine Kipp. Manesse Verlag 1987

«Es ist eine Wahrheit, über die sich alle Welt einig ist, dass ein unbeweibter Mann von einigem Vermögen unbedingt auf der Suche nach einer Lebensgefährtin sein muss.»
— Jane Austen: *Stolz und Vorurteil*, aus dem Englischen von Karin Schwab. Aufbau Verlag 2010

Weitere Zitate

«More than I could stand, love is a losing hand.»
— *Love is a losing game* von Amy Winehouse

«Glück ist die Gewissheit, dass unser Leben nicht umsonst geschieht.»
— *Die Lilien auf dem Felde* von Érico Veríssimo

«Jeden Morgen, wenn ich aufwache, ist die gelebte Zeit vorbei / aber ich habe viel Zeit / Wir haben alle Zeit der Welt ... *Wir haben unsere eigene Zeit.*»
— *Tempo perdido* von Legião Urbana

«Ich bin die, die vorbeikommt und niemanden sieht / Ich bin die, die sie traurig nennen, auch wenn sie es nicht ist / Ich bin die, die weint, ohne zu wissen, warum / Ich bin vielleicht die Vision, die jemand geträumt hat / Jemand kam auf die Welt, um mich zu sehen / doch fand mich nie ...»
— *Eu* von Florbela Espanca

«There are two paths you can go by but in the long run there's still time to change the road you're on.»
— *Stairway to heaven* von Led Zeppelin

«Es ist unmöglich, alleine glücklich zu sein.»
— *Wave* von Tom Jobim

«Weil ich dich, ohne zu suchen, überall wiedertreffe, vor allem, wenn ich die Augen schließe.»
— Julio Cortázar

«Wünsch dir nicht, dass die Dinge geschehen, wie du sie dir wünschst, sondern wünsch dir, dass die Dinge geschehen, wie sie geschehen sollen, dann wirst du glücklich sein.»
— Epiktet

«Den Abend lang währt das Weinen, aber des Morgens ist Freude.»
— Bibel, Psalm 30:5

«Die Tragödie besteht in dem, was in einem Mann stirbt, während er lebt.»
— Albert Schweitzer

Danksagungen

Ich danke dir, lieber Leser, der du es bis hierher geschafft hast. Wenn du sogar die Danksagungen liest, bedeutet das, dass du eine nette Person bist.

Außerdem danke ich:

Meiner Lektorin Tainã Bispo und allen von Cultural Astral für die Realisierung eines weiteren meiner literarischen Träume.

Luciana Villas-Boas, Anna Luiza Cardoso, Lara Berruezo und Miguel Sader für die Freundschaft und die Sorge um meine Karriere.

Luciana Bastos Figueiredo für die Vorschläge, die die Geschichte noch runder gemacht haben.

Inácio Geisse, Ademir Brandelli und Giovana Valduga für die Erläuterungen zur Herstellung von Schaumwein.

Meinen Lieben Ana Maria Ferreira, Robson Batt, Giulia Ladislau, Mariana Mortani, Natália Leal, Andréa Bistafa und Aione Simões für jeden Kommentar, jede Kritik und alle Anregungen zum Text.

Carina Rissi für die freundlichen und lieben Worte zu meiner Geschichte.

Allen Bloggern und Verbündeten für das Engagement, mit dem sie mir immer geholfen haben, meine Arbeit zu verbreiten.

Und schließlich: Michelle, Marina und Manuela für jeden Tag, jede Stunde und jede Minute meines Lebens.

Marissa Stapley
Ein Leben lang lieben

Jeden Sommer verbringen Helen und ihre drei Töchter zusammen ein Wochenende in einer Hütte am See. Alle vier suchen ihre eigene Antwort auf die Frage: Wie kann man ein Leben lang lieben? Helen hat nie geglaubt, einen Mann zu brauchen. Die Jüngste, Liane, liebt einen Mann, der nicht frei ist. Ihre Schwester Ilsa fühlt sich in ihrer Ehe gefangen. Nur Fiona ist glücklich verheiratet. Überraschend sagt sie jedoch das Wochenende ab.

400 Seiten

Sie hat etwas erfahren, das ihr wohlgeordnetes Leben erschüttert. Und auch Helen steht vor einer Entscheidung, denn sie hat sich – gegen jede Erwartung – verliebt.

Weitere Informationen finden Sie unter **rowohlt.de**